Collection iParcours

Maths

6e

Katia Hache
Professeure certifiée de mathématiques

Sébastien Hache
Professeur certifié de mathématiques

Nom ....

Prénom ....

Classe ....

Année scolaire ....

QR codes et liens courts au début de chaque chapitre :

g5.re/18e g5.re/j6k g5.re/qpr

Retrouvez **gratuitement sur Internet** l'intégralité du cahier, mais aussi des activités de découverte ( ), des vidéos de cours ( ), des évaluations ( ), des exercices complémentaires de calcul mental, etc.

Enseignant(e)s :
Connectez-vous à votre espace (inscription gratuite : iparcours.fr) pour accéder aux contenus réservés (corrigés et propositions d'évaluations).

***Une version locale enrichie** est disponible sur clé USB, en téléchargement ou par abonnement.*

iParcours MATHS 6e

N1 Nombres entiers

g5.re/kxp

g5.re/nzg

g5.re/k5b

1 Décomposition, nom des chiffres

Règle

0, 1, 2, 3, 4, 5, 6, 7, 8 et 9 sont les **dix chiffres** qui permettent d'écrire tous les nombres entiers, de même que les lettres de A à Z permettent d'écrire tous les mots.

Exemples :

- 1 054 est un nombre de quatre chiffres ;
- 7 est un nombre d'un seul chiffre.

Règle

Pour pouvoir lire les grands nombres entiers facilement, on regroupe les chiffres par **tranches de trois en partant de la droite**

Exemple : 1049658723 s'écrit 1 049 658 723.

a. Écris ce nombre en toutes lettres.

b. Décompose ce nombre.

c. Donne le nom de chaque chiffre.

d. Quel est le nombre de millions de ce nombre ?

▶ On peut utiliser un tableau.

Tranche des **milliards**			Tranche des **millions**			Tranche des **milliers**			Tranche des **unités**		
C	D	U	C	**D**	U	C	D	U	**Centaines**	Dizaines	Unités
		1	0	**4**	9	6	5	8	**7**	2	3

a. Ce nombre s'écrit :
un-**milliard**-quarante-neuf-**millions**-six-cent-cinquante-huit-**mille**-sept-cent-vingt-trois.

b. Il se décompose comme ci-dessous :

1 049 658 723 = (1 × 1 000 000 000) + (4 × 10 000 000) + (9 × 1 000 000)
+ (6 × 100 000) + (5 × 10 000) + (8 × 1 000) + (7 × 100) + (2 × 10) + (3 × 1)

c. 0 est le chiffre des centaines de millions
1 est le chiffre des unités de milliards
2 est le chiffre des centaines
3 est le chiffre des unités
4 est le chiffre des **dizaines de millions**
5 est le chiffre des dizaines de mille
6 est le chiffre des centaines de mille
7 est le chiffre des **centaines**
8 est le chiffre des unités de mille
9 est le chiffre des unités de millions

d. Le nombre de millions est **1 049**. À ne pas confondre avec le chiffre des millions qui est 9.

2 Repérage sur une demi-droite graduée

Définition

Une demi-droite graduée est une demi-droite sur laquelle on a reporté une unité de longueur régulièrement (souvent le centimètre) à partir de son origine.

Propriété

Sur une demi-droite graduée, un point est repéré par un nombre appelé son **abscisse**.

L'origine est repérée par le nombre **zéro**.

Exemple : Quelles sont les abscisses des points A et B ?

- Le point **A** a pour abscisse 300. On note A(300).
- **B** est le point d'abscisse 800. On note B(800).

3 Comparaison

Définition

Comparer deux nombres, c'est trouver le plus grand (ou le plus petit) ou dire s'ils sont égaux.

Exemple : Compare les nombres 253 420 et 235 420, puis les nombres 25 324 et 25 342.

- 253 420 > 235 420 se lit : 253 420 "est plus grand que" 235 420 ou "est supérieur à"
- 25 324 < 25 342 se lit : 25 324 "est plus petit que" 25 342 ou "est inférieur à"

4 Rangement

Définition

- Ranger des nombres dans l'**ordre croissant** signifie les ranger du plus petit au plus grand.
- Ranger des nombres dans l'**ordre décroissant** signifie les ranger du plus grand au plus petit.

Exemple :

Range les nombres 25 342 ; 253 420 ; 25 243 ; 235 420 ; 25 324 dans l'**ordre croissant**.

- On repère le plus petit, puis le plus petit des nombres qui restent, et ainsi de suite jusqu'au dernier. On obtient donc : 25 243 < 25 324 < 25 342 < 235 420 < 253 420

1 Dans le nombre 6 083 472…

a. le chiffre des unités est : 2 2

b. le chiffre des dizaines de mille est : 8

c. le chiffre des unités de millions est : 6

d. le nombre de centaines est : 472

e. le nombre de centaines de mille est : 8083

f. le nombre de milliers est : ~~6083~~ 3472

2 Dans le nombre 67 132 452…

a. 5 est le chiffre des dizaine ....

b. 7 U millions ....

c. 6 713 est le nombre de dizaines de millions ....

d. 671 dizaine de millions ....

3 Complète le tableau ci-dessous, établi à partir des données de 2016. 7 038 434

	Musée	Nombre de visites en lettres	Nombre de visites en chiffres
a.	Musée du Louvre	Sept-millions-trente-huit-mille-quatre-cent-quatre	7 ~~038~~ 434
b.	Musée des monnaies	Cent-trente-mille	130 000
c.	Musée d'Orsay	Deux-millions-neuf-cent-quatre-vingt-dix-sept-mille-six-cent-vingt-cinq	2 997 625
d.	Musée du quai Branly	Neuf-cent-dix-mille-huit-cent-quarante-cinq	910 845
e.	Musée d'art moderne de la ville de Paris	Trois-millions-quatre-cent-vingt-huit-mille-six-cent-quatre-vingt-huit	3 428 688
f.	Musée du débarquement	Deux-cent-soixante-dix-neuf-mille-huit-cents	279 800

4 Écris en lettres chaque nombre entier indiqué dans le texte suivant.

« En moyenne, la distance entre la Terre et la Lune est de 384 467 km **(a)***, mais celle-ci varie entre 356 375 km* **(b)** *et 403 720 km* **(c)***. La distance de la Terre au Soleil, égale à 149 597 870 700 mètres* **(d)***, est la définition originale de l'unité astronomique (ua). »*

a. ....

b. ....

c. ....

d. ....

5 Complète les extraits de chèques suivants.

deux-cent-vingt-six-mille-neuf-cent-cinquante-et-un euros	€URO	226 951 €
cent-quatre-vingt-cinq-mille-six-cent-treize euros	€URO	185 613 €

Fiche 2 : repérer des nombres entiers sur une demi-droite graduée

1 Complète les suites de nombres ci-dessous.

a.	563	573	583	593	603	613
b.	924	914	904	894	884	874
c.	7 545	7 645	7745	7845	7945	8045
d.	5 763	4763	3 763	2763	1763	763
e.	714	~~1014~~ 1214	1 714	2214	2714	3214

2 Complète chaque graduation ci-dessous avec les nombres qui manquent.

a.

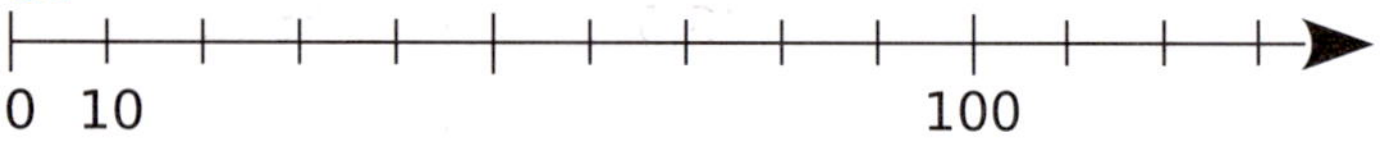

b.

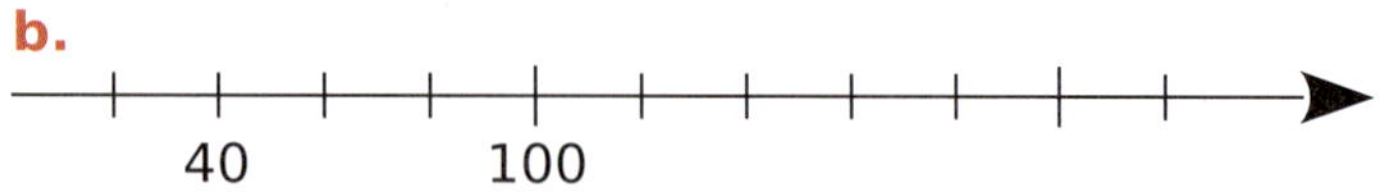

c.

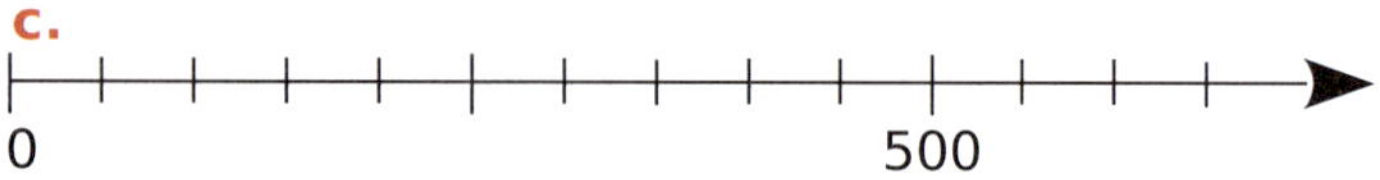

3 Écris l'abscisse des points placés sur les demi-droites graduées ci-dessous.

a.

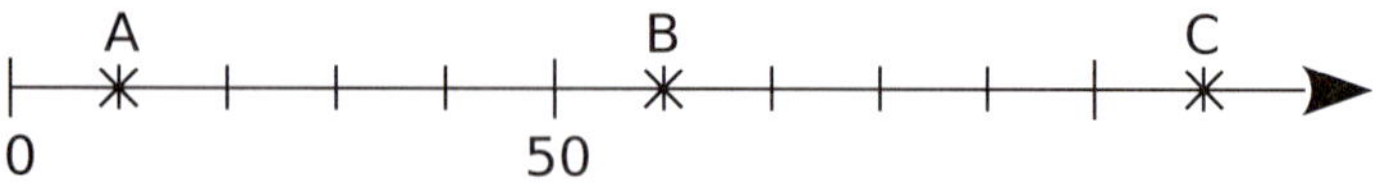

A(..........) B(..........) C(..........)

b.

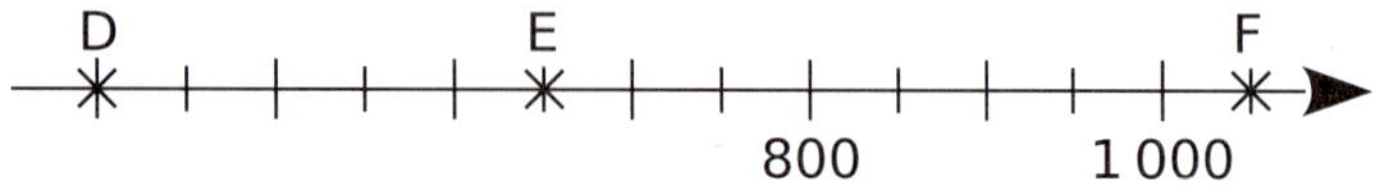

D(..........) E(..........) F(..........)

4 Écris l'abscisse des points placés sur les demi-droites graduées ci-dessous.

a.

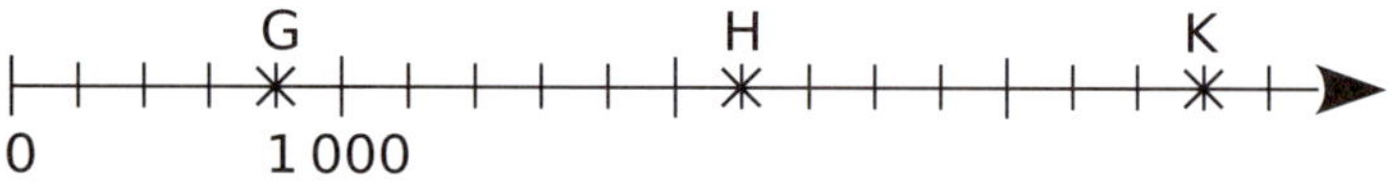

G(..........) H(..........) K(..........)

b.

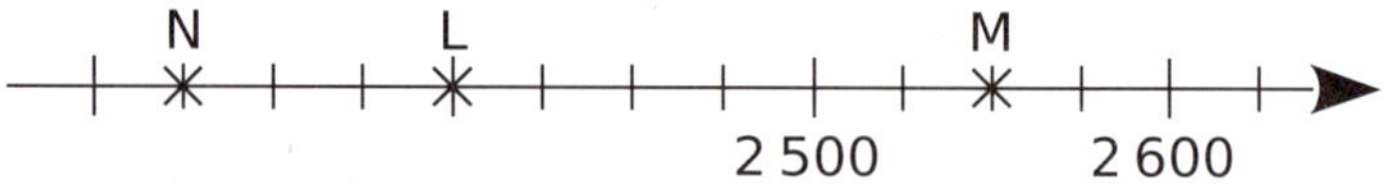

L(..........) M(..........) N(..........)

5 Place les points selon les indications du tableau ci-dessous. Par exemple, le point A est sur la première ligne et son abscisse est 500.
Relie ensuite ces points dans l'ordre alphabétique.

Ligne	(1)	(1)	(2)	(2)	(2)	(3)	(3)	(3)
Point	A	B	N	O	C	M	L	J
Abscisse	500	600	3 200	3 400	3 500	900	910	915

Ligne	(3)	(3)	(3)	(4)	(4)	(4)	(5)
Point	I	D	E	K	H	F	G
Abscisse	925	935	945	10 150	10 350	10 400	160

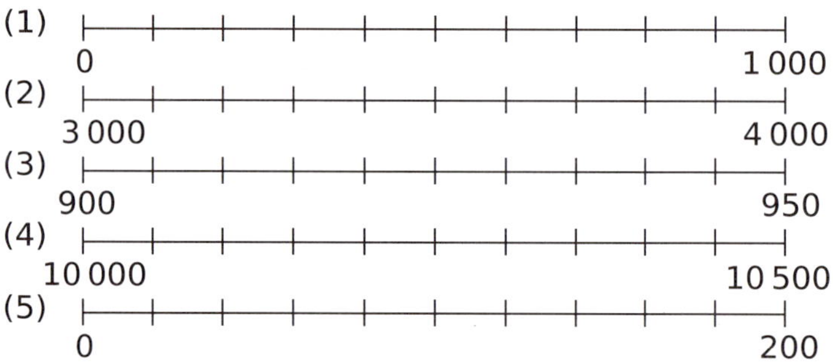

6 Relie chaque date de l'invention à la frise chronologique.

Thermomètre de Galilée	Calculatrice de Pascal	Sextant de Newton	Pile Volta	Téléphone de Graham Bell	Radio	Télévision
1597	1642	1700	1799	1876	1901	1926

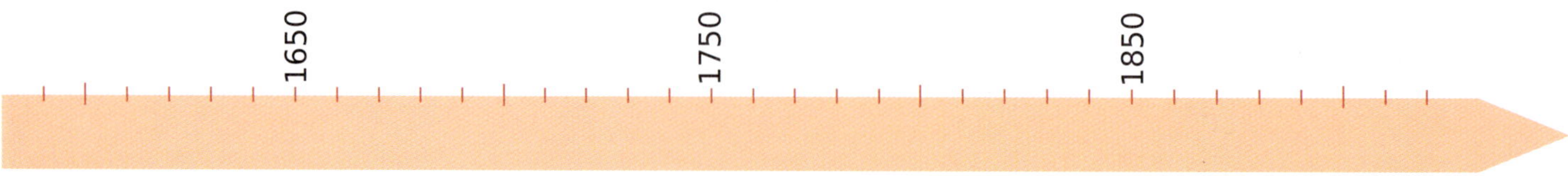

1 Complète avec < , > ou =.

a. 3 456 725 ..... 3 456 720

b. 12 785 608 ..... 12 785 680

c. 800 900 ..... 900 800

d. 45 000 876 ..... 45 000 678

e. 256 999 999 ..... 257 000 000

2 Complète avec l'entier qui suit et celui qui précède.

a. .... < 9 563 248 < ....

b. .... < 8 248 700 < ....

c. .... < 74 999 999 < ....

d. .... < 49 000 000 < ....

e. .... < 346 768 689 < ....

3 Range les listes ci-dessous dans l'ordre croissant.

a.

60 090	90 600	69 000	90 006	96 000	60 900	90 060

b.

5 765 765	5 657 657	5 576 576	5 665 775	5 776 655	5 756 657

4 Range les listes ci-dessous dans l'ordre décroissant.

a.

121 121	122 221	112 112	121 122	122 111	121 211	112 222

b.

4 378 234	4 874 532	3 957 543	3 876 456	4 956 345	3 456 678

5 En utilisant une seule fois chacun des chiffres ci-dessous, écris en chiffres...

2 8 5 4 7 9 1

a. les trois plus grands nombres de sept chiffres ;

b. les trois plus petits nombres de sept chiffres.

a. ....
....
....

b. ....
....
....

6 La cagnotte d'un jeu radio est de 135 980 €. Pour la gagner, l'animateur doit indiquer si la cagnotte est plus grande ou plus petite que le nombre proposé par le candidat. Aide-le.

Maryse	100 000 €	
Jean-Pierre	150 000 €	
Youssra	140 000 €	
Frédéric	125 000 €	
Mickaël	135 000 €	
Gwendolina	136 000 €	

7 Voici une carte de l'ile de la Réunion. Range les onze points culminants indiqués dans l'ordre croissant de leur altitude.

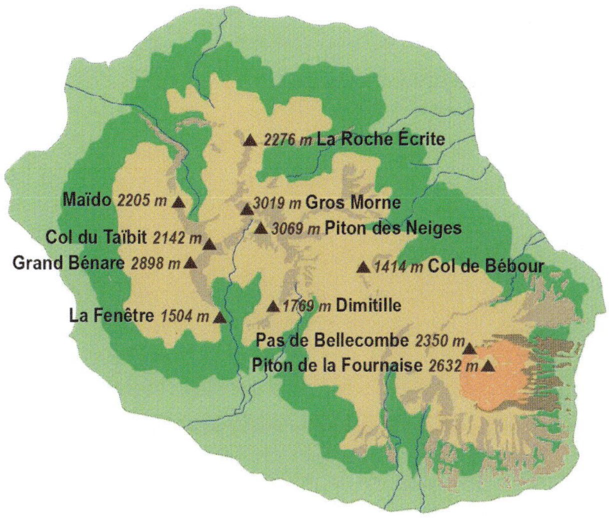

....
....
....
....

N2 Opérations sur les nombres entiers

g5.re/jrq g5.re/4zu g5.re/8s5

1 Addition

Définitions

- Les nombres que l'on additionne s'appellent les **termes**.
- Le résultat d'une addition s'appelle la **somme**.

Propriétés

Dans une addition, on a le droit de **regrouper** ou **changer** des termes de place.

Exemple : $46 + 37 + 54 + 63 = (46 + 54) + (37 + 63) = 200$

2 Soustraction

Définitions

- Les nombres que l'on soustrait s'appellent les **termes**.
- Le résultat d'une soustraction s'appelle la **différence**.

Remarque : On ne peut pas changer les termes de place dans une soustraction.

3 Multiplication

Définitions

- Les nombres que l'on multiplie s'appellent les **facteurs**.
- Le résultat d'une multiplication s'appelle le **produit**.

Propriété

Dans une multiplication, on a le droit de **regrouper** ou **changer** des facteurs de place.

Exemple : $4 \times 56 \times 25 = (4 \times 25) \times 56 = 100 \times 56 = 5\ 600$

4 Priorités opératoires

Règles

- Les multiplications sont prioritaires sur les additions et les soustractions.
- Les calculs entre parenthèses sont prioritaires sur les autres.

Exemples :

- $3 + 5 \times 8 = 3 + 40 = 43$
  La multiplication est prioritaire sur l'addition.
- $(3 + 5) \times 8 = 8 \times 8 = 64$
  Le calcul entre parenthèses est prioritaire.

5 Division euclidienne

Règle Dans une division euclidienne, on a toujours :
dividende = (**diviseur** × **quotient**) + **reste** avec **reste** < **diviseur**.

Exemple : Pose la division de 893 par 13.

dividende → 8 9 3 ; diviseur → 1 3 ; quotient → 6 8 ; reste → 0 0 9

	8	9	3	1	3
-	7	8		6	8
	1	1	$_1$3		
-	1	$_1$0	4		
	0	0	9		

893 = (**13** × **68**) + **9** avec **9** < **13**

6 Opérations sur les durées

A Conversion en minutes et secondes

Exemple : Combien y a-t-il de secondes dans 2 h 47 min 53 s ?

▶ **2 h** = **2** × 3 600 s = **7 200 s** **47 min** = **47** × 60 s = **2 820 s**

2 h 47 min 53 s = **7 200 s** + **2 820 s** + 53 s = 10 073 s

B Conversion en heures, minutes et secondes

Exemple : Combien y a-t-il d'heures, minutes et secondes dans 41 000 s ?

▶ On convertit les secondes en minutes et secondes en posant la division de 41 000 par 60.

4	1	0	0	0	6	0	
	5	0	0		**6**	**8**	**3**
		2	0	0			
			2	**0**			

On a donc 41 000 s = **683 min** **20 s**.

▶ On convertit alors les minutes en heures et minutes en effectuant la division euclidienne de 683 par 60.

		6	**8**	**3**	6	0	
			8	3	**1**	**1**	
			2	**3**			

On a donc 41 000 s = **11 h** **23 min** **20 s**.

C Addition de durées

Exemple : Un reportage débute à 15 h 38 et dure 2 h 49 min. À quelle heure se termine-t-il ?

▶ On pose l'addition suivante.

	1	**5**	h	**3** (①)	**8**	min
+		**2**	h	**4**	**9**	min
=	1	~~7~~	h	~~8~~	7	min
=	**1**	**8**	h	**2**	**7**	min

On effectue deux additions indépendantes :
les minutes entre elles et **les heures entre elles**.

Mais le nombre de minutes obtenu est supérieur à 59.
On va donc le convertir en heures et minutes sachant que 60 min = 1 h.

Le reportage se termine donc à **18 h 27 min**.

D Soustraction de durées

Exemple : Un film débute à 15 h 27 et se termine à 18 h 14. Quelle est la durée de ce film ?

▶ On pose la soustraction suivante.

	1	**7**	h	**7**	$_1$**4**	min
	1	~~8~~	h	~~1~~	4	min
-	**1**	**5**	h	$_1$**2**	**7**	min
=	**0**	**2**	h	**4**	**7**	min

On effectue deux soustractions indépendantes :
les minutes entre elles et **les heures entre elles**.

Mais on ne peut pas enlever 27 à 14.
On va donc convertir 1 des 18 heures en 60 min.

Ce film dure donc **2 h 47 min**.

Fiche 1 : additionner des nombres entiers

1 Calcule les sommes suivantes.

a.

	1	2	3
+	5	6	4
=			

b.

	2	5	6	3
+		3	4	1
=				

c.

	8	2	9
+	5	6	2
=			

d.

	3	5	7	5
+	5	8	2	6
=				

e.

	7	8	2
+	1	9	1
+	9	6	6
=			

f.

	1	7	5
+		3	2
+	9	1	3
=			

2 Complète les cases par le chiffre qui convient.

a.

	☐	4	☐	2
+	3	☐	7	☐
=	8	9	8	6

b.

	4	☐	5	☐
+		7	☐	2
=	☐	8	6	1

c.

	☐	0	3	7	☐
+		☐	7	☐	9
=	7	5	☐	1	9

3 Complète les carrés magiques, sachant que les sommes des nombres sur chaque ligne, chaque colonne et chaque diagonale sont égales.

a.

24		11	8
7	12		
16		9	
13	6		

b.

60		12	9
	13		63
	61	10	
14			16

4 Complète le tableau qui donne la population totale par sexe et âge au 1er janvier 2020.

Année de naissance	Nombre d'hommes	Nombre de femmes	Ensemble
2010	430 787	413 625	
2011	428 212	408 398	
2012	430 731	411 043	
2013	425 893	407 591	

5 **a.** Cherche sur Internet la superficie en km² des 4 départements de la région Bretagne.

....

....

....

....

b. Calcule la superficie de la région Bretagne.

....

....

6 **Tableur** Voici les différentes étapes du vol du tour du monde du Concorde en 1987.
Recopie ce tableau.

	A	B
1	Étapes	Distances en km
2	Paris – Le Caire	3 772
3	Le Caire – Delhi	5 108
4	Delhi – Bangkok	3 089
5	Bangkok – Bali	3 093
6	Bali – Sydney	4 724
7	Sydney – Papeete	6 122
8	Papeete – Ile de Pâques	4 241
9	Ile de Pâques – Iguazu	5 506
10	Iguazu – Rio de Janeiro	1 164
11	Rio de Janeiro – Dakar	5 027
12	Dakar – Paris	4 513
13	TOTAL	

a. Dans la cellule B13, saisis la formule :
= somme(B2:B12). Que permet-elle de calculer ?
Complète alors le tableau.

....

....

b. À l'aide de la fonction « *trier* » et par rapport à la colonne B, range ces différentes étapes dans l'ordre croissant de leur distance.
Que remarques-tu pour la cellule B13 ?

....

....

c. Programme alors la cellule C7 pour qu'elle calcule la somme des 6 étapes les plus courtes.
Puis programme la cellule C12 pour qu'elle calcule la somme des 5 étapes les plus longues.
Compare ces deux nombres.

....

....

1 Calcule les différences suivantes.

a. 623 − 512 =

b. 916 − 725 =

c. 2 646 − 1 795 =

d. 634 − 225 =

e. 646 − 597 =

f. 8 000 − 2 614 =

2 Complète les cases par le chiffre qui convient.

a. 4 ☐ 6 − 1 8 ☐ = ☐ 3 5

b. ☐ 8 6 0 ☐ − 3 ☐ 7 ☐ 1 = 2 6 ☐ 0 2

c. 7 ☐ 4 2 8 − 4 1 3 ☐ 9 = ☐ 6 ☐ 2 ☐

3 La construction du Parc des Sports a couté 324 millions d'euros, dont 282 pour le stade et les parkings. Le reste est attribué aux équipements annexes. Combien ont couté ces derniers ?

....

....

....

4 En une année, il s'est vendu quotidiennement en moyenne 453 883 exemplaires du journal *Le Parisien*. C'est 130 580 exemplaires de plus que *Le Figaro*, et 165 770 de plus que *Le Monde*.
Calcule le nombre d'exemplaires vendus en moyenne par les quotidiens *Le Figaro* et *Le Monde*.

....

....

....

....

....

5 Le nombre de chansons téléchargées sur un site Web est 9 889 923 781. Combien manque-t-il de téléchargements pour arriver à 10 milliards ?

....

....

....

6 Voici les relevés du compteur d'eau, en litres, de la famille de M. Hisrad (4 personnes).

1er janvier 2015	02283 108
1er janvier 2016	02437 437
1er janvier 2017	02586 099

a. Quelle est sa consommation d'eau pour l'année 2015 ?

....

....

....

b. Même question pour l'année 2016 ?

....

....

....

c. En quelle année a-t-elle le plus consommé ?

....

....

....

d. Quelle est sa consommation totale pour les deux années 2015 et 2016 ?

....

....

....

7 *Programmes de télévision en replay*

Le tableau ci-dessous indique la quantité de programmes proposés sur le Web, en nombre d'heures, sur une année. Sur la troisième ligne, indique par une flèche si le nombre d'heures de programmes disponibles a augmenté ou baissé entre deux mois consécutifs. Puis calcule la différence sur la dernière ligne.

Mois	Janvier	Février	Mars	Avril	Mai	Juin	Juillet	Aout	Sept.	Oct.	Nov.	Déc.
Heures	12 105	12 498	13 058	13 336	13 801	14 297	13 829	13 191	13 213	14 086	12 396	12 620
↑ ou ↓												
Différence												

Fiche 3 : résoudre des problèmes (addition, soustraction)

1 Complète le tableau en utilisant un tableur ou en effectuant les calculs.

	x	y	$x + y$	$x - y$
a.	12 500	7 800		
b.	456 984	432 792		
c.	1 000 000	845 482		
d.	678 980	45 854		

2 Même énoncé qu'à l'exercice précédent.

	x	y	$x + y$	$x - y$
a.	34 600		50 500	
b.	22 222		35 641	
c.	543 216		1 000 000	
d.	725 032		927 011	

3 Même énoncé qu'à l'exercice précédent.

	x	y	$x + y$	$x - y$
a.		25 300		14 700
b.		22 000		39 900
c.		247 789		431 655
d.		1 000 000		679 550

4 Ce tableau donne le nombre d'espèces de chaque famille d'insectes recensées en France.

Familles	Coléoptères (scarabées, coccinelles)	Diptères (mouches, moustiques)	Éphéméroptères (éphémères)	Hémiptères (punaises, pucerons...)	Hyménoptères (abeilles, fourmis...)	Lépidoptères (papillons)	Orthoptères (criquets, sauterelles...)	Divers
Nbre	9 600	6 500	140	3 500	8 000	5 100	210	2 150

a. Quel est le nombre total d'espèces d'insectes recensées en France ?

b. Range les différentes familles d'insectes par ordre décroissant de leur nombre d'espèces.

5 Leonardo Fibonacci a posé le problème de la croissance d'une population de lapins :
« Un homme met un couple de lapins dans un lieu isolé de tous les côtés par un mur. Combien de couples obtient-on, en un an, si chaque couple engendre tous les mois un nouveau couple, à compter du troisième mois de son existence ? »

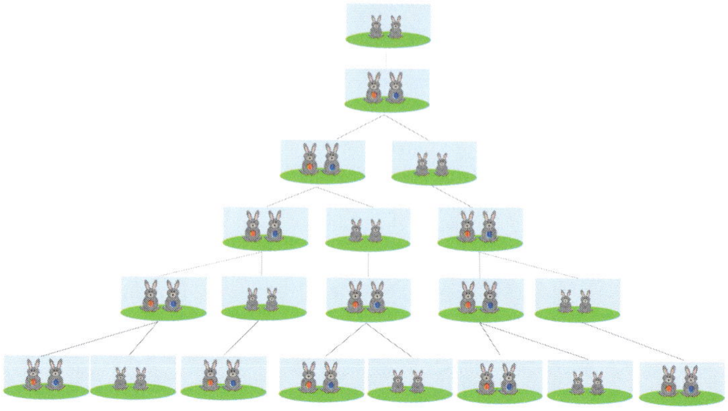

a. La suite de Fibonacci, qui illustre cette situation, est une suite d'entiers dans laquelle chaque terme est la somme des deux termes qui le précèdent. Complète cette suite.

1	1	2	3					

b. Réponds alors au problème posé par Fibonacci.

6 La famille Dondinet souhaite faire construire une maison sur un terrain. Elle a le choix entre...

			Surface	Prix
	Villa Novo	Maison	120 m²	195 000 €
		Terrain	480 m²	61 000 €
	Villa Boso	Maison	130 m²	190 000 €
		Terrain	500 m²	64 000 €
	Villa Modo	Maison	135 m²	187 500 €
		Terrain	490 m²	67 000 €

a. Quelle est l'option la moins chère ? Justifie.

b. Cette maison possède-t-elle la plus grande surface habitable ? Le plus grand terrain ?

1 Complète chaque tableau.

a.

×	2	4	6	8
3				
5				
7				
9				

b.

×		3		10
1			5	
		6		
				30
6	12			

c.

×	11		9	
			72	
	132			
6		42		
4				16

2 Regroupe astucieusement puis calcule.

a. 2 × 25 × 5 × 4

= ....

b. 8 × 17 × 125 × 10

= ....

3 Utilise l'égalité 35 × 18 = 630 pour calculer le produit de chaque multiplication sans la poser.

a. 35 × 180

= ....

= ....

b. 350 × 180

= ....

= ....

4 *Message codé*

Les lettres de l'alphabet sont remplacées par des nombres. Les correspondances sont données dans la table de Pythagore ci-contre.
Trouve la phrase du mathématicien Paul Erdös, puis indique la seule lettre de la table qui n'est pas utilisée dans ce message : ....

×	5	6	7	8	9
5	A	R	U	E	S
6	R	O	N	T	F
7	U	N	B	C	M
8	E	T	C	L	I
9	S	F	M	I	H

35 / 42 63 / 25 / 48 / 81 / 40 / 63 / 25 / 48 / 72 / 56 / 72 / 40 / 42 40 / 45 / 48

U ....

35 / 42 / 40 63 / 25 / 56 / 81 / 72 / 42 / 40 25 48 / 30 /25 / 42 / 45 / 54 / 36 / 30 / 63 / 40 / 30

....

64 / 40 56 / 25 / 54 / 40 40 / 42 48 / 81 / 40 / 36 / 30 / 40 / 63 / 40 / 45.

....

5 Calcule les produits suivants.

a.

		9	8
	×		8

b.

	8	7	6
×			9

c.

	4	2	3	1
×				4

d.

	5	7	1	2
×				7

6 Même énoncé qu'à l'exercice précédent.

a.

	3	2
×	1	7

b.

	3	7	9
×		6	5

c.

	2	5	9
×	3	0	8

d.

	5	6	2
×	9	8	1

Fiche 5 : multiplier des nombres entiers (2)

1 Effectue les calculs ci-dessous.

a. 7 + 3 × 8 = ……………………………

b. 4 × 5 + 2 = ……………………………

c. 25 – 5 × 5 = ……………………………

d. 9 × 5 + 3 × 7 = ……………………………

e. 10 × (5 – 2) = ……………………………

f. (17 + 3) × 10 = ……………………………

2 Complète chaque *compte est bon* puis indique en dessous le calcul à effectuer en une seule expression pour obtenir le résultat.

413 | 5 | 5 | 9 | 8 | 75 | 100

… … … = … (+)
… … … = … (–)
… … … = … (×)
… … … = …
… … … = …

……………………………………………

273 | 1 | 25 | 5 | 6 | 100 | 2

… … … = … (+)
… … … = … (–)
… … … = … (×)
… … … = …
… … … = …

……………………………………………

3 Calcule mentalement.

a. 48 × 101
= ……………………
= ……………………

b. 53 × 1 001
= ……………………
= ……………………

c. 27 × 99
= ……………………
= ……………………

d. 61 × 999
= ……………………
= ……………………

4 L'élevage des bêtes à viande demande des quantités d'eau variables selon les espèces. Voici les besoins en eau pour obtenir 1 kg de viande.

Besoins en eau	Pour 1 kg de viande
3 900 L	Poulet
4 800 L	Porc
15 500 L	Bœuf

Donne les besoins en eau...

a. pour un poulet (2 kg de viande) : ……………………
……………………………………………

b. pour un porc (350 kg de viande) : ……………………
……………………………………………

c. pour un bœuf (750 kg de viande) : ……………………
……………………………………………

5 On a répertorié dans le tableau suivant les commandes des élèves pour les photos de classe.

a. Complète-le.

	Prix	Quantité	TOTAL
La pochette complète	19 €	45	
Sans le groupe classe	15 €	22	
La photo (18 × 24)	11 €	18	
Toutes les petites	10 €	17	
Le groupe classe	6 €	12	
TOTAL COMMANDE			

b. Le foyer touche 2 € sur chaque vente. Combien cette commande lui rapporte-t-elle ?

……………………………………………
……………………………………………
……………………………………………

1 Pour chaque division euclidienne, entoure : en bleu le dividende, en vert le reste, en noir le diviseur et en rouge le quotient entier. Puis complète.

a.

1	5	4		2	5
- 1	5	0		6	
		4			

Le quotient de 154 par 25 est .... et il reste ....

b.

8	8	4		3	4
2	0	4		2	6
		0			

Le quotient de .... par .... est .... et il reste ....

c.

5	2	0	0		8	9
	7	5	0		5	8
		3	8			

Le quotient de .... par .... est .... et il reste ....

2 Effectue les divisions euclidiennes guidées suivantes.

a. 1 0 5 | 5

b. 4 2 5 | 1 1

c. 3 7 7 | 1 3

3 Effectue les divisions euclidiennes.

a. 1 4 9 | 8

b. 1 0 5 7 | 3

c. 3 2 2 5 8 | 4 0

4 Même énoncé qu'à l'exercice précédent.

a. 6 2 8 | 1 3

b. 3 7 6 4 | 9

c. 1 2 4 5 5 | 2 6

1 *Une division pour résoudre quatre problèmes*

a. Pose la division euclidienne suivante.

8	0	0	0	5 2

À l'aide de cette division, réponds aux problèmes.

b. Combien de caisses pleines de 52 pommes Pierre peut-il remplir avec 8 000 pommes ?

....

....

c. Combien de cars de 52 personnes faut-il prévoir pour transporter 8 000 personnes ?

....

....

d. Avec les 8 000 bonbons, Alix fait des paquets de 52 bonbons. Combien manque-t-il de bonbons dans le dernier paquet non rempli ?

....

....

e. Salma range ses 8 000 timbres dans un classeur, à raison de 52 par page. Combien de timbres contient la dernière page non remplie ?

....

....

2 Une fleuriste dispose de 1 815 fleurs.

Doit-elle réaliser des bouquets de 16 fleurs ou de 17 fleurs pour en utiliser le plus possible ?

....

....

....

....

....

3 *Magie*

a. Choisis un nombre à trois chiffres. Recopie-le à sa suite, tu obtiens un nombre à six chiffres.

....

b. Divise ce nombre à six chiffres par 7.

Tu obtiens ....

c. Divise le nombre obtenu par 11.

Tu obtiens ....

d. Divise le nombre obtenu par 13.

Tu obtiens ....

e. Que constates-tu ?
Saurais-tu expliquer ce tour de magie ?

....

....

....

4 Pour construire une étagère complète, un menuisier a besoin du matériel suivant :

- 4 planches longues ;
- 6 planches courtes ;
- 12 petites équerres ;
- 2 grandes équerres ;
- 14 vis.

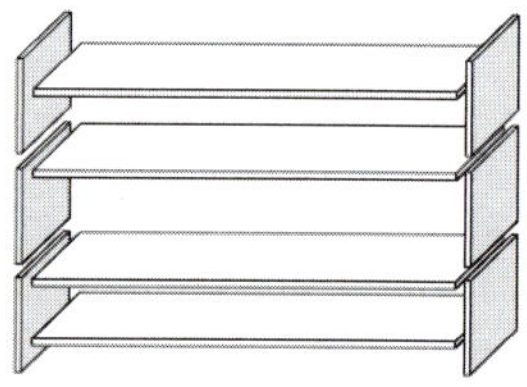

Le menuisier dispose d'un stock de 26 planches longues, 33 planches courtes, 200 petites équerres, 20 grandes équerres et 510 vis.
Combien d'étagères complètes le menuisier peut-il construire ?

....

....

....

....

....

....

....

....

....

....

....

....

1 Complète le tableau suivant, pour des trajets effectués sans arrêt.

	Heure de départ	Heure d'arrivée	Durée du trajet
a.	15 h 32		2 h 25 min
b.	9 h 45		3 h 52 min
c.	12 h 19		6 h 48 min
d.	17 h 37		4 h 23 min

2 Complète le tableau suivant, pour des trajets effectués sans arrêt.

	Heure de départ	Heure d'arrivée	Durée du trajet
a.	7 h 38	12 h	
b.	9 h 45	14 h 15	
c.		16 h 42	5 h 26 min
d.		10 h 45	1 h 53 min

3 Après avoir effectué des calculs, si nécessaire, complète.

a. 4 semaines = ... jours
b. 3 jours = ... h
c. 5 jours = ... h
d. 10 h = ... min
e. 15 h = ... min
f. 24 h = ... min
g. 6 min = ... s
h. 50 min = ... s
i. 1 h = ... s

4 Le tableau ci-dessous donne les résultats, en minutes et secondes, de quatre athlètes qui pratiquent le duathlon. Ils doivent enchainer 4 km de course à pied, 32 km de vélo, puis 4 km de course à pied. Calcule le temps général (en h, min et s) que met chacun d'eux pour effectuer toutes les épreuves, puis complète le tableau.

Prénom	Course à pied 1	Vélo	Course à pied 2	Temps général	Rang
Nicolas	13:34	54:36	16:18		
Thor	14:14	52:22	16:25		
Rémi	14:35	54:25	16:22		
Amaury	13:41	54:45	14:55		

5 Après avoir effectué des calculs, complète.

a. 6 h 15 min = ... min
b. 11 h 11 min = ... min
c. 3 jours = ... min
d. 17 min 42 s = ... s
e. 47 min 23 s = ... s
f. 3 h 28 min = ... s
g. 8 h 45 min = ... s
h. 7 h 43 s = ... s
i. 4 h 4 min 4 s = ... s

6 Complète le tableau ci-dessous qui donne la fréquence cardiaque suivant différentes espèces.

Espèce				
Nombre de battements	1 200 en 8 min	1 200 en ¼ d'heure	1 200 en ½ d'heure	1 200 en 2 h
Nombre de battements par minute				

7 Compare un million de secondes et 15 000 minutes. Justifie.

....

....

Fiche 9 : convertir des durées (2)

1 Pose chaque division euclidienne demandée, puis complète chaque égalité.

a. 700 par 60

700 min = ... h + ... min

b. 995 par 60

995 min = ... h + ... min

c. 1 317 par 60

1 317 s = ... min + ... s

2 Après avoir effectué des calculs, complète.

a. 750 min = ... h .... min

b. 1 038 min = ... h .... min

c. 1 300 min = ... h .... min

d. 1 409 min = ... h .... min

3 Même énoncé qu'à l'exercice précédent.

a. 652 s = ... min .... s

b. 925 s = ... min .... s

c. 1 230 s = ... min .... s

d. 1 440 s = ... min .... s

4 Même énoncé qu'à l'exercice précédent.

a. 7 005 s = ... min .... s

= .... h .... min .... s

b. 52 000 s = ... min .... s

= .... h .... min .... s

c. 68 900 s = ... min .... s

= .... h .... min .... s

d. 1 000 000 s = ... min .... s

= .... h .... min .... s

5 Le voyage Terre-Vénus est estimé à 211 680 min, et le voyage Terre-Mars à 24 624 000 s. Exprime chacune de ces durées en jours afin de les comparer.

....

....

....

....

....

6 L'hyperloop est le transport du futur. Il filera dans un tube sous vide à la vitesse de 1 200 km/h. Il transportera 28 passagers par navette toutes les 2 minutes. Combien de passagers transportera-t-il en une heure ? En un an ?

....

....

....

....

7 Luc dispose de deux imprimantes :

- la MP120 qui imprime 25 pages par minute (ppm) en noir et blanc, et 15 ppm en couleur ;
- la WZ52 qui imprime 20 ppm en noir et blanc, et 18 ppm en couleur.

Luc veut imprimer 5 000 pages en noir et blanc et 8 100 en couleur. Combien de temps (en heures et minutes) mettra-t-il pour tout imprimer avec la plus rapide des deux machines ?

....

....

....

....

....

....

....

....

N3 Fractions

g5.re/g6v g5.re/xrg g5.re/xw8

1 Vocabulaire

$\frac{a}{b}$: a → **numérateur** ; b → **dénominateur**

a est le **numérateur**
b est le **dénominateur**
et b est différent de 0

Définition $\frac{a}{b}$ est une **fraction** si a et b sont des **nombres entiers**.

Exemple : $\frac{15}{18}$ est une fraction

2 Fraction et partage

Exemple : Pour colorier les deux sixièmes d'un disque :

▸ on partage le disque en **six parts égales** : 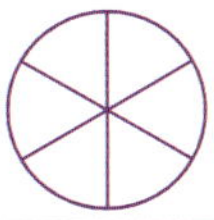	▸ on colorie **deux parts** sur les six : 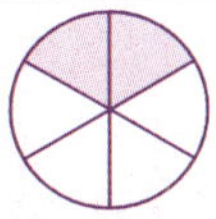

3 Lecture d'une fraction

Règle Pour lire une fraction, on lit d'abord le nombre du **numérateur** puis le nombre du **dénominateur** en ajoutant le suffixe ***"ièmes"***.

Exemples : $\frac{4}{7}$ se lit ***quatre septièmes*** et $\frac{3}{10}$ se lit **trois dixièmes**

Mais il existe des exceptions :

$\frac{1}{2}$	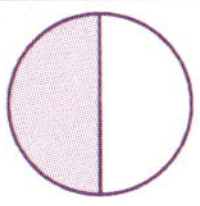	un demi

$\frac{1}{3}$		un tiers
$\frac{2}{3}$	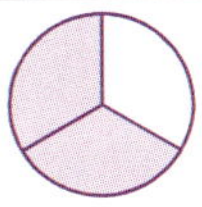	deux tiers

$\frac{1}{4}$	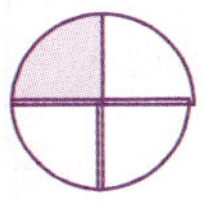	un quart
$\frac{3}{4}$	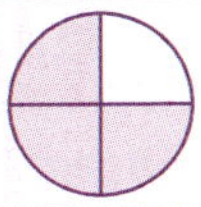	trois quarts

4 Nombre fraction

Définition La fraction $\frac{a}{b}$ est le nombre qui, multiplié par b, donne a. Soit $\frac{a}{b} \times b = a$.

Exemple : $\frac{4}{3}$ est le nombre tel que $\frac{4}{3} \times 3 = 4$. On a également l'égalité $3 \times \frac{4}{3} = 4$.

5 Comparaison d'une fraction à 1

Règles

- Si le numérateur est **inférieur** au dénominateur alors la **fraction est inférieure à 1**.
- Si le numérateur et le dénominateur sont **égaux** alors la **fraction est égale à 1**.
- Si le numérateur est **supérieur** au dénominateur alors la **fraction est supérieure à 1**.

Exemples : Compare les fractions $\frac{11}{15}$, $\frac{15}{15}$ et $\frac{17}{15}$ à 1.

▶ $\frac{11}{15}$ est **inférieure à 1** car le numérateur 11 est inférieur au dénominateur 15.

▶ $\frac{15}{15}$ est **égale à 1** car le numérateur 15 est égal au dénominateur 15.

▶ $\frac{17}{15}$ est **supérieure à 1** car le numérateur 17 est supérieur au dénominateur 15.

6 Encadrement d'une fraction

Règle On effectue la **division euclidienne** du numérateur par le dénominateur. On obtient un quotient entier qui correspond à la **valeur approchée à l'unité par défaut** du quotient.

Exemple : Encadre la fraction $\frac{39}{7}$ entre deux entiers consécutifs.

▶ On effectue la division euclidienne de 39 par 7 :

$$\begin{array}{r|l} 39 & 7 \\ \hline 4 & 5 \end{array}$$

▶ 5 est la valeur approchée à l'unité par défaut de $\frac{39}{7}$, donc $5 < \frac{39}{7} < 5 + 1$, soit $5 < \frac{39}{7} < 6$.

7 Décomposition d'une fraction

Règle Toute fraction peut se décomposer en une **somme d'un entier et d'une fraction inférieure à 1**.

Exemple : Décompose $\frac{39}{7}$ en somme d'un nombre entier et d'une fraction inférieure à 1.

▶ $\begin{array}{r|l} 39 & 7 \\ \hline 4 & 5 \end{array}$ donc $\frac{39}{7} = 5 + \frac{4}{7}$ où $\frac{4}{7} < 1$.

8 Fraction et demi-droite graduée

Exemple : Sur une demi-droite graduée, place les points A et B d'abscisses respectives $\frac{5}{6}$ et $\frac{22}{6}$.

▶ Pour placer les points A et B sur une demi-droite graduée, on choisit une longueur unité que l'on partage en six parts égales. Chacune de ces parts correspond donc à $\frac{1}{6}$ de l'unité.

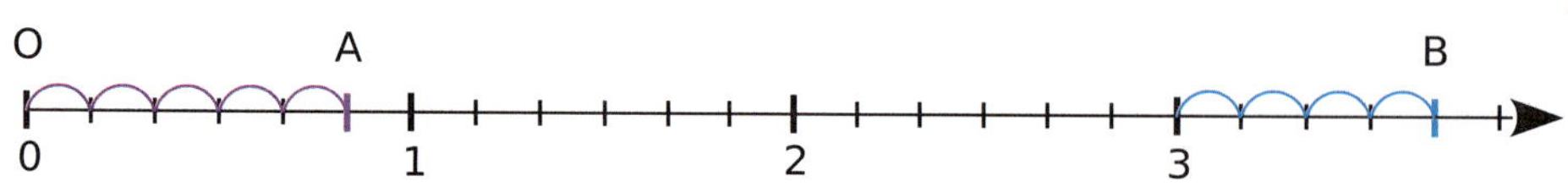

▶ Pour placer le point A, comme $\frac{5}{6} = 5 \times \frac{1}{6}$, on reporte **cinq sixièmes** à partir du point O.

▶ Pour placer le point B, on peut procéder de la même façon ou utiliser le fait que $\frac{22}{6} = \frac{18}{6} + \frac{4}{6} = 3 + \frac{4}{6}$ et donc reporter **quatre sixièmes** après 3.

1 Indique quelle fraction de chaque figure représente la partie colorée.

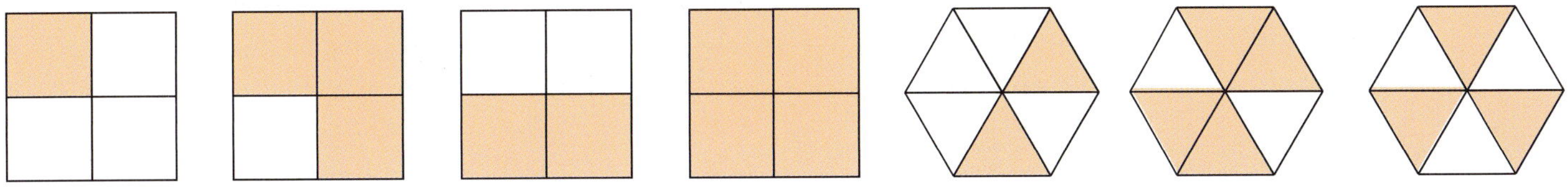

a. .... **b.** .... **c.** .... **d.** .... **e.** .... **f.** .... **g.** ....

2 Indique quelle fraction de chaque disque représente la partie colorée.

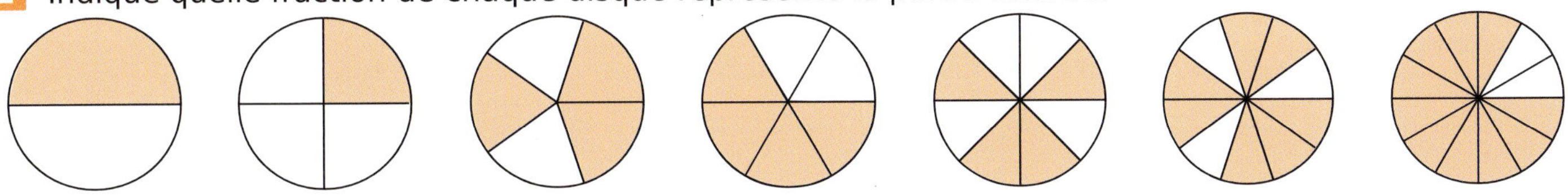

a. .... **b.** .... **c.** .... **d.** .... **e.** .... **f.** .... **g.** ....

3 Indique quelle fraction de chaque carré représente la partie colorée.

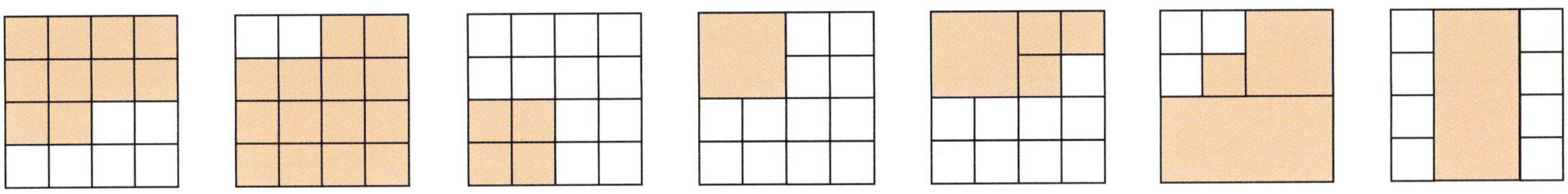

a. .... **b.** .... **c.** .... **d.** .... **e.** .... **f.** .... **g.** ....

4 Complète les pointillés par une fraction.

a. Si 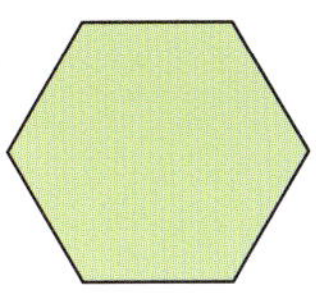 = 1, alors 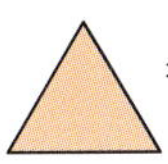 = ...

b. Si 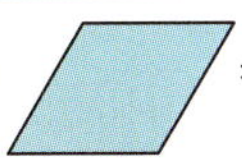 = 1, alors 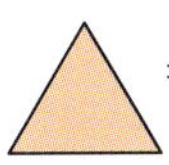 = ...

c. Si 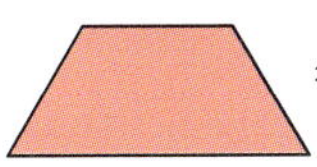 = 1, alors 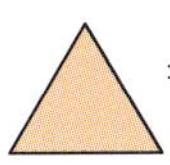 = ...

c. Si 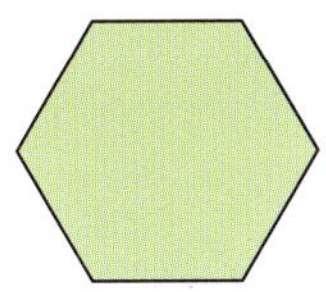 = 1, alors 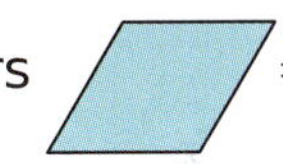 = ...

d. Si 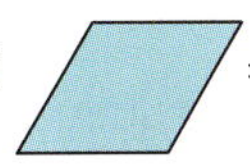 = 1, alors 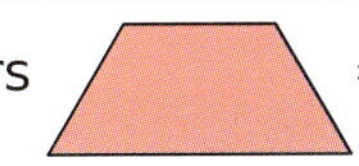 = ...

f. Si 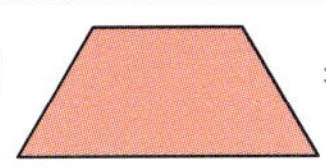 = 1, alors 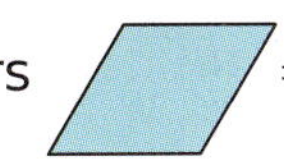 = ...

5 Pour chaque figure, écris la fraction de l'aire du grand carré que représente chaque morceau.

a.

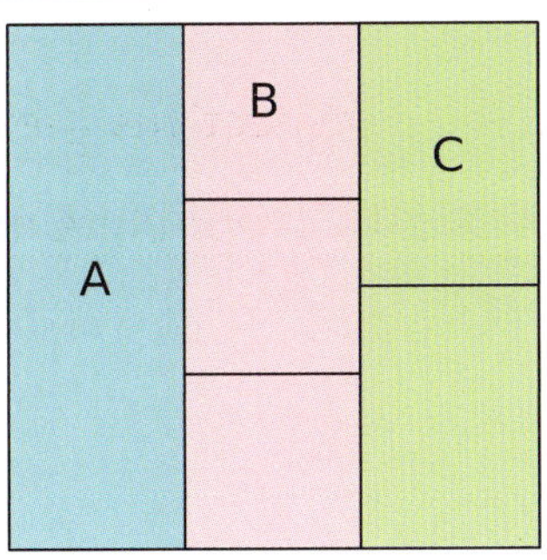

A = ... B = ... C = ...

b.

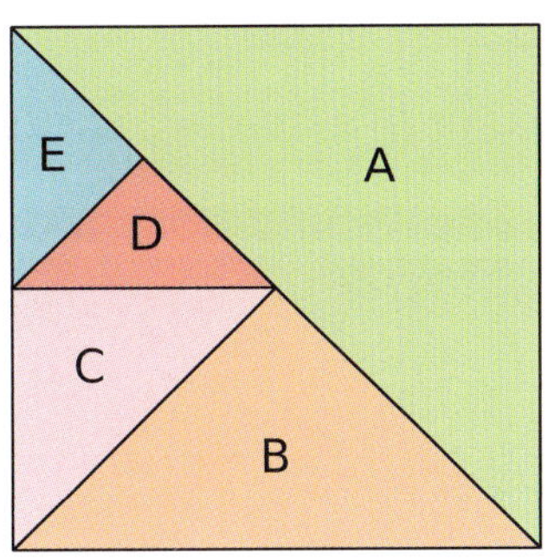

A = ... B = ... C = ...

D = ... E = ...

c.

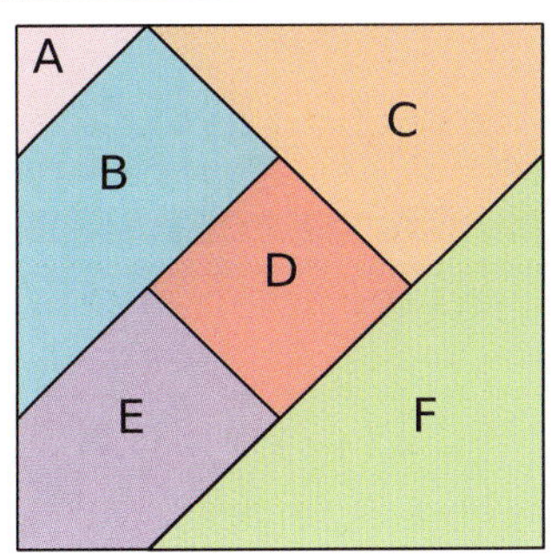

A = ... B = ... C = ...

D = ... E = ... F = ...

Fiche 2 : utiliser les fractions pour rendre compte de partages (2)

1 Colorie la fraction du rectangle qui est indiquée.

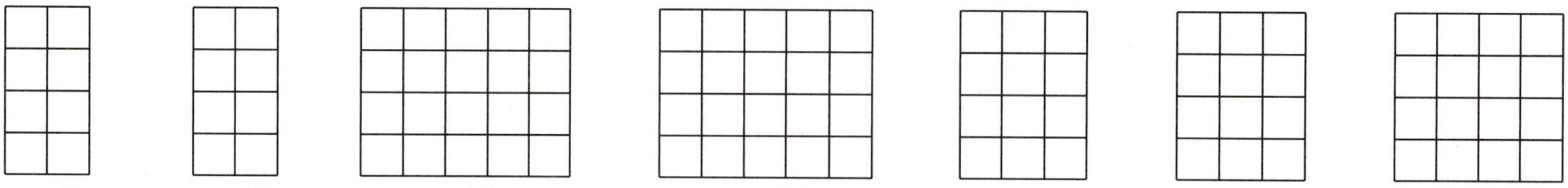

a. $\frac{1}{8}$ **b.** $\frac{5}{8}$ **c.** $\frac{11}{20}$ **d.** $\frac{13}{20}$ **e.** $\frac{5}{12}$ **f.** $\frac{7}{12}$ **g.** $\frac{9}{16}$

2 Colorie la fraction du disque qui est indiquée.

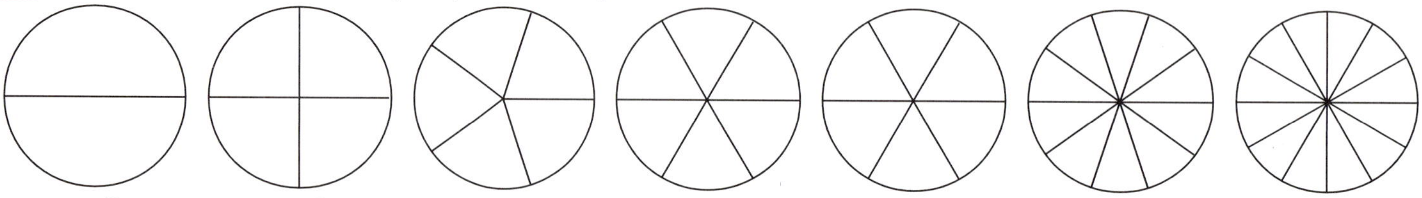

a. $\frac{2}{2}$ **b.** $\frac{1}{4}$ **c.** $\frac{4}{5}$ **d.** $\frac{5}{6}$ **e.** $\frac{3}{8}$ **f.** $\frac{7}{10}$ **g.** $\frac{11}{12}$

3 Colorie la fraction de chaque figure qui est indiquée.

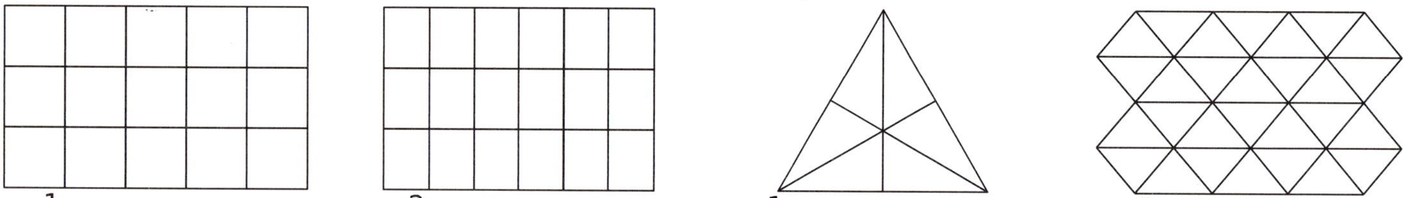

a. $\frac{1}{5}$ **b.** $\frac{2}{3}$ **c.** $\frac{1}{3}$ **d.** $\frac{3}{7}$

4 Colorie la fraction du disque qui est indiquée.

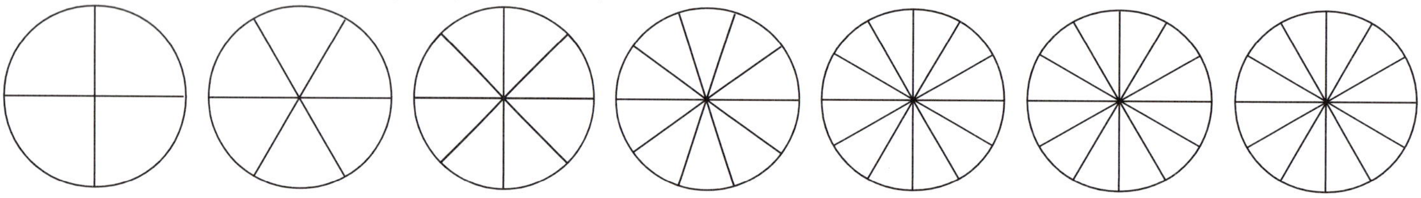

a. $\frac{1}{2}$ **b.** $\frac{2}{3}$ **c.** $\frac{3}{4}$ **d.** $\frac{4}{5}$ **e.** $\frac{1}{3}$ **f.** $\frac{4}{4}$ **g.** $\frac{5}{6}$

5 Colorie les trois quarts de la surface de chaque figure.

a. 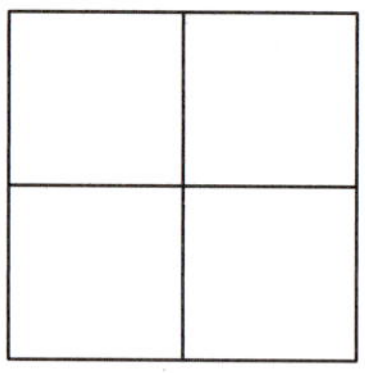

b. 

c. 

d. 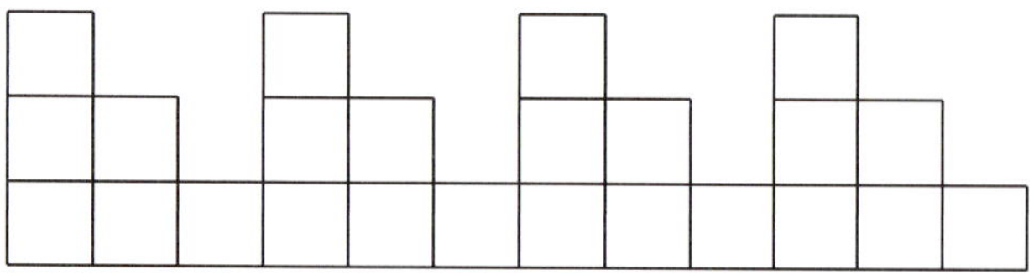

e. 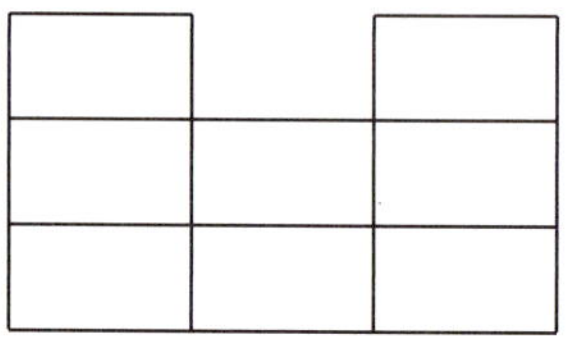

f. 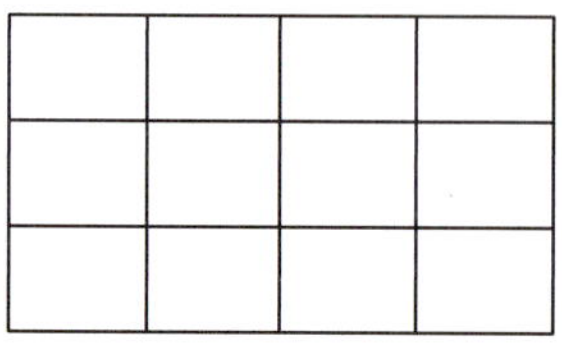

6 Colorie...

a. en vert, le tiers du rectangle ci-dessous ;
b. en bleu, les deux cinquièmes de ce qui reste ;
c. en gris, la moitié de ce qui reste ;
d. en rouge, les trois quarts de ce qui reste.

e. Quelle fraction du rectangle n'est pas coloriée ?

....

1 Écris chaque fraction en toutes lettres.

a. $\frac{5}{10}$: ……………………

b. $\frac{19}{100}$: ……………………

c. $\frac{103}{1\,000}$: ……………………

d. $\frac{5}{2}$: ……………………

e. $\frac{2}{3}$: ……………………

f. $\frac{9}{4}$: ……………………

g. $\frac{30}{13}$: ……………………

h. $\frac{52}{50}$: ……………………

2 Écris sous forme de fractions.

a. Douze centièmes : ………

b. Vingt-six millièmes : ………

c. Seize tiers : ………

d. Trois demis : ………

e. Huit quarts : ………

f. Trente-deux cinquièmes : ………

g. Quatre-vingts neuvièmes : ………

h. Quatre vingt-neuvièmes : ………

3 Qu'ont en commun toutes ces fractions de l'Œil oudjat du dieu faucon Horus ?

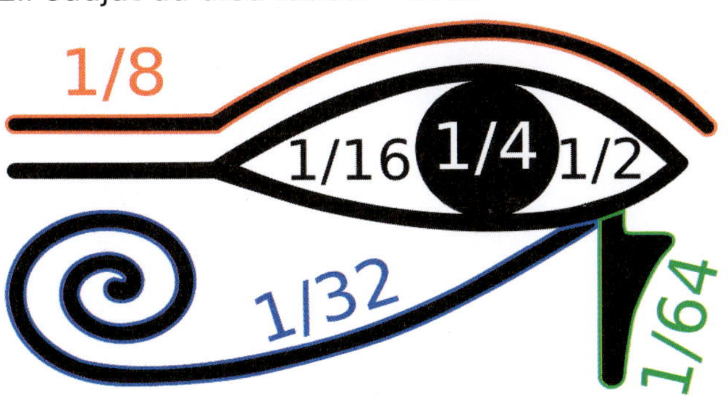

……………………

4 *Vocabulaire*

a. Quel est le numérateur de $\frac{18}{7}$? ………

b. Quel est le dénominateur de $\frac{24}{25}$? ………

c. Quelle est la fraction dont le numérateur est 43 et le dénominateur est 37 ? ………

d. Quelle est la fraction dont le dénominateur est 68 et le numérateur est 51 ? ………

5 On considère la fraction de départ $\frac{7}{5}$.

Quelle fraction obtient-on si…

a. on ajoute 4 à son numérateur, et 5 à son dénominateur ? ………

b. on soustrait 2 à son dénominateur, et 3 à son numérateur ? ………

c. on soustrait 6 à son numérateur, et on ajoute 10 à son dénominateur ? ………

d. on multiplie son dénominateur par 9, et son numérateur par 6 ? ………

e. on multiplie son numérateur par 7, et on ajoute 12 à son dénominateur ? ………

6 *Énigmes*

a. Mon dénominateur est le numérateur de $\frac{89}{9}$ et mon numérateur est le dénominateur de $\frac{10}{95}$.

Je suis ……… .

b. Mon numérateur est le double de celui de $\frac{5}{7}$ et mon dénominateur est le tiers de celui de $\frac{6}{9}$.

Je suis ……… .

c. La somme de mon numérateur et de mon dénominateur est 9, leur différence est 5 et je suis une fraction supérieure à 1.

Je suis ……… .

Fiche 4 : connaitre diverses désignations d'une fraction (2)

1 Complète.

a. $2 \times \frac{1}{7} = \frac{\ldots\ldots}{\ldots\ldots}$

b. $4 \times \frac{1}{3} = \frac{\ldots\ldots}{\ldots\ldots}$

c. $7 \times \frac{1}{9} = \frac{\ldots\ldots}{\ldots\ldots}$

d. $13 \times \frac{1}{2} = \frac{\ldots\ldots}{\ldots\ldots}$

e. $5 \times \frac{1}{6} = \frac{\ldots\ldots}{\ldots\ldots}$

f. $10 \times \frac{1}{11} = \frac{\ldots\ldots}{\ldots\ldots}$

2 Complète.

a. $6 \times \frac{8}{6} = \ldots\ldots$

b. $5 \times \frac{3}{5} = \ldots\ldots$

c. $9 \times \frac{6}{9} = \ldots\ldots$

d. $12 \times \frac{7}{12} = \ldots\ldots$

e. $15 \times \frac{20}{15} = \ldots\ldots$

f. $23 \times \frac{55}{23} = \ldots\ldots$

3 Par quel nombre faut-il...

a. multiplier 5 pour obtenir 3 ? $\frac{\ldots\ldots}{\ldots\ldots}$

b. multiplier 9 pour obtenir 4 ? $\frac{\ldots\ldots}{\ldots\ldots}$

c. multiplier 12 pour obtenir 11 ? $\frac{\ldots\ldots}{\ldots\ldots}$

d. multiplier 38 pour obtenir 97 ? $\frac{\ldots\ldots}{\ldots\ldots}$

4 Complète.

a. $4 \times \frac{9}{\ldots\ldots} = 9$

b. $8 \times \frac{15}{\ldots\ldots} = 15$

c. $13 \times \frac{5}{\ldots\ldots} = 5$

d. $17 \times \frac{\ldots\ldots}{\ldots\ldots} = 14$

e. $14 \times \frac{\ldots\ldots}{\ldots\ldots} = 17$

f. $39 \times \frac{\ldots\ldots}{\ldots\ldots} = 76$

5 Complète.

a. $\frac{6}{\ldots\ldots} \times 5 = 6$

b. $\frac{8}{\ldots\ldots} \times 3 = 8$

c. $\frac{10}{\ldots\ldots} \times 19 = 10$

d. $\frac{\ldots\ldots}{\ldots\ldots} \times 11 = 12$

e. $\frac{\ldots\ldots}{\ldots\ldots} \times 24 = 37$

f. $\frac{\ldots\ldots}{\ldots\ldots} \times 99 = 100$

6 Un rectangle a une aire de 23 cm^2.

23 cm^2

Quelle est la valeur exacte de sa largeur...

a. sachant que sa longueur est 6 cm ?

....

b. sachant que sa longueur est 7 cm ?

....

c. sachant que sa longueur est 11 cm ?

....

7 Écris les nombres suivants sous la forme...

- d'une fraction de dénominateur 2.

a. $3 = \frac{\ldots\ldots}{\ldots\ldots}$

b. $5 = \frac{\ldots\ldots}{\ldots\ldots}$

c. $12 = \frac{\ldots\ldots}{\ldots\ldots}$

d. $18 = \frac{\ldots\ldots}{\ldots\ldots}$

e. $35 = \frac{\ldots\ldots}{\ldots\ldots}$

f. $49 = \frac{\ldots\ldots}{\ldots\ldots}$

- d'une fraction de dénominateur 4.

g. $2 = \frac{\ldots\ldots}{\ldots\ldots}$

h. $4 = \frac{\ldots\ldots}{\ldots\ldots}$

i. $10 = \frac{\ldots\ldots}{\ldots\ldots}$

j. $15 = \frac{\ldots\ldots}{\ldots\ldots}$

k. $25 = \frac{\ldots\ldots}{\ldots\ldots}$

l. $100 = \frac{\ldots\ldots}{\ldots\ldots}$

8 Complète.

a. $\frac{\ldots\ldots}{5} = 1$

b. $\frac{\ldots\ldots}{6} = 4$

c. $\frac{\ldots\ldots}{18} = 0$

d. $\frac{\ldots\ldots}{3} = 9$

e. $\frac{\ldots\ldots}{7} = 6$

f. $\frac{\ldots\ldots}{11} = 8$

g. $10 = \frac{\ldots\ldots}{8}$

h. $7 = \frac{\ldots\ldots}{9}$

i. $12 = \frac{\ldots\ldots}{3}$

9 Calcule.

a. $\frac{18}{2} = \ldots\ldots$

b. $\frac{28}{4} = \ldots\ldots$

c. $\frac{55}{5} = \ldots\ldots$

d. $\frac{27}{9} = \ldots\ldots$

e. $\frac{73}{73} = \ldots\ldots$

f. $\frac{60}{15} = \ldots\ldots$

g. $\frac{120}{12} = \ldots\ldots$

h. $\frac{150}{30} = \ldots\ldots$

i. $\frac{0}{259} = \ldots\ldots$

1 Dans chaque cas, donne l'abscisse de chacun des points A, B, C, D et E, sous forme fractionnaire.

a. A( ) ; B( ) ; C( ) ; D( ) et E( ).

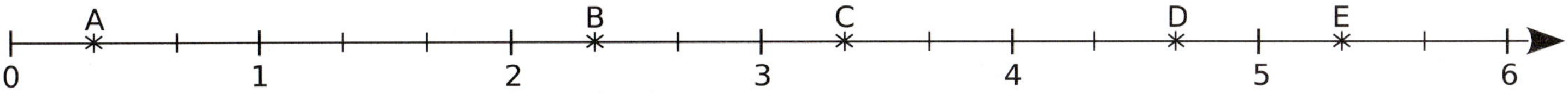

b. A( ) ; B( ) ; C( ) ; D( ) et E( ).

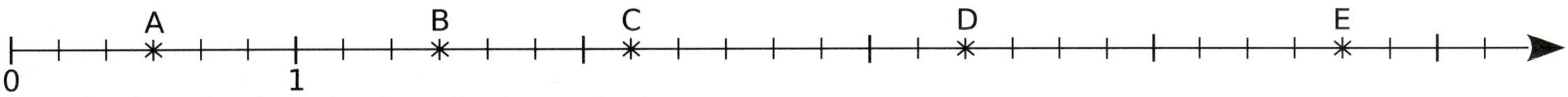

c. A( ) ; B( ) ; C( ) ; D( ) et E( ).

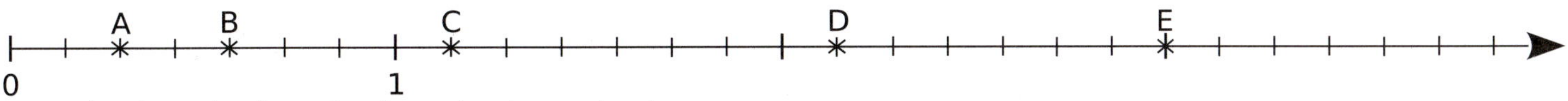

d. A( ) ; B( ) ; C( ) ; D( ) et E( ).

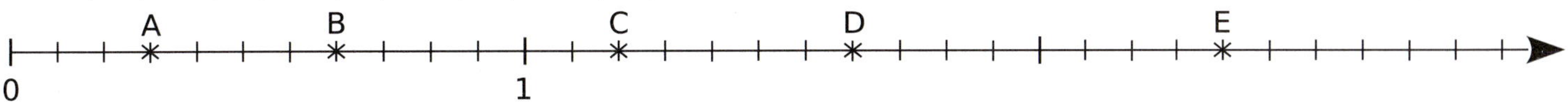

2 Place les points suivants sur l'axe gradué.

a. A$\left(\frac{3}{4}\right)$; B$\left(\frac{6}{4}\right)$; C$\left(\frac{14}{4}\right)$; D$\left(\frac{19}{4}\right)$ et E$\left(\frac{24}{4}\right)$.

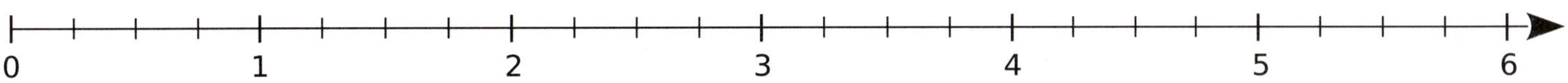

b. A$\left(\frac{2}{6}\right)$; B$\left(\frac{7}{6}\right)$; C$\left(\frac{10}{6}\right)$; D$\left(\frac{17}{6}\right)$ et E$\left(\frac{25}{6}\right)$.

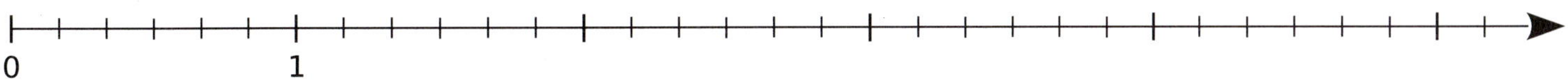

c. A$\left(\frac{1}{9}\right)$; B$\left(\frac{5}{9}\right)$; C$\left(\frac{12}{9}\right)$; D$\left(\frac{16}{9}\right)$ et E$\left(\frac{23}{9}\right)$.

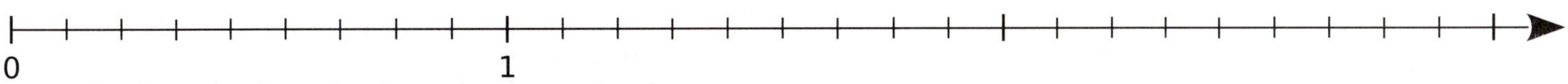

d. A$\left(\frac{11}{12}\right)$; B$\left(\frac{15}{12}\right)$; C$\left(\frac{19}{12}\right)$; D$\left(\frac{27}{12}\right)$ et E$\left(\frac{31}{12}\right)$.

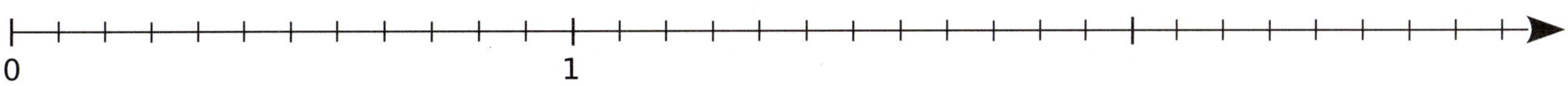

3 Complète le tableau en utilisant les informations portées sur la demi-droite graduée.

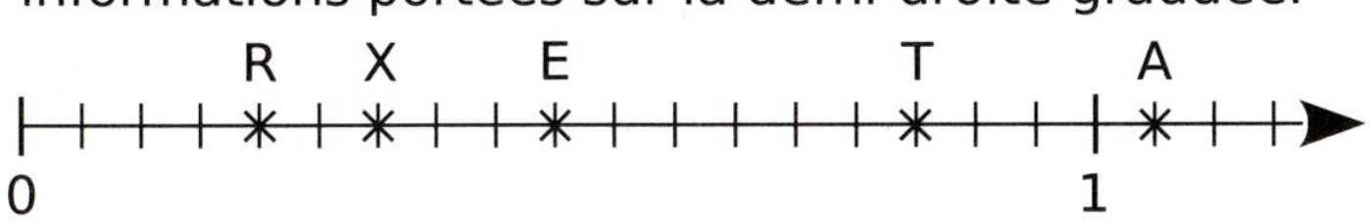

Abscisse	$\frac{1}{2}$	$\frac{1}{3}$	$\frac{5}{6}$	$\frac{2}{9}$	$\frac{19}{18}$
Point					

Quel mot cela forme-t-il ? ....

4 On considère la demi-droite graduée suivante.

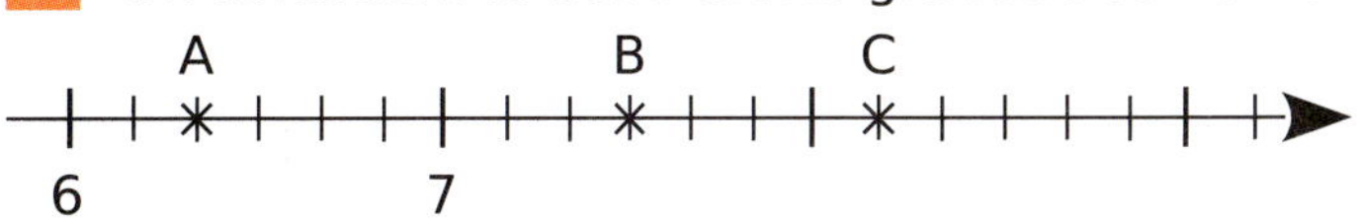

a. Donne l'abscisse des points A, B et C.

A( ) ; B( ) et C( )

b. Place les points D$\left(\frac{47}{6}\right)$; E$\left(\frac{13}{2}\right)$ et F$\left(\frac{26}{3}\right)$.

Fiche 6 : comparer des fractions

1 Parmi les fractions suivantes...

$\frac{21}{5}$ $\frac{12}{72}$ $\frac{222}{222}$ $\frac{4}{3}$ $\frac{214}{27}$ $\frac{3}{3}$ $\frac{11}{11}$ $\frac{14}{15}$

$\frac{15}{14}$ $\frac{5}{7}$ $\frac{1}{10}$ $\frac{82}{82}$ $\frac{25}{12}$ $\frac{33}{333}$ $\frac{8}{7}$ $\frac{152}{152}$

a. lesquelles sont plus petites que 1 ?

....

b. lesquelles sont égales à 1 ?

....

c. lesquelles sont plus grandes que 1 ?

....

2 Complète avec le symbole <, > ou =.

a. $\frac{35}{37}$ 1

b. $\frac{107}{108}$ 1

c. $\frac{75}{75}$ 1

d. $\frac{64}{59}$ 1

e. $\frac{152}{153}$ 1

f. $\frac{78}{67}$ ...... $\frac{67}{78}$

3 Colorie en bleu les cases qui contiennent des fractions inférieures à 1.

Colorie en orange les cases qui contiennent des fractions égales à 1.

Colorie en vert les cases qui contiennent des fractions supérieures à 1.

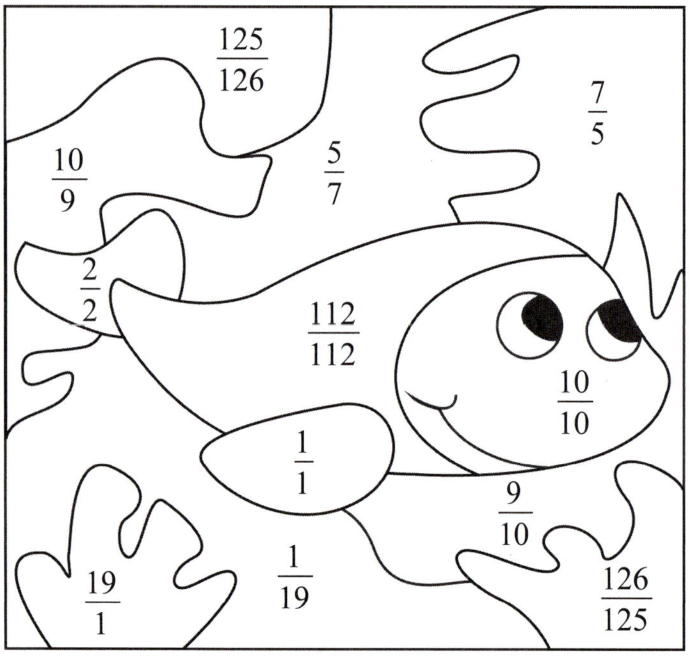

4 Complète avec le symbole <, > ou =.

a. Si 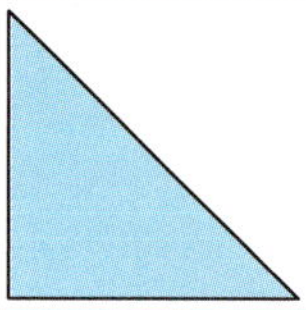 = 1, alors 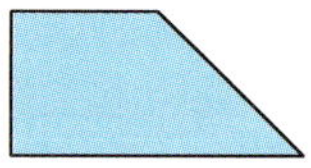 1

b. Si  = 1, alors 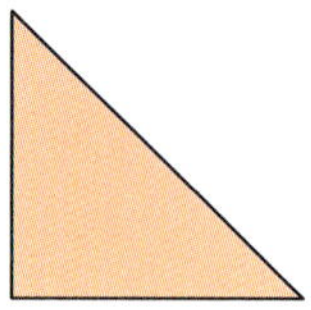 1

c. Si 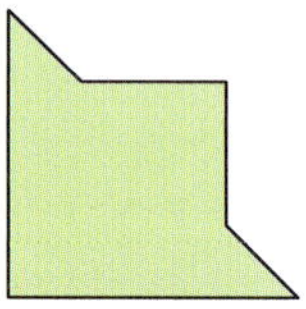 = 1, alors  1

d. Si 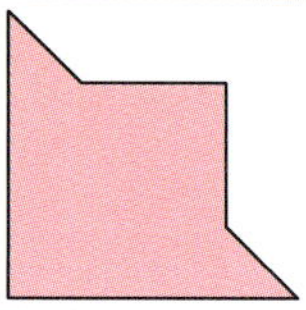 = 1, alors 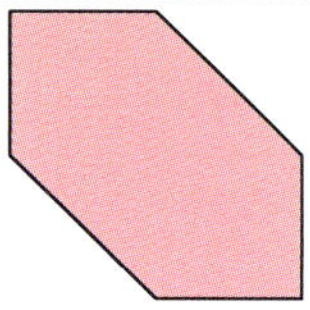 1

5 *Fractions de même numérateur*

a. Colorie la fraction du disque qui est indiquée.

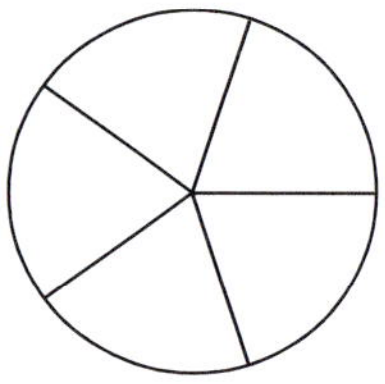
$\frac{3}{5}$

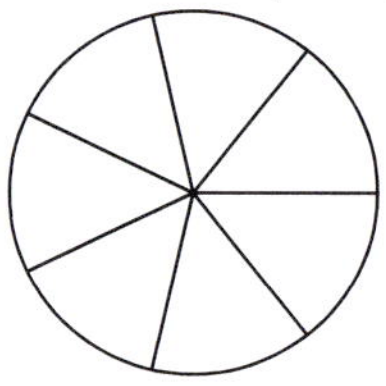
$\frac{3}{7}$

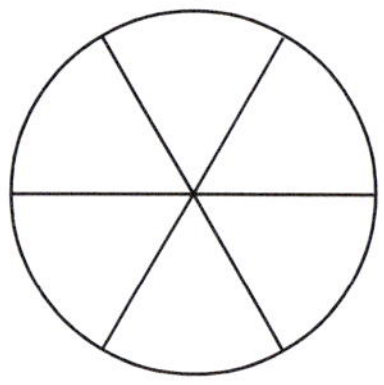
$\frac{3}{6}$

b. Range alors les fractions $\frac{3}{5}$, $\frac{3}{7}$ et $\frac{3}{6}$ dans l'ordre croissant : ....

6 Complète avec le symbole <, > ou =.

a. $\frac{17}{32}$ ...... $\frac{19}{32}$

b. $\frac{45}{44}$ ...... $\frac{47}{44}$

c. $\frac{6}{7}$ ...... $\frac{5}{7}$

d. $\frac{11}{15}$ ...... $\frac{11}{14}$

e. $\frac{23}{8}$ ...... $\frac{23}{9}$

f. $\frac{19}{19}$ ...... $\frac{17}{17}$

7 Complète avec le symbole <, > ou =.

a. $\frac{50}{3}$ 20

b. $\frac{50}{7}$ 7

c. $\frac{50}{9}$ 5

d. $\frac{50}{11}$ 5

e. $\frac{50}{17}$ 3

f. $\frac{50}{25}$ 2

1 Dans chacun des cas suivants, en t'inspirant de l'exemple donné...
• colorie la fraction du rectangle indiquée ;
• écris la fraction sous la forme de la somme d'un nombre entier et d'une fraction plus petite que 1.

Exemple :

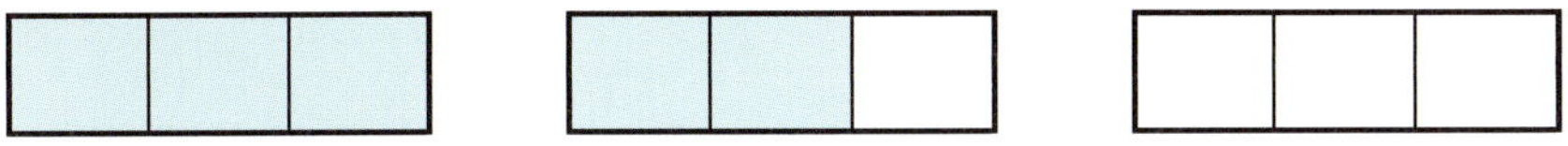

$\frac{5}{3} = 1 + \frac{2}{3}$

À toi maintenant :

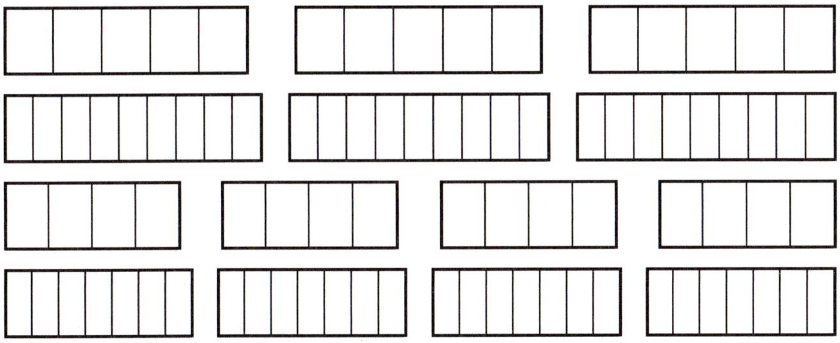

a. $\frac{14}{5} =$ …… + $\frac{\dots}{\dots}$

b. $\frac{10}{9} =$ …… + $\frac{\dots}{\dots}$

c. $\frac{11}{4} =$ …… + $\frac{\dots}{\dots}$

d. $\frac{23}{7} =$ …… + $\frac{\dots}{\dots}$

2 En t'aidant des divisions suivantes, complète chaque égalité (la fraction est inférieure à 1).

100 ÷ 3 : 1 0 0 | 3 1 0 | 3 3 1	253 ÷ 16 : 2 5 3 | 1 6 9 3 | 1 5 1 3	524 ÷ 21 : 5 2 4 | 2 1 1 0 4 | 2 4 2 0	850 ÷ 37 : 8 5 0 | 3 7 1 1 0 | 2 2 3 6	585 ÷ 45 : 5 8 5 | 4 5 1 3 5 | 1 3 0 0	3200 ÷ 27 : 3 2 0 0 | 2 7 5 0 | 1 1 8 2 3 0 1 4

a. $\frac{100}{3} =$ …… + $\frac{\dots}{\dots}$

b. $\frac{253}{16} =$ …… + $\frac{\dots}{\dots}$

c. $\frac{524}{21} =$ …… + $\frac{\dots}{\dots}$

d. $\frac{850}{37} =$ …… + $\frac{\dots}{\dots}$

e. $\frac{585}{45} =$ …… + $\frac{\dots}{\dots}$

f. $\frac{3\,200}{27} =$ …… + $\frac{\dots}{\dots}$

3 Écris chaque fraction comme la somme d'un nombre entier et d'une fraction inférieure à 1.

a. $\frac{46}{9} =$ ……………

b. $\frac{29}{6} =$ ……………

c. $\frac{34}{5} =$ ……………

d. $\frac{87}{4} =$ ……………

e. $\frac{97}{3} =$ ……………

f. $\frac{71}{8} =$ ……………

g. $\frac{51}{7} =$ ……………

h. $\frac{114}{11} =$ ……………

4 Écris chaque expression sous la forme d'une seule fraction.

a. $3 + \frac{4}{11} =$ ……

b. $9 + \frac{3}{7} =$ ……

c. $11 + \frac{2}{9} =$ ……

d. $20 + \frac{1}{4} =$ ……

e. $4 + \frac{5}{12} =$ ……

f. $8 + \frac{7}{15} =$ ……

g. $39 + \frac{1}{2} =$ ……

h. $4 + \frac{13}{25} =$ ……

5 Encadre entre deux entiers consécutifs chacune des fractions de l'exercice 3.

a. …… $< \frac{46}{9} <$ ……

b. …… $< \frac{29}{6} <$ ……

c. …… $< \frac{34}{5} <$ ……

d. …… $< \frac{87}{4} <$ ……

e. …… $< \frac{97}{3} <$ ……

f. …… $< \frac{71}{8} <$ ……

g. …… $< \frac{51}{7} <$ ……

h. …… $< \frac{114}{11} <$ ……

6 Encadre entre deux entiers consécutifs chacune des fractions suivantes.

a. …… $< \frac{40}{3} <$ ……

b. …… $< \frac{72}{7} <$ ……

c. …… $< \frac{37}{2} <$ ……

d. …… $< \frac{90}{4} <$ ……

e. …… $< \frac{65}{8} <$ ……

f. …… $< \frac{77}{5} <$ ……

g. …… $< \frac{77}{12} <$ ……

h. …… $< \frac{75}{13} <$ ……

N4 Nombres décimaux

g5.re/96j g5.re/j6y g5.re/t17

1 Sous-multiples de l'unité

A Les dixièmes

Définition

Quand on coupe une unité en 10 parties égales, on obtient des **dixièmes**.
Un dixième se note : $\frac{1}{10}$. Dans l'unité, il y a 10 dixièmes donc : $1 = \frac{10}{10}$.

B Les centièmes

Définition

Quand on coupe une unité en 100 parties égales, on obtient des **centièmes**.
Un centième se note : $\frac{1}{100}$. Dans l'unité, il y a 100 centièmes donc : $1 = \frac{100}{100}$.

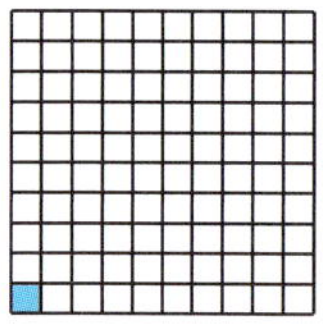

C Les millièmes

Définition

Quand on coupe une unité en 1 000 parties égales, on obtient des **millièmes**.

Un millième se note : $\frac{1}{1\,000}$. Dans l'unité, il y a 1 000 millièmes donc : $1 = \frac{1\,000}{1\,000}$.

Exemple : $\frac{14\,531}{1\,000} = 14 + \frac{531}{1\,000} = 14 + \frac{5}{10} + \frac{3}{100} + \frac{1}{1\,000} = 14{,}531$.

2 Décomposition et nom des chiffres

Définitions

Un nombre pouvant s'écrire sous la forme d'une fraction décimale est un **nombre décimal**.
Il peut aussi se noter en utilisant une virgule, c'est son **écriture décimale** :
elle est composée d'une **partie entière** et d'une **partie décimale**.

Exemple : On considère le nombre décimal 1 345,824.

- On peut utiliser un tableau. 1345 , 824 (1345 : partie entière ; 824 : partie décimale)

Partie entière		Partie décimale					
		Dixièmes	Centièmes	Millièmes	Dix-millièmes	Cent-millièmes	Millionièmes
1 3 4 5	,	8	2	4			

a. Ce nombre se lit donc :

mille-trois-cent-quarante-cinq
- unités et huit-cent-vingt-quatre millièmes
- unités et huit dixièmes deux centièmes quatre millièmes
- virgule huit-cent-vingt-quatre

b. Il peut se décomposer comme ci-dessous.

$$1\,345{,}824 = (1 \times 1\,000) + (3 \times 100) + (4 \times 10) + (5 \times 1) + \left(8 \times \frac{1}{10}\right) + \left(2 \times \frac{1}{100}\right) + \left(4 \times \frac{1}{1\,000}\right)$$

c. Voici le nom de chaque chiffre :
- 1 est le chiffre des unités de mille
- 3 est le chiffre des centaines
- 4 est le chiffre des dizaines
- 5 est le chiffre des unités
- 8 est le chiffre des dixièmes
- 2 est le chiffre des centièmes
- 4 est le chiffre des millièmes

Remarque : Un nombre entier est un nombre décimal particulier.

En effet, 25 peut s'écrire avec une virgule (25,0) ou sous la forme d'une fraction décimale $\left(\frac{25}{1}\right)$.

3 Repérage sur une demi-droite graduée

Exemple : Quelles sont les abscisses des points A et B ?

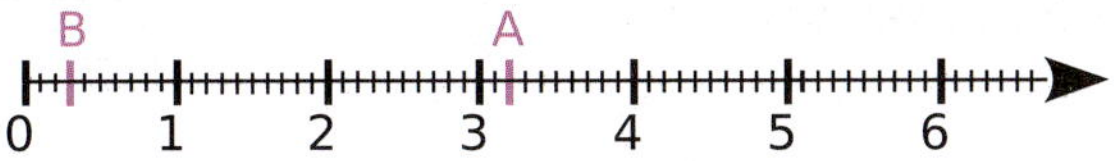

▶ Une unité est divisée en dix parts égales, ce qui signifie qu'elle est partagée en dix dixièmes.
Le point A se trouve 2 dixièmes après 3 donc son abscisse est $3 + \frac{2}{10}$, soit 3,2.
Le point B a pour abscisse $0 + \frac{3}{10}$, soit 0,3.
On note A(3,2) et B(0,3).

4 Comparaison et rangement

A Comparaison de deux nombres décimaux

Règle Pour comparer deux nombres décimaux écrits sous forme décimale :
- on compare les **parties entières** ;
- si les parties entières sont égales alors on compare les **chiffres des dixièmes** ;
- si les chiffres des dixièmes sont égaux alors on compare les **chiffres des centièmes** ;
- et ainsi de suite jusqu'à ce que les deux nombres aient des chiffres différents.

Exemple : Compare les nombres 81,357 et 81,36.

▶ On compare d'abord les **parties entières** des deux nombres ;
elles sont égales donc on compare les **chiffres des dixièmes** ;
ils sont égaux donc on compare les **chiffres des centièmes** ;
5 < **6** donc 81,3**5**7 < 81,3**6**.

Remarque : Quand les parties entières sont égales, on peut comparer les **parties décimales**.

$81{,}357 = 81 + \frac{357}{1\,000}$ et $81{,}36 = 81 + \frac{36}{100} = 81 + \frac{360}{1\,000} = 81{,}360$

Or, **360 millièmes** est plus grand que **357 millièmes** donc 81,**36** > 81,**357**.

B Rangement de nombres décimaux

Exemple : Range les nombres 25,342 ; 253,42 ; 25,243 ; 235,42 ; 25,324 dans l'ordre croissant.

▶ On repère le plus petit puis le plus petit des nombres qui restent et ainsi de suite.
On obtient donc : 25,243 < 25,324 < 25,342 < 235,42 < 253,42.

Fiche 1 : utiliser des fractions décimales

1 Pour chaque figure ci-dessous, écris la fraction décimale correspondant à la partie colorée.

a. $\frac{\ldots\ldots}{\ldots\ldots}$

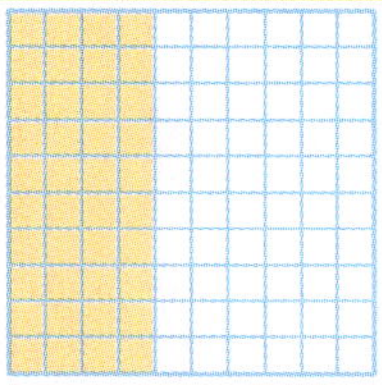

b. $\frac{\ldots\ldots}{100} = \frac{\ldots}{10}$

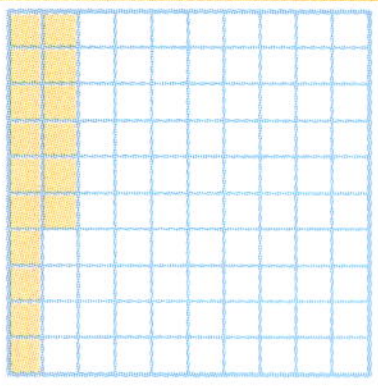

c. $\frac{\ldots\ldots}{\ldots\ldots}$

d. $\frac{\ldots\ldots}{\ldots\ldots} = 1 + \frac{\ldots\ldots}{\ldots\ldots}$

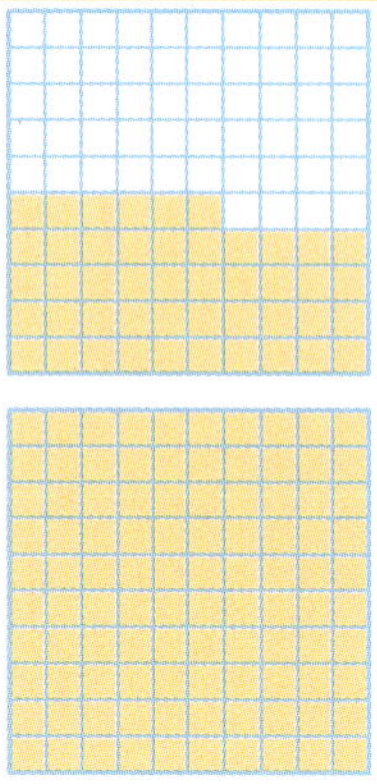

e. $\frac{\ldots\ldots}{\ldots\ldots} = \ldots + \frac{\ldots\ldots}{\ldots\ldots}$

2 Colorie l'aire correspondant à la fraction.

a. $\frac{62}{100}$

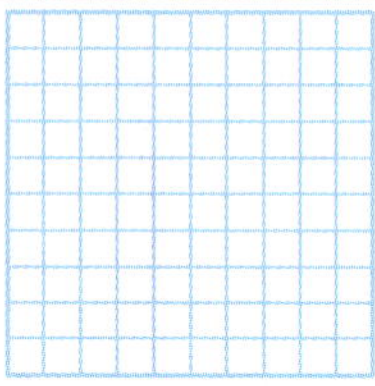

b. $\frac{5}{10}$

c. $\frac{6}{10} + \frac{25}{100}$

d. $\frac{237}{100} = \ldots + \frac{\ldots\ldots}{100} = \ldots + \frac{\ldots\ldots}{10} + \frac{\ldots\ldots}{100}$

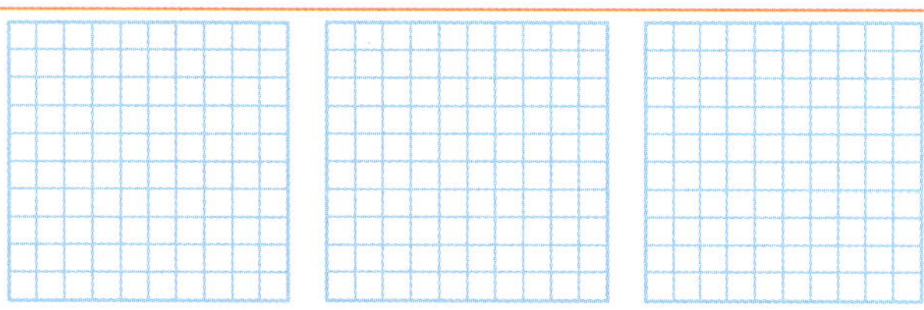

e. $\frac{18}{10} = \ldots + \frac{\ldots\ldots}{10}$

3 Entoure les nombres égaux à $\frac{7}{10}$.

$\frac{700}{100}$ $\frac{70}{10}$ $\frac{700}{1\,000}$ $\frac{70}{100}$ $\frac{70}{1\,000}$

4 Complète.

a. $1 = \frac{\ldots\ldots}{10}$

b. $8 = \frac{\ldots\ldots}{100}$

c. $\frac{160}{100} = \frac{\ldots\ldots}{10}$

d. $\frac{9}{10} = \frac{\ldots\ldots\ldots}{1\,000}$

e. $\frac{17}{10} = \frac{\ldots\ldots}{100}$

f. $\frac{32}{100} = \frac{\ldots\ldots\ldots}{1\,000}$

5 Écris sous forme d'une fraction décimale.

a. $7 + \frac{6}{10} = \frac{\ldots\ldots}{\ldots\ldots}$

b. $54 + \frac{3}{100} = \frac{\ldots\ldots}{\ldots\ldots}$

c. $9 + \frac{7}{1\,000} = \frac{\ldots\ldots}{\ldots\ldots}$

d. $3 + \frac{5}{10} + \frac{2}{100} = \frac{\ldots\ldots}{\ldots\ldots}$

e. $\frac{6}{10} + \frac{8}{1\,000} = \frac{\ldots\ldots}{\ldots\ldots}$

f. $7 + \frac{2}{1\,000} + \frac{4}{100} = \frac{\ldots\ldots}{\ldots\ldots}$

6 Décompose ainsi : $\frac{736}{100} = 7 + \frac{3}{10} + \frac{6}{100}$

a. $\frac{89}{10} = \ldots\ldots\ldots\ldots\ldots\ldots$

b. $\frac{324}{100} = \ldots\ldots\ldots\ldots\ldots\ldots$

c. $\frac{8\,725}{1\,000} = \ldots\ldots\ldots\ldots\ldots\ldots$

d. $\frac{253}{10} = \ldots\ldots\ldots\ldots\ldots\ldots$

e. $\frac{7\,061}{100} = \ldots\ldots\ldots\ldots\ldots\ldots$

f. $\frac{946}{1\,000} = \ldots\ldots\ldots\ldots\ldots\ldots$

7 Écris sous forme d'une fraction décimale.

a. $7 + \frac{2}{10} = \frac{\ldots\ldots\ldots}{\ldots\ldots\ldots}$

b. $21 + \frac{69}{100} = \frac{\ldots\ldots\ldots}{\ldots\ldots\ldots}$

c. $8 + \frac{534}{1\,000} = \frac{\ldots\ldots\ldots}{\ldots\ldots\ldots}$

d. $63 + \frac{1}{10} = \frac{\ldots\ldots\ldots}{\ldots\ldots\ldots}$

e. $4 + \frac{5}{100} = \frac{\ldots\ldots\ldots}{\ldots\ldots\ldots}$

f. $30 + \frac{98}{1\,000} = \frac{\ldots\ldots\ldots}{\ldots\ldots\ldots}$

8 Écris sous forme d'une somme d'un nombre entier et d'une fraction décimale inférieure à 1.

a. $\frac{35}{10} = \ldots\ldots\ldots\ldots$

b. $\frac{721}{100} = \ldots\ldots\ldots\ldots$

c. $\frac{1\,029}{1\,000} = \ldots\ldots\ldots\ldots$

d. $\frac{487}{10} = \ldots\ldots\ldots\ldots$

e. $\frac{3\,656}{100} = \ldots\ldots\ldots\ldots$

f. $\frac{94\,008}{1\,000} = \ldots\ldots\ldots\ldots$

Fiche 2 : connaitre et utiliser diverses désignations d'un nombre décimal (1)

1 Donne l'écriture décimale.

a. $17 + \frac{6}{10} =$ ……………

b. $45 + \frac{6}{100} =$ ……………

c. $3 + \frac{5}{10} + \frac{2}{100} =$ ……………

d. $6 + \frac{7}{10} + \frac{8}{100} + \frac{9}{1\,000} =$ ……………

e. $11 + \frac{6}{10} + \frac{8}{1\,000} =$ ……………

f. $84 + \frac{1}{100} + \frac{3}{10} =$ ……………

2 Décompose les nombres suivants comme dans l'exemple : $7{,}36 = 7 + \frac{3}{10} + \frac{6}{100}$.

a. 3,79 = ……………………………………………………

b. 5,325 = ……………………………………………………

c. 65,32 = ……………………………………………………

d. 17,906 = ……………………………………………………

e. 0,002 7 = ……………………………………………………

3 Donne l'écriture décimale.

a. $3 + \frac{1}{10} =$ ………

b. $72 + \frac{71}{100} =$ ………

c. $\frac{2}{100} =$ ………

d. $1 + \frac{2}{1\,000} =$ ………

e. $61 + \frac{7}{100} =$ ………

f. $4 + \frac{56}{10\,000} =$ ………

4 Écris chaque nombre comme somme de sa partie entière et d'une seule fraction décimale.

a. $6{,}3 = \dots + \frac{\dots}{\dots}$

b. $51{,}76 = \dots + \frac{\dots}{\dots}$

c. $10{,}072 = \dots + \frac{\dots}{\dots}$

d. $4{,}006 = \dots + \frac{\dots}{\dots}$

e. $50{,}08 = \dots + \frac{\dots}{\dots}$

f. $0{,}087 = \dots + \frac{\dots}{\dots}$

5 Donne l'écriture décimale.

a. $\frac{65}{10} =$ …………

b. $\frac{485}{1\,000} =$ …………

c. $\frac{1328}{100} =$ …………

d. $\frac{9\,007}{1\,000} =$ …………

e. $\frac{33}{100} =$ …………

f. $\frac{480\,208}{10\,000} =$ …………

6 Écris sous la forme d'une fraction décimale.

$0{,}3 = \frac{\dots}{\dots}$ | $4{,}2 = \frac{\dots}{\dots}$ | $5{,}035 = \frac{\dots}{\dots}$

$0{,}27 = \frac{\dots}{\dots}$ | $1{,}02 = \frac{\dots}{\dots}$ | $7{,}607\,7 = \frac{\dots}{\dots}$

7 Décompose chaque nombre de trois façons différentes avec des fractions décimales.

a. 24,73

= ……………………………………………………

= ……………………………………………………

= ……………………………………………………

b. 8,532

= ……………………………………………………

= ……………………………………………………

= ……………………………………………………

8 Colorie en bleu les écritures égales à 123,45.

$12 + \frac{345}{1\,000}$	$\frac{12\,345}{10\,000}$	$\frac{1\,234}{10} + \frac{5}{1\,000}$
$1 + \frac{2\,345}{100}$	$\frac{1\,234}{1\,000} + \frac{5}{100}$	$123 + \frac{4}{10} + \frac{5}{100}$
$123 + 0{,}45$	$\frac{1\,234}{10} + 5$	$123 + \frac{45}{100}$

9 Les nombres ont connu des évolutions au cours du temps. Au XVIe siècle, François Viète introduit les fractions décimales en Occident, puis arrivent les nombres décimaux. Mais leur écriture se modifie en fonction des mathématiciens, comme tu peux le voir dans le tableau ci-dessous. Pour chaque nombre, complète le tableau avec les différentes écritures.

François Viète	Simon Stévin	Jost Bürgi	John Napier
$8\ \frac{9}{10}\ \frac{3}{100}\ \frac{7}{1\,000}$	8⓪9①3②7③	$\mathring{8}\,937$	8,937
$6\ \frac{5}{10}\ \frac{4}{100}\ \frac{8}{1\,000}$			
	15⓪6①9②		
		$4\mathring{7}\,213$	

Fiche 3 : connaitre et utiliser diverses désignations d'un nombre décimal (2)

1 Lorsque tu peux, récris ces nombres le plus simplement possible.

a. 30,05	**b.** 30,50	**c.** 007	**d.** 5,0 ....
e. 27,06	**f.** 04,001	**g.** 654,30	**h.** 04,6020 ....

2 Complète les pointillés par = ou ≠.

a. 15 15,0

b. 0,007 0,07

c. 2 000 2,000

d. 04,8 4,80

e. 204 20,4

f. 93,7 93,70

g. 24,8 8,24

h. 5,000 5

3 Récris les nombres pour qu'ils comportent autant de décimales que le nombre 4,157.

a. 0,4 = ...

b. 4 = ...

c. 4,16 = ...

d. 145 = ...

4 Dans le nombre 124 738,59...

a. 9 est le chiffre des ....

b. 7 est le chiffre des ....

c. 5 ....

d. 3 ....

5 Dans le nombre 84,735...

a. le chiffre des dixièmes est : ......

b. le chiffre des unités est : ......

c. le chiffre des millièmes est : ......

d. le chiffre des centaines est : ......

6 Dans le nombre 4 091,807...

a. 409 est le nombre de ....

b. 4 091 807 est le nombre de ....

c. 40 ....

d. 40 918 ....

7 Dans le nombre 738,59

a. le nombre de dixièmes est : ....

b. le nombre de centaines est : ....

c. le nombre de centièmes est : ....

d. le nombre de millièmes est : ....

8 Complète le tableau.

		Chiffre des centièmes	Nombre de centièmes
a.	0,981		
b.	152,36		
c.	789,4		
d.	56,408		

9 Dans le nombre 314159, place la virgule, et/ou le(s) zéro(s) si besoin, pour que...

a. 4 soit le chiffre des unités. 3 1 4 1 5 9

b. 5 soit le chiffre des dixièmes. 3 1 4 1 5 9

c. 3 soit le chiffre des dizaines. 3 1 4 1 5 9

d. 314 soit le nombre des millièmes. 3 1 4 1 5 9

10 Donne l'écriture décimale des nombres.

a. Quinze unités et trois dixièmes : ....

b. Six-cent-six unités et douze centièmes : ....

c. Neuf unités et deux centièmes : ....

d. Quatre unités et onze millièmes : ....

e. Trois centaines et un dixième : ....

f. Douze dizaines et quinze millièmes : ....

11 Écris les nombres suivants en toutes lettres, sans utiliser le mot « virgule ».

a. 80,6 : ....
....

b. 7,89 : ....
....

c. 6,015 : ....
....

d. 400,327 : ....
....

e. 12,56 : ....
....

f. 5 000,2 : ....
....

1 Complète en utilisant l'unité : m, cm ou km.

a. Record du lancer de javelot : 98,48 ....

b. Largeur d'une page A4 : 21 ....

c. Hauteur de la tour Eiffel : 324 ....

d. Distance Paris-Limoges : 392 ....

2 Complète en utilisant l'unité : g, kg ou t.

a. Homme le plus lourd du monde : 597 ....

b. Masse d'une girafe : 1 ....

c. Masse d'un cartable : 8,5 ....

d. Masse d'une pomme : 150 ....

3 Complète en utilisant l'unité : mL, L ou hL.

a. Camion laitier : 280 ....

b. Cubi de jus de pomme : 5 ....

c. Bouteille de shampoing : 300 ....

d. Bouteille d'eau : 1,5 ....

4 Complète avec la fraction décimale : $\frac{1}{10}$ ou $\frac{1}{100}$ ou $\frac{1}{1\,000}$.

a. 1 cm = ... de m

b. 1 mL = ... de L

c. 1 dg = ... de g

d. 1 dm = ... de m

e. 1 cg = ... de g

f. 1 cL = ... de L

g. 1 mg = ... de g

h. 1 dL = ... de L

i. 1 mm = ... de m

j. 1 cent = ... d'€

5 Convertis les longueurs.

a. 84 km	m
b. 84 dm	m
c. 84 mm	m
d. 3,1 hm	km
e. 3,1 dam	km
f. 3,1 m	km

6 Convertis les masses.

a. 126 kg	g
b. 126 dg	g
c. 126 cg	g
d. 7,52 g	kg
e. 7,52 t	kg
f. 7,52 q	kg

7 Convertis les capacités.

a. 3,57 dL	L
b. 3,57 cL	L
c. 3,57 hL	L
d. 64,9 L	cL
e. 64,9 mL	cL
f. 64,9 dL	cL

8 Mon chat Pollux boit 400 mL d'eau par jour. Combien boit-il d'hectolitres d'eau en une année ?

....

9 Jean a utilisé 100 000 allumettes pour réaliser une maquette. Calcule la masse de la maquette en kg, sachant qu'une allumette pèse 1,3 dg.

....

1 *Sur une demi-droite graduée*

a. Écris l'abscisse de chaque point ci-dessous, sous forme de fraction décimale.

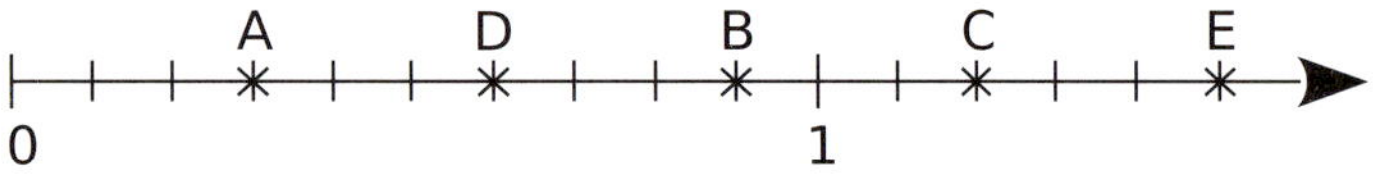

A $\left(\frac{\dots}{\dots}\right)$ B $\left(\frac{\dots}{\dots}\right)$ C $\left(\frac{\dots}{\dots}\right)$ D $\left(\frac{\dots}{\dots}\right)$ E $\left(\frac{\dots}{\dots}\right)$

b. Place les points :

M $\left(\frac{4}{10}\right)$; N $\left(\frac{13}{10}\right)$; P $\left(\frac{20}{10}\right)$; Q $\left(\frac{7}{10}\right)$ et R $\left(\frac{1}{10}\right)$.

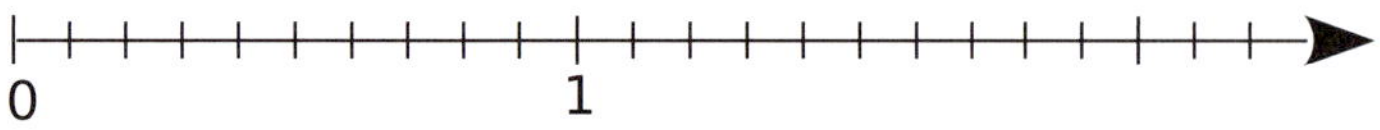

2 Complète les suites de nombres ci-dessous.

a.	2,6	2,7				
b.			4,98	4,99		
c.	0,5	1				
d.		3	3,25			

3 Complète les graduations suivantes.

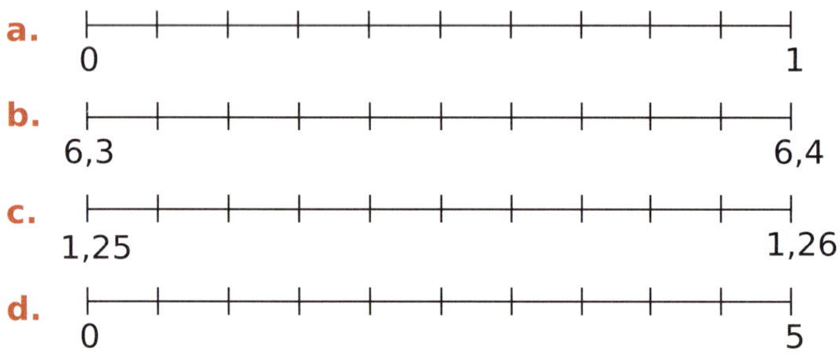

4 Écris l'abscisse des points de chaque figure.

a.

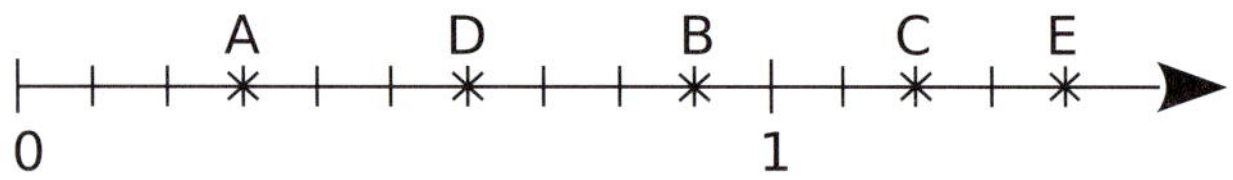

A(........) B(........) C(........) D(........) E(........)

b.

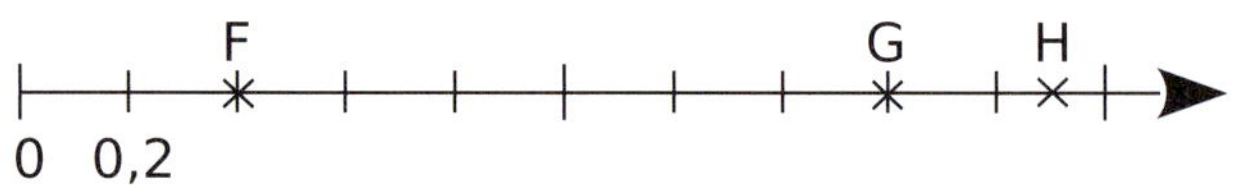

F(........) G(........) H(........)

c.

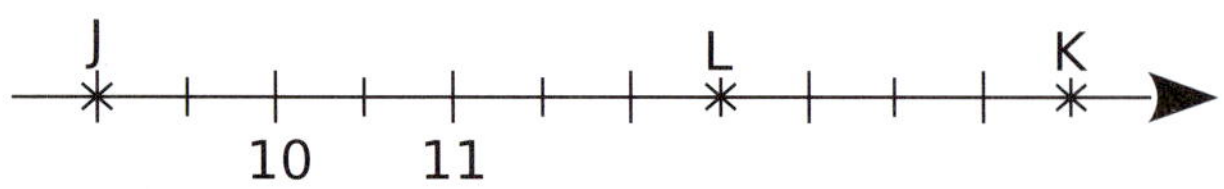

J(........) K(........) L(........)

d.

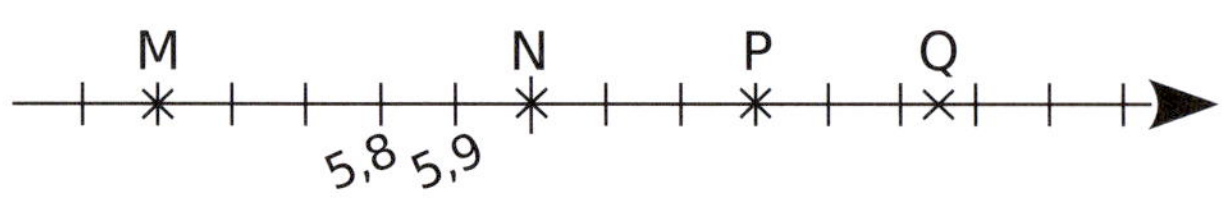

M(........) N(........) P(........) Q(........)

5 Place les points sur les demi-droites graduées.

a. A(0,3) ; B(1,4) ; C(2,1) ; D(1,9) et E(0,8).

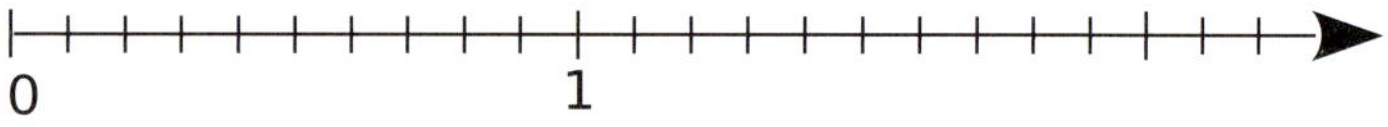

b. F(2) ; G(0,4) ; H(2,8) ; J(1,4) et K(3,2).

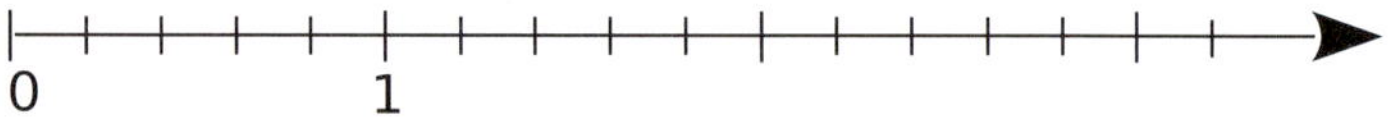

c. L(5,45) ; M(5,48) ; N(5,38) et P(5,41).

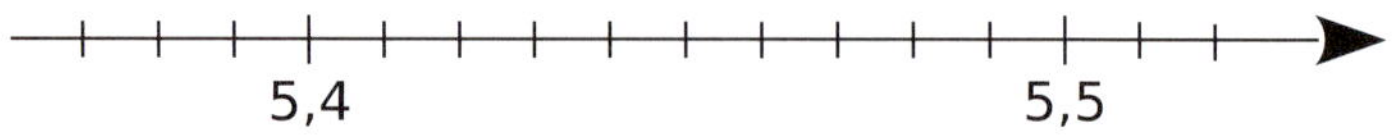

d. Q(5,402) ; R(5,407) ; S(5,399) et T(5,412).

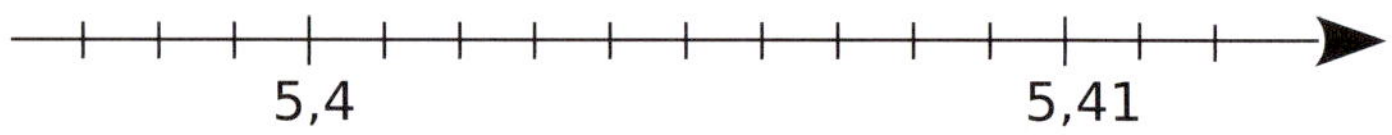

6 Dans chaque cas, trace une demi-droite graduée, en choisissant au mieux l'unité, pour pouvoir ensuite placer tous les nombres donnés.

a. 0 ; 0,5 ; 0,2 ; 0,34 ; 0,67 ; 0,8.

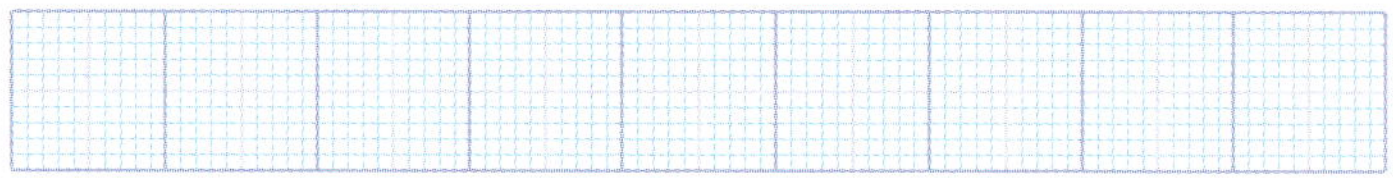

b. 12,4 ; 11,2 ; 15,3 ; 17,9 ; 17,3.

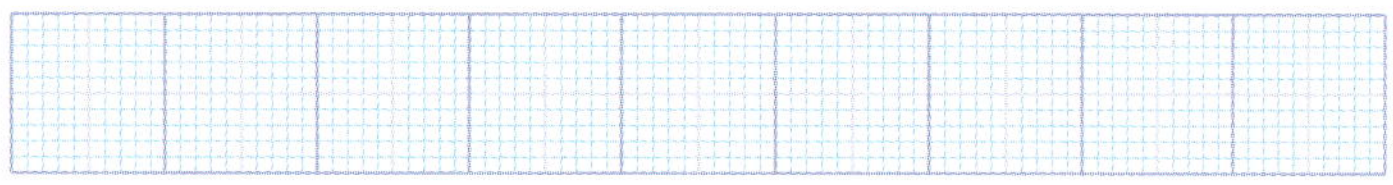

c. 7,32 ; 7,29 ; 7,39 ; 7,45 ; 7,36.

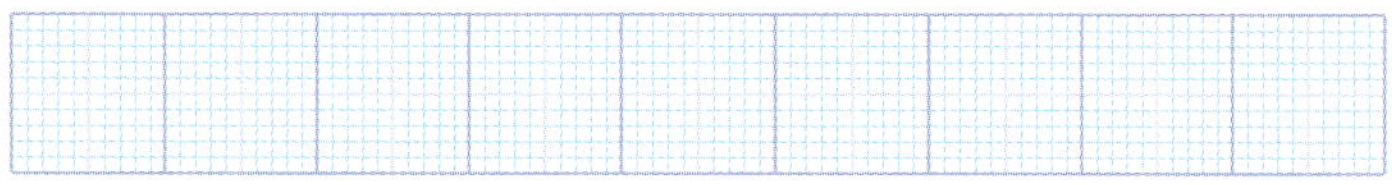

7 Tu dois placer les points A, B, C... selon les indications du tableau. Par exemple, le point A est sur la première ligne et son abscisse est 6.

Ligne	(1)	(1)	(2)	(3)	(3)	(4)	(5)	(5)	(5)
Point	A	B	C	D	E	F	G	H	I
Abscisse	6	8	3,5	0,6	0,8	4,4	3,14	3,16	3,18

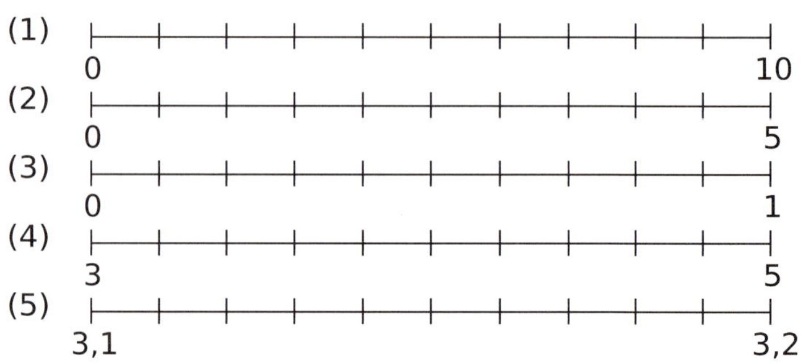

Trace la ligne brisée ABCEIFHGDA.

Ce dessin représente ....

1 Complète par <, > ou =.

a. $\frac{15}{100}$ .... $\frac{15}{10}$

b. $\frac{20}{100}$ .... $\frac{2}{10}$

c. $\frac{112}{10}$ 11

d. $\frac{7}{10}$ .... $\frac{72}{100}$

e. $\frac{282}{10}$ .... $\frac{28\,200}{1\,000}$

f. $\frac{700}{10}$ 7

2 Complète avec <, > ou =.

a. $7 + \frac{3}{10}$ .... $7 + \frac{15}{100}$

b. $5 + \frac{7}{10}$ .... $5 + \frac{7}{100}$

c. $12 + \frac{9}{100}$ 12,9

d. $5 + \frac{87}{1\,000}$ 6

e. $3 + \frac{12}{100}$ 3,12

f. $\frac{7}{10} + \frac{4}{100}$ 0,47

3 Complète avec Vrai (V) ou Faux (F).

a. 1,807 < 2,601 (.....)

b. 8,1 > 9,01 (.....)

c. 21,15 < 21,9 (.....)

d. 13,8 < 13,15 (.....)

e. 5,05 > 5,4 (.....)

f. 18,8 > 18,12 (.....)

g. 2,04 < 2,40 (.....)

h. 15,2 > 15,22 (.....)

i. 6,91 > 16,1 (.....)

j. 0,032 < 0,1 (.....)

4 Complète avec <, > ou =.

a. 8,7 3,15

b. 12,13 12,9

c. 13,21 13,210

d. 0,19 0,121

e. 5,94 6,88

f. 8,04 8,046

g. 12,12 16,12

h. 7,07 7,007

i. 10,022 10,2

j. 5,8 5,08

5 Trace le chemin pour aller de 12,5 à 1 en suivant la règle : on peut monter vers une brique qui contient un nombre plus grand ou descendre vers une brique qui contient un nombre plus petit et on ne peut pas se déplacer à l'horizontale.

12,5	3	6	1,6	4,9	14,5	6,9	
1,3	14	5,2	2,6	152	8	3,1	2,5
0,9	1	5,3	123	4,2	2,9	1,2	
0,45	0,32	1,15	4,08	5,3	3,12	18	0,7
0,4	1,1	3,2	4,8	6	2,21	13	
0,2	0,14	2,1	1,9	6,4	3,6	12	34,7
0,19	0,2	8	1,09	3	7,78	1	

6 Sur la demi-droite graduée, place les points :
R(3,3) ; O(1,5) ; S(7,4) ; B(2,6) ; E(5,1) ; M(2,2) ; N(0,4).

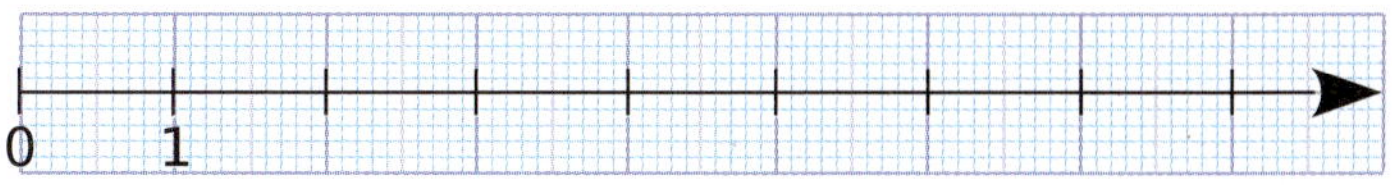

a. Quel mot lis-tu au-dessus de la demi-droite graduée ? ....

b. Range les abscisses des points précédents dans l'ordre croissant, en t'aidant de leur position.

....

7 Range les listes ci-dessous dans l'ordre croissant.

a.

3,6	3,005	3,15	3,05	3,2	3,015	3,315	3,01

b.

100,01	10,099	9,99	100,1	10,1	10,01	99,99	100,099

8 Range les listes ci-dessous dans l'ordre décroissant.

a.

3,14	3,014	3,144	3,1	3,414	3,11	3,41	3,2

b.

82,7	82,17	82,71	82,817	82,718	82,017	82,78	82,8

Fiche 7 : comparer et ranger des nombres décimaux (2)

1 Écris tous les nombres décimaux différents inférieurs à 10 que tu peux former, en juxtaposant ces quatre étiquettes : | , | | 7 | | 1 | | 3 |. Range alors ces nombres dans l'ordre croissant.

2 **Tableur** Recopie ce tableau qui donne la longueur de dix cours d'eau, en milliers de km.

	A	B
1	Cours d'eau	Longueur
2	Tigre	1,95
3	Volga	3,645
4	Loire	1,012
5	Nil	6,895
6	Mississippi	3,766
7	Danube	3,02
8	Elbe	1,162
9	Rio Grande	3,057
10	Amour	2,874
11	Amazone	6,7

	A	B
1	Cours d'eau	Longueur
2		
3		
4		
5		
6		
7		
8		
9		
10		
11		

	A	B
1	Cours d'eau	Longueur
2		
3		
4		
5		
6		
7		
8		
9		
10		
11		

Sélectionne la plage de cellules A2:B11.

a. Trie la colonne B dans l'ordre décroissant. Recopie alors dans un second tableau. Que fait le tableur ?

b. Trie la colonne A dans l'ordre croissant. Recopie alors dans un troisième tableau. Que fait le tableur ?

3 Voici les dimensions de six voitures.

	V1	V2	V3	V4	V5	V6
L	4,175 m	3,962 m	3,8 m	3,91 m	3,9 m	5,01 m
l	1,7 m	1,727 m	1,48 m	1,66 m	1,55 m	1,93 m
h	1,44 m	1,245 m	1,6 m	1,95 m	1,4 m	1,86 m

a. Range les longueurs de ces voitures dans l'ordre croissant. Établis-en alors le classement.

b. Même question avec les largeurs.

c. Même question avec les hauteurs.

d. Quelle voiture est à la même place dans chaque classement ?

1 Complète avec l'entier qui suit ou qui précède.

a. 44,2 < ....
b. 86,67 < ....
c. .... < 106,8
d. .... < 610,01
e. 419 < ....
f. .... < 58
g. 0,126 < ....
h. 916,9 < ....
i. .... < 313,12
j. .... < 0,5

2 Complète avec deux entiers consécutifs.

a. ...... < 6,2 < ......
b. ...... < 12,25 < ......
c. ...... < 300,9 < ......
d. ...... < 103,789 < ......
e. ...... < 101,57 < ......
f. ...... < 59,018 < ......

3 Complète avec un nombre décimal.

a. 6,15 < .... < 6,16
b. 28,1 < .... < 28,11
c. 73,1 < .... < 73,141
d. 301,5 < .... < 301,51
e. 91 < .... < 91,3 < .... < 91,31
f. 0,5 < .... < 0,51 < .... < 0,6

4 Mme Bert souhaite compléter sa commande de jouets pour Noël. Elle peut choisir parmi les six peluches ci-dessous, mais le jouet doit :

- être livré en moins de 5 jours ;
- couter entre 11,50 € et 12 € ;
- peser entre 0,65 kg et 0,75 kg.

Trouve la peluche qui convient. Explique ce choix.

....

....

....

Zebra (2 jours)		Folco (6 jours)		Gigi (3 jours)	
11,45 €	0,658 kg	11,95 €	0,725 kg	11,67 €	0,645 kg

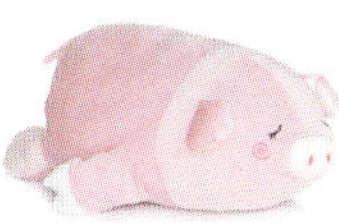

Piggy (7 jours)		Danaé (4 jours)		Hippo (2 jours)	
11,52 €	0,752 kg	11,75 €	0,67 kg	11,89 €	0,79 kg

5 Voici une liste de nombres. Place chacun d'eux dans le tableau ci-dessous.

47,23 — 47,35 — 47,03 — 47,403 — 47,39 — 48,32 — 47,304 — 47,54 — 47,31 — 47,1

Inférieurs à 47,3	Compris entre 47,3 et 47,4	Supérieurs à 47,4

6 Colorie en respectant le code couleur.

Nombres inférieurs à 6,9	Nombres compris entre 6,9 et 7,1	Nombres supérieurs à 7,1
(marron)	(jaune)	(vert)

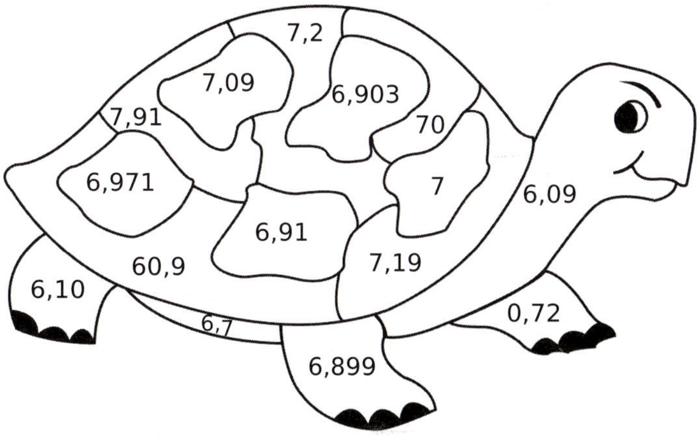

7 Bruno a besoin de 26,85 m de chaine.
Chez Bricotruc, elle est vendue au mètre.
Chez Bricomag, elle est vendue au décimètre.

a. Combien doit-il en commander chez Bricotruc ?

....

....

b. Combien doit-il en commander chez Bricomag ?

....

....

8 Complète ce tableau en donnant les valeurs approchées au dixième.

	Nombre	Valeur approchée par défaut	Valeur approchée par excès
a.	45,37		
b.	59,69		
c.	732,999		
d.	900,001		

N5 Opérations sur les nombres décimaux

g5.re/vk6 g5.re/n97 g5.re/mnz

1 Ordre de grandeur

Définition

Un **ordre de grandeur** d'un nombre est une valeur approchée simple de ce nombre.

Remarque : Calculer un ordre de grandeur permet de vérifier la cohérence d'un résultat.

Exemples : Détermine un ordre de grandeur de ces calculs.

a. 546,3 + 52 **b.** 65,7 × 4,1

a. **550** est proche de **546,3** et **50** est proche de **52**.
Comme **550** + **50** = **600**, la somme **546,3** + **52** est proche de **600**.
On dit que **600** est un ordre de grandeur de **546,3** + **52**.

b. **65,7** est proche de **65** et **4,1** est proche de **4**.
Comme **65** × **4** = **260**, le produit **65,7** × **4,1** est proche de **260**.
260 est donc un ordre de grandeur de **65,7** × **4,1**.

Remarque : Un ordre de grandeur n'est pas unique. Pour le deuxième exemple, on aurait pu prendre 70 comme valeur proche de 65,7 et 4 comme valeur proche de 4,1. Ce qui aurait donné 70 × 4 = 280 comme ordre de grandeur du produit 65,7 × 4,1.

2 Addition et soustraction de nombres décimaux

Règle Pour poser et effectuer une **addition** ou une **soustraction** de nombres décimaux, on place les nombres les uns en dessous des autres, de sorte que les **virgules soient alignées verticalement**.

Exemples :

	①1	5,	2	
+		0,	5	7
+	2	8		
=	4	3,	7	7

Addition bien posée

	①1	5,	2	
+		0,	5	7
+			2	8
=	4	3,	7	7

Addition mal posée

▶ Pour poser la soustraction 12 – 6,7, on place les nombres correctement et on ajoute un zéro pour que les deux nombres aient le même nombre de chiffres dans leur partie décimale (en effet, 12 = 12,0).

	1	₁2,	₁0
–	₁	₁6,	7
=	0	5,	3

3 Multiplication et division par 10 ; 100 ; 1 000

Pour multiplier par :	on décale les chiffres de :
10	**1** rang vers la gauche.
100	**2** rangs vers la gauche.
1 **000**	**3** rangs vers la gauche.

Exemples :

0,47 × **10** = 4,7

35 × **100** = 35,00 × **100** = 3 500

9,82 × 1 **000** = 9,820 × 1 **000** = 9 820

Pour diviser par :	on décale les chiffres de :
10	**1** rang vers la droite.
100	**2** rangs vers la droite.
1 **000**	**3** rangs vers la droite.

Exemples :

27 ÷ **10** = 27,0 ÷ **10** = 2,7

456,5 ÷ **100** = 4,565

0,3 ÷ 1 **000** = 0000,3 ÷ 1 **000** = 0,0003

4 Conversion des unités de longueur et de masse

Unités de longueur	kilomètre **km** 1 km = 1 000 m	hectomètre **hm** 1 hm = 100 m	décamètre **dam** 1 dam = 10 m	mètre **m** 1 m	décimètre **dm** 1 dm = 0,1 m	centimètre **cm** 1 cm = 0,01 m	millimètre **mm** 1 mm = 0,001 m

Unités de masse	kilogramme **kg** 1 kg = 1 000 g	hectogramme **hg** 1 hg = 100 g	décagramme **dag** 1 dag = 10 g	gramme **g** 1 g	décigramme **dg** 1 dg = 0,1 g	centigramme **cg** 1 cg = 0,01 g	milligramme **mg** 1 mg = 0,001 g

À savoir : On utilise également d'autres unités de masse :

- le quintal (q) qui équivaut à 100 kg : 1 q = 100 kg ;
- la tonne (t) qui équivaut à 1 000 kg : 1 t = 1 000 kg.

5 Multiplication de deux nombres décimaux

A Multiplication par 0,1 ; 0,01 ; 0,001

Multiplier par :	c'est diviser par :
0,**1**	**10** car 0,**1** = $\frac{1}{10}$
0,**01**	**100** car 0,**01** = $\frac{1}{100}$
0,**001**	1 **000** car 0,**001** = $\frac{1}{1\,000}$

Exemples :

78 × 0,**1** = 7,8

3,5 × 0,**01** = 003,5 × 0,**01** = 0,035

56,2 × 0,**001** = 0056,2 × 0,**001** = 0,0562

B Multiplication de deux nombres décimaux

Règle Pour effectuer la multiplication de deux nombres décimaux,

- on effectue d'abord **la multiplication sans tenir compte des virgules** ;
- on **place la virgule** dans le produit en utilisant la méthode ci-dessous.

Exemple : Effectue la multiplication de 2,34 par 1,2.

		2,	3	4
	×		1,	2
		4 (retenue 1)	6	8
+	2	3	4	0
=	2,	8	0	8

× 100 →

× 10 →

← ÷ 1 000

		2	3	4
	×		1	2
		4 (retenue 1)	6	8
+	2	3	4	0
=	2	8	0	8

▶ On effectue la multiplication de 234 par 12.
234 est **100** fois plus grand que 2,34 et 12 est **10** fois plus grand que 1,2.
Le produit 2,34 × 1,2 est donc **1 000** fois plus petit que 2 808.
Finalement 2,34 × 1,2 = 2,808.

		2,	3	4	← 2 décimales
	×		1,	2	← + 1 décimale
		4 (retenue 1)	6	8	
+	2	3	4	0	
=	2,	8	0	8	← 3 décimales au produit

▶ Le facteur 2,34 a deux chiffres après la virgule. Le facteur 1,2 a un chiffre après la virgule. On doit donc placer la virgule dans le produit de telle sorte qu'il y ait 2 + 1 = 3 chiffres après la virgule.

6 Priorités opératoires

Règles

- Les multiplications sont prioritaires sur les additions et les soustractions.
- Les calculs entre parenthèses sont prioritaires sur les autres.

Exemples :

▶ 3,8 + 2,7 × 2,1 = 3,8 + 5,67 = 9,47
La multiplication est prioritaire sur l'addition.

▶ (3,8 + 2,7) × 2,1 = 6,5 × 2,1 = 13,65
Le calcul entre parenthèses est prioritaire.

7 Division d'un nombre décimal par un nombre entier

Règle Effectuer la **division décimale** de deux nombres, c'est trouver la valeur exacte ou une valeur approchée du **quotient** de ces deux nombres.

Exemples : Effectue la division de 75,8 par 4 puis celle de 4,9 par 9.

D	U	$\frac{1}{10}$	$\frac{1}{100}$		4		
7	5,	8		D	U	$\frac{1}{10}$	$\frac{1}{100}$
3	5	↓		1	8,	9	5
	3	8					
		2					
			0				

Dès que l'on abaisse le chiffre des dixièmes du dividende, on place la virgule au quotient.

U	$\frac{1}{10}$	$\frac{1}{100}$	$\frac{1}{1000}$		9		
4,	9			U	$\frac{1}{10}$	$\frac{1}{100}$	$\frac{1}{1000}$
4	9			0,	5	4	4
	4	0					
		4	0				
			4				

▶ 18,95 est **la valeur exacte** du quotient de 75,8 par 4.

▶ 0,544 est **une valeur approchée** au millième du quotient de 4,9 par 9.

1 Calcule mentalement.

a. 934 × 10 =	b. 2,6 × 10 =	c. 0,065 × 10 =
d. 87 × 100 =	e. 8,091 × 100 =	f. 0,1 × 100 =
g. 71,47 × 1 000 =	h. 96,52 × 10 000 =	i. 0,34 × 1 000 =

2 Complète.

		× 10	× 100	× 1 000	× 10 000
a.	2 574				
b.	752,6				
c.	12,25				
d.	0,7				

3 Complète.

		÷ 10	÷ 100	÷ 1 000	÷ 10 000
a.	2 574				
b.	752,6				
c.	12,25				
d.	0,7				

4 Complète par 10 ; 100...

a. 5,45 × .... = 5 450
b. 2,98 × .... = 29,8
c. 2,34 × .... = 234
d. 0,01 × .... = 100
e. 25 000 ÷ .... = 25
f. 0,32 ÷ .... = 0,032
g. 450 ÷ .... = 4,5
h. 400 ÷ .... = 0,04
i. 17 ÷ .... = 0,17

5 Calcule mentalement.

a. 34 × 0,001 = ...
b. 335 × 0,01 = ...
c. 300 × 0,001 = ...
d. 2 000 × 0,1 = ...
e. 560 × 0,01 = ...
f. 15,45 × 0,1 = ...
g. 8,4 × 0,001 = ...
h. 35 × 0,0001 = ...
i. 0,79 × 0,01 = ...

6 Complète par 0,1 ; 0,01...

a. 3,4 × .... = 0,034
b. 12 × .... = 1,2
c. 345 × .... = 0,0345
d. 27 × .... = 0,027
e. .... × 0,6 = 0,06
f. .... × 98 = 0,98
g. .... × 9,7 = 0,097
h. .... × 800 = 0,08
i. .... × 100 = 1

7 Calcule mentalement en regroupant astucieusement et en détaillant ta démarche.

a. 0,1 × 7 × 1 000

= ....

= ....

b. 56 × 0,01 × 0,1

= ....

= ....

8 Sachant que 65 × 132 = 8 580, détermine les résultats des calculs en écrivant ta démarche.

a. 650 × 132

= ....

= ....

b. 0,65 × 1 320

= ....

= ....

Fiche 2 : additionner des nombres décimaux

1 Calcule mentalement les additions.

a. 5,6 + 7,2 = ...
b. 2,2 + 6,3 = ...
c. 3,5 + 7,1 = ...
d. 6,3 + 7,6 = ...
e. 9 + 3,5 = ...
f. 7,6 + 7,9 = ...
g. 2,9 + 6,5 = ...
h. 4,6 + 9,4 = ...
i. 5,8 + 9,3 = ...
j. 3,9 + 7,6 = ...

2 Complète.

a. 2,2 + ... = 6
b. 8,5 + ... = 10
c. 0,9 + ... = 12
d. .... + 15,8 = 24
e. .... + 30,7 = 31
f. .... + 22,4 = 45

3 Complète.

a. 0,3 + ... = 11,5
b. 3,2 + ... = 5,9
c. 4,4 + ... = 7,8
d. .... + 7,8 = 10,3
e. .... + 9,2 = 13,1
f. .... + 8,8 = 17,6

4 Complète les deux carrés ci-dessous pour que les sommes de chaque ligne, de chaque colonne et de chaque diagonale soient égales.

a.

		7,5
	4,5	2,5
1,5		

b.

1,6			1,3
		1,1	0,8
0,9	0,6		
0,4		1,4	0,1

5 Calcule chaque somme en effectuant des regroupements astucieux.

a. 8,5 + 12,7 + 1,5

....

b. 62,99 + 43,73 + 0,01 + 12,27

....

c. 19,25 + 8,4 + 3,6 + 6,75

....

6 Calcule les sommes.

a.
```
    0, 8 3 9
  + 5, 3 6 2
  ----------
  =
```

b.
```
    3 5 7
  +   8 2, 6
  ----------
  =
```

c.
```
    5 1, 6 2
  + 1 5, 2 1
  +   7, 4 9 5
  ------------
  =
```

d.
```
    3 2, 0 9 4
  + 1 7, 1 9
  +   9, 4 8 3
  ------------
  =
```

7 Complète les cases par le chiffre qui convient.

a.
```
    □ 3 8, 6
  +     7 □, 7
  ----------
  = 3 □ 0, □
```

b.
```
    6, □ 1 7
  + □, 9 □ 6
  ----------
  = 7, 3 4 □
```

c.
```
    5 2 7, □ 5
  +     □ 8
  +     7 □, 2 □
  ------------
  = □ 3 6, 1 4
```

8 Pose en colonnes et effectue.

a. 84,25 + 32,18

b. 5,759 + 18,67

c. 731 + 452,76

d. 853,56 + 47,85 + 9,24

e. 29,4 + 8,328 + 12,72

f. 30 + 9,73 + 121,5

1 Calcule mentalement les soustractions.

a. 5,5 – 4,3 = ...
b. 4,6 – 0,5 = ...
c. 2,8 – 2,1 = ...
d. 6,7 – 0,5 = ...
e. 3,8 – 3,5 = ...
f. 5,2 – 4,3 = ...
g. 8 – 2,9 = ...
h. 4,6 – 2,8 = ...
i. 4,1 – 1,4 = ...
j. 9,7 – 5,9 = ...

2 Complète.

a. 6 – .... = 4,5
b. 9 – .... = 3,7
c. 5,2 – .... = 4,6
d. 9,7 – .... = 7,8
e. 8,2 – .... = 2,4
f. .... – 2,4 = 2
g. .... – 0,8 = 6
h. .... – 3,8 = 3,3
i. .... – 6,3 = 9,4
j. .... – 4,1 = 2,8

3 Calcule les différences.

a.
```
   7, 3 6 2
 – 0, 8 3 9
 ----------
 =
```

b.
```
   3 5 4, 4
 –   8 2, 6
 ----------
 =
```

c.
```
   5 1, 6 2
 –   7, 4 9 5
 ------------
 =
```

d.
```
   5 4
 – 2 3, 1 5 8
 ------------
 =
```

4 Complète les cases par le chiffre qui convient.

a.
```
   4 □ 8, 5
 –     9, □
 ----------
 = □ 5 □, 2
```

b.
```
   □ □ , □ □
 – 1 2, 3 4
 ----------
 =   5, 6 7
```

c.
```
   3 4, 7 □ □
 – 1 □ , 7 3 2
 ------------
 = □ 5, □ 6 8
```

5 Pose en colonnes et effectue.

a. 78,544 – 20,082
b. 751,25 – 38,23
c. 676 – 368,41
d. 11,1 – 6,536
e. 731,875 – 452,76
f. 60 – 44,444

6 Tableur

- On part d'un nombre de 4 chiffres différents, avec deux décimales (exemple : 62,91).
- Avec les chiffres de ce nombre, on forme le plus grand nombre de 4 chiffres, avec deux décimales (soit : 96,21).
- Puis on forme le plus petit nombre de 4 chiffres, avec deux décimales (soit : 12,69).

a. Dans un tableur, reproduis le tableau qui suit.
Programme la cellule C1 pour qu'elle calcule la différence entre les nombres placés en A1 et B1. (Complète le tableau au fur et à mesure des calculs.)
Puis recommence la procédure depuis le début avec le nombre obtenu en C1. Et ainsi de suite.

	A	B	C
1	96,21	12,69	
2			
3			
4			

Que remarques-tu ?

....

....

b. Recommence en partant du nombre 72,18.

	A	B	C
1			
2			
3			
4			
5			

c. Essaie un autre nombre. Que peux-tu conclure ?

....

....

Fiche 4 : multiplier des nombres décimaux (1)

1 Complète chaque tableau.

	×	0,5	0,2	0,3
a.	4			
b.	15			
c.	22			
d.	32			

	×	0,6	0,7	0,9
e.	80			
f.	8			
g.	0,8			
h.	0,08			

2 Coche la bonne réponse.

		1	10	100	1 000
a.	5 × 2 =				
b.	125 × 8 =				
c.	25 × 4 =				
d.	1,25 × 8 =				
e.	1,25 × 0,8 =				
f.	12,5 × 8 =				
g.	5 × 0,2 =				
h.	2,5 × 4 =				

3 Calcule en regroupant astucieusement.

a. 25 × 3,567 × 4

....

....

b. 2,5 × 1,762 × 4

....

....

c. 1,25 × 2 × 0,8 × 4,139

....

....

4 Complète pour que les produits de chaque ligne, de chaque colonne et de chaque diagonale soient égaux (tu pourras utiliser ta calculatrice).

a.

2		
6,25		
10		12,5

b.

		0,16
	0,2	0,125
0,25		

5 Relie chaque produit à son ordre de grandeur.

21 × 1,05 •	• 200
0,011 × 20,1 •	• 20
1,99 × 0,99 •	• 2
19,8 × 0,0011 •	• 0,2
2,1 × 98 •	• 0,02

6 Complète puis calcule mentalement.

a. 1,3 × 7 + 1,3 × 3

= 1,3 × (........ + ...)

....

....

b. 5,5 × 59 + 5,5 × 41

= .... × (........ + ...)

....

....

c. 6,4 × 12 – 6,4 × 2

= 6,4 × (........ – ....)

....

....

d. 0,9 × 208 – 0,9 × 8

= .... × (........ – ....)

....

....

7 Complète puis calcule mentalement.

a. 1,4 × 101

= 1,4 × (100 + 1)

= 1,4 × .... + 1,4 × ....

= ....

b. 8,3 × 99

= 8,3 × (100 – 1)

= 8,3 × .... – 8,3 × ....

= ....

c. 2,7 × 101

= ....

= ....

d. 5,6 × 99

= ....

= ....

1 Place la virgule dans le résultat de la multiplication (en ajoutant éventuellement un ou des zéros).

a.
1 2, 7
× 2, 4
3 0 4 8

b.
0, 1 4
× 5, 9
8 2 6

c.
2 5, 4
× 1, 0 5
2 6 6 7 0

d.
0, 2 4 5
× 0, 1 2 5
3 0 6 2 5

2 Place la virgule dans le nombre écrit en **caractères gras** pour que l'égalité soit vraie.

a.
0, 4 7
× **6 1**
= 2, 8 6 7

b.
2, 7
× **3 4 5**
= 9, 3 1 5

c.
1 6 5
× 0, 5 1
= 0, 8 4 1 5

d.
6 4 2
× 8 7 4
= 5 6 1, 1 0 8

3 Colorie la case contenant le résultat juste, sans poser l'opération ni utiliser de calculatrice.

a.	2,5 × 4,4 =	8,444	11	33,5	2,2
b.	10,3 × 7,5 =	77,29	68,412	77,25	7,25
c.	11,6 × 29,8 =	354,578	321,12	512,88	345,68
d.	346 × 0,97 =	3 263,62	36,62	335,62	348,62
e.	1,03 × 698,4 =	7 233,352	719,352	687,352	68,352

4 Calcule les produits.

a.
8, 9
× 3 4

b.
1, 4 5
× 8 7

c.
4 5, 6
× 2 3

d.
0, 5 8 9
× 1 0 2

5 Calcule les produits.

a.
1 3, 7
× 0, 6

b.
8, 8 8
× 0, 0 8

c.
1 2 3, 4
× 0, 0 0 9

d.
4 8, 5 6
× 0, 4

6 Calcule les produits.

a.
1, 3
× 7, 5

b.
0, 1 7
× 2, 8

c.
3 2, 1
× 1 0, 5

d.
6, 0 9
× 6, 0 9

Fiche 6 : diviser un nombre décimal par un nombre entier

1 Effectue les divisions décimales suivantes pour en trouver le quotient décimal exact.

a. 4 9, 8 | 4

b. 5, 4 6 | 1 2

c. 0, 1 8 9 | 9

2 Effectue les divisions suivantes jusqu'au millième, puis complète le tableau ci-dessous.

a. 1 5 8, 6 | 1 1

b. 4 3 2, 2 8 | 1 5

		Valeur approchée à l'unité		Valeur approchée au dixième		Valeur approchée au centième	
		par défaut	par excès	par défaut	par excès	par défaut	par excès
a.	158,6 ÷ 11						
b.	432,28 ÷ 15						

3 Léa achète des draps de bain sur Internet. Complète sa commande.

Article	Quantité	Prix unitaire	Prix total
Drap de bain 100×150	5		249,50 €
Drap de bain 70×140	4		147,60 €
Serviette 50×100	8		135,20 €

1 Relie pour compléter chaque phrase.

Prendre 10 % d'un nombre •	• c'est prendre le quart du nombre.
Prendre 25 % d'un nombre •	• c'est prendre 3 fois le quart du nombre.
Prendre 50 % d'un nombre •	• c'est prendre 2 fois le dixième du nombre.
Prendre 75 % d'un nombre •	• c'est prendre le dixième du nombre.
Prendre 20 % d'un nombre •	• c'est prendre la moitié du nombre.

2 Relie pour compléter chaque phrase.

Prendre 10 % d'un nombre •	• c'est diviser le nombre par 4 puis multiplier par 3.
Prendre 25 % d'un nombre •	• c'est diviser le nombre par 4.
Prendre 50 % d'un nombre •	• c'est diviser le nombre par 10.
Prendre 75 % d'un nombre •	• c'est diviser le nombre par 2.

3 Calcule de tête 50 % de chaque nombre.

a. 100 → …………
b. 70 → …………
c. 66 → …………
d. 98 → …………
e. 111 → …………
f. 18,2 → …………
g. 25,6 → …………
h. 0,7 → …………

4 Calcule le pourcentage de chaque nombre.

	Nombre	25 %	50 %	75 %
a.	20			
b.	32			
c.	9,2			
d.	44,4			

5 Calcule 10 % de chaque nombre.

a. 100 → …………
b. 70 → …………
c. 66 → …………
d. 98 → …………
e. 111 → …………
f. 18,2 → …………
g. 25,6 → …………
h. 0,7 → …………

6 Calcule le pourcentage de chaque nombre.

	Nombre	10 %	20 %	30 %
a.	20			
b.	32			
c.	9,2			
d.	44,4			

7 Dans un magasin de sport, les articles sont soldés à 20 %. Calcule le nouveau prix de chaque article ci-dessous en complétant le tableau.

	Ballon	Raquette	VTT	Casque
Ancien prix	30 €	55 €	260 €	134 €
Réduction				
Nouveau prix				

8 Pour remplacer la farine de blé, Mixibio propose ces deux mélanges sans gluten.

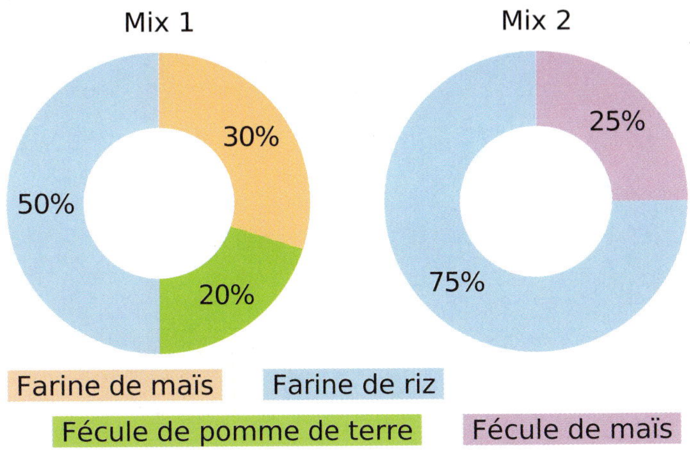

a. Donne la masse de chaque ingrédient, pour réaliser 500 g de Mix 1.

……………………………………………………………………
……………………………………………………………………
……………………………………………………………………
……………………………………………………………………

b. Même question pour 500 g de Mix 2.

……………………………………………………………………
……………………………………………………………………

a.

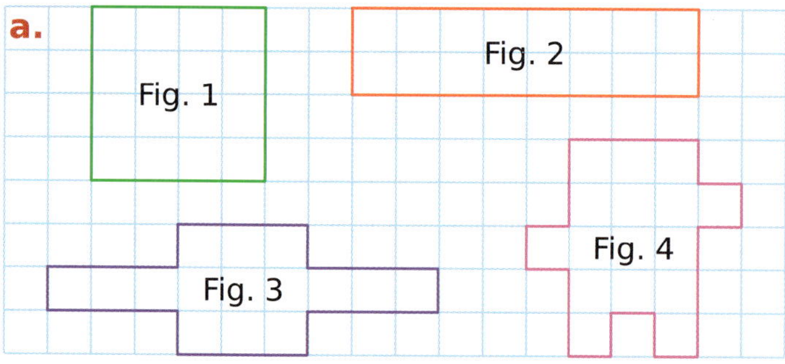

b.

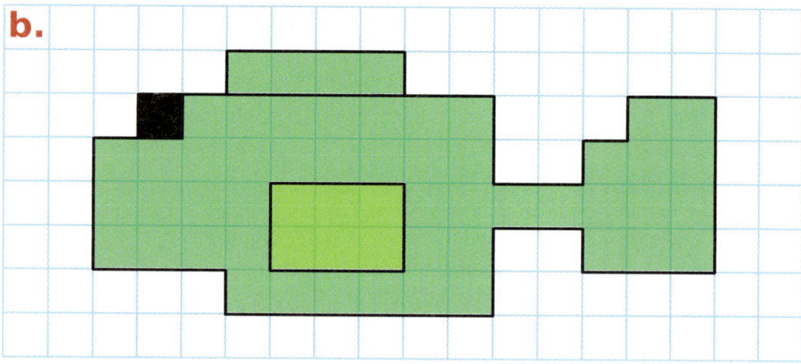

c.

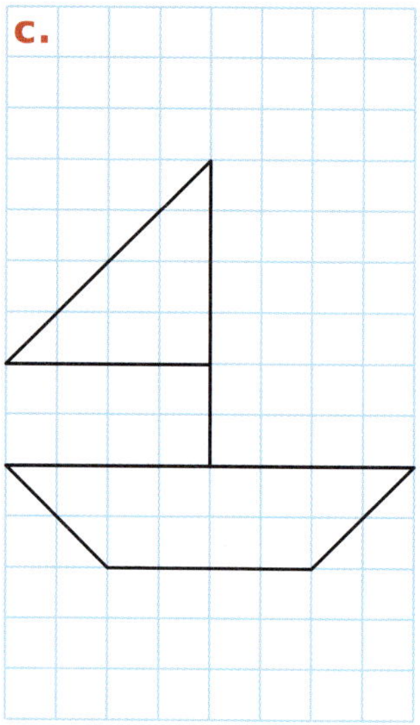

d.

e.

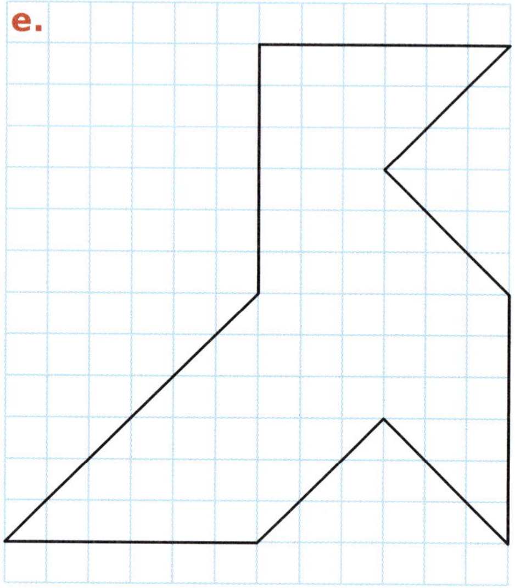

1 Sur une feuille quadrillée, reproduis chaque figure du **a**, en multipliant toutes les longueurs par 3.

2 Sur une feuille quadrillée, reproduis la figure **b**, en multipliant toutes les longueurs par 2.

3 Sur une feuille quadrillée, reproduis la figure **c**, en multipliant toutes les longueurs par 2,5.

4 Reproduis la figure **d**, en multipliant toutes les longueurs par 0,5 (ci-dessous, dans la grille de gauche), puis par 1,5 (ci-dessous, dans la grille de droite).

5 Reproduis la figure **e**, en remplaçant un segment de 3 cm par un segment de 2 cm.

1 Coche l'opération qui permet de résoudre chaque problème.

a. Combien pèsent neuf pains de 0,340 kg ?

☐ 9 + 0,340 ☐ 9 × 0,340
☐ 9 – 0,340 ☐ 9 ÷ 0,340

b. Morad a six notes dont la somme totale est 91,8 points. Quelle est sa moyenne ?

☐ 6 + 91,8 ☐ 6 × 91,8
☐ 6 ÷ 91,8 ☐ 91,8 ÷ 6

c. Jérémy achète 3,2 kg d'abricots à 2,70 € le kilogramme. Combien paie-t-il ?

☐ 3,2 + 2,7 ☐ 3,2 – 2,7
☐ 3,2 × 2,7 ☐ 3,2 ÷ 2,7

d. Jessica raccourcit de 2,3 cm la longueur de sa jupe qui mesure 48,9 cm. Quelle est la longueur de sa jupe après cette modification ?

☐ 48,9 – 2,3 ☐ 2,3 – 48,9
☐ 2,3 × 48,9 ☐ 48,9 + 2,3

e. En 2016, la population mondiale est estimée à 7,4 milliards d'habitants. Dans 10 ans, on prévoit qu'elle augmentera de 0,8 milliard. Quelle serait la population mondiale en 2026 ?

☐ 7,4 – 0,8 ☐ 7,4 ÷ 0,8
☐ 7,4 × 0,8 ☐ 7,4 + 0,8

2 Coche la question qui peut être résolue.

a. Un wagon pèse 5,5 tonnes à vide. On y met 40 quintaux de charbon.

☐ Quel est le prix d'un quintal de charbon ?
☐ Combien de temps faut-il pour charger le wagon ?
☐ Combien pèse le wagon après chargement ?

b. Luc achète 5,89 kg de tomates à 1,96 € le kg.

☐ Combien ont couté les tomates ?
☐ Combien de tomates a-t-il achetées ?
☐ Combien pèse une tomate ?

c. On partage une ficelle de 2,38 m en quatre morceaux de même longueur.

☐ Combien pèse le mètre de ficelle ?
☐ Quelle est la longueur de chaque morceau ?
☐ Combien coute le mètre de ficelle ?

d. Un pouce anglais vaut environ 25,4 mm.

☐ Convertis 78,5 pouces en mètres.
☐ Combien de centimètres mesure ton pouce ?
☐ Convertis 2 pieds en pouces.

3 Associe le bon calcul à chaque énoncé, effectue-le et réponds à chaque problème.

Calculs :

A (2 × 3,70) + 1,50

B (3,70 ÷ 2) – 1,50

C (2 × 3,70) + (2 × 1,50)

D 3,70 – (2 × 1,50)

Énoncés :

a. Malcolm achète 2 magazines à 3,70 € pièce et 2 journaux à 1,50 € pièce.

Combien paie-t-il ?

....
....
....
....

b. Corinne achète 2 kg de cerises à 3,70 € le kg et un melon à 1,50 € l'unité.

Combien paie-t-elle ?

....
....
....
....

c. Nathalie a 3,70 €. Elle achète deux boissons à 1,50 € pièce.

Combien lui reste-t-il ?

....
....
....
....

d. Denis partage équitablement entre ses deux filles les 3,70 € de monnaie qu'il possède. L'une d'elle achète une pâtisserie à 1,50 €.

Combien d'argent reste-t-il alors à cette dernière ?

....
....
....
....

Fiche 10 : résoudre des problèmes avec des nombres décimaux (2)

1 À l'agence Louetout, une automobile est louée au tarif de 30 € par jour, auquel s'ajoute 0,40 € par kilomètre parcouru.

a. Un agent commercial a loué une voiture pour une journée et a parcouru 350 km. Combien a-t-il payé sa journée de location ?

....

....

....

b. Une autre personne vient de régler une facture de 80 € pour une journée de location. Quelle distance a-t-elle parcourue ?

....

....

....

c. Une troisième personne règle une facture de 290 € pour trois journées de location. Quelle distance a-t-elle parcourue ?

....

....

....

2 Au 110 m haies, il y a dix haies de 1,067 m de haut. La première haie est à 13,72 m de la ligne de départ. Les haies sont espacées de 9,14 m. Quelle distance sépare la dernière haie de la ligne d'arrivée ?

....

....

....

....

....

3 Voici la consommation d'électricité, en heures pleines (HP) et en heures creuses (HC), d'une famille au cours des 8 premiers jours de Février.

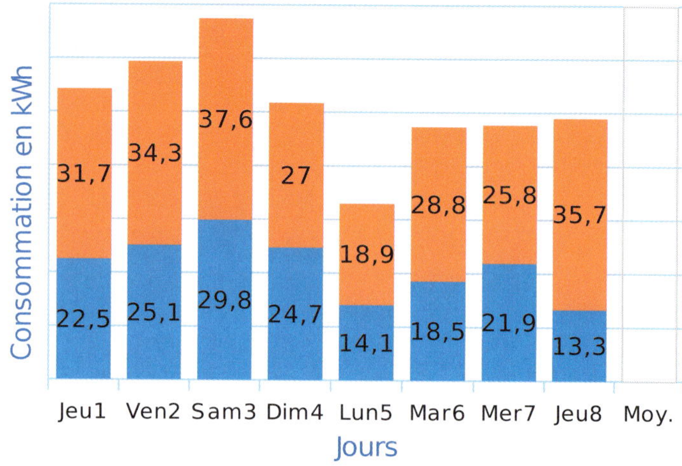

a. Durant ces 8 jours, quelle est la consommation de cette famille en heures pleines, puis en heures creuses ?

....

....

....

....

....

....

b. Durant ces 8 jours, quelle est sa consommation totale ?

....

....

c. Durant ces 8 jours, quelle est sa consommation journalière moyenne en heures creuses ?

....

....

d. Durant ces 8 jours, quelle est sa consommation journalière moyenne en heures pleines ?

....

....

e. Complète alors le graphique en remplissant la colonne « Moy. »

f. Durant ces 8 jours, quelle est sa consommation journalière moyenne totale ?

....

....

....

1 **Tableur** Ursula possède une tirelire dans laquelle se trouvent 19 pièces, les unes de 0,50 € et les autres de 0,20 €. L'ensemble de ces 19 pièces représente une somme de 7,40 €.
Le but est de déterminer le nombre de pièces de 0,50 € et le nombre de pièces de 0,20 € que possède Ursula.
Pour cela, reproduis la feuille de calcul ci-dessous, puis complète-la. Ensuite, conclus.

	A	B	C
1	Nombre de pièces de 0,20 €	Nombre de pièces de 0,50 €	Total en €
2	0	19	
3			
4			
5			
6			
7			
8			
9			
10			
11			
12			
13			
14			
15			
16			
17			
18			
19			
20			
21			

....

....

....

2 M. Marcel dispose de seaux de capacité 10,2 L et 12,4 L. Combien de seaux de chaque capacité doit-il verser dans une bassine de 164 L pour la remplir, sachant qu'il utilise 15 seaux en tout ?

....

....

....

3 Les nouvelles cloches de la cathédrale Notre-Dame de Paris ont été exposées au public dans la nef, avant leur installation dans les tours du monument. Du premier plan à l'arrière-plan : Marie (6 t), Gabriel (4,162 t), Anne-Geneviève (3,477 t), Denis (2,502 t), Marcel (1,925 t), Étienne (1,494 t), Benoit-Joseph (1,309 t), Maurice (1,011 t) et Jean-Marie (0,782 t).

a. À quelle occasion ces cloches ont-elles été construites ? (Tu pourras effectuer des recherches supplémentaires sur ces cloches.)

....

....

b. Quelle masse totale de bronze (alliage d'étain et de cuivre) a été nécessaire pour la fabrication de ces 9 cloches ?

....

....

....

....

....

c. Sachant que 4,98564 t d'étain ont été utilisées, quelle masse de cuivre a été nécessaire pour la fabrication de ces cloches ?

....

....

....

d. Pour fabriquer une cloche, on coule du métal en fusion (alliage d'étain et de cuivre) dans un moule. Un litre de cuivre pèse presque 9 kg.
De combien de litres de cuivre en fusion a-t-on eu besoin pour fabriquer ces 9 cloches ?

....

....

....

....

Fiche 12 : résoudre des problèmes avec des nombres décimaux (4)

1 Au supermarché, on trouve :

2,79 €
le pot

12,60 €
le kg

2,99 € le filet
de 3 kg

5,67 € la
bouteille

3,28 €
le kg

4,25 € la boite
13 € par lot de 3

8,50 €
le kg

a. Sébastien achète un pot de confiture et 5 bouteilles de vin. Combien paie-t-il ?

b. Suzanne achète 300 g de jambon et 1,5 kg de raisin. Elle paie avec un billet de 10 €. Combien la caissière lui rend-elle ?

c. Marion doit acheter 3 boites de sardines. La solution la moins chère est-elle de choisir le lot ou de prendre 3 boites individuelles ?

d. Brandon paie 46 € pour 450 g de jambon, 2 filets d'oranges, 2 boites de sardines, 240 g de fromage, 3 bouteilles de vin et un poulet rôti. Quel est le prix du poulet rôti ?

e. Le supermarché fait une promotion sur le vin : « 6 bouteilles achetées, 3 gratuites. ». Calcule alors le prix de revient d'une bouteille de vin.

2 Voici les tarifs du courrier au départ de la France métropolitaine, au 1er janvier 2017.

Poids jusqu'à	Tarifs nets (€) *lettre prioritaire*		
	Vers France métropolitaine	Vers zone outre-mer 1[1]	Vers zone outre-mer 2[2]
20 g	1,05 €	1,05 €	1,05 €
100 g	2,10 €	Tarif lettre prioritaire France métropolitaine + 0,05 € par tranche de 10 g. Exemple lettre prioritaire de 30 g : 2,10 €+3×0,05 € = 2,25 €	Tarif lettre prioritaire France métropolitaine + 0,11 € par tranche de 10 g. Exemple lettre prioritaire de 30 g : 2,10 €+3×0,11 € = 2,43 €
250 g	4,20 €		
500 g	6,30 €		
3 kg	8,40 €		

(1) Zone outre-mer 1 : Guyane, Guadeloupe, Martinique, La Réunion, Saint-Pierre-et-Miquelon, Saint-Barthélémy, Saint-Martin et Mayotte.
(2) Zone outre-mer 2 : Nouvelle-Calédonie, Polynésie française, Wallis-et-Futuna, Terres Australes et Antarctiques Françaises (T.A.A.F.)

a. Stéphane envoie 22 faire-part de naissance (de moins de 20 g) en France métropolitaine. Combien va-t-il payer ?

b. Younès envoie en France métropolitaine 4 lettres de 72 g, 3 lettres de 300 g et 4 lettres de 1,5 kg. Combien va-t-on lui rendre s'il paie avec deux billets de 50 € ?

c. Bonnie envoie une lettre de 120 g à sa cousine habitant à La Réunion. Combien va-t-elle payer ?

d. Paul envoie deux lettres : une de 850 g à sa tante de Guadeloupe, et une autre de 490 g à son parrain de Polynésie française. Pour laquelle des deux va-t-il payer le plus cher ?

N6 Résolution de problèmes

g5.re/j58 g5.re/xdz g5.re/xfa

1 Proportionnalité

Définition Deux grandeurs sont **proportionnelles** lorsque les valeurs de l'une s'obtiennent en multipliant (ou divisant) les valeurs de l'autre par un même nombre non nul.

Exemple : Dans un magasin, les oranges sont proposées à 1,40 € le kg.

- Le prix à payer (en €) s'obtient en multipliant la quantité achetée (en kg) par le nombre 1,40 donc le prix à payer et la masse sont **proportionnelles**.
- Le nombre 1,40 est appelé **coefficient de proportionnalité**.

Remarque : Deux grandeurs ne sont pas toujours proportionnelles.
Par exemple la **taille** d'une personne et son **âge** ne sont pas proportionnels.

- Pour illustrer une situation de proportionnalité, on peut utiliser un **tableau de proportionnalité**. Dans ce tableau, on obtient les nombres de la seconde ligne en multipliant ceux de la première par le coefficient de proportionnalité.

Masse d'oranges (en kg)	1	2	3	4	5
Prix (en €)	1,40	2,80	4,20	5,60	7,00

× 1,40

- 6 kg d'oranges coutent 3 × 2,80 € = **8,40 €**
- 8 kg d'oranges coutent 2,80 € + 8,40 € = **11,20 €**
- 1,6 kg d'oranges coutent 11,20 € ÷ 5 = **2,24 €**

On peut résumer ceci dans un tableau.

Masse d'oranges (en kg)	2	6	8	1,6
Prix (en €)	2,80	**8,40**	**11,20**	**2,24**

× 3 ; + ; ÷ 5

2 Pourcentages

Définition Un **pourcentage** traduit une situation de proportionnalité où la quantité totale est rapportée à 100.

Exemple : Une orange est composée de 85 % d'eau ce qui signifie qu'il y a 85 g d'eau dans 100 g d'oranges, la masse d'eau étant proportionnelle à la masse d'oranges.

- Pour connaître la masse d'eau contenue dans 250 g d'oranges, on peut utiliser ces méthodes.

Masse d'oranges (en g)	100	250
Masse d'eau (en g)	85	**212,5**

× 2,5 ; × 0,85

- 85 % de 250 g

$= 250 \times \frac{85}{100} = 250 \times 0,85 =$ **212,5 g**

- 85 % de 250 g

$= 85 \times \frac{250}{100} = 85 \times 2,5 =$ **212,5 g**

3 Tableaux

Règle Un tableau permet de **regrouper** et d'**organiser** des données, de **lire** facilement des informations.

Exemple : On considère les tableaux ci-dessous.

Continent	Population en 1995 en millions d'habitants
Afrique	728
Asie	3 458
Europe	**727**
Amérique	775
Océanie	28

Continent	Population en 2008 en millions d'habitants
Afrique	987
Asie	4 075
Europe	731
Amérique	921
Océanie	**35**

- Le nombre **727** indique que l'Europe comptait 727 millions d'habitants en 1995.
- Le nombre **35** indique que l'Océanie comptait 35 millions d'habitants en 2008.

4 Représentations graphiques et interprétation

A Graphique cartésien

Règle Un graphique cartésien permet de représenter l'évolution d'une grandeur **en fonction** d'une autre.

Exemple : Ce diagramme donne l'évolution de la population mondiale en milliards d'habitants en fonction de l'année.

- On peut voir que les **3 milliards** d'habitants ont été atteints en **1960** (pointillés roses).

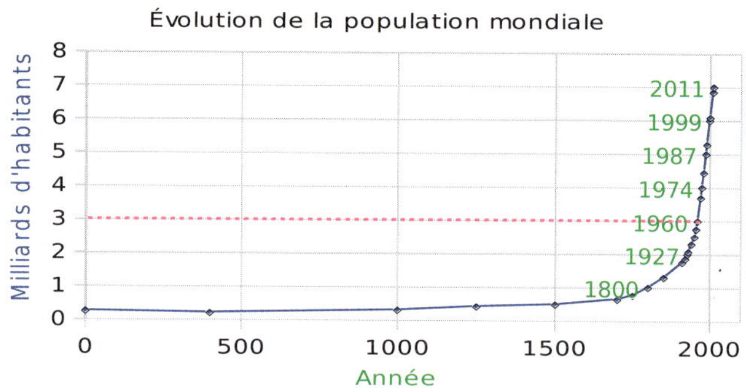

B Diagrammes en bâtons

Règle Dans un diagramme en bâtons les hauteurs des bâtons sont **proportionnelles** aux quantités représentées.

Exemple : Ce diagramme en barres représente la population en 1995 et en 2008, en millions d'habitants, par continent.

- On peut voir que la population en Asie est la plus importante des cinq continents.

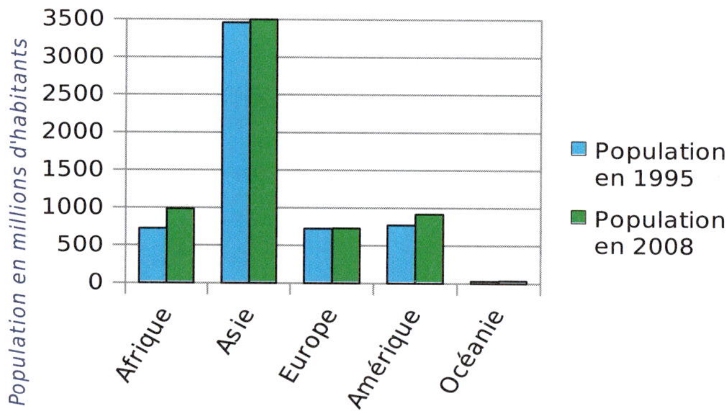

C Diagramme circulaire

Règle Dans un diagramme circulaire les mesures des angles sont **proportionnelles** aux quantités représentées.

Exemple : Ce diagramme circulaire représente la population en 2008, en millions d'habitants, par continent.

- On peut voir que plus de la moitié de la population en 2008 se trouve en Asie car le secteur orange mesure plus de 180°.

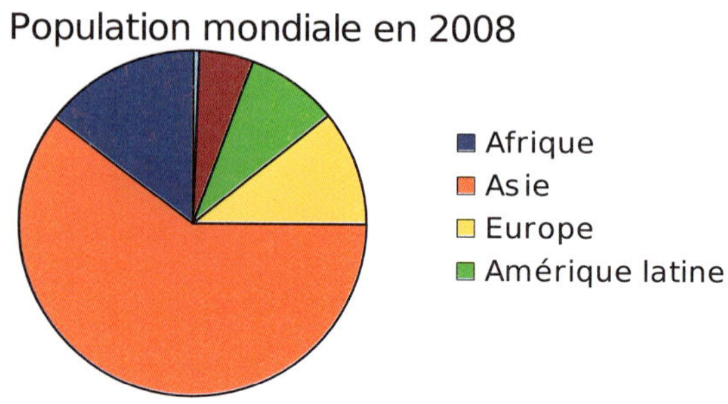

1 Dans les situations énoncées ci-dessous, les deux grandeurs sont-elles proportionnelles ?

a. La consommation de carburant d'une moto en fonction du nombre de kilomètres parcourus, sachant qu'elle roule à vitesse constante.

b. L'âge du père en fonction de l'âge du fils.

c. Le poids de Théo en fonction de son âge.

d. Le prix des pommes en fonction de leur masse, sachant que le kilogramme coute 1,50 €.

e. La quantité d'eau coulant d'un robinet en fonction du temps, sachant que l'eau s'écoule à vitesse constante.

f. Le prix d'un trajet de bus en fonction du nombre de passagers, sachant que le ticket coute 1,20 €.

2 Les tableaux suivants sont-ils des tableaux de proportionnalité ? Justifie.

a.

3	5	8
12	20	32

b.

1,5	4,5	6
4,5	7,5	9,5

a.

b.

3 Sur le graphique, on a représenté la distance parcourue par un cycliste en fonction de la durée de son trajet.

a. Complète le tableau à l'aide du graphique.

Durée en min	10	20		35			60
Distance en km			12		20	22	

b. Ce tableau représente-t-il une situation de proportionnalité ? Justifie puis conclus.

4 Alban veut envoyer un colis par Chronopost.

Sur internet, il trouve cette grille de tarif (tarifs d'affranchissement au 1er janvier 2021).

Colis Chronopost	
Masse jusqu'à	Tarif net
2 kg	35 €
5 kg	40 €
10 kg	49 €
15 kg	58 €
20 kg	67 €
25 kg	76 €
30 kg	85 €

a. Le tarif d'affranchissement est-il proportionnel à la masse d'un colis ? Justifie.

b. Le graphique ci-dessous représente le tarif en fonction de la masse d'un colis. Place les points correspondant au tableau sur ce graphique.

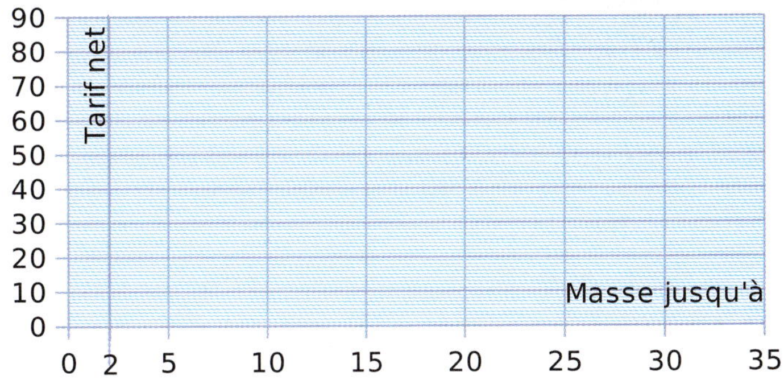

Fiche 2 : résoudre des problèmes relevant de la proportionnalité (2)

1 Ludo boit 2 L d'eau par jour.
Combien boit-il d'eau en 4 jours ?

2 Le film *Le Hobbit* a été tourné à 48 images par seconde.

a. Combien d'images compte 1 minute de film ?

b. Même question pour 1 heure.

c. Le film dure 2 h 49 min.
De combien d'images est-il constitué ?

3 Trois beignets pèsent 315 g.
Combien pèsent neuf beignets ?

4 Alain récolte 74 tonnes de blé sur 10 hectares.
Combien de tonnes récolte-t-il sur 5 hectares ?

5 Complète les tableaux de proportionnalité.

a. × 7

5	8	9	
			70

b. × 1,5

4	7		12
		15	

c. × ....

	6	8	10,5
18		32	

d. × ....

4	5,5		7,2
2,4		3,9	

6 Avec 2,5 L de peinture, Luc peint 30 m².

a. Quelle surface peint Luc avec 8 L de peinture ?

b. Quelle quantité de peinture faut-il à Luc pour peindre 84 m² ?

7 Le prix de 5 kg de girolles est de 32 €.

a. Combien coutent 3 kg de girolles ?

b. Quelle quantité de girolles peut-on acheter avec 40 € ?

8 Une photo a une taille de 10 cm × 15 cm.
On procède à des retirages de cette photo en réduction et en agrandissement.

a. Complète le tableau.

Tirage	T_0	T_1	T_2	T_3	T_4	T_5
Largeur en cm	10	6		30		24
Longueur en cm	15		30		13,5	

b. Quels tirages correspondent à une réduction ?
À un agrandissement ?

c. Le photographe propose des photos d'identité au format 3,5 × 5. Ce format respecte-t-il les proportions de départ ? Justifie.

1 Complète cette étiquette figurant sur une boite de gâteaux.

Valeur nutritionnelle moyenne	Pour 100 g	Par gâteau (30 g)
Valeur énergétique	1 770 kJ	
Protéines		1,29 g
Glucides dont sucres	57 g 28 g	
Lipides dont saturés		5,7 g 2,58 g
Fibres alimentaires	1,7 g	
Sodium		0,036 g

2 **Tableur**

Reproduis ce tableau qui donne les ingrédients (en grammes) pour réaliser un tiramisu aux fraises.

	A	B	C	D	E	F
1	Nombre de personnes	4	2	3	5	23
2	Fraises (en g)	500				
3	Œufs	4				
4	Mascarpone (en g)	250				
5	Sucre (en g)	180				
6	Boudoirs	12				

a. Programme les cellules C2 à C6 pour qu'elles calculent les ingrédients nécessaires à la fabrication d'un tiramisu aux fraises pour 2 personnes, puis complète le tableau.

b. Même question pour réaliser ce tiramisu pour 3, pour 5 et pour 23 personnes aux colonnes D, E et F.

c. Pour combien de personnes au maximum pourra-t-on préparer ce dessert avec 2 kg de fraises, 15 œufs et les quantités nécessaires pour les autres ingrédients ?

....

....

....

....

....

3 **Tableur**

Pour les montagnes russes, on peut acheter des tickets à l'unité ou par lot de 7.

TURBO SPEED
Ticket à l'unité
3,50 €

TURBO SPEED
Lot de 7 tickets
20,50 €

	A	B	C	D	E	F
1	Nombre de tickets	Prix		Nombre de lots de 7 tickets	Nombre de tickets	Prix
2	1	3,50 €		1	7	20,50 €
3	2			2		
4	3			3		
5	4			4		
6	5			5		

a. Reproduis ce tableau, en allant jusqu'à 70 pour la colonne A, et jusqu'à 10 pour la colonne D.

Programme les cellules B3 à B71 pour qu'elles calculent le prix payé en fonction du nombre de tickets achetés.

b. Programme les cellules E3 à E11 pour qu'elles calculent le nombre de tickets en fonction du nombre de lots achetés.

c. Programme les cellules F3 à F11 pour qu'elles calculent le prix payé en fonction du nombre de lots achetés.

d. Compare le prix pour 70 tickets.
Quelle est l'économie réalisée ?

....

....

....

....

e. Léo et ses copains ont réuni 100 €. Combien de tickets au maximum peuvent-ils acheter ?

....

....

....

....

Fiche 4 : appliquer un pourcentage

1 Calcule en détaillant les étapes.

a. 29 % de 93 = ...

b. 35 % de 400 = ...

c. 3 % de 5 000 = ...

d. 87 % de 625 = ...

e. 12 % de 500 = ...

f. 7 % de 2 000 = ...

g. 20 % de 720 = ...

h. 151 % de 80 = ...

2 Calcule 12 % de chaque nombre.

a. 40 → ....

b. 60 → ....

c. 200 → ....

d. 150 → ....

e. 12 → ....

f. 2,5 → ....

3 Anaïs a mangé une tablette entière de chocolat de 200 g. Sur l'emballage, elle lit 55 % de sucre. Quelle masse de sucre a-t-elle avalée ?

....

4 Au collège Sissatroy, 65 % des 840 élèves sont demi-pensionnaires (DP).

a. Quel est le pourcentage d'élèves externes ?

....

b. Calcule le nombre d'élèves DP et externes.

....

5 160 élèves du collège de Pourcenty ont été admis au DNB. Voici leur répartition suivant la mention obtenue.

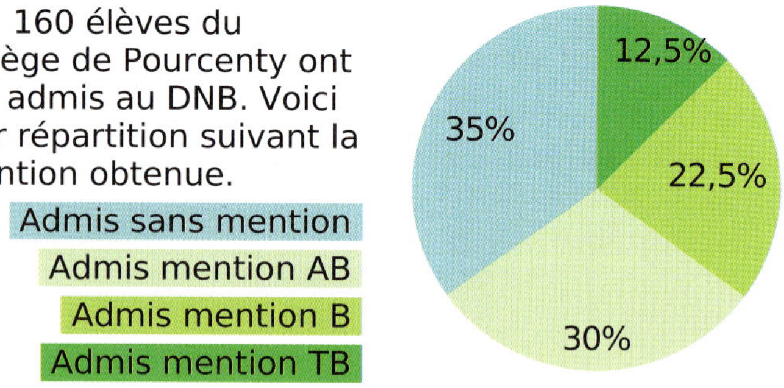

	Pourcentage	Nombre d'élèves
Admis sans mention		
Admis mention AB		
Admis mention B		
Admis mention TB		

6 Une poubelle contenant des ordures ménagères d'un foyer avant tri est composée de :

- 29 % de matières biodégradables ;
- 25 % de journaux, papiers, cartons ;
- 13 % de verre ;
- 11 % de plastique ;
- 4 % de métaux ;
- 18 % autres (textile, déchets dangereux...).

Sachant que le poids des déchets ménagers par an et par habitant est estimé à 360 kg, calcule la part de chaque composant par an et par habitant.

matières biodégradables ....

journaux, papiers, cartons ....

verre ....

plastique ....

métaux ....

autres ....

7 Dans un magasin de multimédia, les articles sont soldés à 15 %. Complète le tableau.

Ancien prix	189 €	39 €	549 €	79 €
Réduction				
Nouveau prix				

1 Dans les classes de 6ᵉA et 6ᵉB d'un collège, 32 élèves sont demi-pensionnaires (DP) dont 14 sont en 6ᵉB. Les 11 autres élèves de la classe sont externes, comme 9 élèves de la classe de 6ᵉA.

a. Complète le tableau.

	6ᵉA	6ᵉB	Total
Externes			
DP			
Total			

b. Combien y a-t-il d'élèves en 6ᵉA ?

....

c. Combien y a-t-il d'élèves externes ?

....

d. Combien y a-t-il d'élèves au total ?

....

2 Ces graphiques indiquent l'ensoleillement par mois à Lille au cours des années 2016 et 2017.

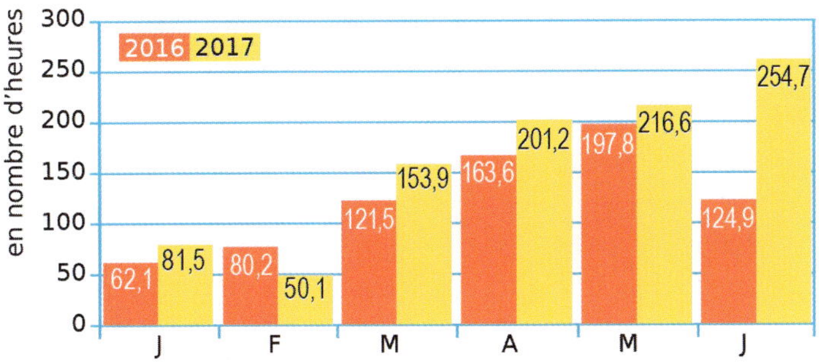

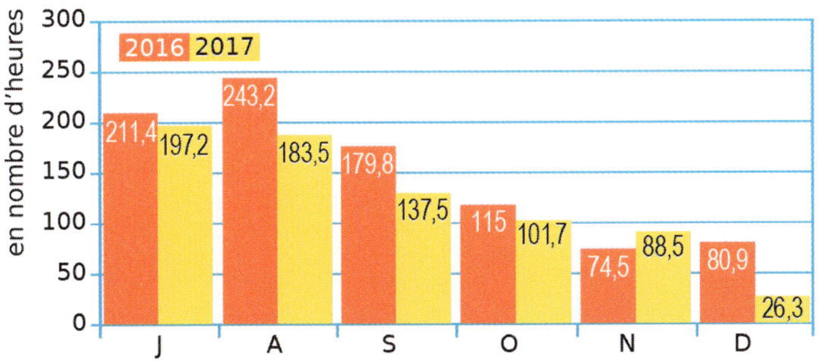

a. Complète le tableau en calculant le nombre d'heures d'ensoleillement.

	1ᵉʳ trimestre	2ᵉ trimestre	3ᵉ trimestre	4ᵉ trimestre	Total annuel
2016					
2017					

b. Que remarques-tu ?

....

....

3 On a demandé aux élèves d'une classe le nombre de frères, puis le nombre de sœurs, qu'ils ont. Voici les résultats.

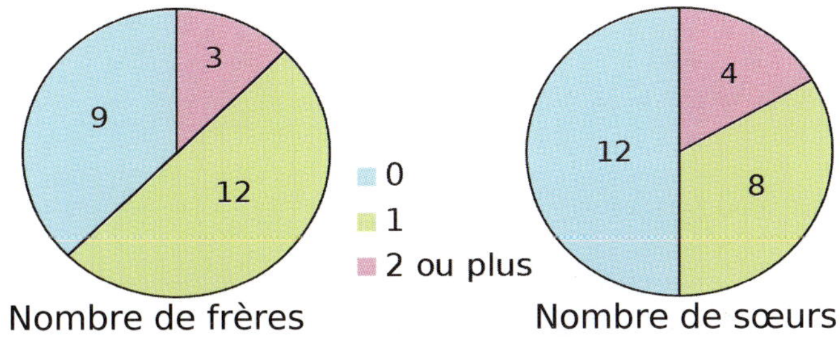

a. Complète le tableau 1 en indiquant le nombre d'élèves ayant *0*, *1* ou *2 ou plus* frères ou sœurs.

Tableau 1	Frères	Sœurs
0		
1		
2 ou plus		

b. Complète le tableau 2 avec le nombre d'élèves vérifiant les conditions données.

Tableau 2		Au moins un frère	
		OUI	NON
Au moins une sœur	OUI		
	NON		4

c. Pour chaque question, donne la réponse en indiquant quel tableau te permet de répondre.

Combien d'élèves...

- n'ont ni frère ni sœur ? .... Tableau ....
- ont un frère ? .... Tableau ....
- ont au moins un frère et une sœur ?
  .... Tableau ....
- ont 2 sœurs ou plus ? .... Tableau ....
- n'ont que des frères ? .... Tableau ....
- n'ont pas de sœur ? .... Tableau ....
- ont des frères ? .... Tableau ....

Fiche 6 : organiser et exploiter des données (2)

1 Ce graphique donne le poids de Jérôme (en kg). Les courbes en pointillés représentent les poids minimum et maximum conseillés.

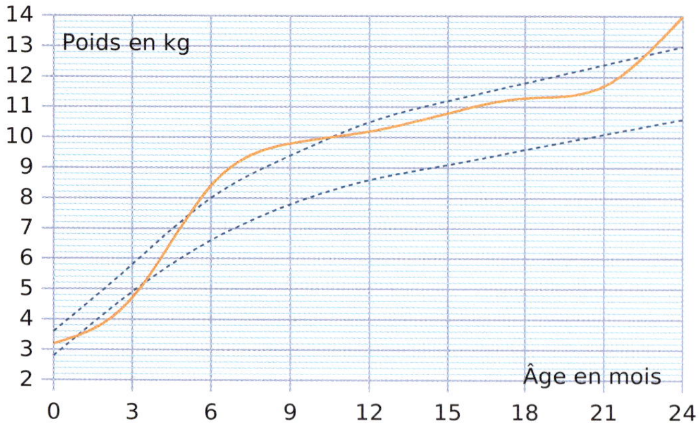

a. Que dire du poids de Jérôme entre 6 et 9 mois ?

b. Que dire du poids de Jérôme à 3 mois ?

c. Complète le tableau à l'aide du graphique.

Âge en mois	0	3	6	9	12	15	18	21	24
Poids en kg									

d. De combien de kilogrammes son poids a-t-il augmenté entre ses deux anniversaires ?

2 Le diagramme en bâtons ci-dessous nous renseigne sur le nombre de buts marqués lors de la seconde édition de la coupe de l'Outre-Mer de football.

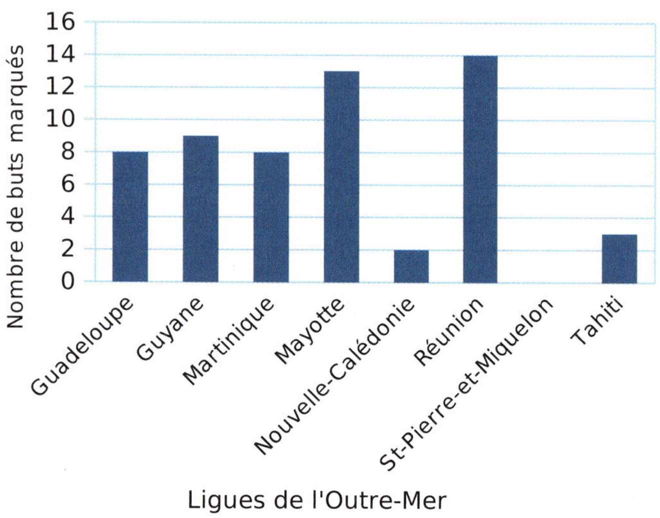

a. Combien de buts a marqué l'équipe de Mayotte ?

b. Quelle est l'équipe qui a marqué le plus de buts ?

c. Quelle(s) équipe(s) a(ont) marqué strictement moins de 8 buts ?

d. Quelle(s) équipe(s) a(ont) marqué au moins 10 buts ?

e. Quel est le nombre total de buts marqués lors de cette édition de la coupe de l'Outre-Mer ?

f. Calcule la moyenne par équipe de buts marqués lors de cette coupe de l'Outre-Mer.

g. **Tableur** Complète les cellules B2 à B9 dans le tableau ci-dessous, puis recopie ce tableau dans une feuille de calcul.

	A	B
1	Ligues de l'Outre-Mer	Nbre de buts marqués
2	Guadeloupe	
3	Guyane	
4	Martinique	
5	Mayotte	
6	Nouvelle-Calédonie	
7	Réunion	
8	Saint-Pierre-et-Miquelon	
9	Tahiti	
10	TOTAL	
11	Moyenne	

h. Parmi les propositions suivantes, entoure la formule que l'on doit écrire dans la cellule B10 du tableau pour retrouver le résultat du nombre total de buts marqués.

8+9+8+13+2+14+0+3	=TOTAL(B2:B9)	=SOMME(B2:B9)

Vérifie en programmant la cellule.

i. Écris, dans la cellule B11 du tableau précédent, une formule donnant la moyenne des buts marqués.
Vérifie en programmant la cellule.

Quelle est cette moyenne ?

1 Le tableau ci-dessous donne le nombre d'espèces de vertébrés menacées en Europe.

Espèces	Gravement menacées	Menacées	Vulnérables
Mammifères	7	19	56
Oiseaux	6	8	40
Reptiles	8	12	11
Amphibiens	2	1	7
Poissons	13	23	47

Complète le graphique correspondant à ces données.

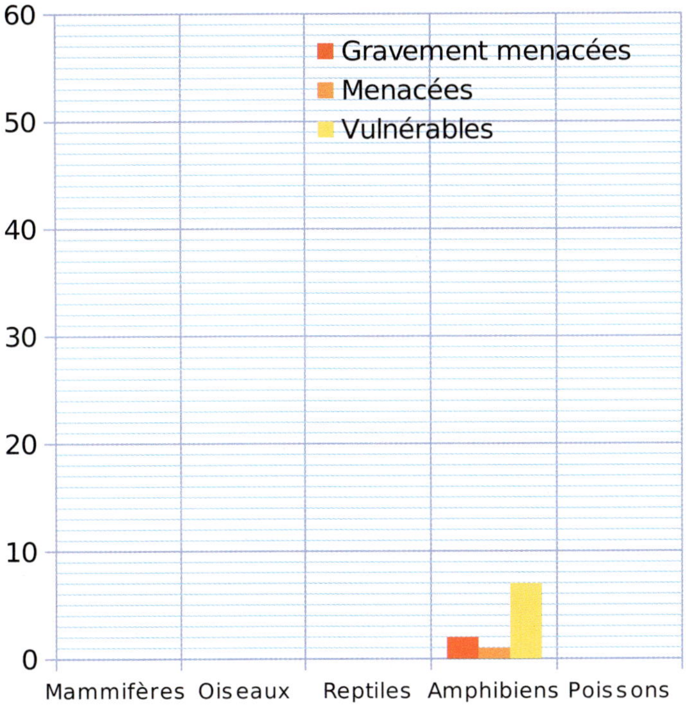

2 **Tableur**

Les tableaux suivants donnent le nombre de livres lus en 2009 par les Français (*Source : Insee*).

	Femmes
aucun	34 %
de 1 à 5	29 %
de 6 à 11	19 %
de 12 à 24	10 %
plus de 24	8 %

	Hommes
aucun	56 %
de 1 à 5	23 %
de 6 à 11	12 %
de 12 à 24	5 %
plus de 24	4 %

a. Recopie ces tableaux dans un tableur.

b. Construis un diagramme circulaire pour chaque tableau (diagramme *secteur*).

c. Sur le diagramme des hommes, comment vois-tu rapidement qu'il y en a plus de 50 % qui ne lisent aucun livre ?

....

....

d. Sur le diagramme des femmes, comment vois-tu rapidement les catégories qui représentent plus d'un quart ? Donne ces catégories.

....

....

....

....

3 À partir des cotations du Napoléon 20 Francs en décembre 2018, trace le graphique correspondant en reliant les points.

Décembre	3	4	5	6	7	10	11
Cotation	206	209,7	209,7	212	212,7	212,7	211,9

Décembre	12	13	14	17	18	19	20
Cotation	211,9	211,9	213,7	213,7	211,9	212,9	207,2

Décembre	21	24	26	27	28	31
Cotation	207,8	215,7	216,1	217,2	220,8	221,7

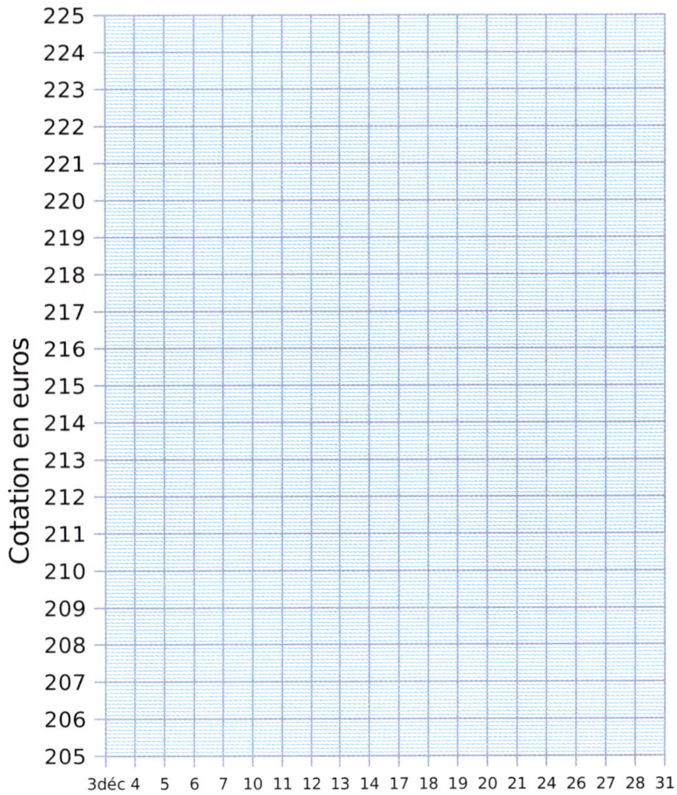

1 Le tableau et le graphique ci-dessous indiquent les données climatiques de la Guadeloupe en 2018.

Mois	J	F	M	A	M	J	J	A	S	O	N	D	Année
Température minimale moyenne (°C)													
Température maximale moyenne (°C)													
Précipitations (mm)	65	70	50	75	105	85	90	133	90	95	330	65	

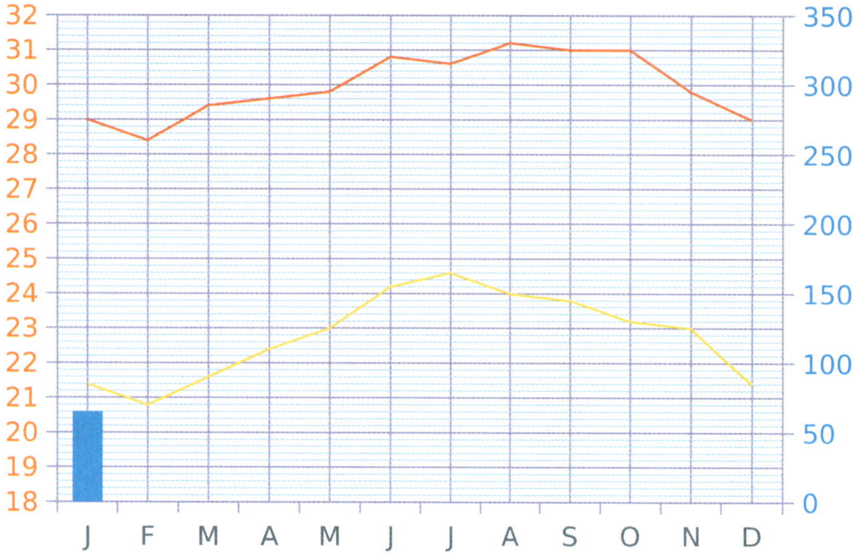

a. Complète le tableau (sauf la dernière colonne) en lisant les données sur le graphique.

b. Poursuis la construction de l'histogramme des précipitations.

c. Calcule la température minimale moyenne annuelle et la température maximale moyenne annuelle, puis complète le tableau.

d. Calcule le total des précipitations sur l'année 2018, puis complète le tableau.

Température minimale moyenne (°C)
Température maximale moyenne (°C)
Précipitations (mm)

2 Chama et Zolan reçoivent des invités et souhaitent leur servir deux desserts antillais. Voici la liste des ingrédients nécessaires pour réaliser chacun de ces plats.

a. Indique la quantité des ingrédients nécessaires pour réaliser chaque recette pour 36 personnes.

....

....

....

....

....

En cuisine, ils constatent qu'ils ont tout, sauf les fruits : ils n'ont que 4 ananas et 14 mangues.

b. Pour combien de personnes pourront-ils réaliser chaque recette ?

....

....

....

c. Indique alors la quantité de sucre nécessaire pour réaliser ces deux desserts.

....

....

....

SORBET à la MANGUE
pour 4 personnes
2 mangues mures
¼ L d'eau
250 g de sucre
le jus d'½ citron vert

MOUSSE à L'ANANAS
pour 6 personnes
1 ananas
3 œufs
100 g de sucre
50 g de farine

1 Les **Antilles françaises** sont composées de plusieurs iles qui ont les caractéristiques suivantes.

Ile	Nom caraïbe	Population	Superficie	Densité
Basse-Terre	Calaoucaëra	187 782	848	
La Désirade	Oüaliri	1 587	23	
Grande-Terre	Couchâalaoüa	197 681	587	
Marie-Galante	Aïchi	11 872	158	
Martinique	Jouanacaëra	397 693	1 128	
Saint-Barthélemy	Oüanalao	8 673	25	
Les Saintes	Caaroucaëra	2 862	13	
Saint-Martin	Oüalichi	36 661	53	

a. Range ces iles dans l'ordre croissant de leur population.

b. Range ces iles dans l'ordre décroissant de leur superficie.

c. Complète la colonne *Densité* en arrondissant à l'unité.

d. Range ces iles dans l'ordre croissant de leur densité.

Photographie de l'éruption de la montagne Pelée par Angelo Heilprin, 1902

2 La **montagne Pelée** est un volcan actif situé dans le Nord de la Martinique. Elle est notamment connue pour son éruption de 1902 qui a détruit la ville de Saint-Pierre située à ses pieds, et tué près de 30 000 personnes.

Depuis l'implantation des colons en 1635, cinq éruptions ont été observées :

① Éruption magmatique : peu avant 1635

② Éruption phréatique : 1792

③ Éruption phréatique : 1851-1852 (avec un pic d'activité le 5 aout 1851)

④ Éruption péléenne : 1902-1905 (avec l'éruption majeure du 8 mai 1902)

⑤ Éruption magmatique : 1929-1932 (avec un pic d'activité le 18 octobre 1929)

a. Calcule le nombre d'années écoulées entre chaque éruption.

b. Sur un axe gradué de 1600 à 2000, place chacune de ces éruptions majeures en prenant 5 cm pour 1 siècle.

c. Tu pourras effectuer des recherches supplémentaires sur l'éruption de 1902.

1 Zolan prend sa tension matin et soir pendant une semaine : il mesure ainsi sa pression artérielle. Les résultats, qu'il reporte dans le tableau ci-dessous, sont constitués de deux chiffres :

- le premier exprime la pression systolique (en mmHg) :
  c'est la pression maximale du sang, mesurée quand le cœur se contracte.
- le second exprime la pression diastolique (en mmHg) :
  c'est la pression minimale du sang, mesurée quand le cœur se relâche.

Zolan mesure également son pouls (en battements par minute).

DATE	MATIN			SOIR		
	Systolique	Diastolique	Pouls	Systolique	Diastolique	Pouls
lundi	80	120	70	85	125	72
mardi	98	130	78	92	135	80
mercredi	88	125	74	82	130	86
jeudi	84	134	78	98	144	70
vendredi	88	140	72	83	138	78
samedi	78	128	80	80	118	74
dimanche	82	124	78	86	133	80
Moyenne						

a. Complète le tableau de Zolan, en calculant les moyennes de chaque donnée (arrondies à l'unité pour la pression artérielle, et au dixième pour le pouls).

b. Trace ci-dessous le diagramme cartésien de la valeur du pouls, en battements par minute.

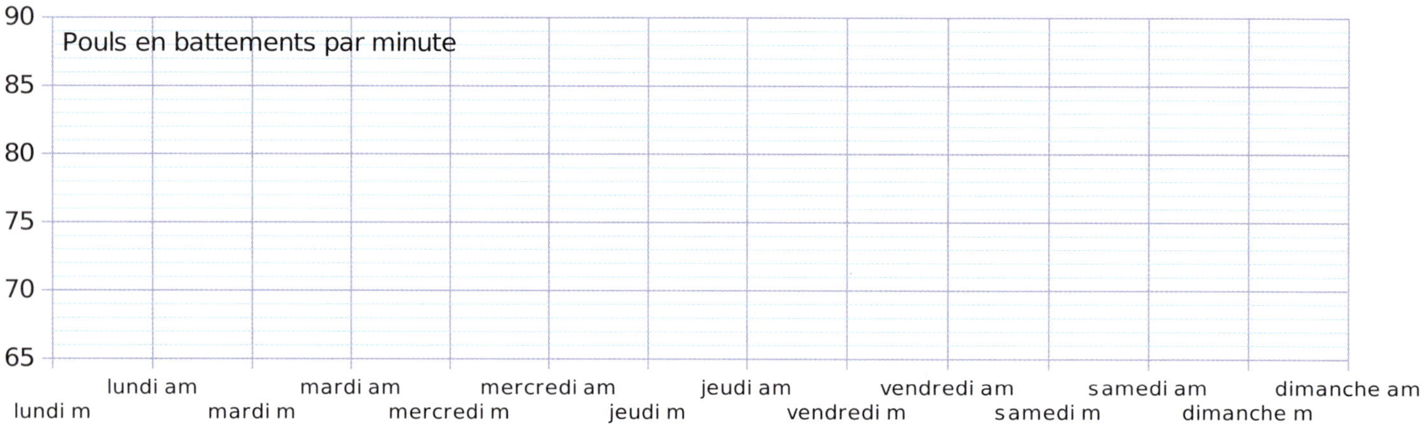

2 La petite Ruby, pesant 8 kg, a de la fièvre. Pour la faire baisser, ses parents hésitent entre deux médicaments : l'ibuprofène ou le paracétamol.

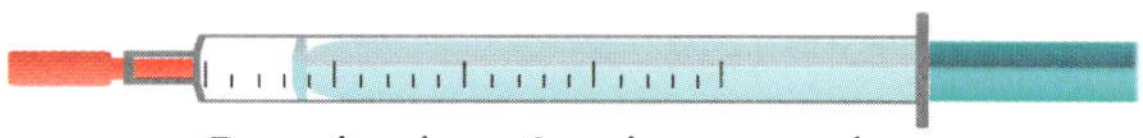

Posologie : 4 prises par jour

Chaque médicament se distribue à l'aide d'une pipette, graduée selon le poids de l'enfant (en kg).

- Ibuprofène : 1 graduation de 1 kg correspond à 0,375 mL de suspension buvable ;
- Paracétamol : 1 graduation de 1 kg correspond à 0,625 mL de suspension buvable.

a. Combien de millilitres de suspension contient une prise de chaque médicament pour Ruby ?

....

....

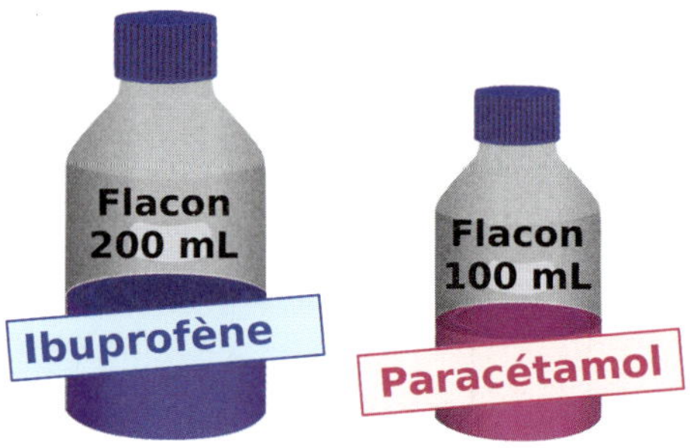

b. Quelle quantité d'ibuprofène est nécessaire pour soigner Ruby pendant 4 jours ? Même question avec le paracétamol.

....

....

c. Combien de jours peut-on traiter Ruby au paracétamol avec un flacon plein ?

....

1 Tableur Le tableau ci-dessous indique le chiffre d'affaires du marché des **jeux vidéo physiques**, selon la nationalité et le support de lecture, en millions d'euros (M€).

Source : CNC-GfK

	A	B	C	D	E	F	G
1		2012	2013	2014	2015	2016	2017
2	**Total pour les jeux français**						
3	Jeux français pour console de salon	59,0	42,0	29,8	26,0	35,4	61,9
4	Jeux français pour console portable	5,5	3,3	2,2	1,6	0,8	0,6
5	Jeux français pour ordinateur	3,1	2,0	1,5	1,5	1,6	0,7
6	**Total pour les jeux étrangers**						
7	Jeux étrangers pour console de salon	723,3	688,2	613,9	644,9	580,7	491,1
8	Jeux étrangers pour console portable	200,0	205,4	174,7	130,8	136,9	98,6
9	Jeux étrangers pour ordinateur	110,1	73,2	61,0	48,6	37,2	19,5
10	**Total**						

a. Recopie ce tableau dans un tableur.

b. Complète la ligne 2 en programmant les cellules.

c. Complète de la même façon la ligne 6, puis la ligne 10.

d. Combien ont rapporté...
- les jeux vidéo français en 2015 ?
- les jeux vidéo étrangers en 2012 ?
- les jeux vidéo de toutes nationalités en 2017 ?

2 *Les principaux réseaux sociaux*

À partir des informations données ci-dessous, complète le tableau.

Nombre d'utilisateurs en France
novembre 2014

Facebook 26 millions	**Twitter** 6,8 millions	**Instagram** 4 millions
YouTube 24 millions	**LinkedIn** 7,7 millions	**Pinterest** 1,9 millions
Google+ 5,3 millions	**Snapchat** 3,2 millions	**Viadeo** 4,4 millions

Nombre d'utilisateurs dans le Monde
novembre 2014

Facebook 1,35 milliard	**Twitter** 284 millions	**Instagram** 200 millions
YouTube 1 milliard	**LinkedIn** 90 millions	**Pinterest** 60 millions
Google+ 300 millions	**Snapchat** 60 millions	**Viadeo** 60 millions

Nombre d'utilisateurs en France
mars 2015

Facebook 27 millions	**Twitter** 6,6 millions	**Instagram** 5 millions
YouTube 22 millions	**LinkedIn** 6 millions	**Pinterest** 2,7 millions
Google+ 10 millions	**Snapchat** 5,3 millions	**Viadeo** 3,5 millions

Nombre d'utilisateurs dans le Monde
mars 2015

Facebook 1,39 milliard	**Twitter** 288 millions	**Instagram** 300 millions
YouTube 1 milliard	**LinkedIn** 93 millions	**Pinterest** 60 millions
Google+ 300 millions	**Snapchat** 100 millions	**Viadeo** 65 millions

Nombre d'utilisateurs de...										
										You Tube
novembre 2014	en France									
	dans le Monde									
mars 2015	en France									
	dans le Monde									

G1 Éléments de géométrie

g5.re/x53 g5.re/wyt g5.re/3ac

1 Vocabulaire de base

A Droite, demi-droite et segment

Notation	Signification	Figure
[AB]	Lire : « **segment** [AB] » C'est le segment d'extrémités A et B.	
(AB)	Lire : « **droite** (AB) » C'est la droite qui passe par les points A et B.	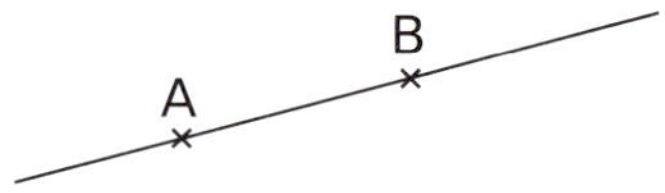
[AB)	Lire : « **demi-droite** [AB) » C'est la demi-droite d'origine A passant par le point B.	
$A \in (d)$ $B \notin (d)$	Le point A **appartient** à la droite (d). Le point B **n'appartient pas** à la droite (d).	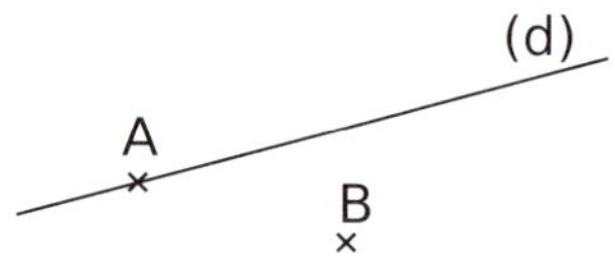

B Points alignés

Définition Trois points sont **alignés** s'ils appartiennent à une même droite.

Exemple :

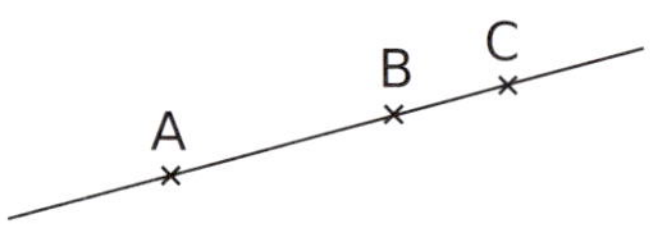

Les points A, B et C sont **alignés**.

2 Droites sécantes

Définition Deux **droites sécantes** sont deux droites qui se coupent en un point. Ce point est appelé **point d'intersection**.

Exemple :

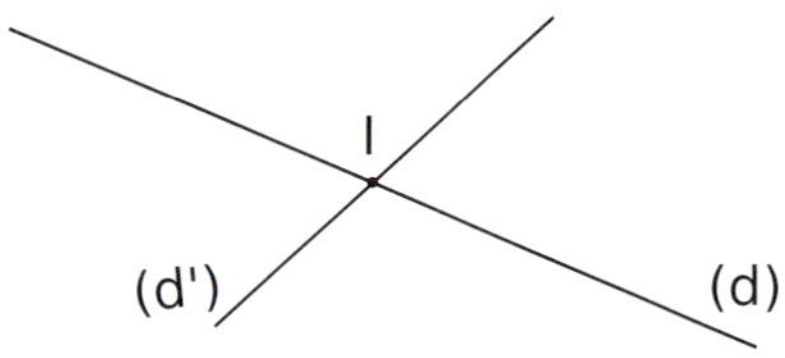

Le point I est le **point d'intersection** des droites (d) et (d').

1 Complète les phrases à l'aide de la figure.

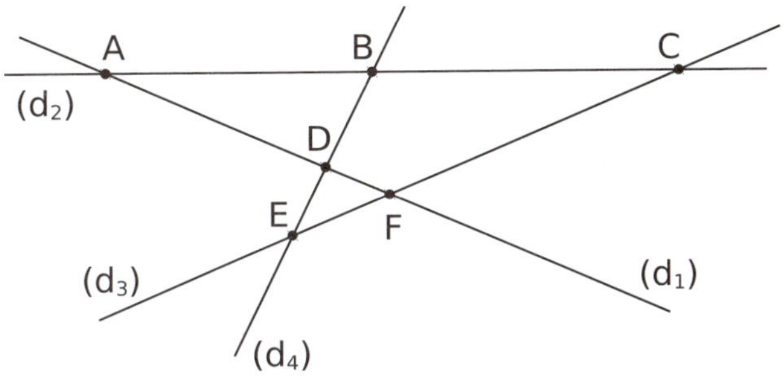

a. Les droites (d_1) et (d_2) se coupent en ....

b. Le point d'intersection de (d_1) et (d_3) est ....

c. C est le point d'intersection de .... et ....

d. Le point B est à l'intersection de .... et ....

e. D est ....

....

2 Complète la figure ou la consigne, à l'aide des phrases ci-dessous.

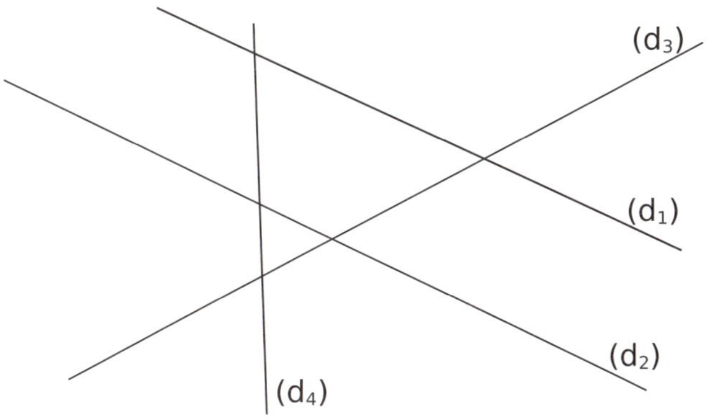

a. A est le point d'intersection de (d_2) et (d_4).

b. (d_1) et (d_3) sont sécantes en T.

c. Le point d'intersection de (d_3) et (d_4) est H.

d. M est le point d'intersection de (d_4) et de (d_1).

e. Le seul point d'intersection qui n'est pas nommé est celui de .... et ....

3 On considère cette figure.

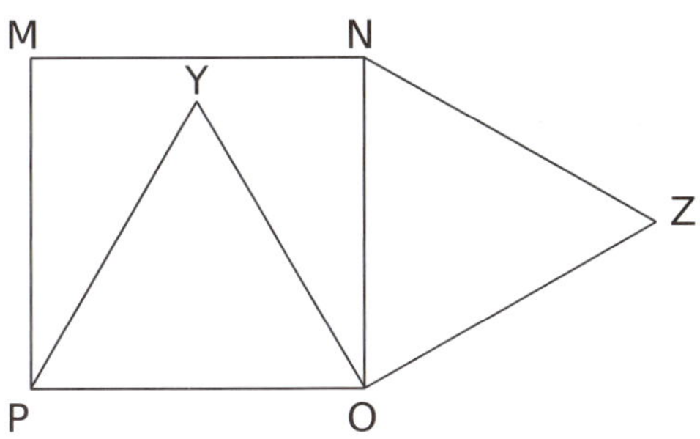

a. Les points P, Y et N sont-ils alignés ? ....

b. Les points M, Y et Z sont-ils alignés ? ....

4 Voici une carte de la Guyane.

a. Les villes et monts ci-dessous sont-ils alignés ? Réponds par « Oui » ou « Non ».

- Saint-Jean, Saül et le Mont Itoupé ....
- Apatou, Saint-Élie et Kaw ....
- Anapaike, Saint-Élie et Sinnamary ....
- Ouanary, Camopi et le Mont Saint-Marcel ....

b. Quelle est la ville alignée avec le Massif Decou Decou et Ouanary ?

....

....

....

c. Quelles sont les villes alignées avec Mana et le Massif Decou Decou ?

....

....

....

d. En quelle ville se coupent la droite passant par les Monts Itoupé et Saint-Marcel, et celle passant par le Massif Decou Decou et Montsinéry ?

....

....

....

1 Complète les quatre carrés formés des quatre pièces de ce puzzle, à partir de la pièce déjà placée.

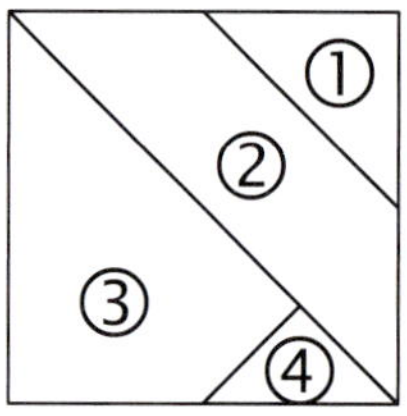

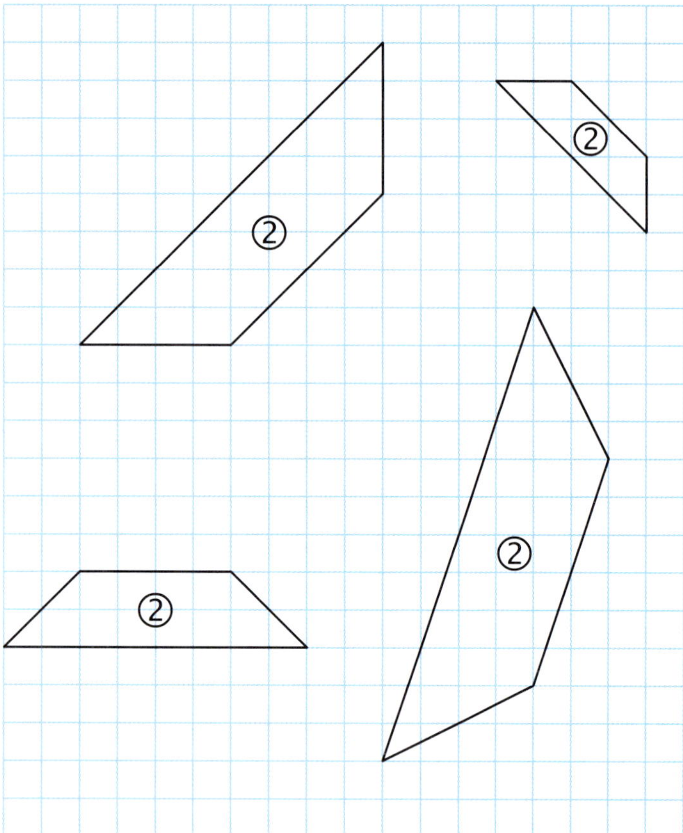

2 En te repérant sur le premier quadrillage, dessine cette tête sur les autres réseaux.

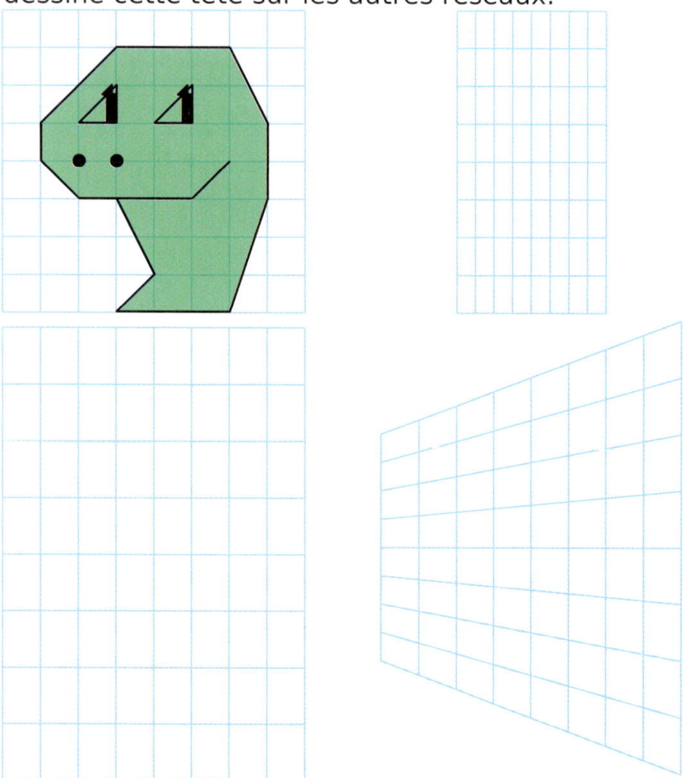

3 Reproduis ce motif dans le quadrillage ci-dessous, en doublant les longueurs.

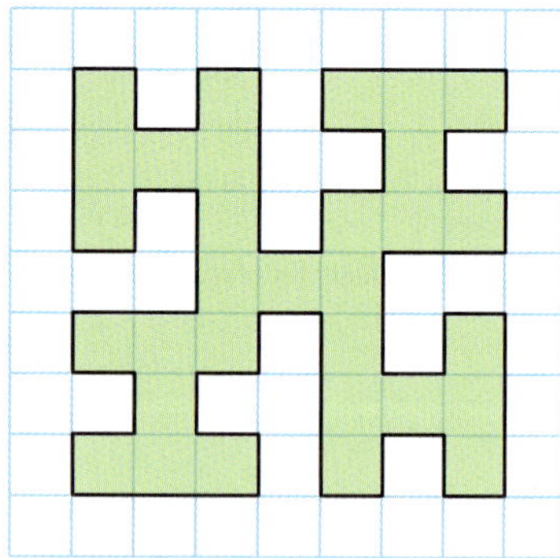

4 Poursuis chaque frise en reproduisant le motif.

1 *Théorème de Pappus*

a. Place 3 points distincts A, B et C, alignés dans cet ordre sur la droite (d), et 3 points distincts A', B' et C', alignés dans le même ordre sur la droite (d'). Construis les points d'intersection...

- J de [AB'] et [A'B] ;
- K de [AC'] et [A'C] ;
- L de [BC'] et [B'C].

b. Que remarques-tu ?

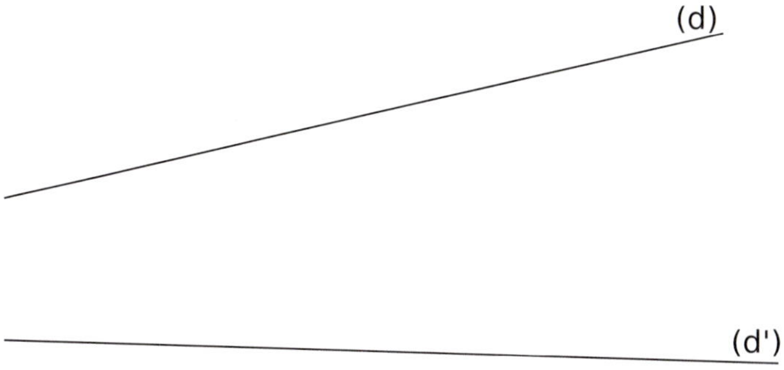

....

2 Reproduis chaque figure ci-dessous à partir du rectangle et du carré correspondants, puis colorie.

a.

b.

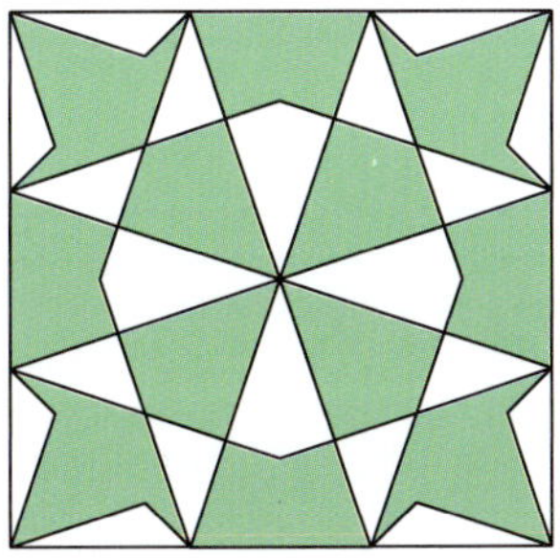

3 Joins le point 1 au point 2, le point 2 au point 4, le point 3 au point 6 (on double le numéro), etc. Recommence avec les numéros bleus.

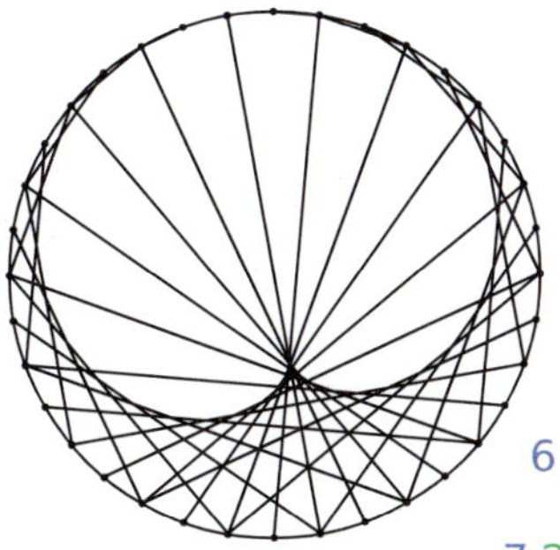

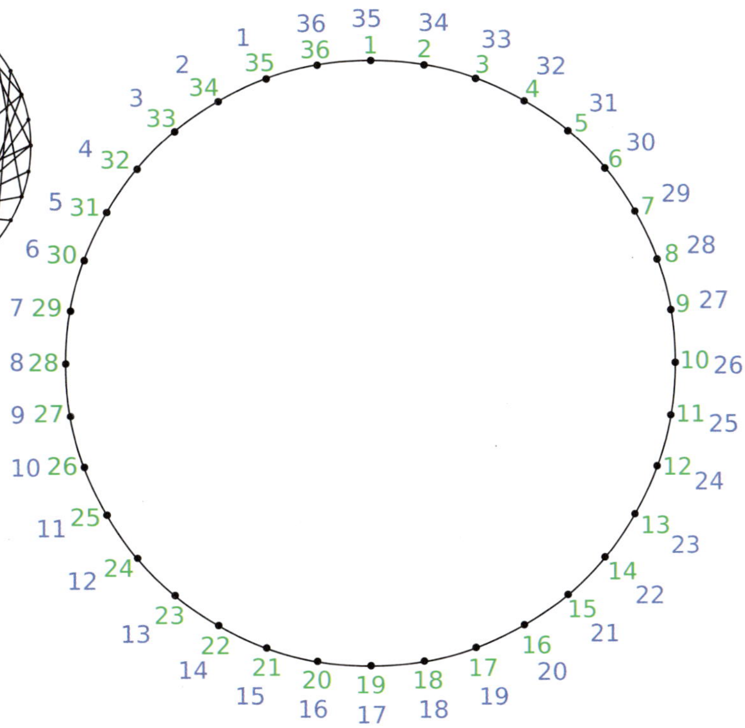

4 **Géométrie Dynamique**

Reproduis la première figure, puis complète-la comme la deuxième.

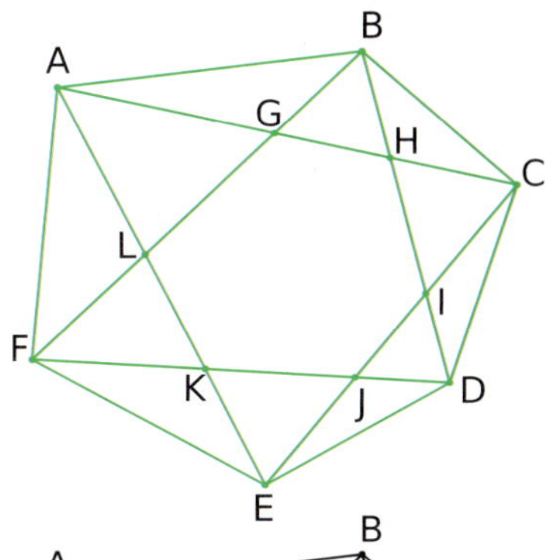

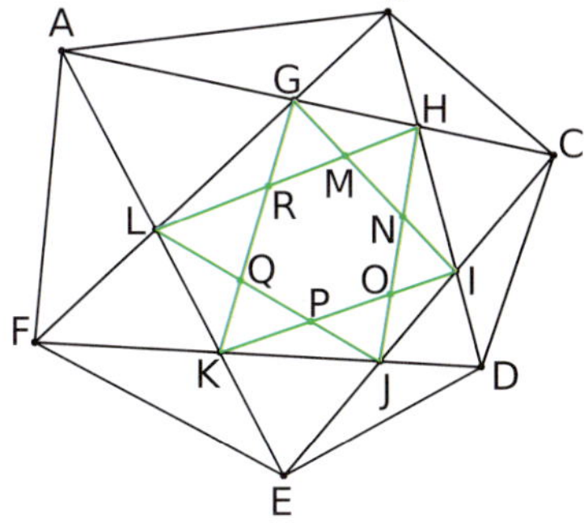

Fiche 4 : construire et reproduire des figures (2)

1 Reproduis cette figure formée de lettres en perspective, dans un quadrillage.

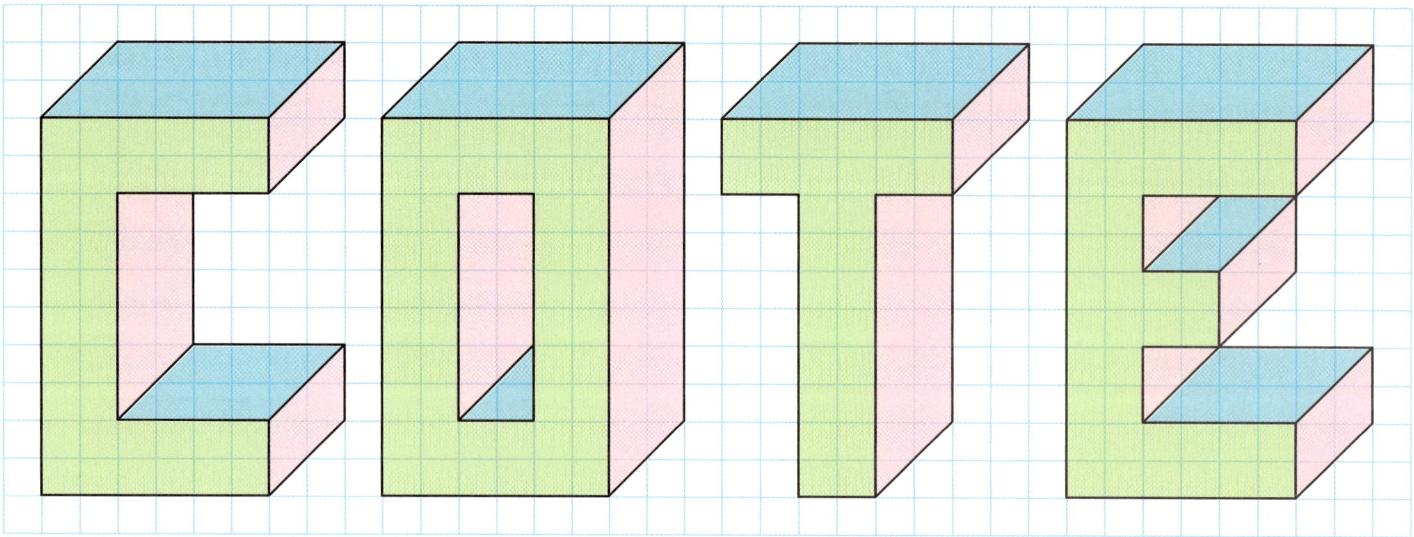

2 Reproduis chaque figure ci-dessous, sur papier Seyès, puis colorie à ta convenance.

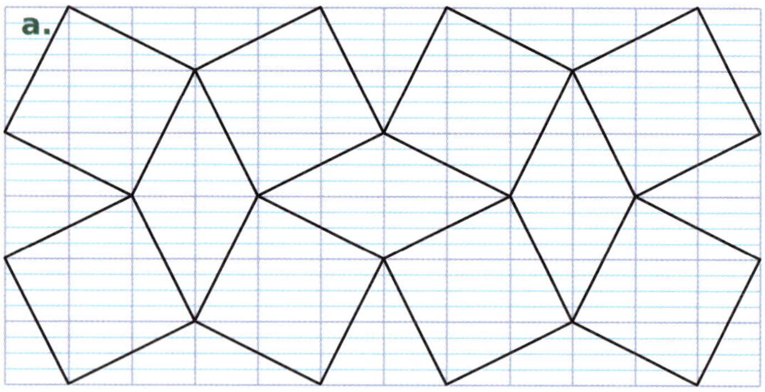

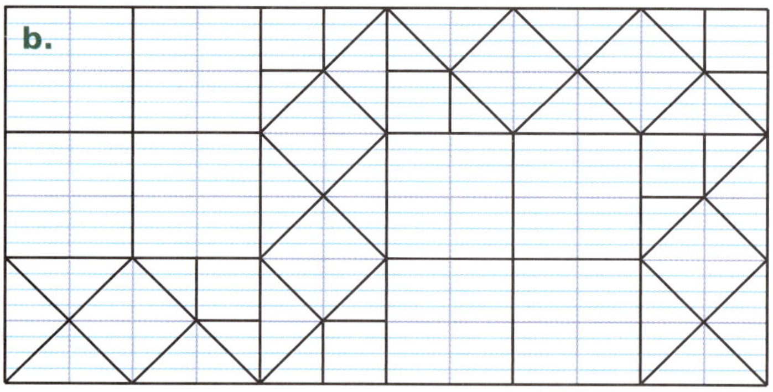

3 **Géométrie Dynamique**

- Trace un carré ABCD (polygone régulier).
- Place un point E sur le segment [BC].
- Trace le carré EBFG à l'extérieur du premier carré.
- Trace les segments [AG] et [DF].
- Nomme H leur point d'intersection.
- Déplace le point E sur le segment [BC] et observe une particularité de cette figure.

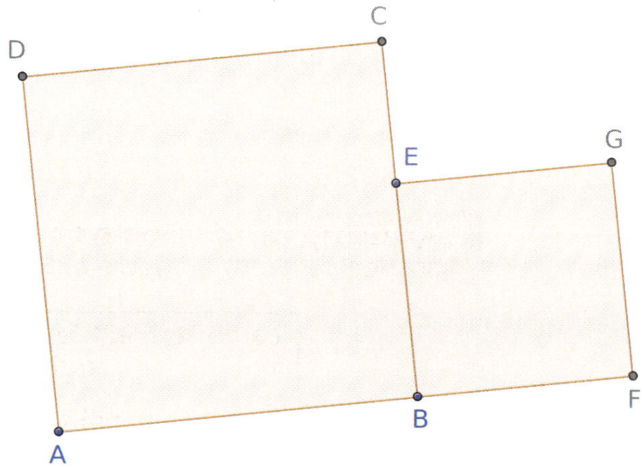

4 **Géométrie Dynamique**

- Trace trois droites sécantes en S : (AS), (BS) et (CS).
- Trace le triangle ABC.
- Place un point D sur le segment [AS], un point E sur le segment [BS], et un point F sur le segment [CS].
- Trace le triangle DEF.
- Construis le point G intersection des droites (AB) et (DE), le point H intersection des droites (BC) et (EF) et le point I, intersection des droites (AC) et (DF).
- Déplace des points de la figure.

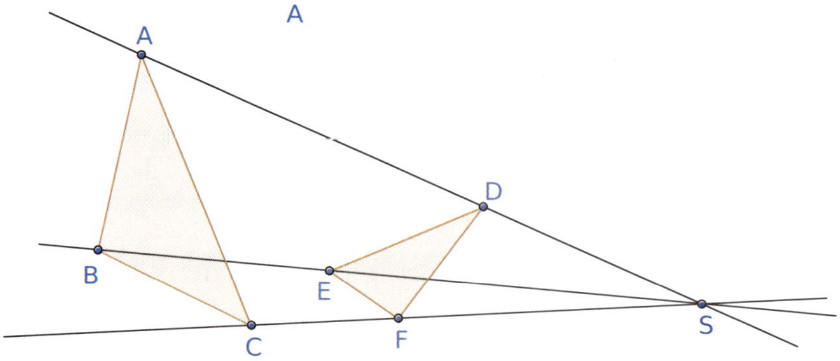

Que dire des points G, H et I ?

G2 Distances et cercles

g5.re/6dr g5.re/s2y g5.re/hg5

1 Longueur d'un segment

Notation	Signification	Figure
AB	C'est la **longueur** du segment [AB].	 AB = 3 cm

2 Milieu d'un segment

Définition Le **milieu** du segment [AB] est le point du segment [AB] qui est équidistant (à la même distance) des points A et B.

Exemple : Trace un segment [RT] de longueur 6 cm puis construis son milieu A.

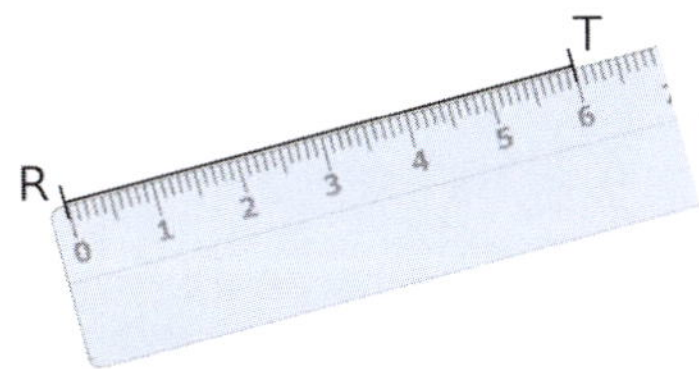 On trace un segment [RT] de longueur 6 cm.	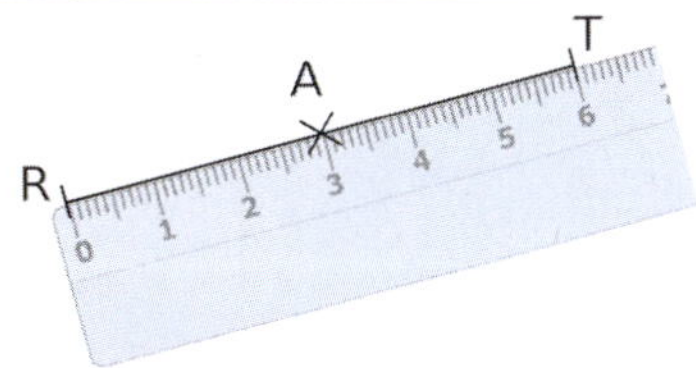 On place le point A à 3 cm du point R sur le segment [RT].	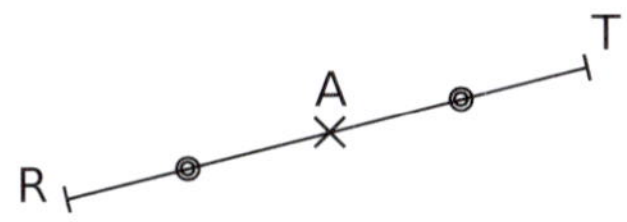 On code les segments [RA] et [AT] qui sont de même longueur avec un même symbole.

3 Vocabulaire du cercle

Définitions Un **cercle** de centre O est l'ensemble des points situés à la même distance du point O. Cette distance est le **rayon** du cercle.

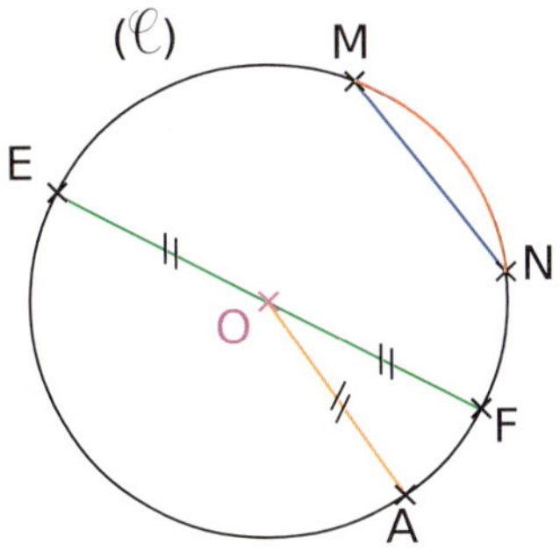

Le **centre** est le point équidistant de tous les points qui constituent ce cercle.	Le point O est le **centre** du cercle (𝒞).
Un **rayon** est un segment ayant pour extrémités le centre et un point de ce cercle.	Le segment [OA] est un **rayon** du cercle (𝒞).
Un **diamètre** est un segment ayant pour extrémités deux points de ce cercle et contenant son centre.	Le segment [EF] est un **diamètre** du cercle (𝒞).
Une **corde** est un segment ayant pour extrémités deux points de ce cercle.	Le segment [MN] est une **corde** du cercle (𝒞).
Un **arc de cercle** est une portion de cercle comprise entre deux points de ce cercle.	La portion de cercle $\overset{\frown}{MN}$ comprise entre M et N est un **arc du cercle** (𝒞).

Remarque 1 : Par commodité de langage, on appelle « rayon » la longueur du rayon d'un cercle, et on appelle « diamètre » la longueur de son diamètre.

Remarque 2 : Le diamètre d'un cercle est égal au double de son rayon.

Fiche 1 : construire le milieu d'un segment

1 Construis le milieu de chaque segment, sans utiliser d'instrument de mesure, puis code les longueurs égales.

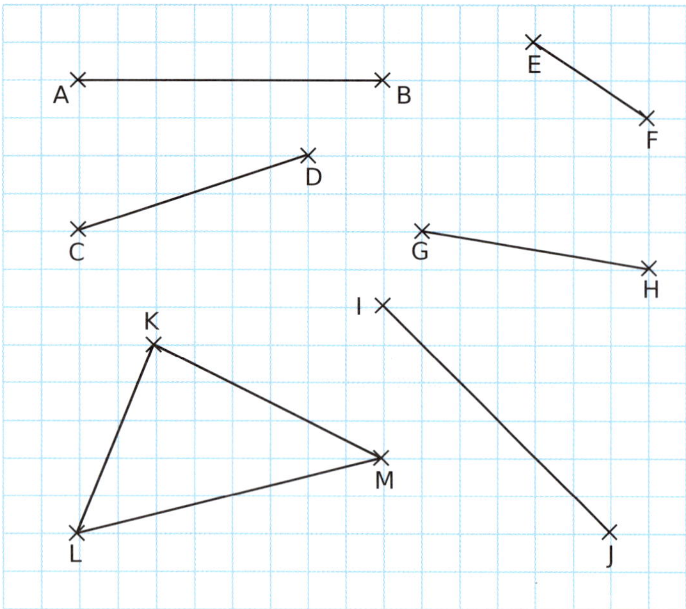

2 *Longueurs et milieux*

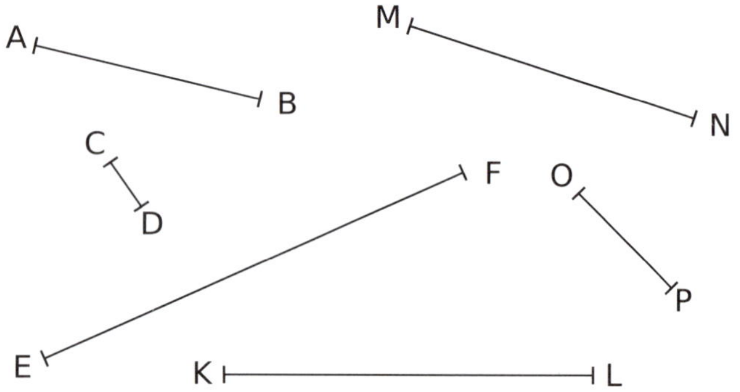

a. Mesure les segments ci-dessus.

AB = ... cm	.... = ... cm
CD = ... cm	.... = ... cm
.... = ... cm	.... = ... cm

b. Construis le milieu de chaque segment et code les longueurs égales.

3 **Géométrie Dynamique**

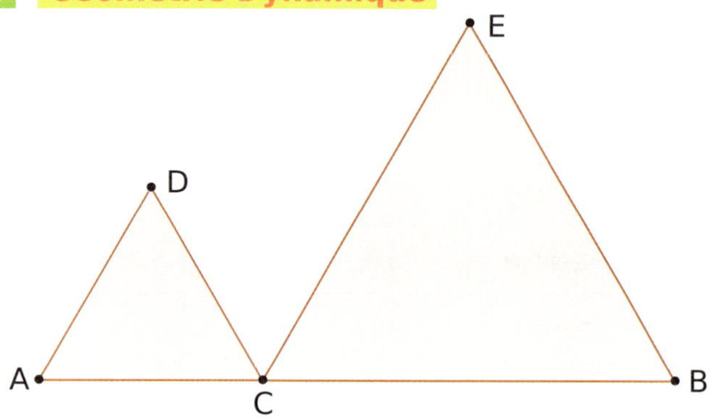

Pour construire cette figure, suis le programme.

- Trace un segment [AB].
- Place un point C sur ce segment.
- Du même côté de [AB], trace les triangles équilatéraux ACD et CBE (polygone régulier 3 points).
- Construis le point F milieu du segment [DE].
- Affiche la trace du point F et anime le point C.

Que se passe-t-il ?

....

....

4 **Géométrie Dynamique**

Reproduis cette figure à partir d'un quadrilatère ABCD, sachant que E, F, G, H, I, J, K et L sont des milieux.

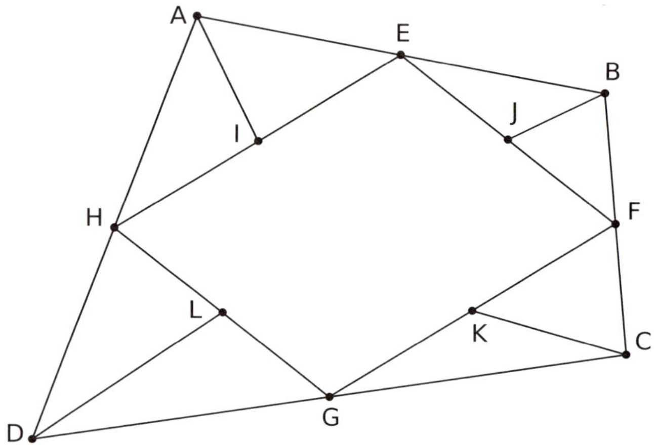

5 Observe bien cette figure. Reproduis-la dans le carré ci-dessous (des traits utiles à la construction ont été effacés). Puis colorie.

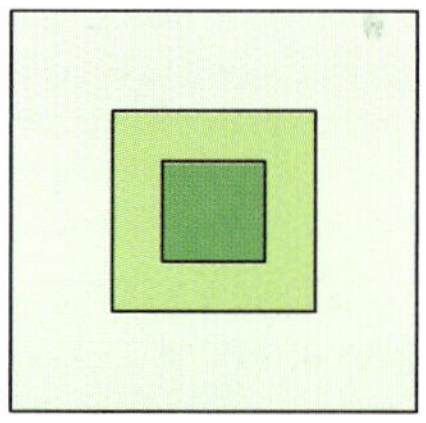

1 *Vocabulaire*

a. Complète les phrases suivantes en utilisant les mots :

cercle | corde | rayon | centre | diamètre | milieu

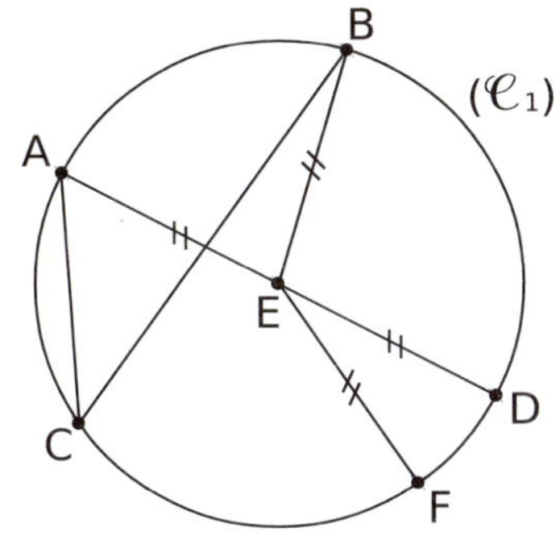

- Le .... ($\mathscr{C}_1$) de .... E passe par les points A, B, C, D et F.
- Le segment [EF] est un .... de ce cercle.
- Le segment [AC] est une .... de ce cercle.
- E est le .... du .... [AD].

b. Écris trois phrases similaires, en utilisant les mots de la liste précédente et les lettres de la figure.

....

....

....

2 Complète par Vrai (V) ou Faux (F).

Les points M, N et O sont les centres respectifs des cercles ($\mathscr{C}_1$), ($\mathscr{C}_2$) et ($\mathscr{C}_3$).

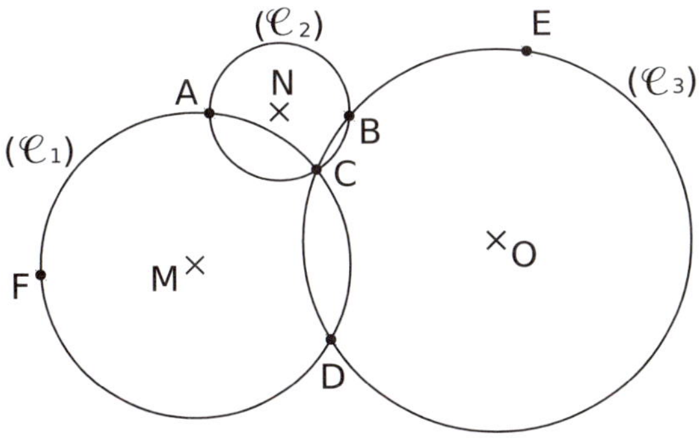

a. [AC] est un diamètre du cercle ($\mathscr{C}_2$). ....

b. A et C sont les points d'intersection des cercles ($\mathscr{C}_1$) et ($\mathscr{C}_2$). ....

c. [CD] est une corde de deux cercles. ....

d. EO = OD ....

e. MC est le rayon du cercle ($\mathscr{C}_1$). ....

f. Le cercle ($\mathscr{C}_2$) passe par les points A, B et C. ....

3 Complète chaque phrase.

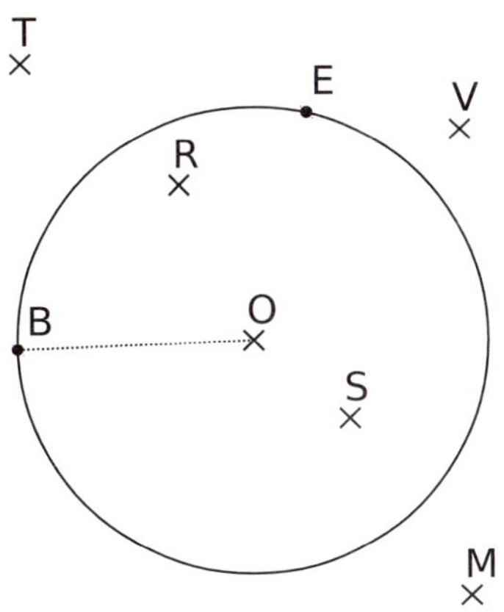

a. Les points .... appartiennent au cercle de centre O et de rayon [OB].

b. Les points .... appartiennent au disque de centre O et de rayon [OB].

c. Les points .... n'appartiennent ni au disque ni au cercle de centre O et de rayon [OB].

4 Voici le logo d'une télévision russe. Mesure le diamètre de chacun des sept cercles, du plus petit au plus grand, puis complète le tableau en calculant le rayon correspondant.

	diamètre	rayon
1er cercle		
2e cercle		
3e cercle		
4e cercle		
5e cercle		
6e cercle		
grand cercle bleu		

Fiche 3 : élaborer des programmes de construction

1 Écris un programme de construction pour chaque figure.

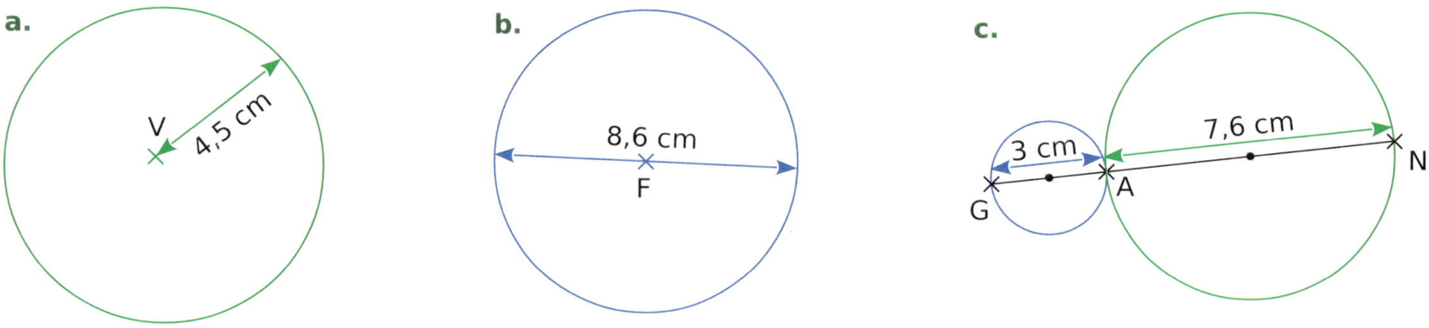

a. ....

b. ....

c. ....

....

....

2 Poursuis le programme de construction de la figure ci-contre.

Construis un triangle ABC. ....

....

....

....

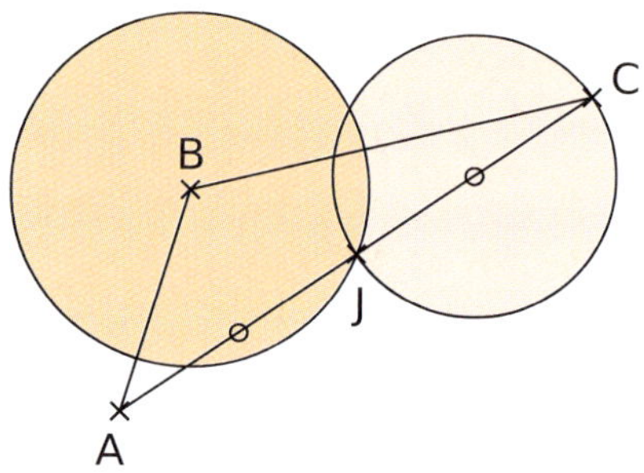

3 Décris chaque étape de ce programme de construction sachant que CARE est un carré de côté 4 cm.

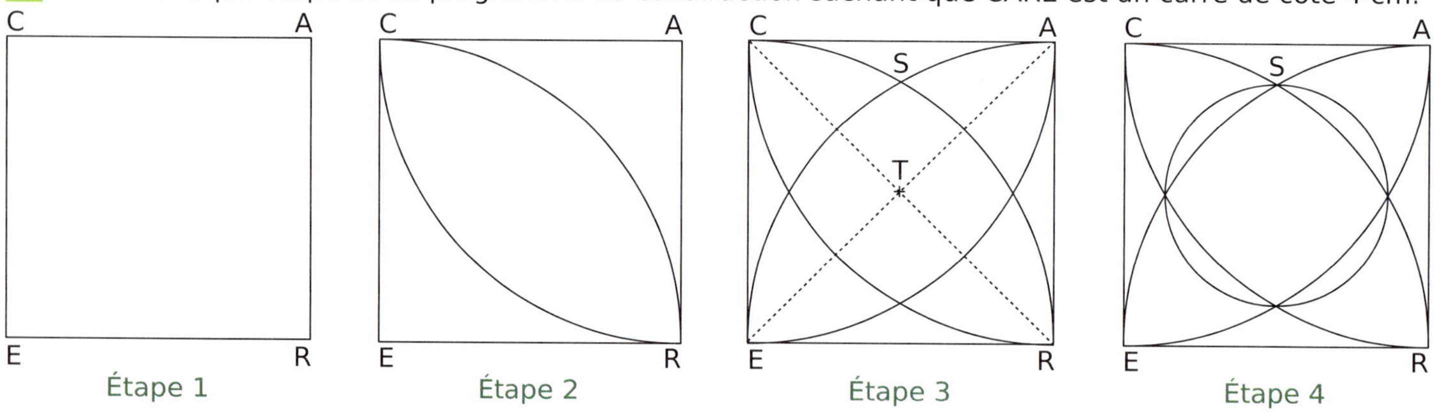

Étape 1 : ....

....

Étape 2 : ....

....

Étape 3 : ....

....

....

Étape 4 : ....

1 Poursuis chacune des frises ci-dessous, en reproduisant le motif.

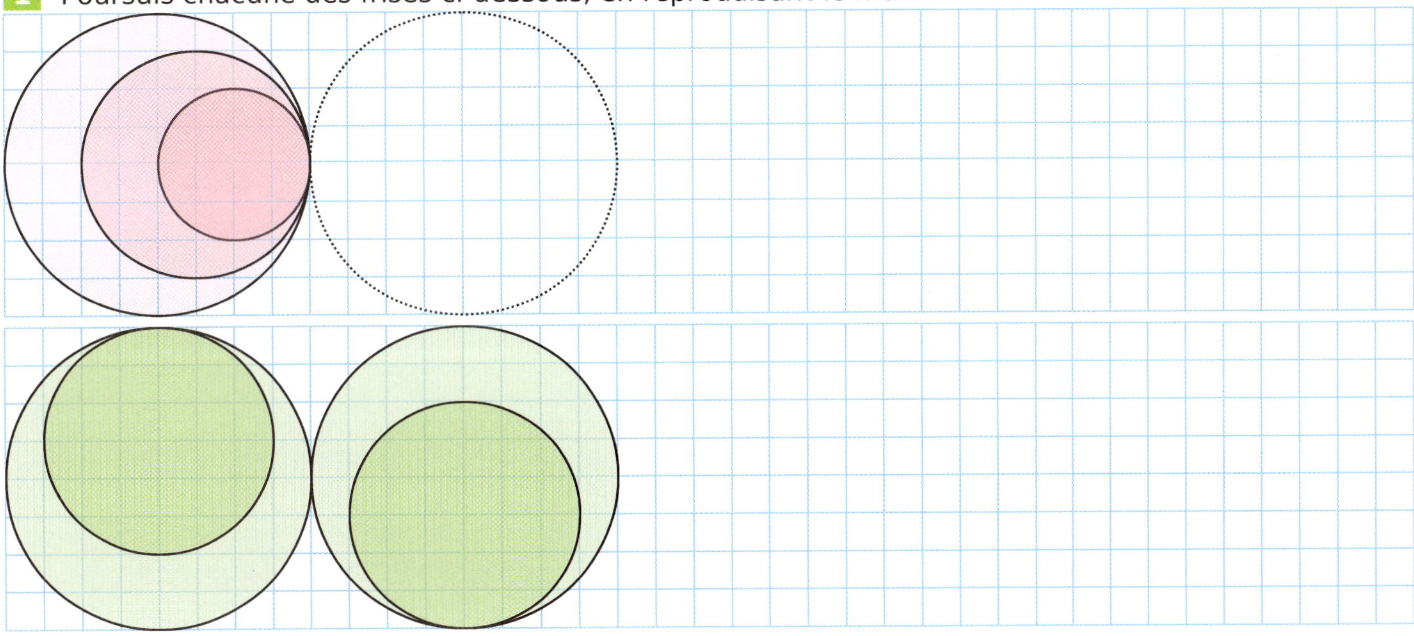

2 Reproduis cette figure dans le quadrillage.

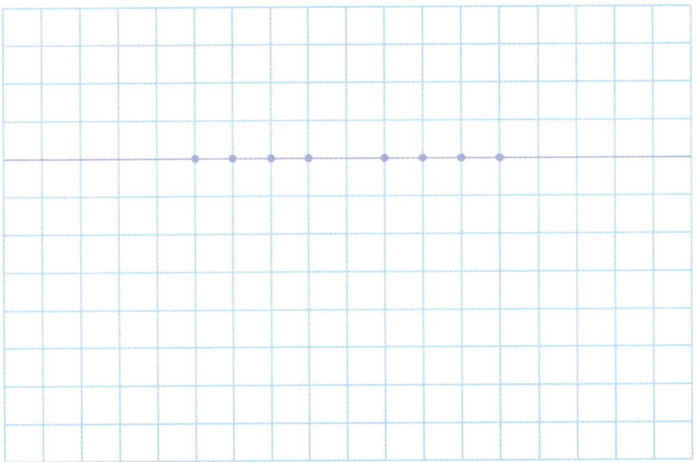

3 Les figures ci-dessous ne sont constituées que de quarts, de demis et de trois-quarts de cercle. Reproduis-les sur les quadrillages ci-contre, en doublant le nombre de carreaux.

a.

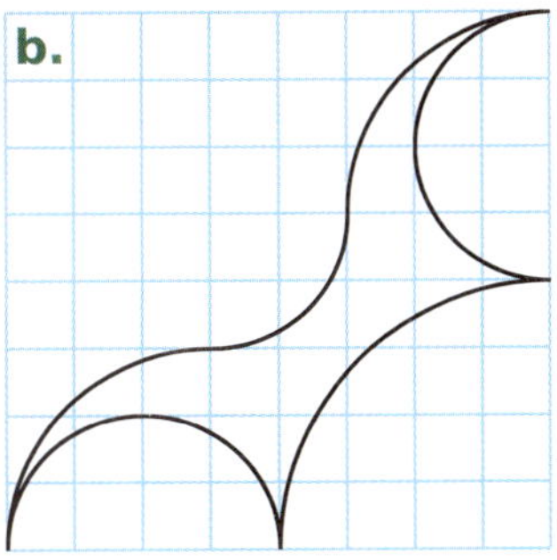

b.

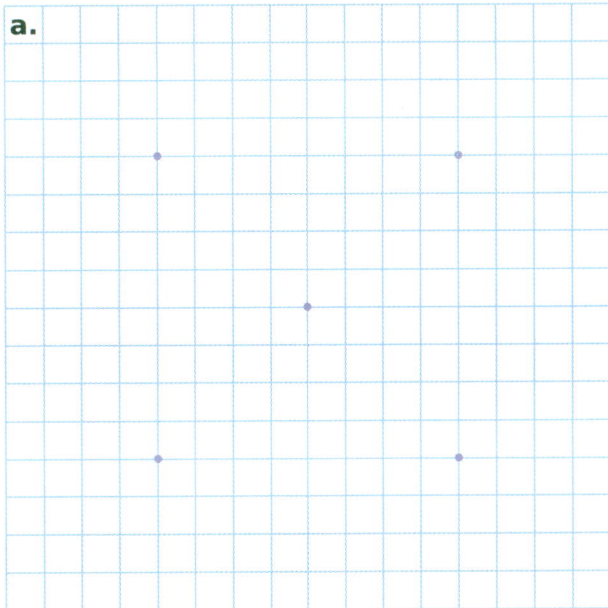

a.

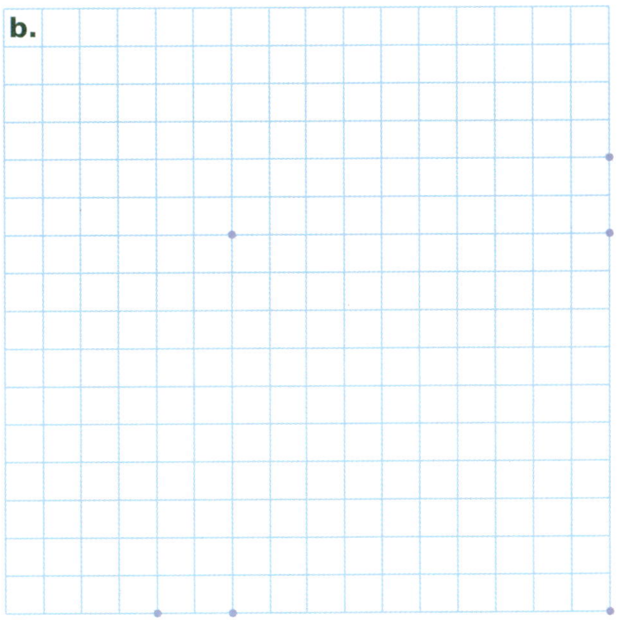

b.

Fiche 5 : construire des cercles (2)

1 Sur la figure ci-contre, trace...

- **en bleu**, le cercle de centre A et de rayon 2 cm ;
- **en rouge**, le cercle de centre K et de rayon [KB] ;
- **en noir**, le cercle de centre L et de diamètre 4 cm ;
- **en jaune**, le cercle de diamètre [NT] ;
- **en vert**, le cercle de centre Y et de rayon KB.

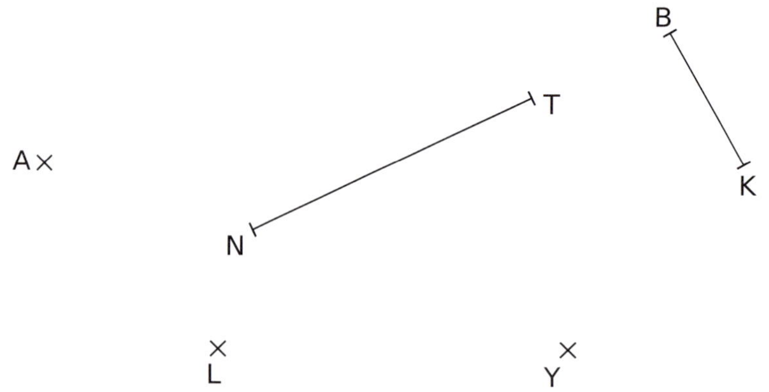

2 À partir de la figure ci-dessous, construis...

- le cercle de centre A passant par I ;
- le cercle de diamètre [IB].

3 Trace ci-dessous...

a. le cercle ($\mathscr{C}_1$) de centre O et passant par A ;

b. le cercle ($\mathscr{C}_2$) de centre B et de rayon 1,6 cm ;

c. le cercle ($\mathscr{C}_3$) de centre C et de rayon CO ;

d. le cercle ($\mathscr{C}_4$) de diamètre [AD].

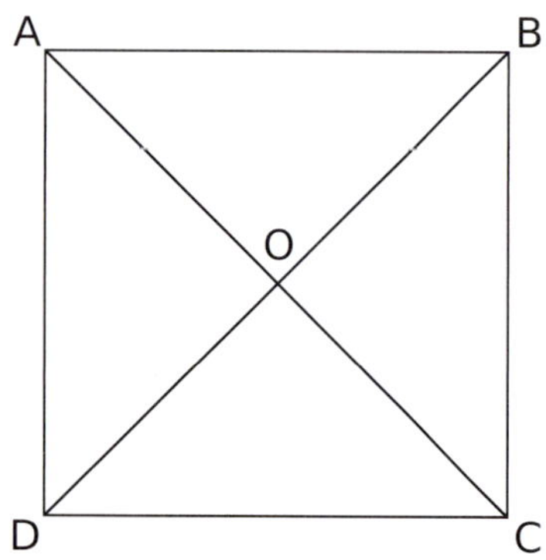

4 Reproduis cette figure à partir du segment [AE] déjà tracé.

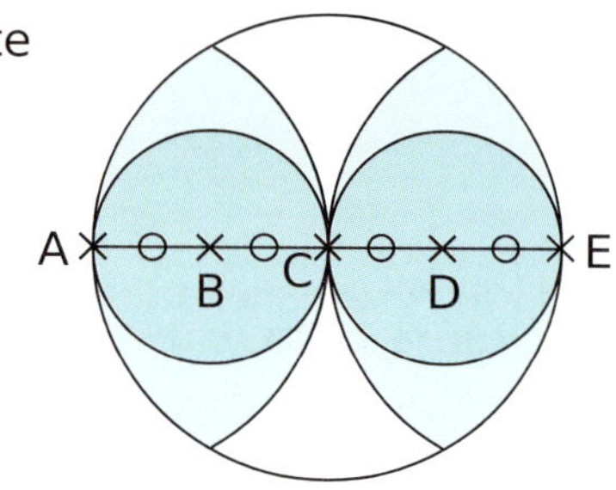

5 **Géométrie Dynamique**

a. Construis la figure de l'exercice 2, à partir d'un segment [AB] et d'un point I sur [AB].

b. Où faut-il placer le point I pour que les deux cercles aient le même rayon ?

....

....

6 **Géométrie Dynamique**

Reproduis la figure de l'exercice 4.

1 Reproduis la figure de gauche en partant du cercle de droite.

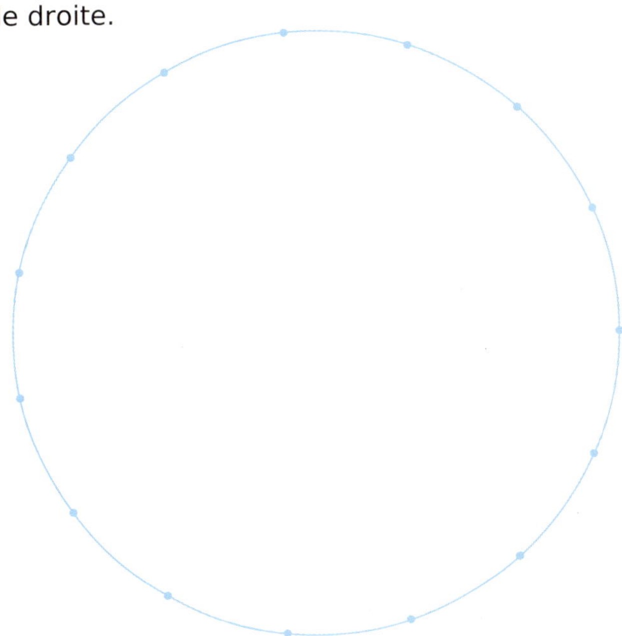

2 *Figure cible*

Reproduis cette figure ci-dessous.

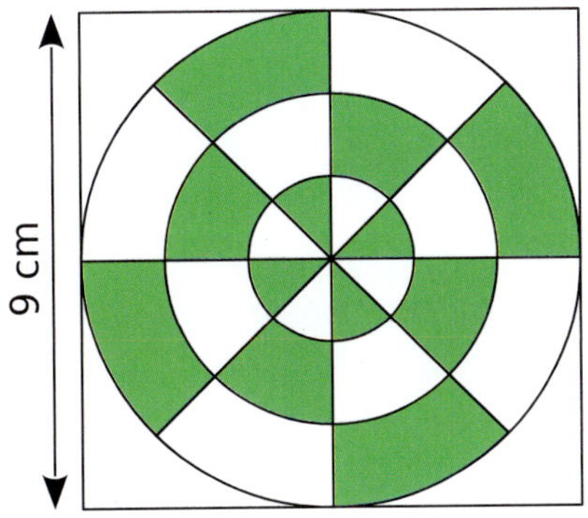

3 **Géométrie Dynamique**

a. Trace un cercle de centre A. Place un point B en dehors de ce cercle. Place 16 points répartis sur ce cercle (ou plus...). Trace ensuite les cercles de centre chacun de ces points et passant par B.

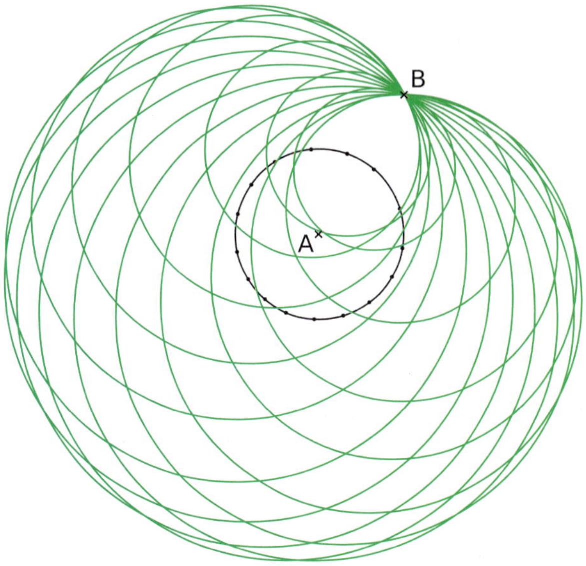

b. Bouge le point B en le plaçant sur le cercle de départ puis à l'intérieur. Regarde l'évolution de la figure.

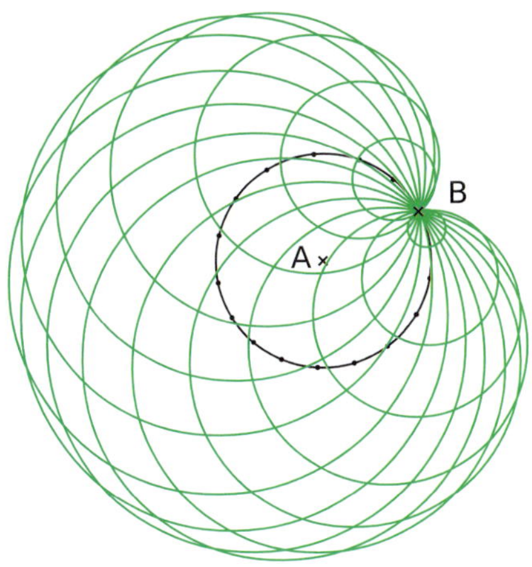

1 Sur une feuille, reproduis à partir d'un segment de longueur 18 cm partagé en 9 segments de même longueur.

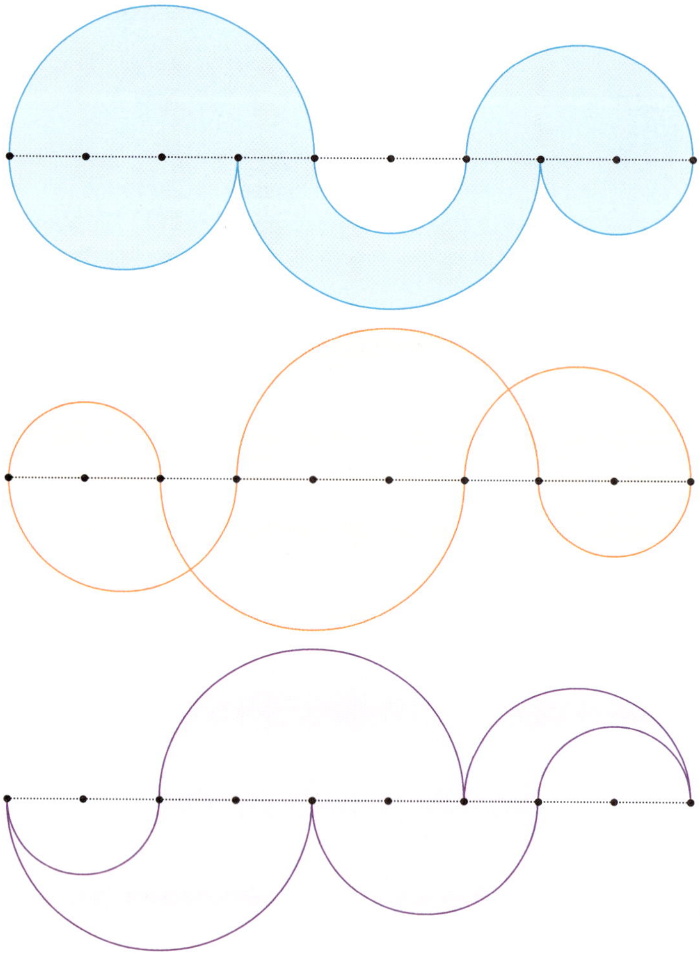

2 **Géométrie Dynamique**

Lemniscate de Booth

a. *Effectue la construction suivante.*

- Trace un segment [AB] et place son milieu C.
- Place un point D sur ce segment.
- Trace le cercle de diamètre [AB]. Place un point E sur ce cercle.
- Trace le cercle de centre B passant par D.
- Trace la droite (AE). Elle coupe ce cercle en F et G (au besoin bouge le point E pour que ce soit le cas).
- Repasse en rouge le segment [EF].
- Trace le cercle de centre A et de rayon EF.
- Ce cercle coupe la droite (AE) en H et I.
- Active la trace des points H et I puis anime E.

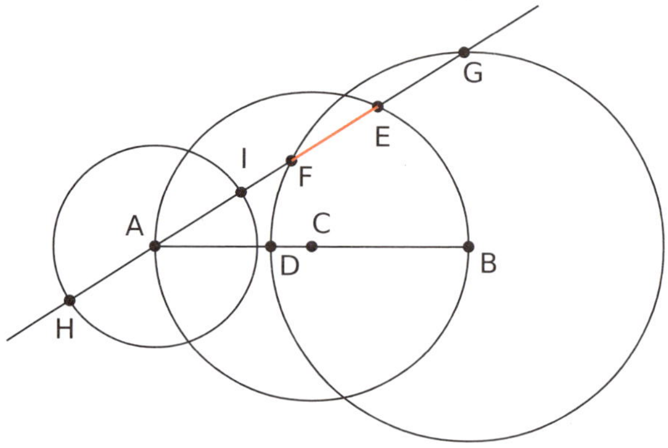

b. Observe les différentes figures correspondant aux différentes positions du point D sur le segment [AB].

3 Sur une feuille, reproduis cette figure des trois lunes. Suis les différentes étapes de construction ci-dessous, en prenant 6 cm pour rayon du cercle de l'étape 1 et sachant que ABCDEF est un hexagone régulier.

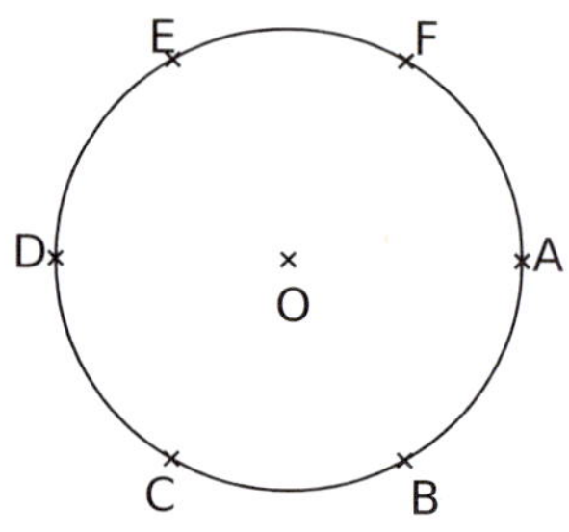

Étape 1

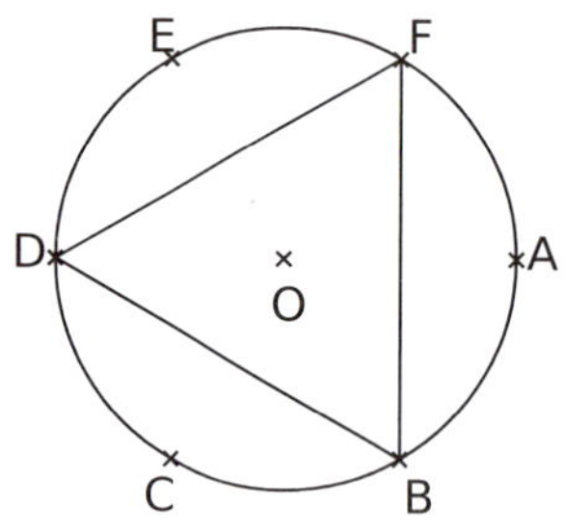

Étape 2

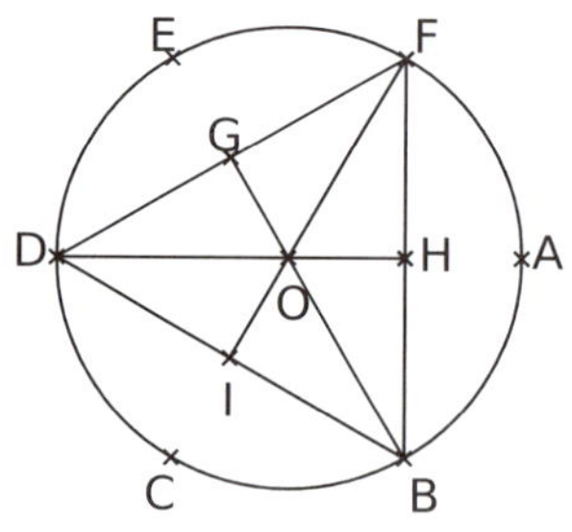

Étape 3

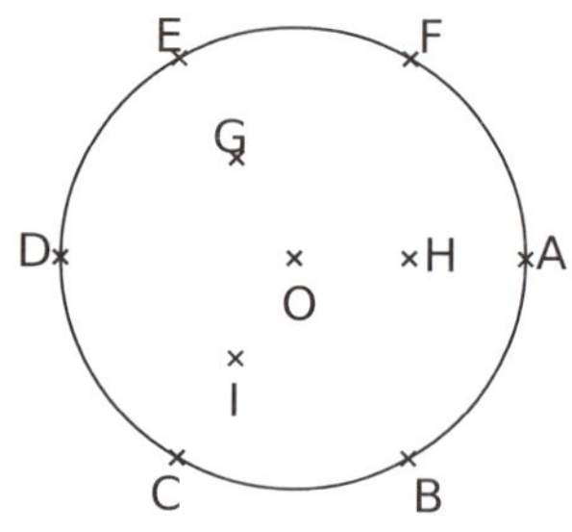

Étape 4

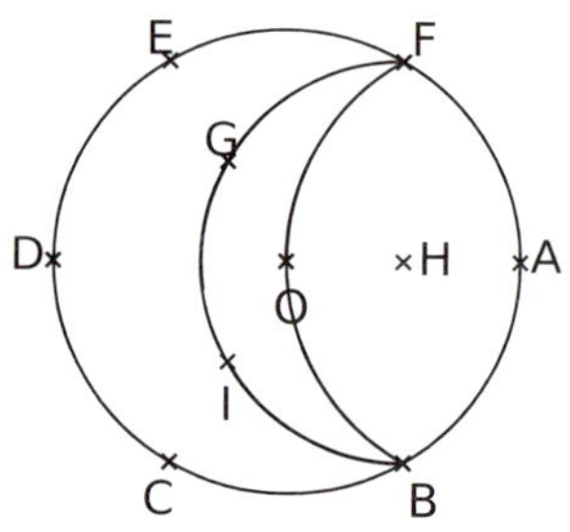

Étape 5

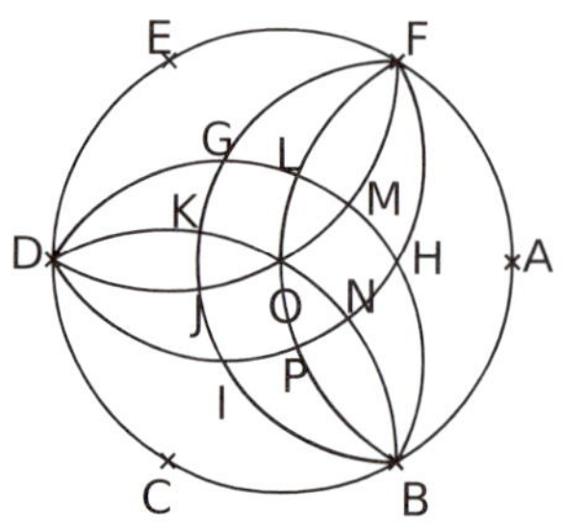

Étape 6

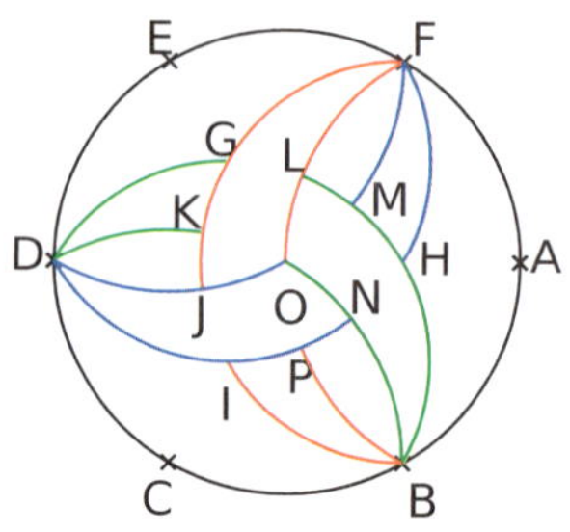

Étape 7

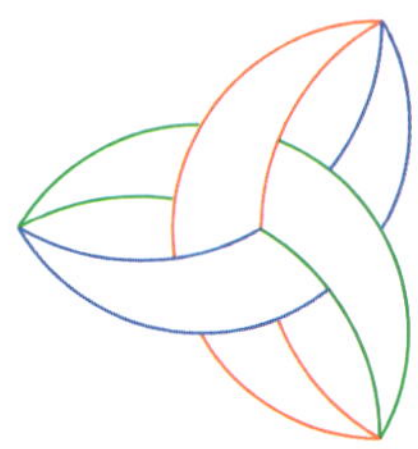

Étape 8

G3 Droites parallèles et perpendiculaires

g5.re/mah

g5.re/j2q

g5.re/zs1

1 Droites perpendiculaires

Définition Deux droites sont **perpendiculaires** si elles sont sécantes en formant un angle droit.

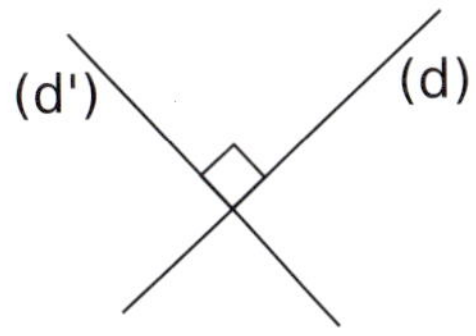

On note (d) ⊥ (d').

Exemple : Construis la droite (d') perpendiculaire à la droite (d) passant par le point M.

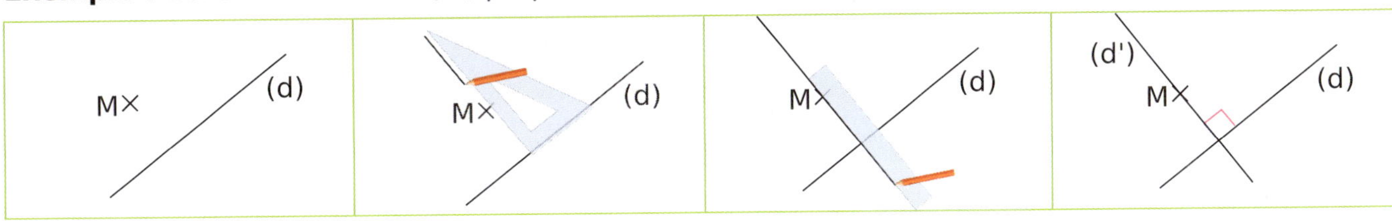

2 Droites parallèles

Définition Deux droites sont **parallèles** si elles ne sont pas sécantes.

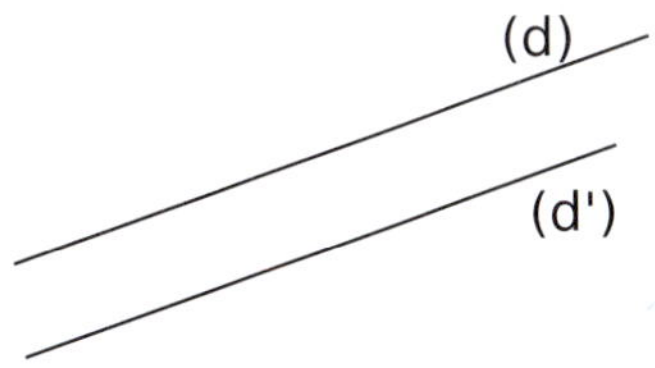

On note (d) // (d').

Exemple : Construis la droite (d'') parallèle à la droite (d) passant par le point N.

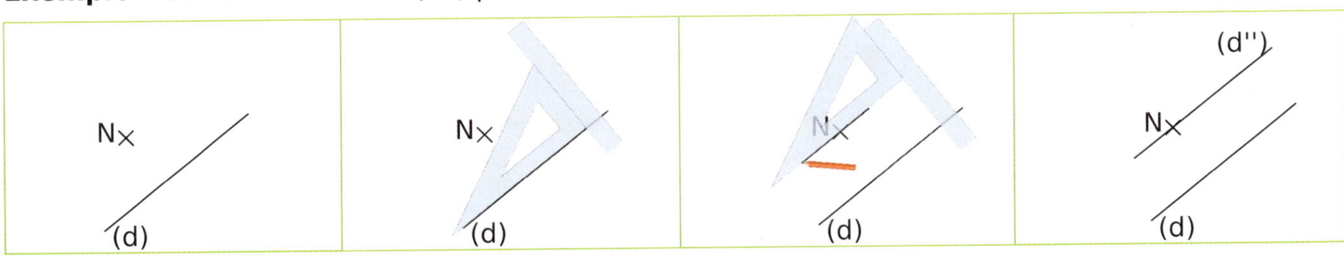

3 Position relative de deux droites

Propriété 1

Deux droites sont :
- soit sécantes ;
- soit parallèles.

Propriété 2

Deux droites sécantes sont :
- soit perpendiculaires ;
- soit non perpendiculaires.

Remarque : On peut résumer ceci dans un organigramme.

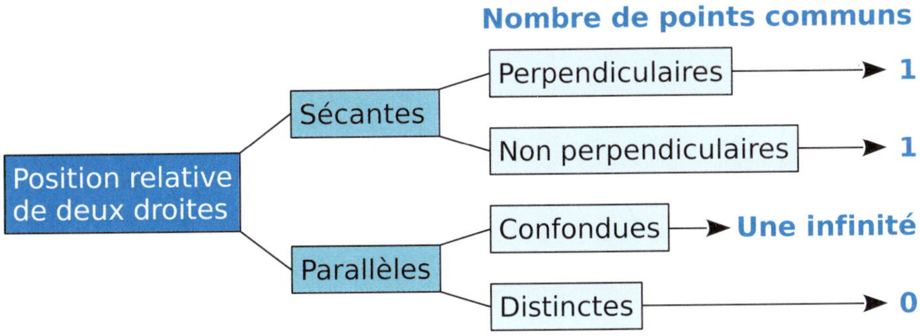

4 Médiatrice d'un segment

Définition La **médiatrice d'un segment** est la droite perpendiculaire à ce segment en son milieu.

Exemple : Construis la médiatrice du segment [OS].

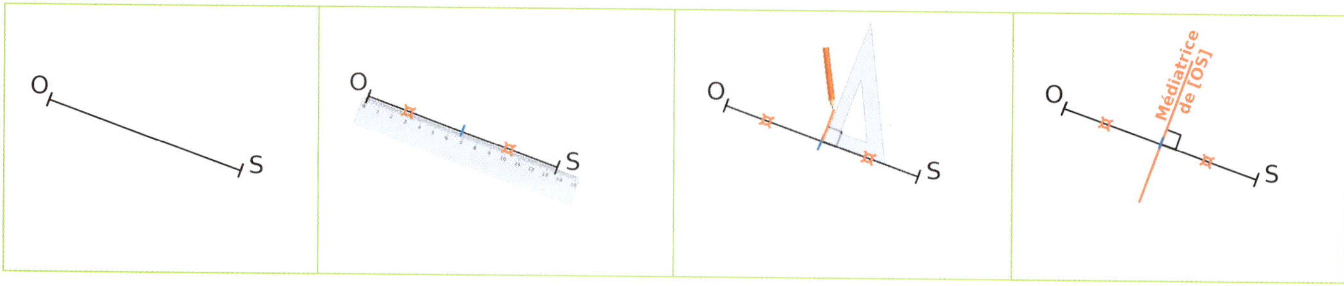

5 Distance et droites

A Distance d'un point à une droite

Définition La distance d'un point à une droite est la plus courte distance entre ce point et un point quelconque de la droite.

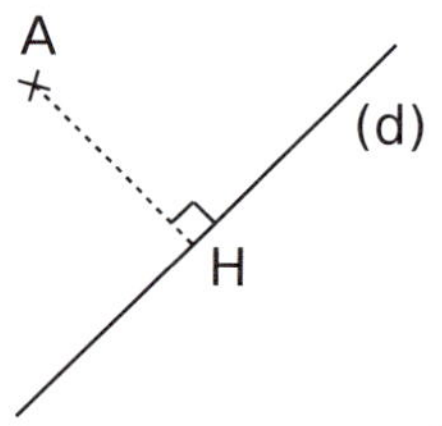

Règle Soit une droite (d) et un point A n'appartenant pas à (d). La **distance du point A à la droite (d)** est la longueur AH où H désigne le pied de la perpendiculaire à (d) passant par A.

B Points équidistants d'une droite

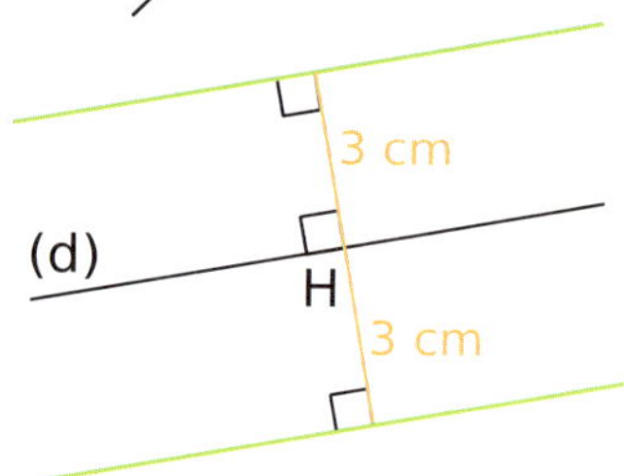

Définition L'ensemble des **points situés à une même distance d'une droite (d)** est constitué de deux droites parallèles à (d) situées de part et d'autre de (d).

C Distance entre deux droites parallèles

Définition La distance entre deux droites parallèles est la plus courte distance entre deux points de ces deux droites.

Remarque : Cette distance est constante. Elle ne dépend pas des points choisis.

Règle Soient (d) et (d') deux droites parallèles. Soit un point A sur (d). La distance entre (d) et (d') est la longueur AB où B est le point d'intersection de cette perpendiculaire et de (d').

Exemple : Soient (d) et (d') deux droites parallèles. Quelle est la distance entre ces deux droites ?

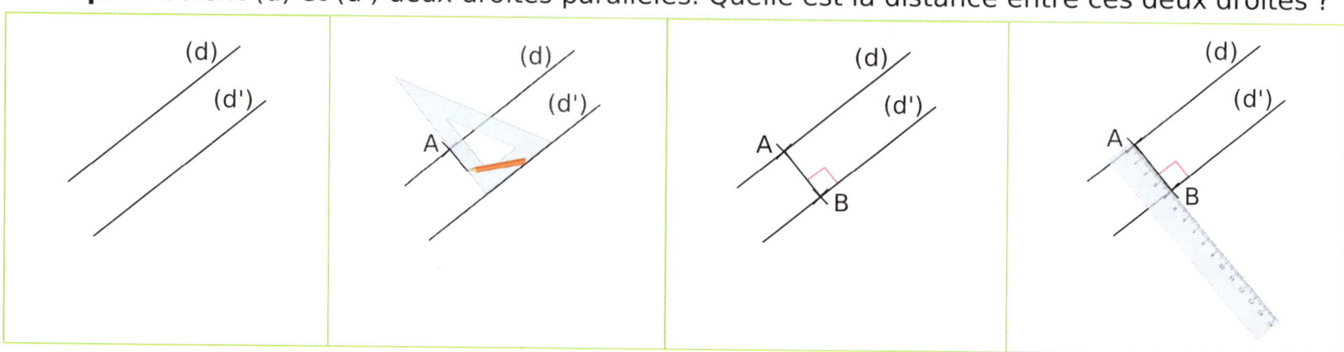

Fiche 1 : définir la position relative de deux droites

1 Entoure les lettres des figures où les deux droites semblent perpendiculaires.

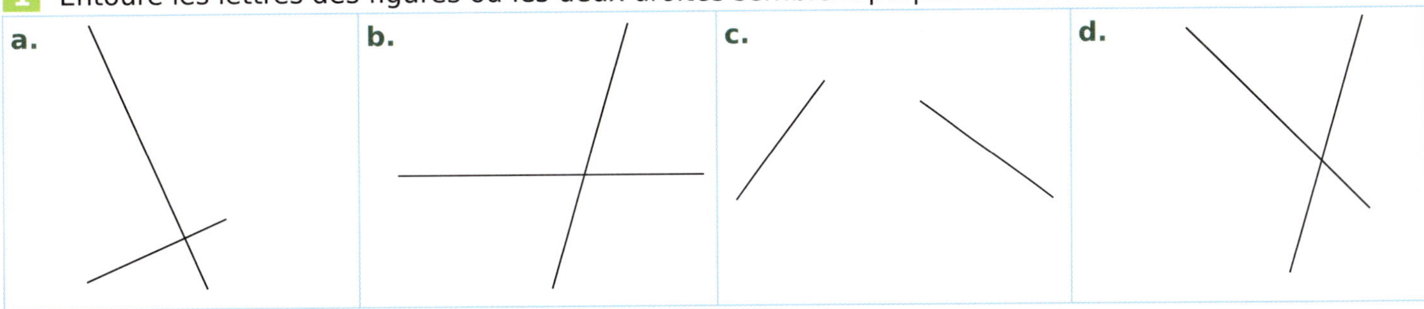

2 Entoure les lettres des figures où les deux droites semblent parallèles.

3 En utilisant le quadrillage, complète le tableau et code la figure.

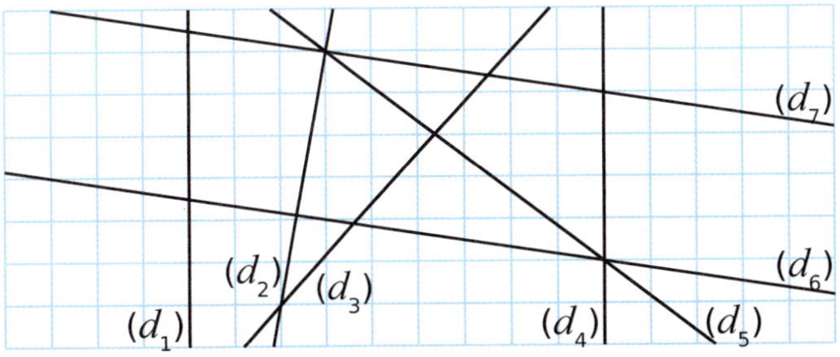

Droites perpendiculaires	Droites parallèles

4 Dans cette figure, les droites qui semblent perpendiculaires ou parallèles le sont réellement. Trace en couleur chaque droite indiquée puis donne son nom.

a. La droite perpendiculaire à (RE) passant par F.

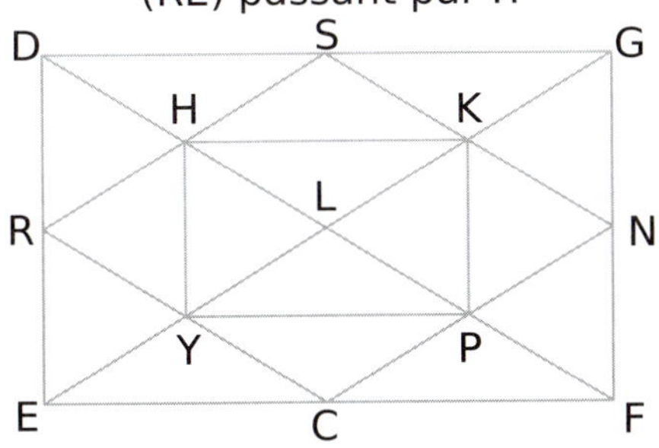

C'est la droite ....

b. La droite perpendiculaire à (HK) passant par H.

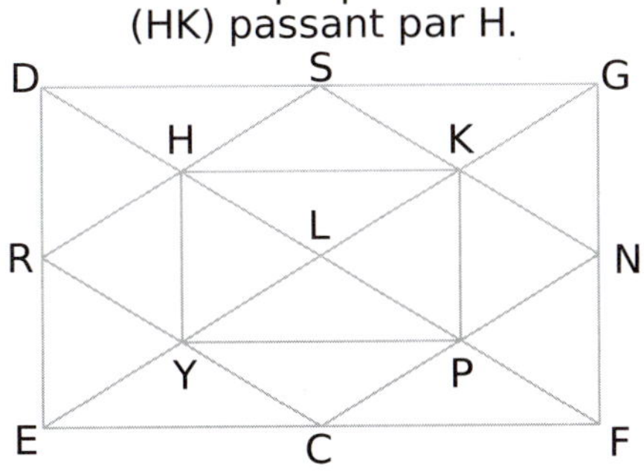

C'est la droite ....

c. La droite perpendiculaire à (SC) passant par L.

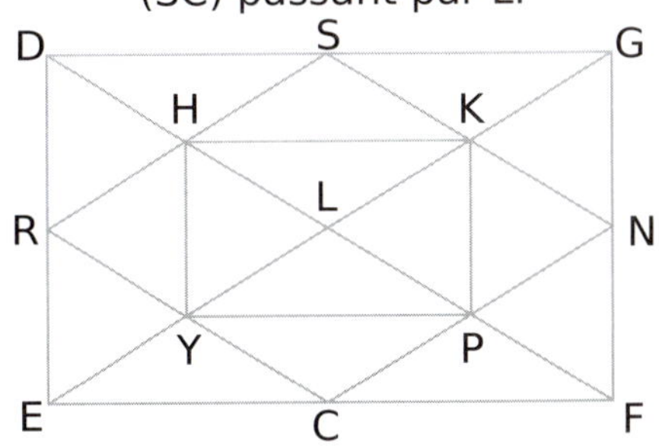

C'est la droite ....

d. La droite parallèle à (CF) passant par S.

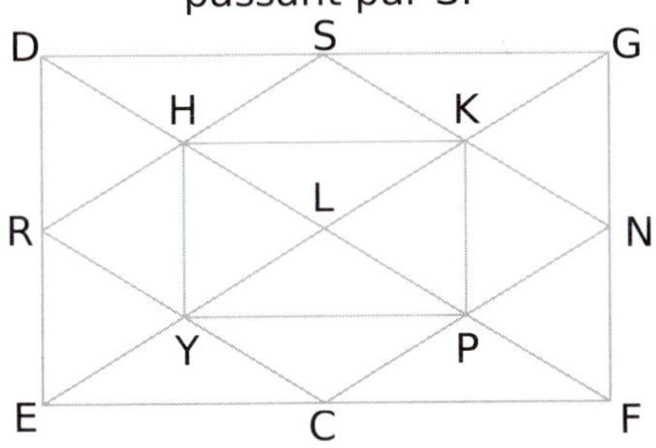

C'est la droite ....

e. La droite parallèle à (HP) passant par N.

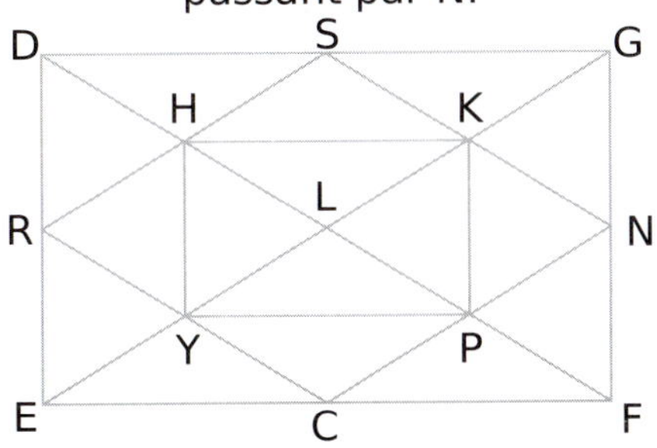

C'est la droite ....

f. La droite parallèle à (PN) passant par L.

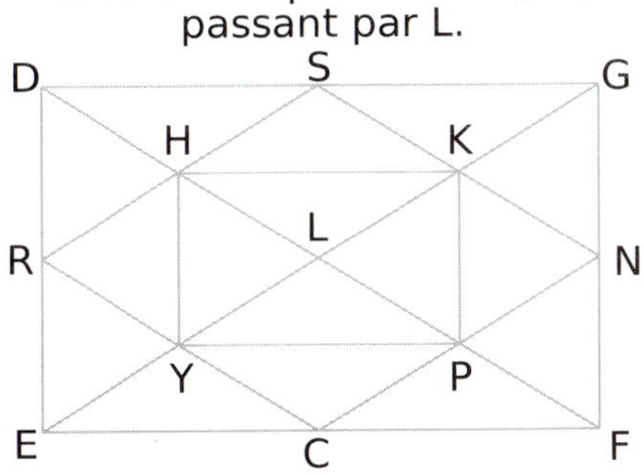

C'est la droite ....

Fiche 2 : élaborer des programmes de construction

1 Pour chaque étape de la construction, choisis, parmi les phrases suivantes, celle qui convient.

1. Trace la parallèle (d_1) à la droite (AB) passant par le point C.

2. Trace la droite (AB).

3. Place un point C non aligné avec A et B.

4. Place deux points A et B.

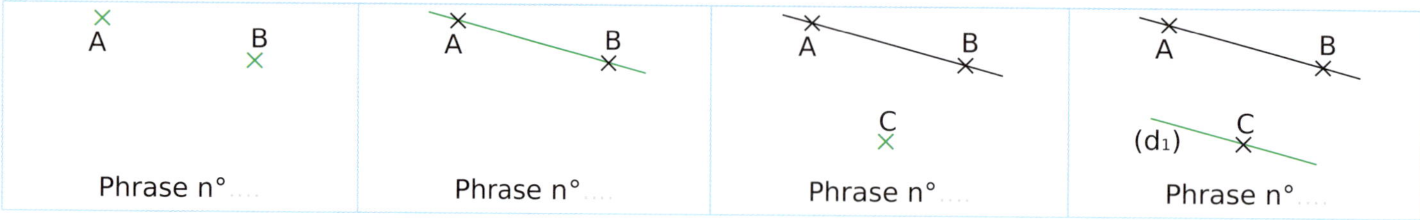

2 Pour chaque étape de la construction, écris une phrase qui la décrit.

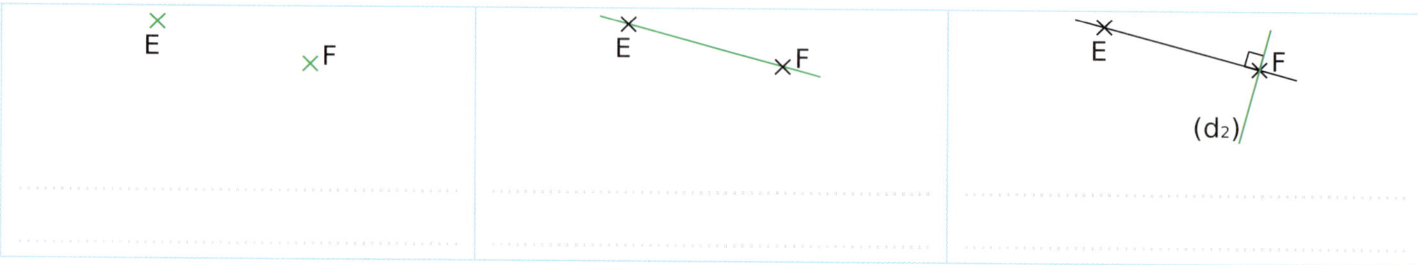

3 Écris les différentes étapes de la construction.

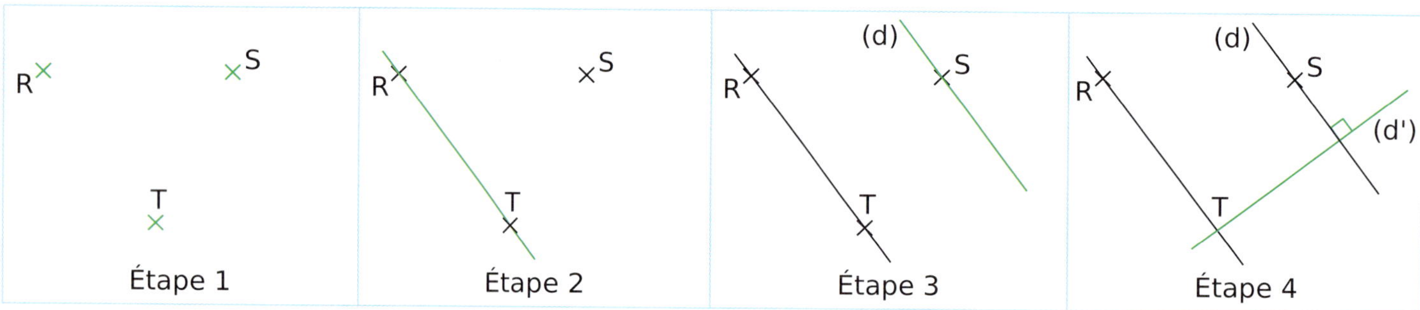

....

....

....

....

4 Quelle figure correspond à l'énoncé ci-dessous ? Explique pourquoi les deux autres ne correspondent pas.
<u>Énoncé</u> : Trace un triangle RAT. Place le point O milieu de [RT]. Trace la droite (d_1) parallèle à (AT) et passant par R, et la droite (d_2) perpendiculaire à (AT) et passant par O.

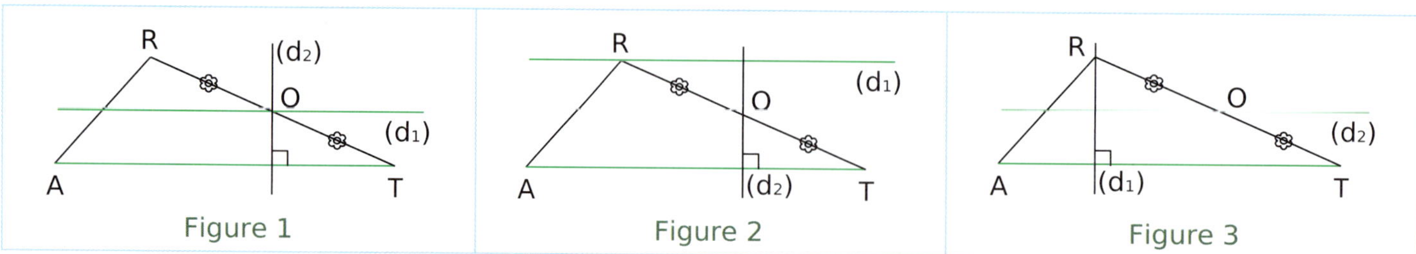

....

....

....

1 Sur chaque dessin, trace la droite (d_1) perpendiculaire à la droite (d) et passant par A, et la droite (d_2) perpendiculaire à la droite (d) et passant par B.

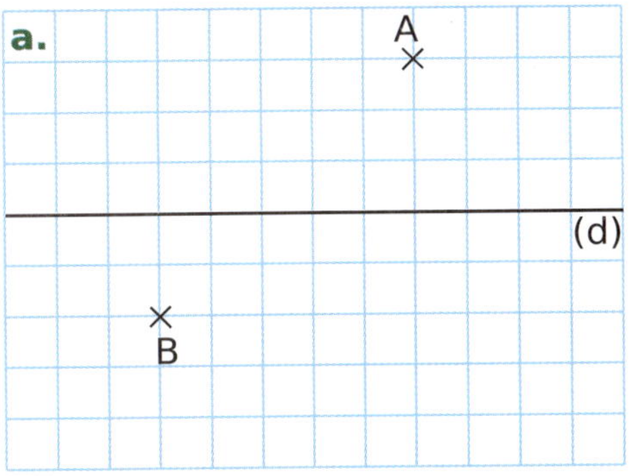

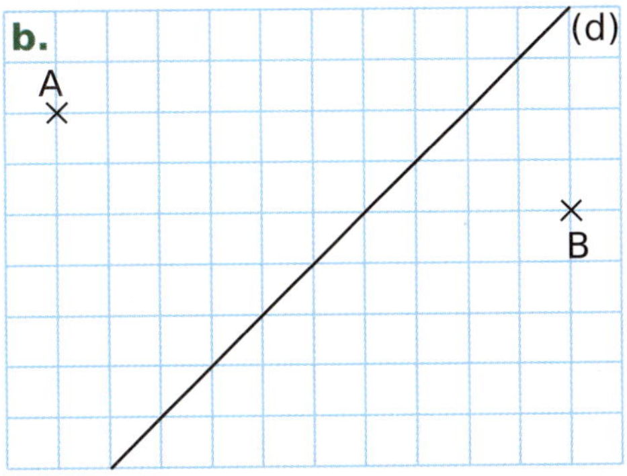

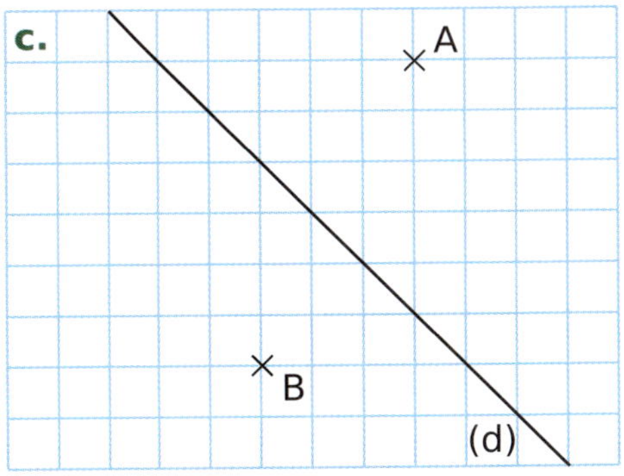

2 Dans chaque cas, construis la droite (d_1) perpendiculaire à la droite (d) et passant par le point M, puis la droite (d_2) perpendiculaire à la droite (d) et passant par le point N.

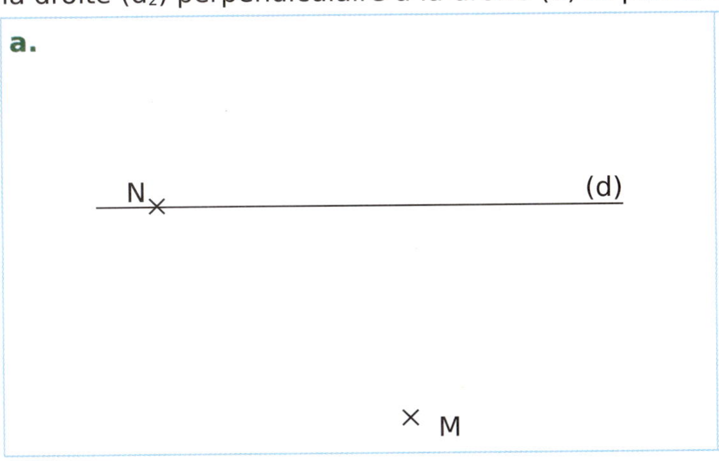

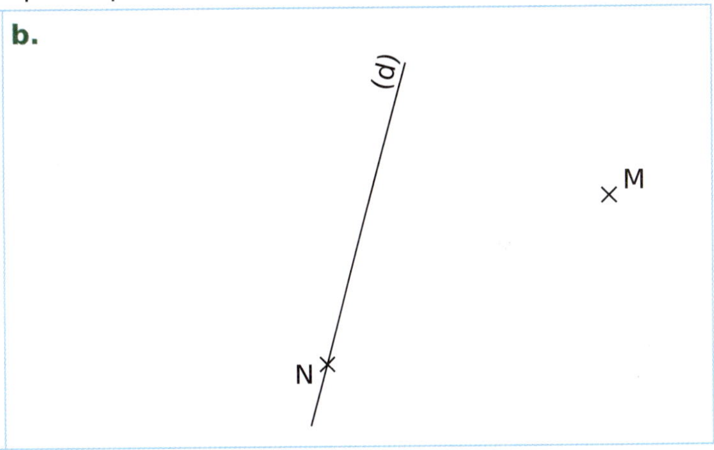

3 Sur chaque dessin, trace la droite (d_1) parallèle à la droite (d) et passant par le point A, et la droite (d_2) parallèle à la droite (d) et passant par le point B.

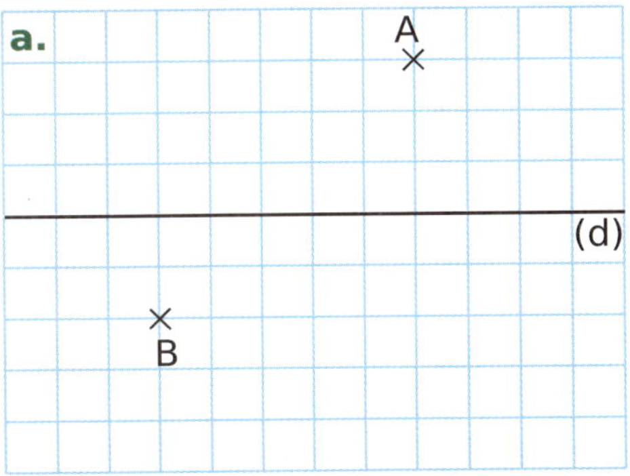

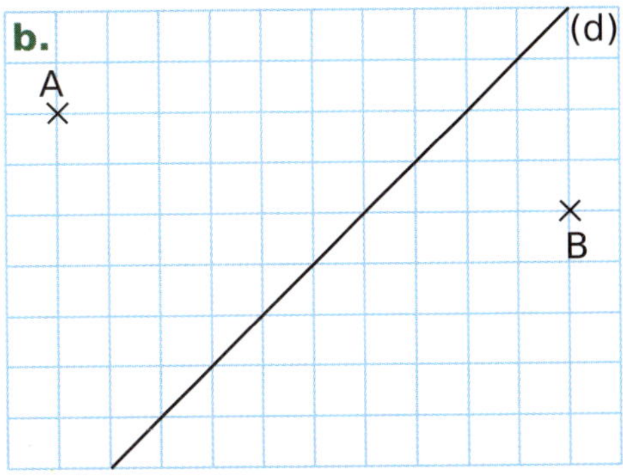

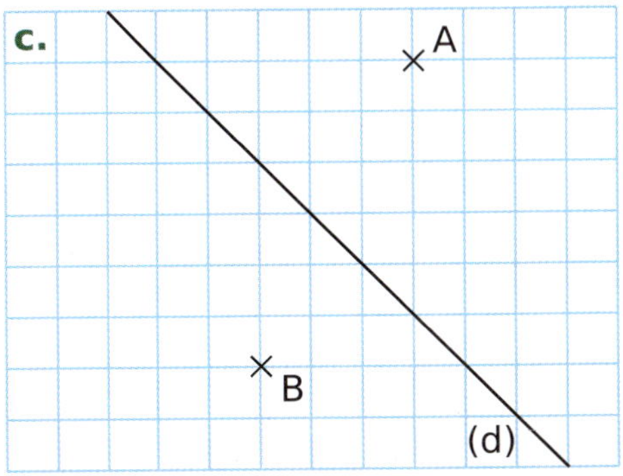

4 Dans chaque cas, construis la droite (d_1) parallèle à la droite (d) et passant par le point M, et la droite (d_2) parallèle à la droite (d) et passant par le point N.

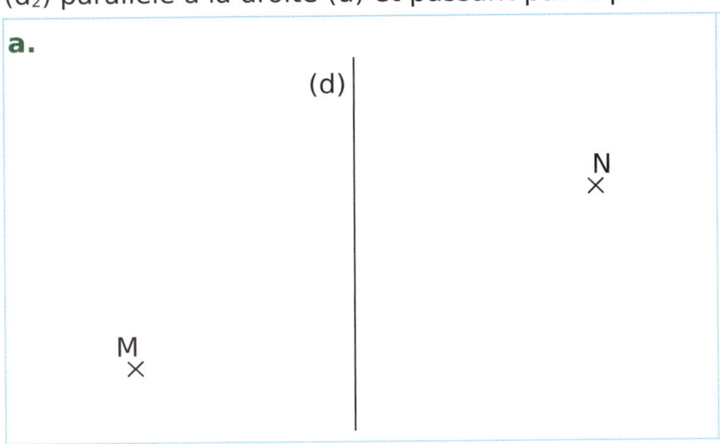

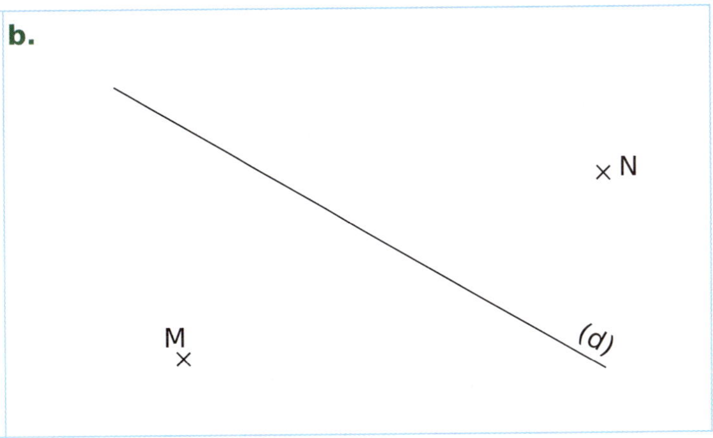

Fiche 4 : construire des parallèles et des perpendiculaires (2)

1 Sur chaque dessin, trace : en vert, la droite (d_1) **perpendiculaire** à la droite (d) et passant par A, puis en rouge, la droite (d_2) **parallèle** à la droite (d) et passant par B.

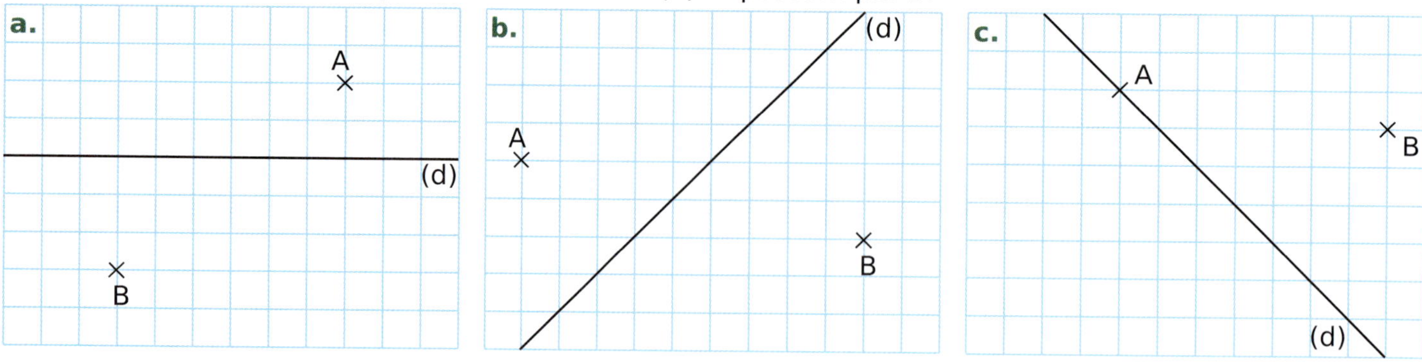

2 Dans chaque cas, construis la droite (d_1) **perpendiculaire** à la droite (d) et passant par le point M, puis la droite (d_2) **parallèle** à la droite (d) et passant par le point N.

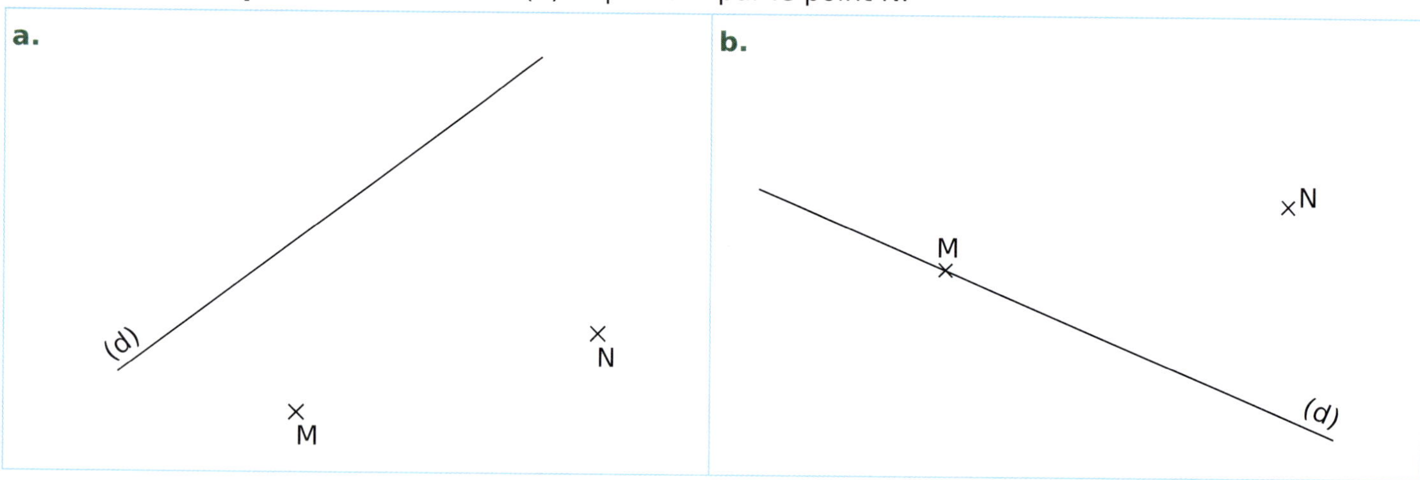

3 A, B et C sont trois points non alignés.

a. Trace la droite (d_1) perpendiculaire à (AB) et passant par C.

b. Trace la droite (d_2) perpendiculaire à (BC) et passant par A.

c. Trace la droite (d_3) perpendiculaire à (AC) et passant par B.

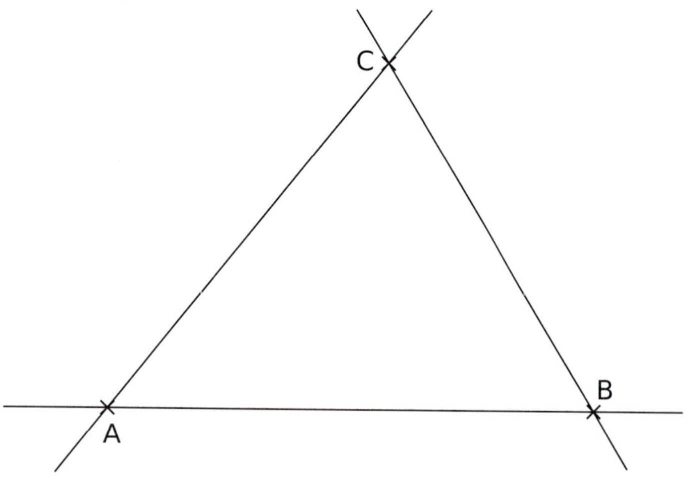

d. Comment sont les droites (d_1), (d_2) et (d_3) ?

....

....

4 A, B, C et D sont quatre points non alignés.

a. Place les points R, S et T, milieux respectifs des segments [AB], [BC] et [CD].

b. Trace les droites (RS) et (ST).

c. Trace la droite (d_1) parallèle à (RS) et passant par le point T.

d. Trace la droite (d_2) parallèle à (ST) et passant par le point R.

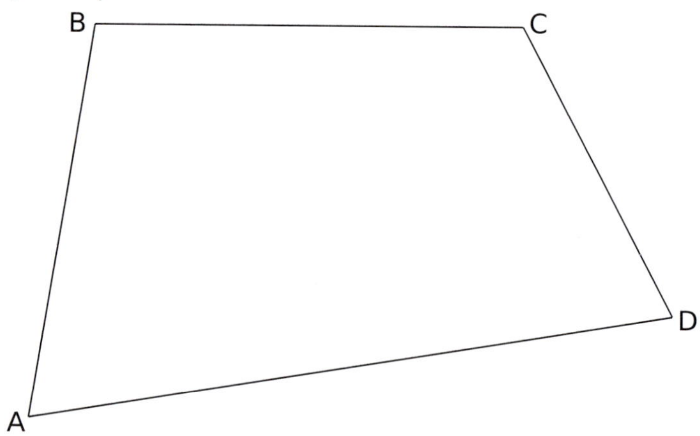

e. Où se coupent les droites (d_1) et (d_2) ?

....

....

1 *Médiatrices ?*

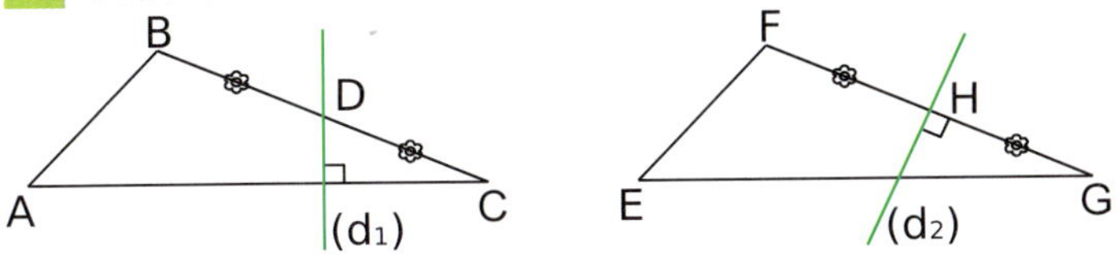

a. La droite (d_1) est-elle la médiatrice du segment [BC] ? Justifie.

b. La droite (d_1) est-elle la médiatrice du segment [AC] ? Justifie.

c. La droite (d_2) est-elle la médiatrice du segment [FG] ? Justifie.

2 Observe le codage de la figure. Écris le plus de phrases possible de la forme : « La droite ... est la médiatrice du segment ... . »

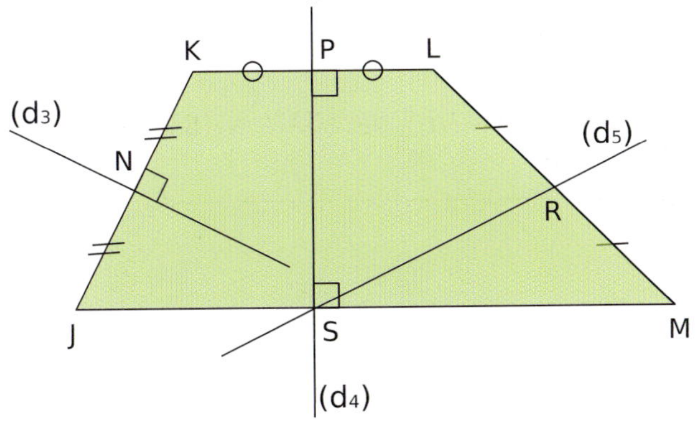

3 Construis la médiatrice de chaque segment en utilisant le quadrillage.

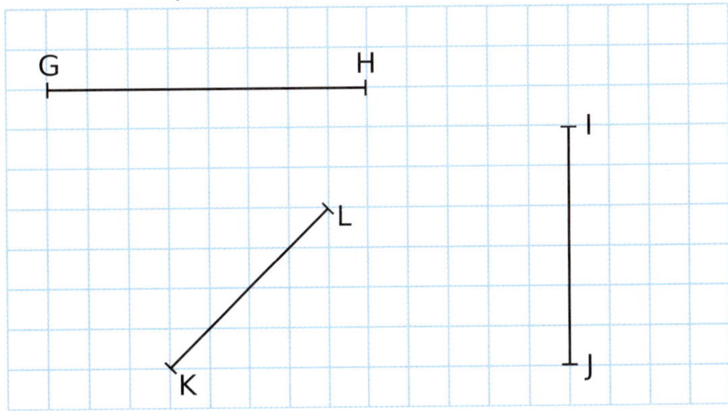

4 Construis la médiatrice de chaque segment à l'aide de la règle graduée et de l'équerre.

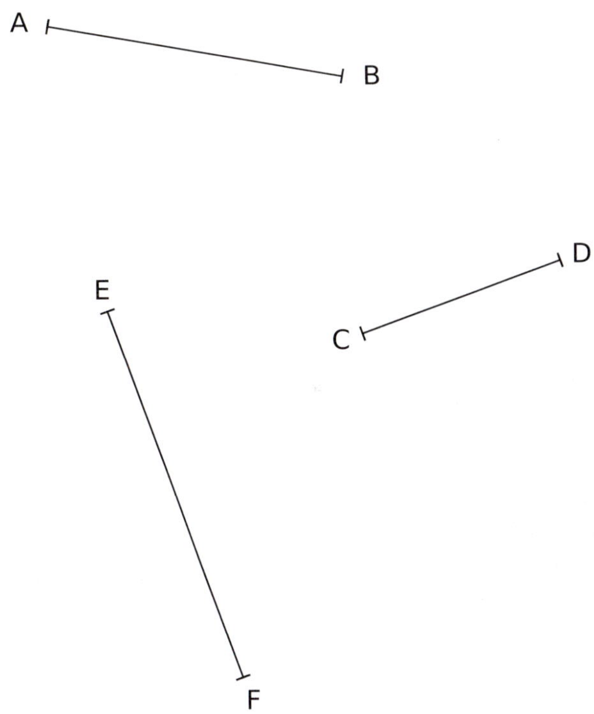

5 Construis les médiatrices des trois côtés du triangle, en utilisant ta règle et ton équerre.

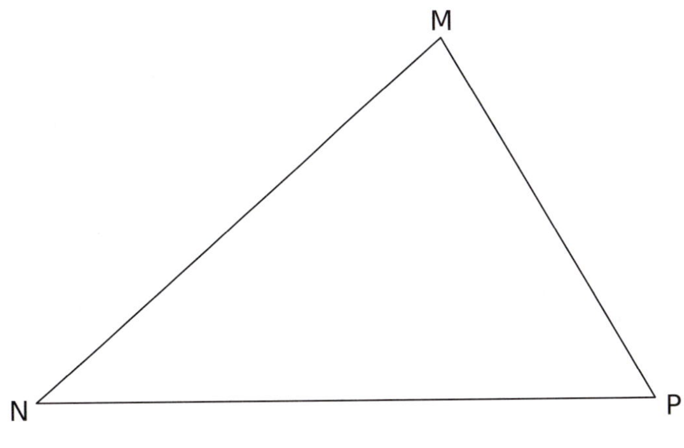

Fiche 6 : déterminer la distance d'un point à une droite

1 *Dans un quadrillage*

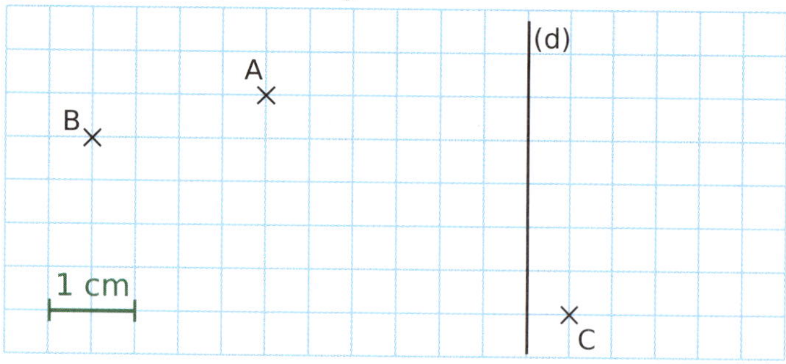

Le point A est situé à .... cm de la droite (d).

La distance du point B à la droite (d) vaut ...... cm.

La distance du point C à la droite (d) vaut .... cm.

2 Effectue les tracés nécessaires, puis mesure les longueurs demandées.

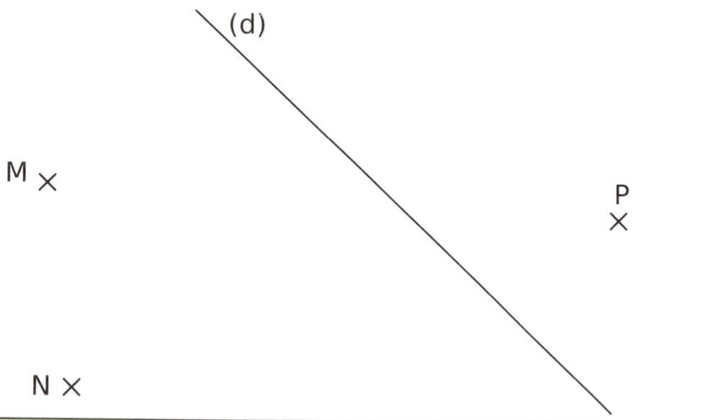

Point	M	N	P
Distance à (d)			

3 ABC est un triangle rectangle en A et H est le pied de la hauteur issue de A.

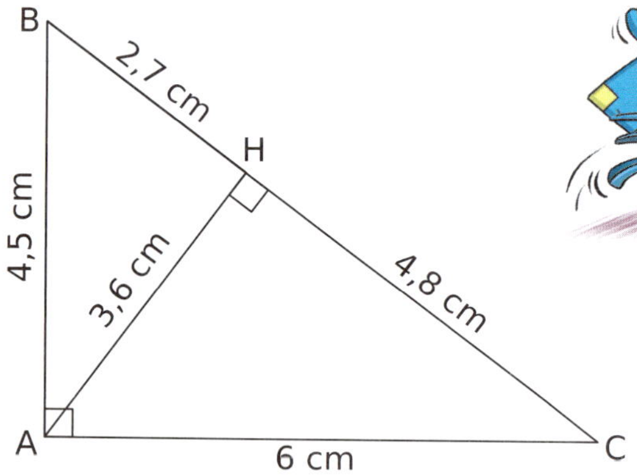

Quelle est la distance en centimètres...

a. du point A à la droite (BC) ? ....

b. du point B à la droite (AC) ? ....

c. du point B à la droite (AH) ? ....

d. du point C à la droite (AB) ? ....

e. du point C à la droite (AH) ? ....

4 Mesure la distance du point A à la droite (BC). Effectue des tracés si nécessaire.

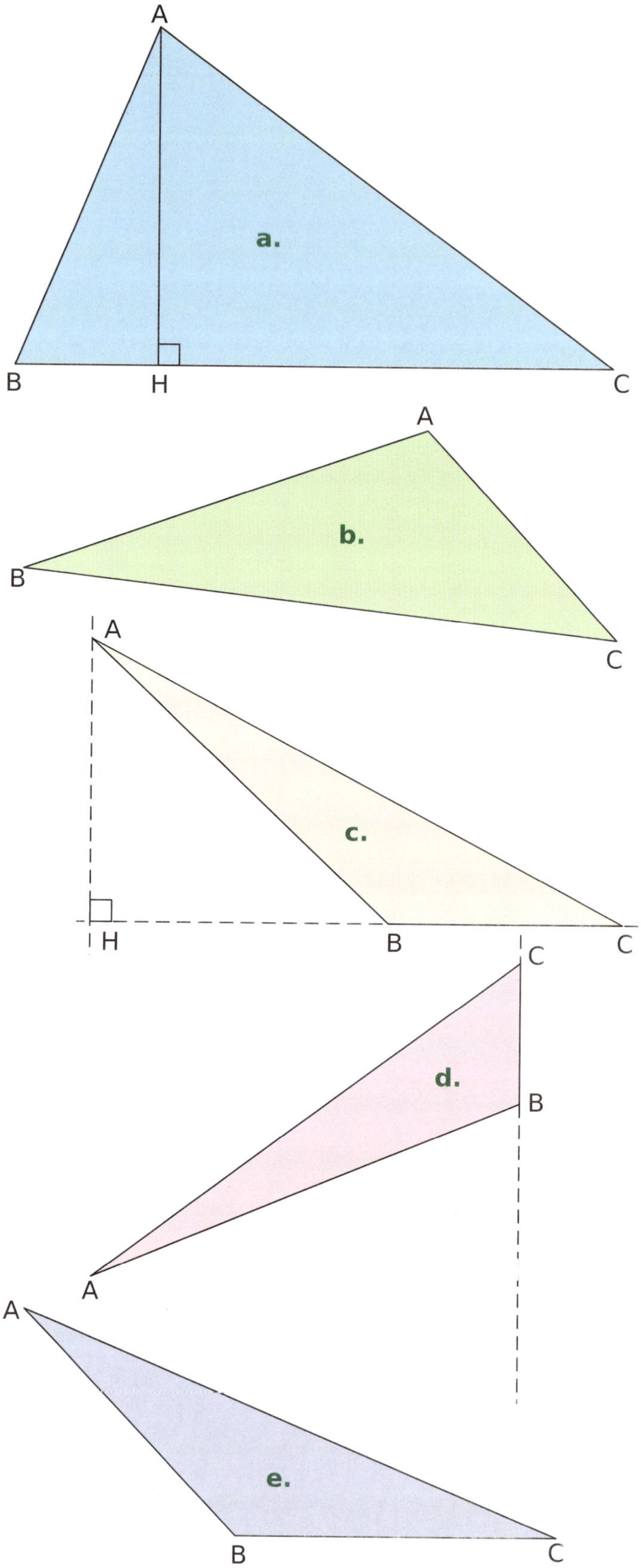

Figure	a.	b.	c.	d.	e.
Distance de A à (BC)					

1 Géométrie Dynamique

a. Commence par construire un carré ABCD, puis place un point E sur [BC]. Trace le segment [DE]. En observant le codage de la figure, construis le quadrilatère EFGH. Trace les droites parallèles aux côtés du quadrilatère EFGH, passant par les points A, B, C et D. Puis place les points I, J, K et L.

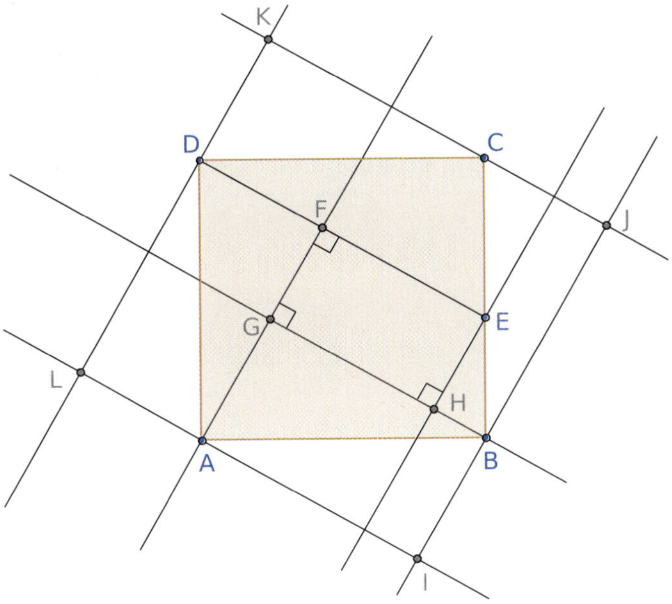

Déplace le point E sur le segment [BC].

b. Quelle est la nature du quadrilatère EFGH ?

....

c. Quelle semble être la nature du quadrilatère IJKL ?

....

2 Géométrie Dynamique

Reproduis cette figure, sachant que les droites sont les médiatrices des côtés du quadrilatère ABCD.

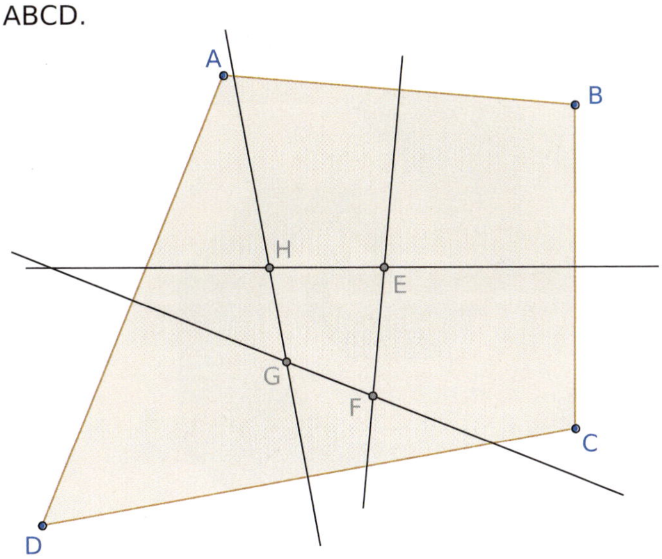

Déplace les points A, B, C et D et observe le quadrilatère EFGH.

3 Géométrie Dynamique

Oreilles de lapin

a. Effectue la construction suivante.

- Trace un segment vertical [AB]. Place un point C sur ce segment.
- Trace le cercle de diamètre [AB]. Tu nommeras D le milieu de [AB].
- Trace le cercle de diamètre [AC]. Tu nommeras E le milieu de [AC]. Place un point F sur ce cercle.
- Construis la perpendiculaire à la droite (AB) passant par F. Elle coupe le grand cercle en G et H.
- Construis les points I milieu de [FG] et J milieu de [FH].

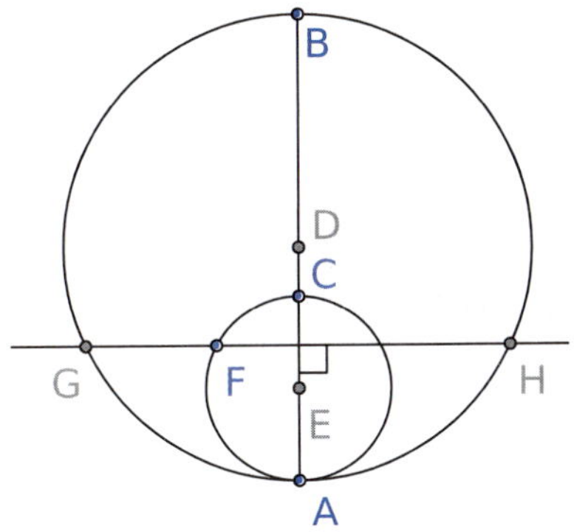

b. Active la trace des points I et J et anime le point F.

4 Géométrie Dynamique

Courbe de Rosillo

a. Effectue la construction suivante.

- Trace une droite (AB).
- Place un point C sur [AB] et un point D sur (AB) mais à l'extérieur de [AB].
- Trace le cercle de diamètre [AB]. Tu nommeras E le milieu de [AB]. Place un point F sur ce cercle.
- Construis la perpendiculaire à la droite (AB) passant par F.
- Trace la droite (DF).
- Construis la droite parallèle à (DF) passant par C. Elle coupe la perpendiculaire à (AB) en G.

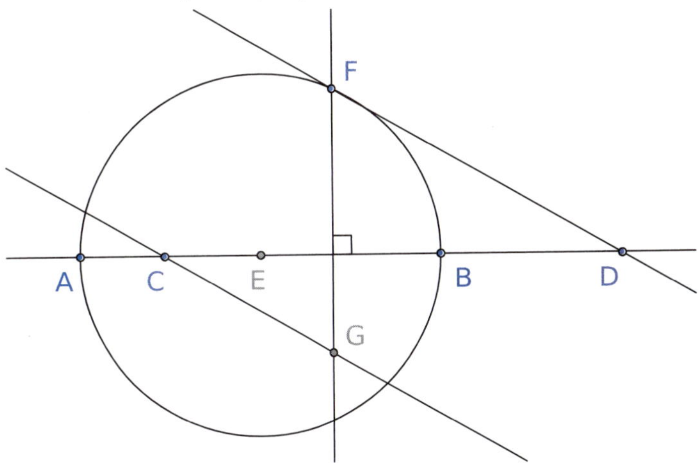

- Active la trace du point G et anime le point F.

b. Teste plusieurs positions du point C sur le segment [AB] et en particulier : le point C en A, en E et en B. Observe alors les différentes courbes.

1 Reproduis la figure initiale sur une feuille quadrillée. Construis ensuite l'ombre de la figure (par faisceaux de droites parallèles).

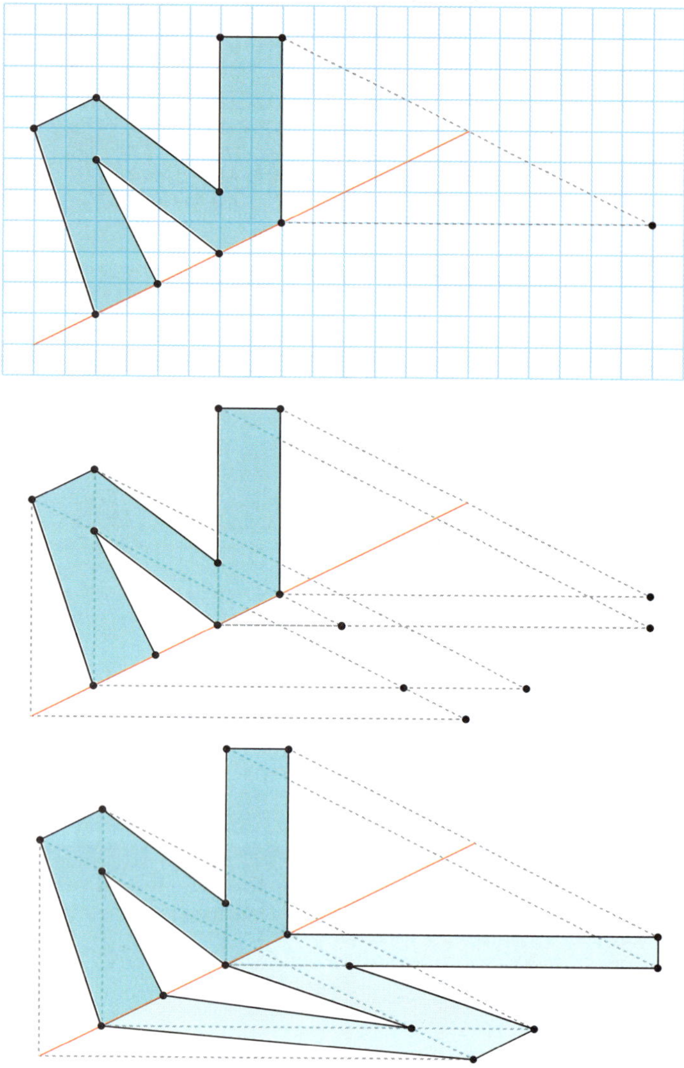

2 Sur une feuille blanche, trace un triangle suffisamment grand.
Construis le milieu D de [AB], le milieu E de [AD], et enfin le milieu F de [BD]. Construis les droites parallèles à (AC), passant par les points D, E et F. Puis continue avec les parallèles à (AB) et à (BC).
Colorie à ta convenance.

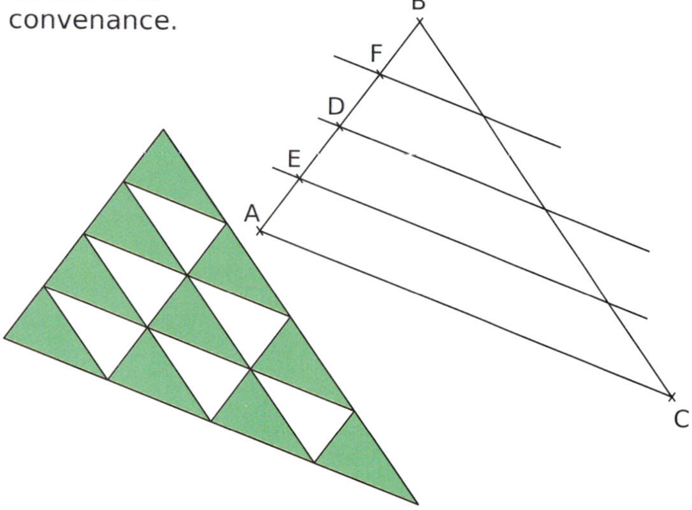

3 Sur une feuille, effectue la construction suivante.

- Trace un carré de côté 16 cm.
- Place les points A, B, C et D au milieu de chacun de ses côtés.
- Trace les diagonales et les segments [AC] et [BD].
- À partir du point A, construis une ligne de perpendiculaires comme ci-dessous.
- Recommence ensuite à partir des points B, C et D.

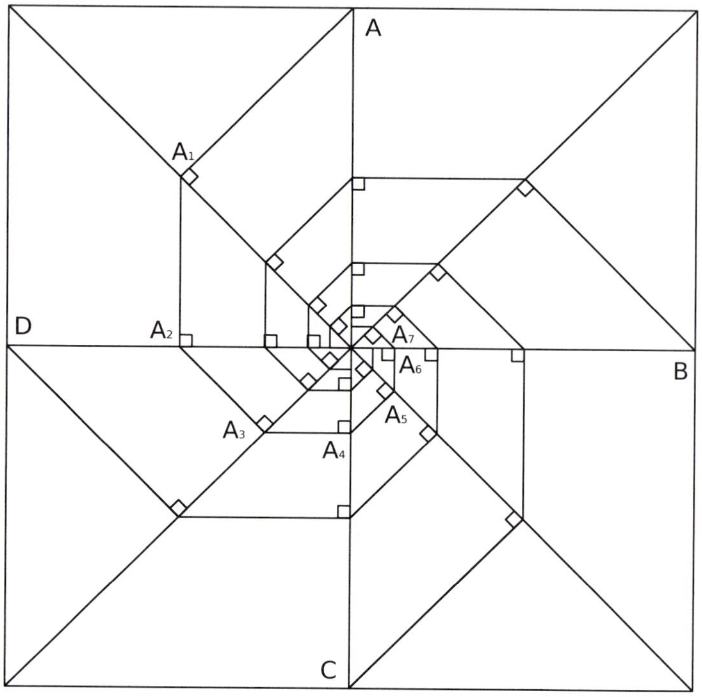

- Puis colorie.

G4 Repérage et programmation

g5.re/9pd

G4 Fiche 1 : se repérer (1)

1 **a.** Donne le nom de la cellule correspondant à chaque mot.

	A	B	C	D	E	F
1			fa			
2	do					sol
3						
4					mi	
5	la					
6			ré			
7						

- do → ....
- mi → ....
- sol → ....
- ré → ....
- fa → ....
- la → ....

b. Place les mots suivants dans les cellules correspondantes.

- mais → D3
- est → E1
- le → C2
- où → A7
- donc → F7
- chien → D5

2 Zolan et Freesper font une partie de bataille navale. La grille que tu vois est celle de Freesper. Zolan fait des propositions.

Indique à côté de chacune d'elles : « perdu », « touché » ou « coulé ».

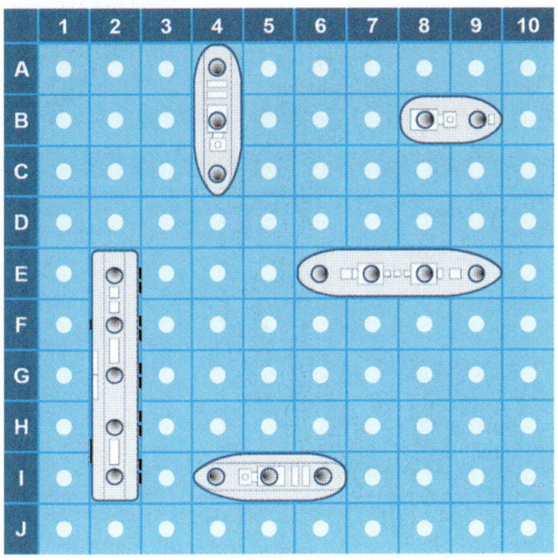

- I3 → ....
- B4 → ....
- B2 → ....
- H2 → ....
- E10 → ....
- A4 → ....
- G6 → ....
- F9 → ....
- C4 → ....

3 Donne la position de chaque pingouin dans les nœuds du quadrillage.

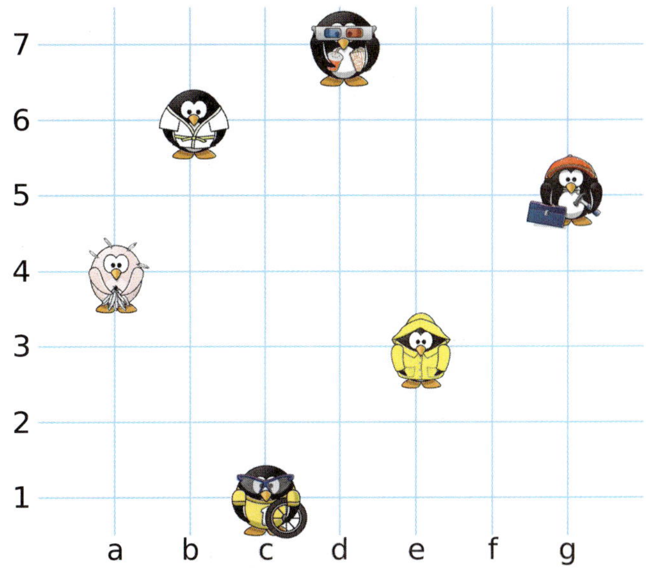

Position	(e,3)					

4 Place chaque point dans le quadrillage.

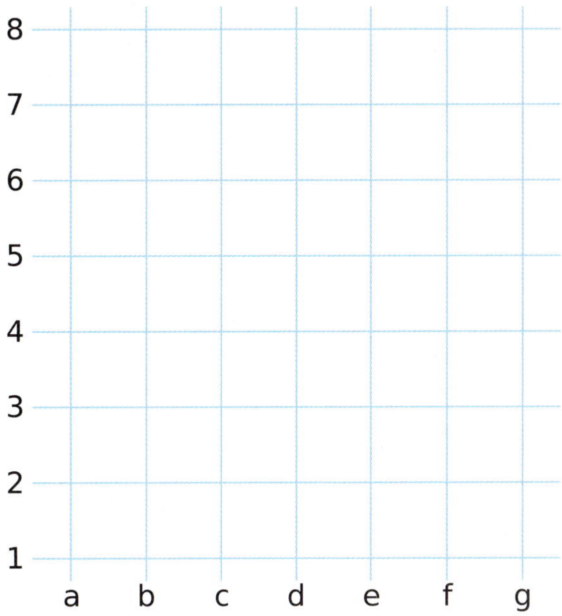

A(d,4)
D(f,8)
G(a,3)
B(e,7)
E(c,5)
H(g,1)
C(a,6)
F(g,7)
I(b,2)

1 Voici le plan du jardin des plantes de Nantes.

a. Combien d'entrées possède ce jardin ?

....

b. L'orangerie se trouve en B1. Où se trouvent...

- la grande porterie ....
- la station de tram ....
- la statue J. Verne ....
- la ménagerie ....
- le jardin botanique ....

c. Que peut-on trouver en...

- C1 ....
- D3 ....
- C4 ....
- B5 ....

2 Voici le plan de cabine d'un Boeing 767.

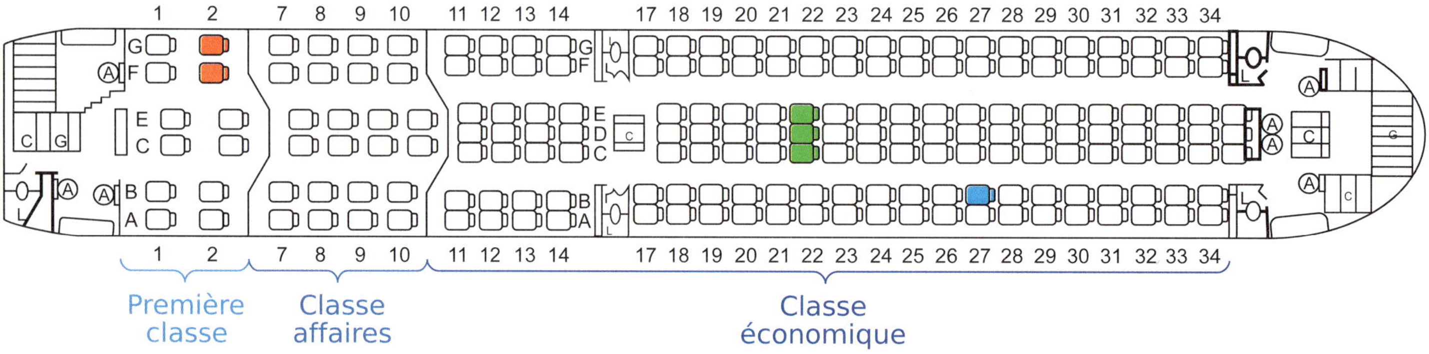

a. Indique à quelle classe correspond chaque siège.

- E26 → ....
- E1 → ....
- E7 → ....
- C9 → ....
- B14 → ....
- A34 → ....

b. Quelle est la référence de chaque siège ?

- Siège bleu → ....
- Sièges rouges → ....
- Sièges verts → ....

c. Colorie...

- en **orange**, le siège D12 ;
- en **violet**, le siège F10 ;
- en **rose**, le siège A1 ;
- en **noir**, les sièges G29 et F29 ;
- en **gris**, les sièges A17 et B17 ;
- en **marron**, les sièges C7 et C8.

d. Une famille de quatre personnes souhaite réserver des places en classe affaires dans cet avion. Elle veut des places en carré dont 2 places côté hublot. Quelles places doit-elle choisir parmi celles ci-dessous ?

- C9E9C10E10
- F7G7F8G8
- A1B1A2B2
- A7A8A9A10
- A11B11A12B12

On dispose des instructions suivantes : N ↑ S ↓ E → O ←.

La séquence " NEESO " donne le tracé : 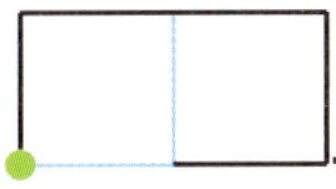.

1 Écris une séquence d'instructions pour tracer chacune des frises ci-dessous.

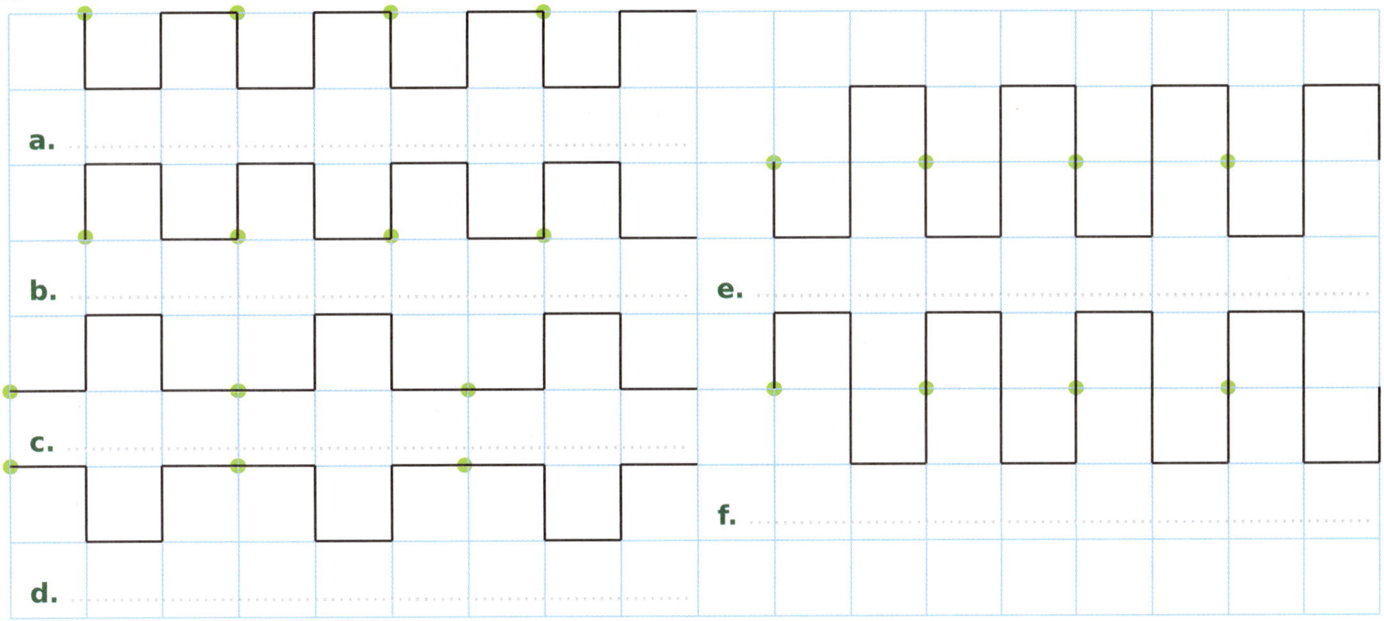

2 Quand on répète une séquence d'instructions plusieurs fois, on peut utiliser une boucle comme ci-dessous. Complète chacune d'elles avec la séquence d'instructions qui permet de tracer chaque frise de l'exercice 1.

a. répéter ☐ fois
faire

b. répéter ☐ fois
faire

c. répéter ☐ fois
faire

d. répéter ☐ fois
faire

e. répéter ☐ fois
faire

f. répéter ☐ fois
faire

3 Effectue le tracé correspondant aux séquences suivantes.

a. répéter 4 fois
faire ENE

b. répéter 2 fois
faire NESSENE

c. répéter 3 fois
faire NNEESON

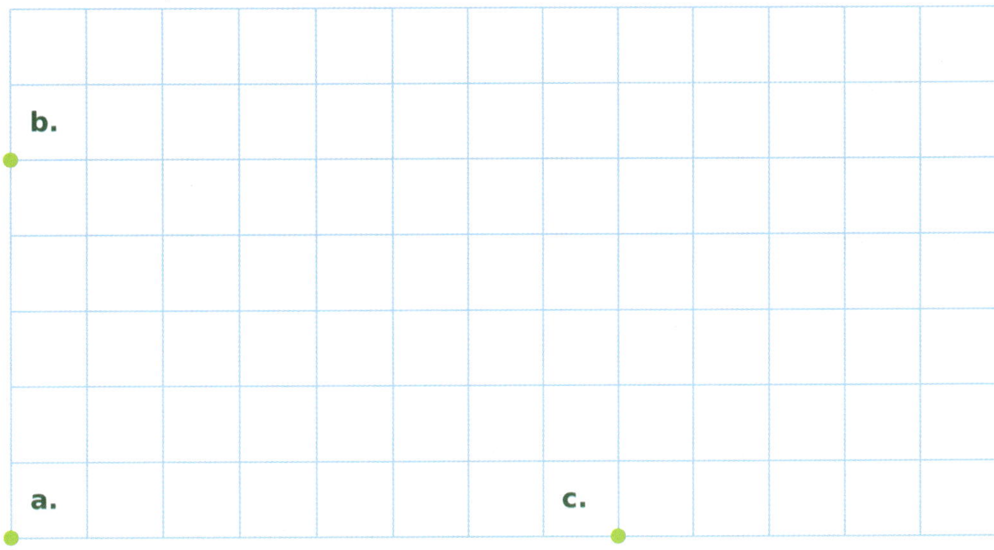

1 Place le minimum de miroirs (\ ) pour que le rayon laser suive le parcours indiqué.

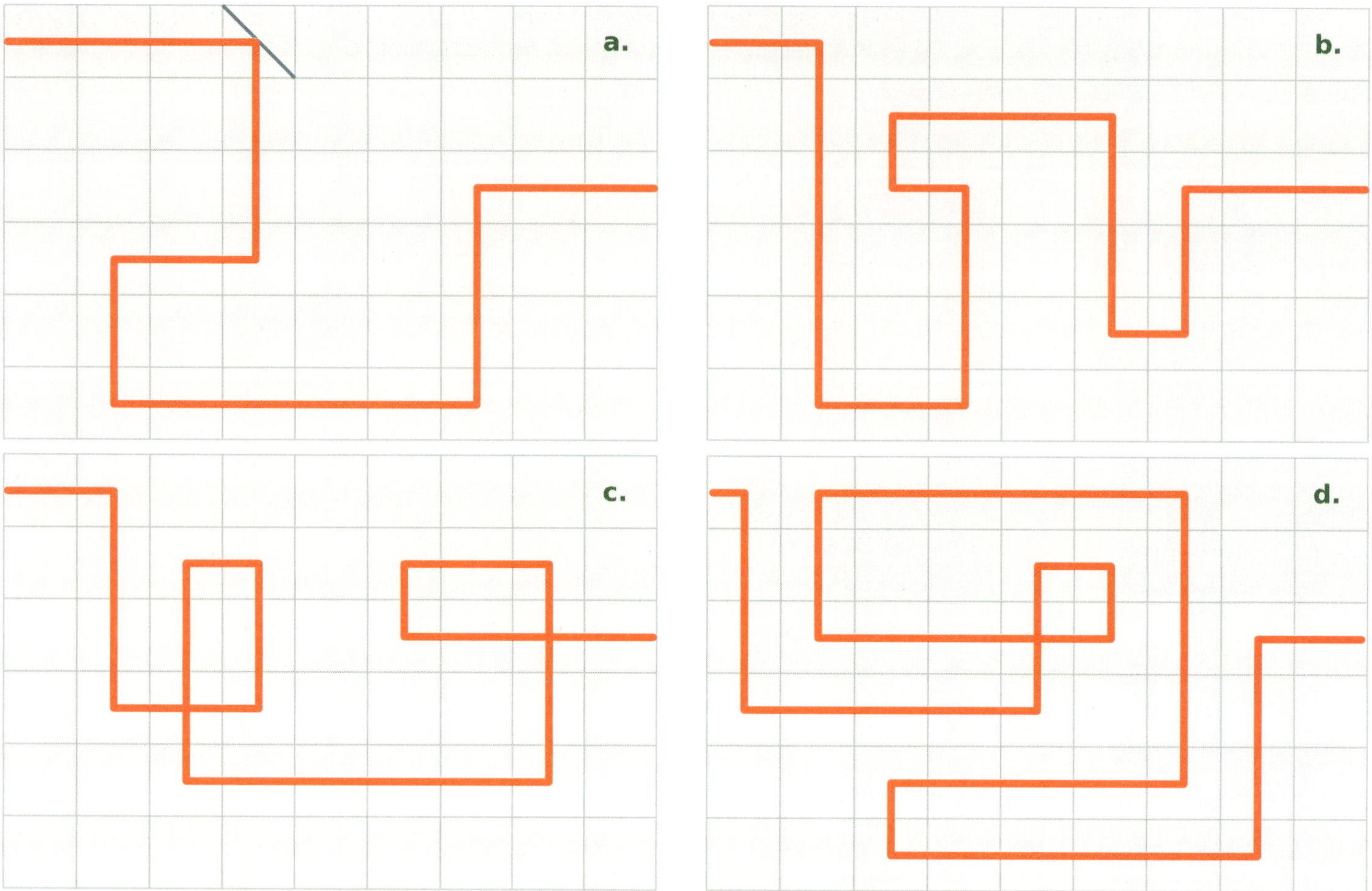

2 Écris la séquence d'instructions pour aider Tom et Lisa à aller à la case orange.
Tu disposes des instructions **avance de … cases**, **tourne à droite** et **tourne à gauche** ; et tu ne peux te déplacer que sur des cases qui comportent…

a. des nombres multiples de 2 ;

	712	511	227	145	331	253	937	829	695
	196	139	343	444	538	364	765	443	511
	630	588	824	652	487	276	557	393	679
	811	955	327	679	115	278	269	981	873
	597	129	483	212	721	940	414	356	122

b. des nombres multiples de 5.

	215	135	207	149	336	179	804	126	283
	431	330	318	453	584	788	463	308	542
	236	610	455	500	225	222	237	999	821
	524	246	458	737	440	105	360	635	120
	742	321	643	416	254	927	509	758	550

Pour tous les exercices, choisis la scène *Xy-grid-30px* en arrière-plan et une taille de *25* pour le lutin-chat.

1 À l'aide de chaque script ci-dessous, dessine à droite le chemin du lutin-chat, sachant qu'un carreau mesure 30 unités de côté. La position initiale du lutin-chat est à l'intersection des segments qu'il cache.

a.

b.

2 Programme Scratch pour qu'il dessine chacune des figures ci-dessus. Commence ton script par les 5 premiers blocs des scripts de l'exercice 1. Un carreau mesure 30 unités de côté.

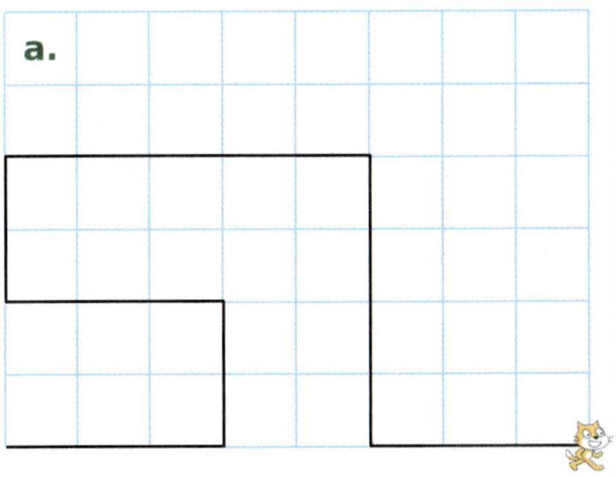

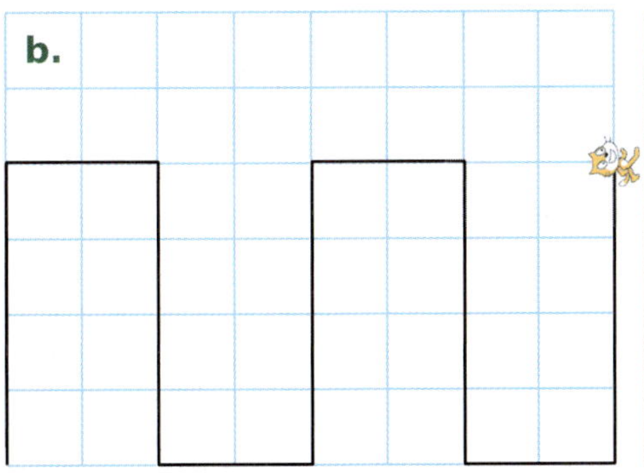

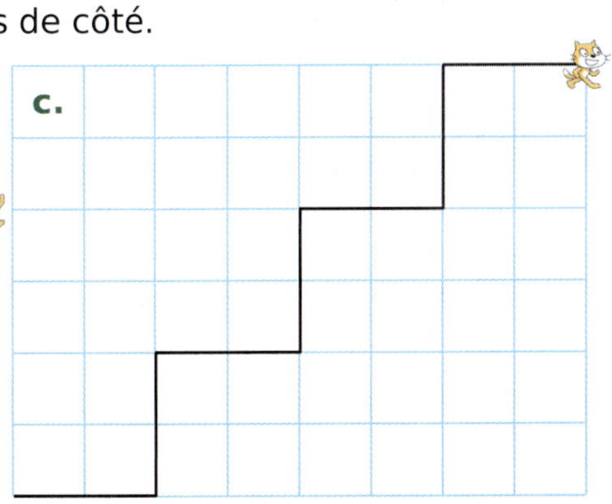

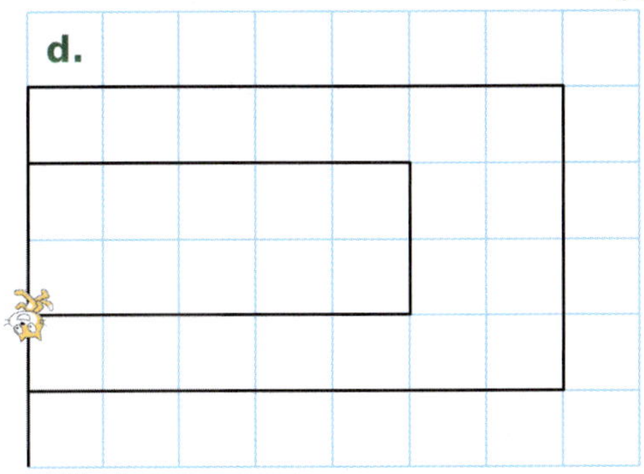

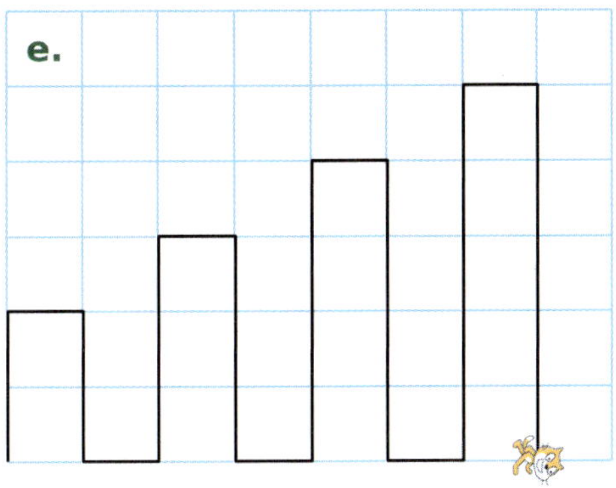

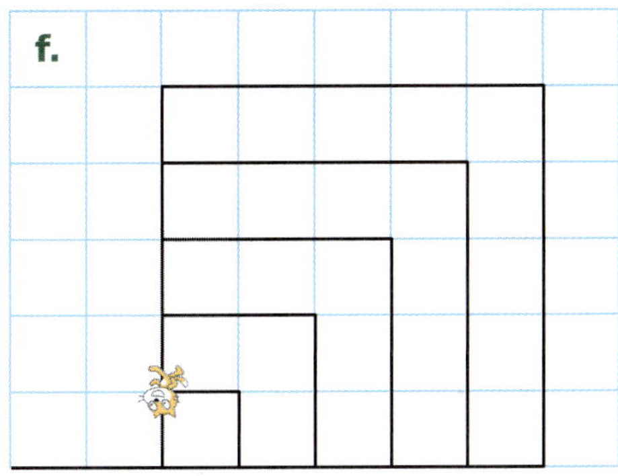

G5 Triangles et quadrilatères

g5.re/hue g5.re/85s g5.re/f4v

1 Triangles

A Généralités

Définition Un **triangle** est un polygone à trois côtés.

Vocabulaire Un triangle a trois **sommets** et trois **côtés**.

Exemple : Dans un triangle ABC, quel est le sommet opposé au côté [AB] ?
Et le côté opposé au sommet A ?

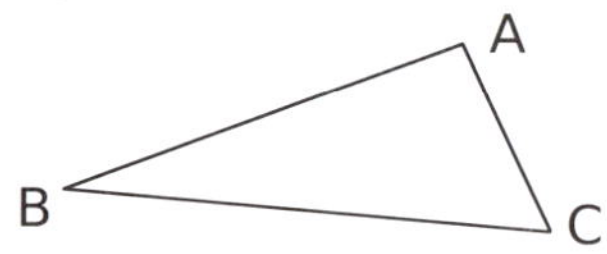

- Le **sommet opposé** au côté [AB] est le point C.
- Le **côté opposé** au sommet A est le côté [BC].

B Construction d'un triangle

Exemple : Construis un triangle DEF tel que DE = 6 cm ; EF = 5 cm et DF = 4,5 cm.

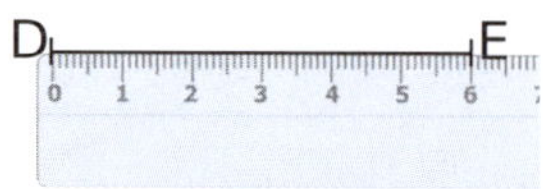 On trace un segment [DE] de longueur 6 cm.	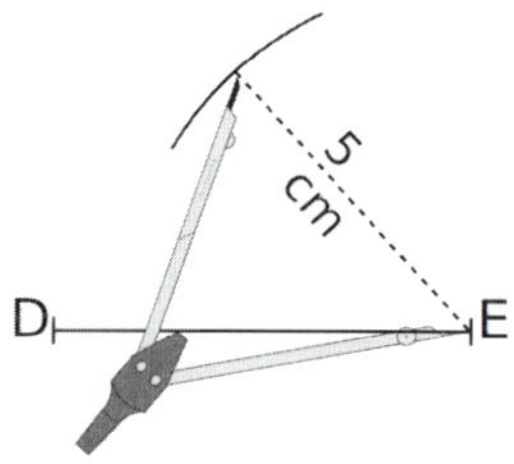 Le point F est à 5 cm du point E : il appartient donc au cercle de centre E et de rayon 5 cm.	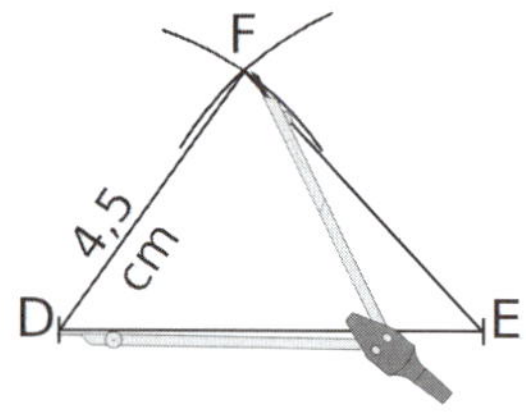 Le point F est à 4,5 cm du point D : il appartient donc au cercle de centre D et de rayon 4,5 cm. Le point F est le point d'intersection des deux arcs.

2 Quadrilatères

Définition Un **quadrilatère** est un polygone à quatre côtés.

Vocabulaire Un quadrilatère a quatre **sommets**, quatre **côtés** et deux **diagonales**.

Exemple : Dans un quadrilatère GHIJ, quel est le sommet opposé au sommet G ?
Et un côté consécutif au côté [HI] ? Quelles sont ses diagonales ?

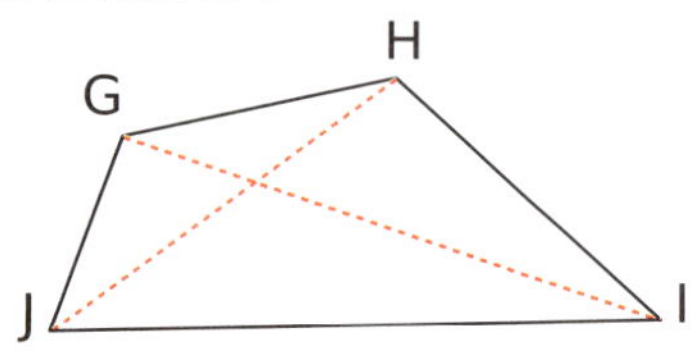

- Le **sommet opposé** au sommet G est le sommet I.
- Un **côté consécutif** au côté [HI] est le côté [HG] ou le côté [IJ].
- **Ses diagonales** sont les segments [GI] et [HJ].

3 Triangles particuliers

A Triangle isocèle

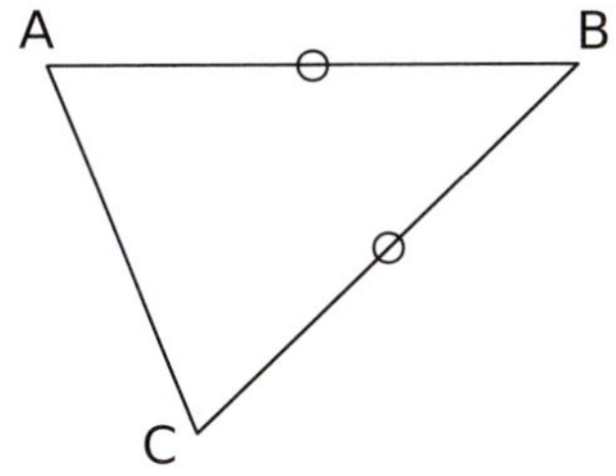

Définition Un **triangle isocèle** est un triangle qui a deux côtés de même longueur.

Vocabulaire
- Le sommet commun aux côtés de même longueur est appelé le **sommet principal**.
- Le côté opposé au sommet principal est appelé la **base**.

Exemple : Le triangle ISO est isocèle en S. Quel est son sommet principal et quelle est sa base ?

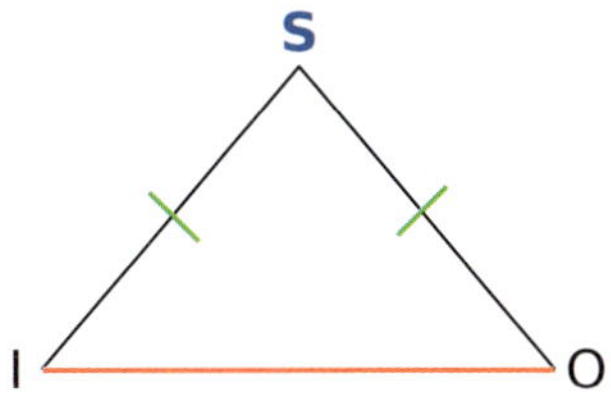

▶ Le triangle ISO est **isocèle en S** donc les longueurs IS et SO sont égales.
- S est le **sommet principal** du triangle ISO ;
- [IO] est la **base** du triangle ISO.

B Triangle équilatéral

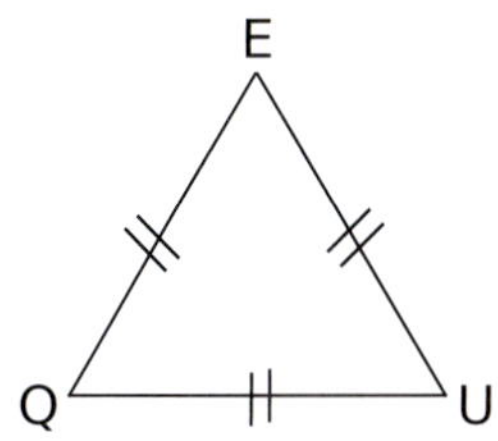

Définition Un **triangle équilatéral** est un triangle qui a ses trois côtés de même longueur.

C Triangle rectangle

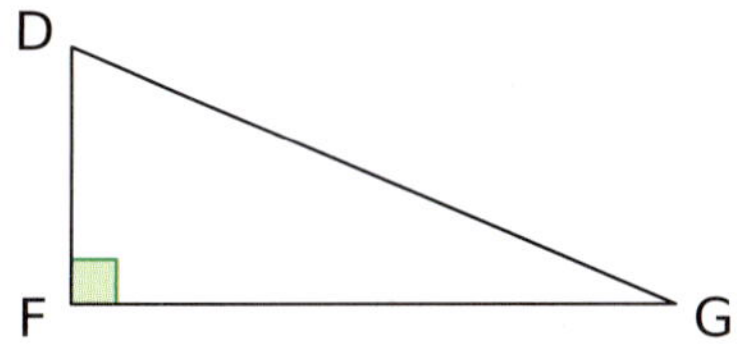

Définition Un **triangle rectangle** est un triangle qui a un angle droit.

Vocabulaire Le côté opposé à l'angle droit est appelé **hypoténuse**.

Exemple : Dans le triangle ci-dessus, l'hypoténuse est le segment [DG]. C'est le côté le plus long.

D Construction

Exemple : Construis un triangle KHI rectangle en K tel que KI = 5 cm et HI = 7 cm.

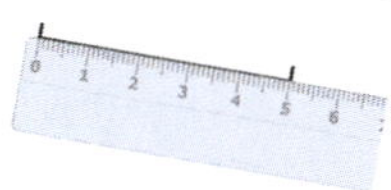	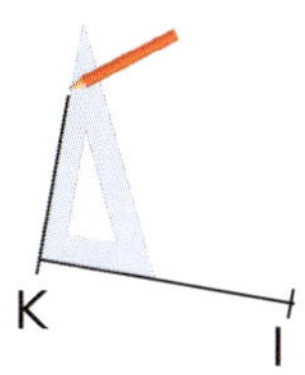 K I	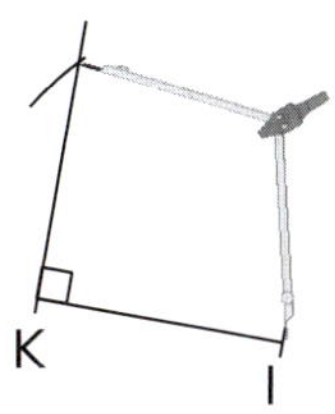 K I	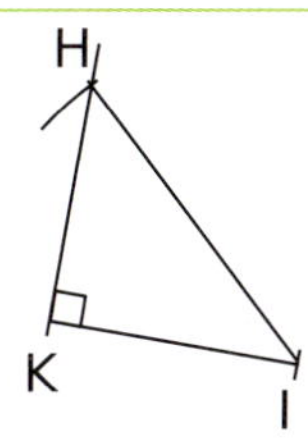 H K I
On trace un segment [KI] de longueur 5 cm.	On trace la droite perpendiculaire à (KI) passant par K.	On trace un arc de cercle de centre I et de rayon 7 cm.	Ils se coupent en H. On trace le segment [HI].

4 Quadrilatères particuliers

A Parallélogramme

Définition Un **parallélogramme** est un quadrilatère qui a ses côtés opposés parallèles 2 à 2.

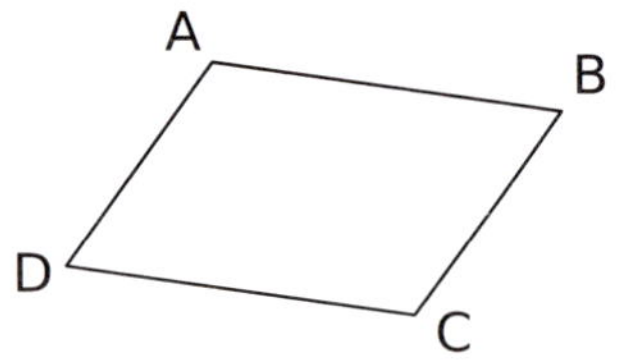

B Rectangle

Définition Un **rectangle** est un quadrilatère qui a ses 4 angles droits.

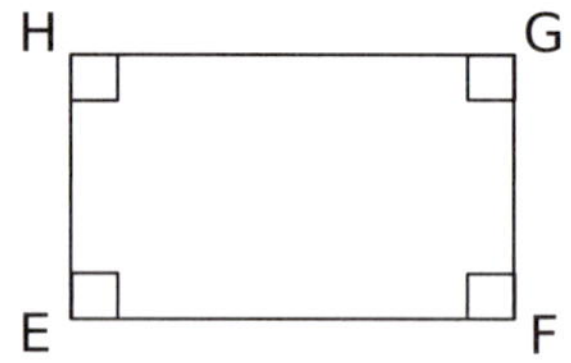

C Losange

Définition Un **losange** est un quadrilatère qui a ses 4 côtés de même longueur.

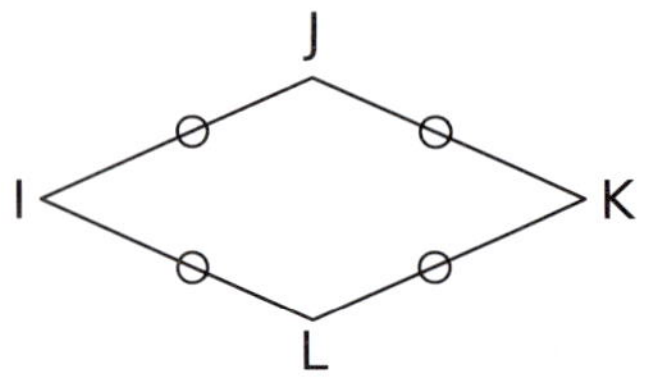

D Carré

Définition Un **carré** est un quadrilatère qui a ses 4 côtés de même longueur et ses 4 angles droits.

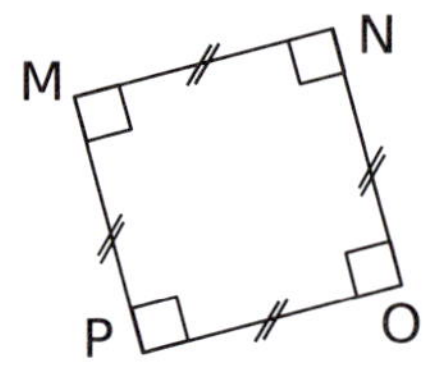

Remarques :
- Un carré, un losange et un rectangle sont des parallélogrammes particuliers.
- Un carré est à la fois un losange et un rectangle.

E Constructions

Exemple 1 : Construis un rectangle EFGH tel que EF = 12 cm et FG = 10 cm.

① 
② 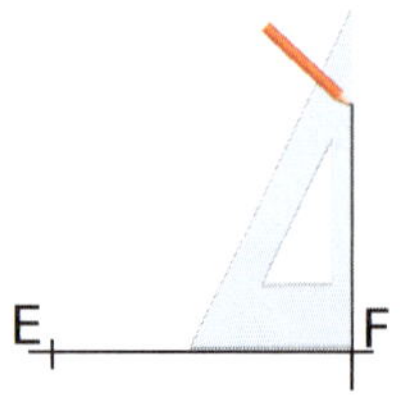
③ 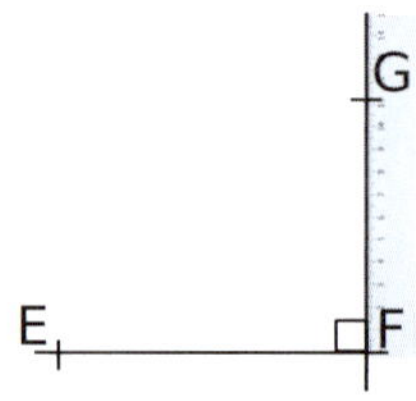
④ 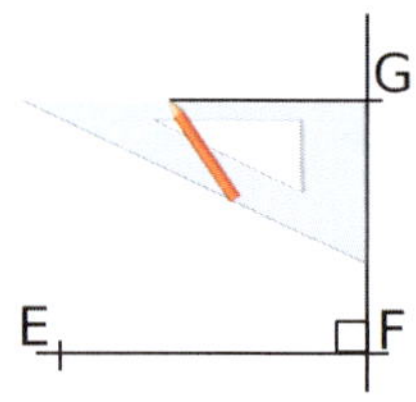
⑤ 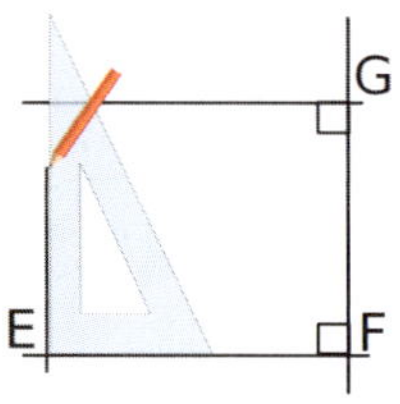
⑥ 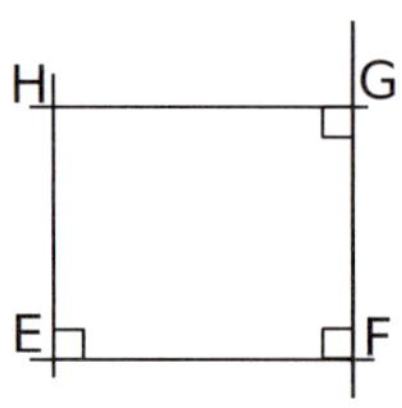

① On trace un segment [EF] de longueur 12 cm.
② On trace la perpendiculaire à ce segment en F.
③ On place un point G sur cette perpendiculaire tel que FG = 10 cm.
④ On trace la perpendiculaire à (FG) en G.
⑤ On trace la perpendiculaire à (EF) en E.
⑥ Ces deux droites se coupent en H.

Exemple 2 : Construis un losange IJKL tel que IJ = 6 cm et JL = 4,2 cm.

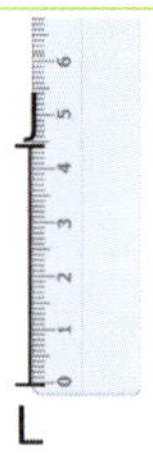

On trace un segment [JL] de longueur 4,2 cm.

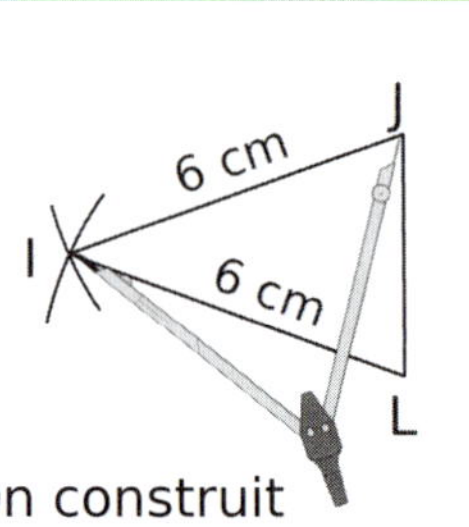

On construit un triangle IJL isocèle en I tel que IJ = IL = 6 cm.

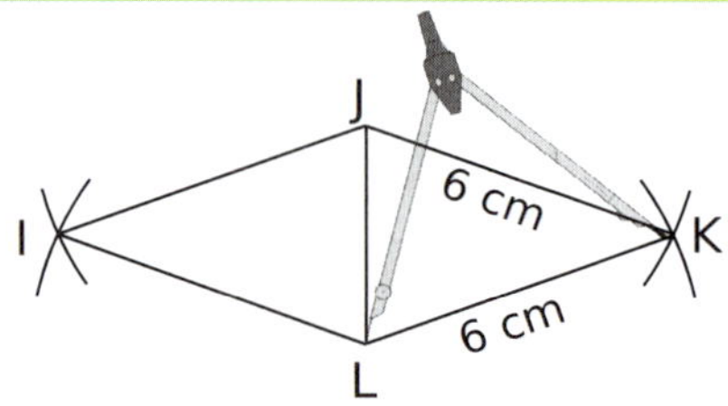

On construit le triangle JKL isocèle en K tel que JK = LK = 6 cm.

1 On considère le triangle ABC.

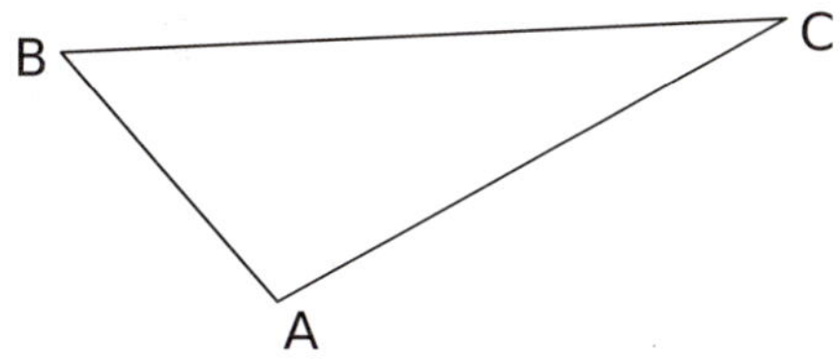

a. Quels sont ses sommets ?

....

b. Quels sont ses côtés ?

....

c. Quel est le côté opposé au sommet B ?

....

d. Quel est le sommet opposé au côté [AB] ?

....

2 On considère les triangles DEG et EFG.

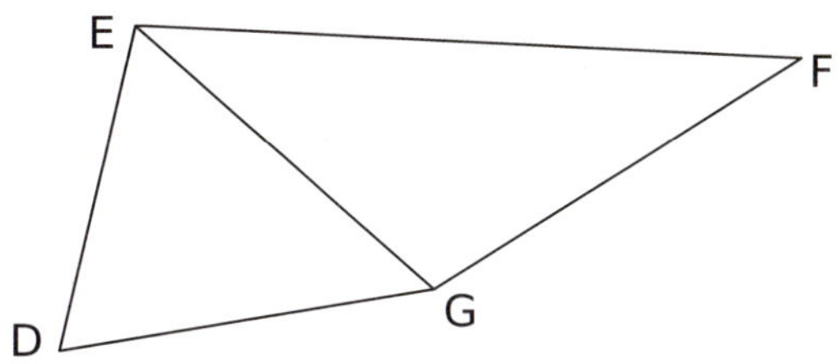

a. Quel est le côté commun à ces 2 triangles ?

....

b. Quel est le côté opposé au sommet E…

- dans le triangle DEG ? ....
- dans le triangle EFG ? ....

3 Reproduis cette figure dans le quadrillage.

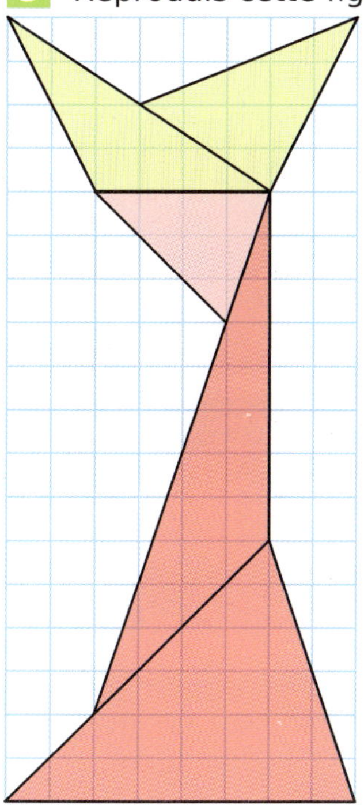

4 Termine la construction puis colorie.

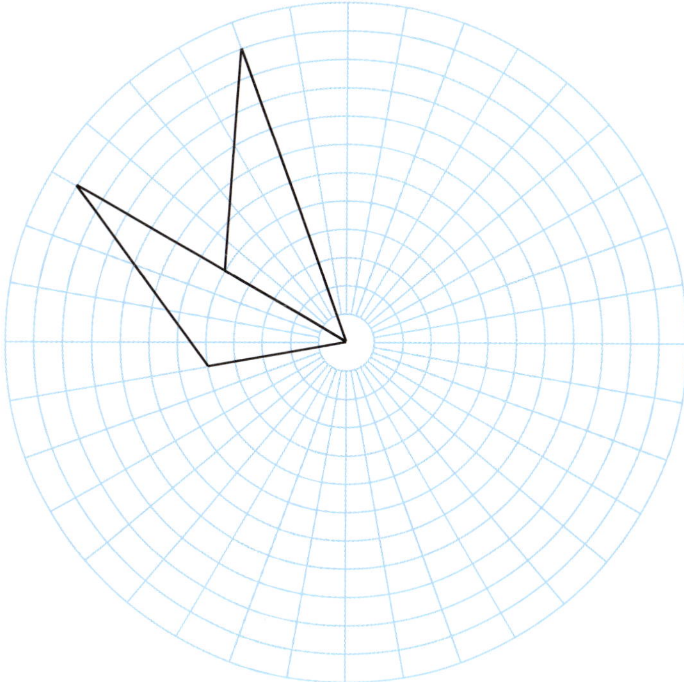

5 Numérote chaque image dans l'ordre de la construction du triangle.

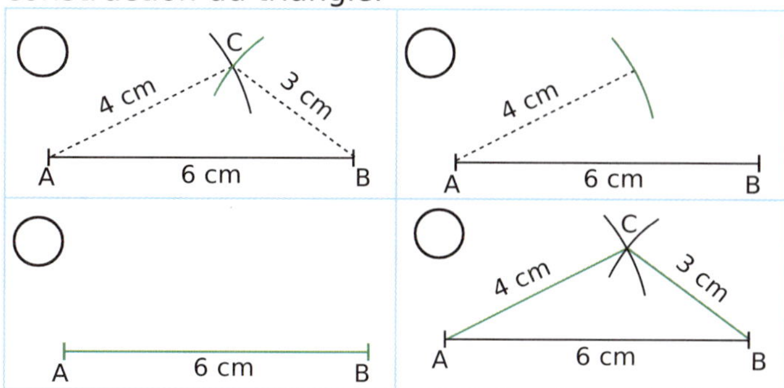

a. Décris chaque étape de cette construction.

....

....

....

....

....

....

....

....

b. Écris un programme de construction de ce triangle.

....

....

....

Fiche 2 : construire des triangles quelconques

1 Reproduis exactement chaque triangle en dessous.

a.

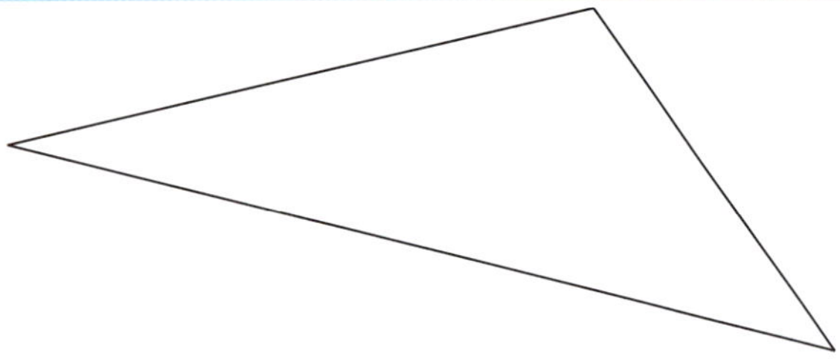

b.

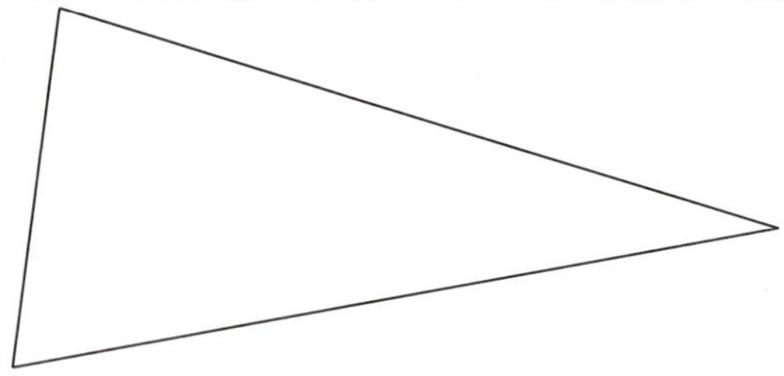

2 Les dessins suivants sont tracés à main levée. Construis chaque triangle en vraie grandeur.

a.

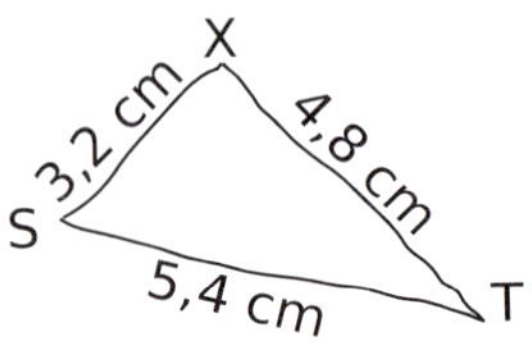

b.

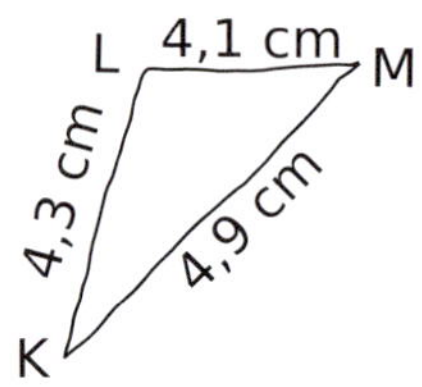

c.

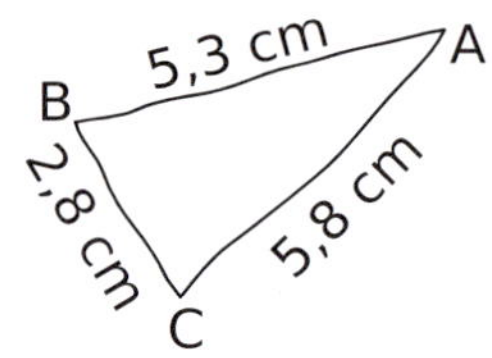

3 Construis chaque triangle.

a. Trace un triangle ABC tel que :
AB = 7 cm ; BC = 5 cm
et CA = 6 cm.

b. Trace un triangle DEF tel que :
DE = 6,2 cm ; EF = 4,8 cm
et DF = 9,1 cm.

c. Trace un triangle GHI tel que :
GH = 7,5 cm ; HI = 5,1 cm
et GI = 5,6 cm.

d. Trace un triangle JKL tel que :
JK = 5,8 cm ; LK = 5 cm
et JL = 4 cm.

1 Classe les triangles suivants dans le tableau.

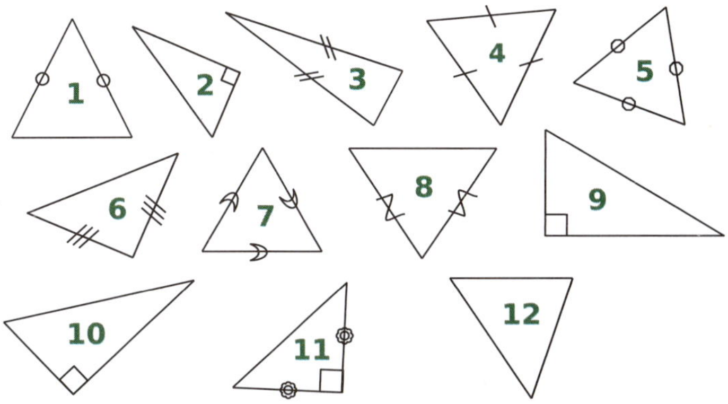

quelconque	isocèle	rectangle	équilatéral

2 *Identification*

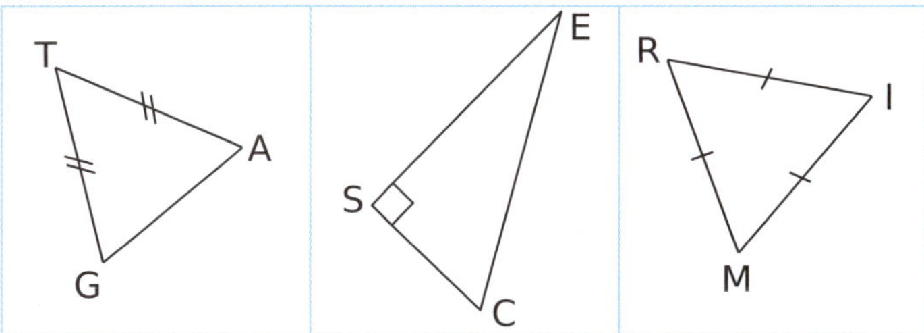

a. Quelle est la nature du triangle TAG ? Justifie.

....

....

....

b. Quelle est la base et quel est le sommet principal du triangle TAG ?

....

....

c. Quelle est la nature du triangle SEC ? Justifie.

....

....

....

d. Quelle est l'hypoténuse du triangle SEC ?

....

e. Quelle est la nature du triangle MIR ? Justifie.

....

....

....

3 *Identification dans une figure complexe*

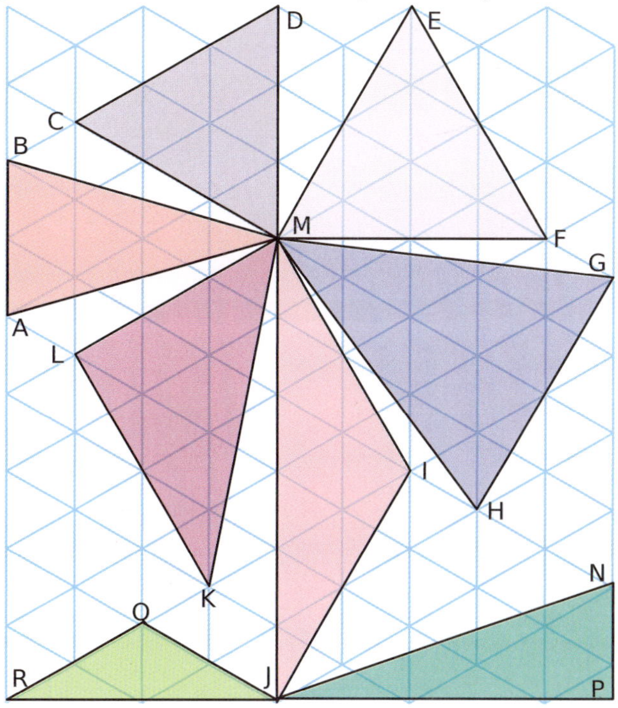

a. Nomme tous les triangles équilatéraux tracés.

....

b. Nomme tous les triangles rectangles tracés.

....

c. Nomme tous les triangles isocèles tracés.

....

4 Tu dois expliquer à Julie, au téléphone, comment tracer les trois triangles suivants.
Rédige ce que tu lui dis.

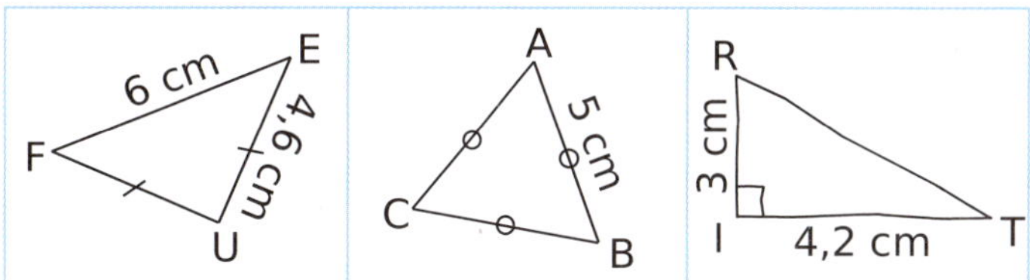

Fig. 1 Fig. 2 Fig. 3

Fig. 1 : ....

....

....

Fig. 2 : ....

....

Fig. 3 : ....

....

....

Fiche 4 : construire des triangles particuliers (1)

1 Reproduis chaque triangle ci-dessous, en respectant les dimensions et les codages indiqués.

a.

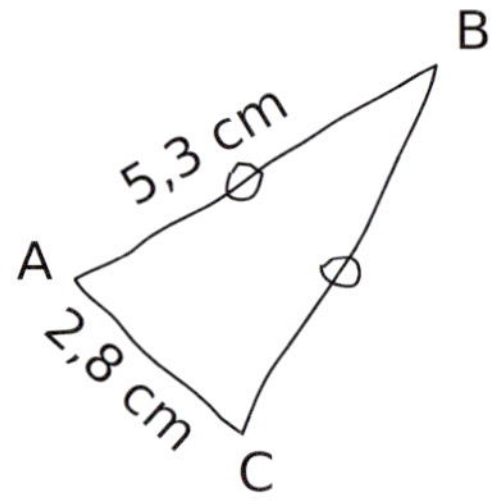

b.

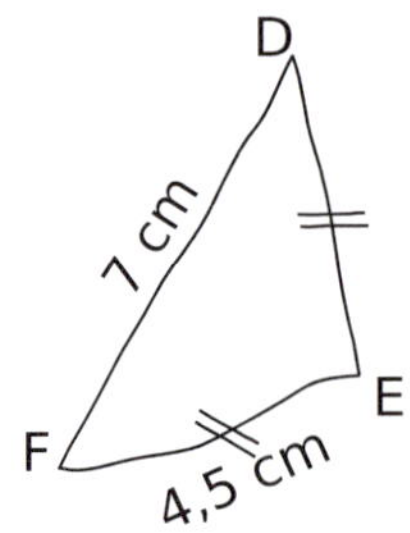

c.

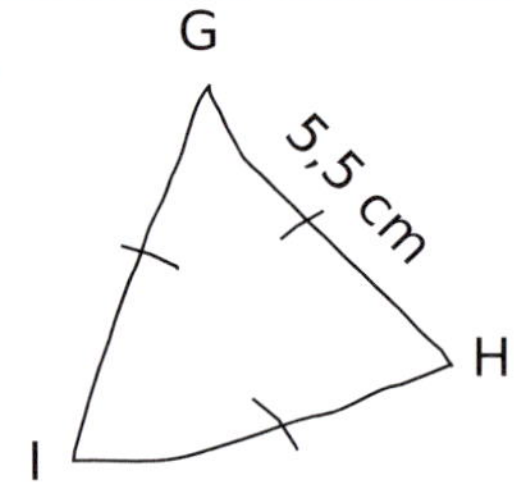

2 On considère un triangle isocèle, dont deux côtés mesurent 3,5 cm et 5 cm.

a. Quelle(s) est (sont) la (les) longueur(s) possible(s) du 3e côté ?

....

b. Construis le(s) triangle(s) correspondant(s) ci-contre.

3 Dans chaque cas ci-dessous, trace une figure à main levée codée, puis une figure en vraie grandeur.

a. Un triangle JKL, isocèle en J, tel que : KL = 4,3 cm et KJ = 5,2 cm.		**b.** Un triangle MNP, isocèle en N, tel que : NP = 3 cm et MP = 4 cm.		**c.** Un triangle QRS équilatéral, de côté 4 cm.	

1 Reproduis chaque triangle rectangle ci-dessous, en respectant les dimensions indiquées.

a.

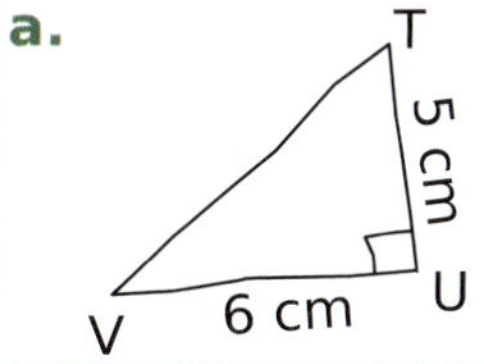

b.

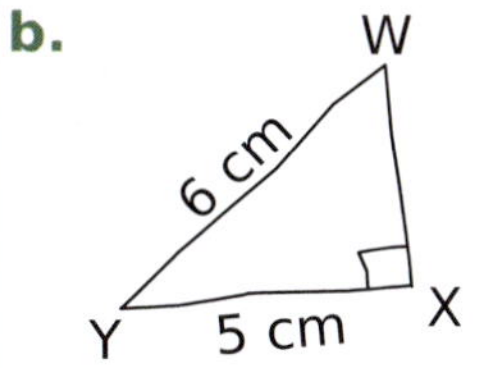

a.

b.

2 *Triangles en cascade*

- ABC est un triangle équilatéral de côté 9 cm.
- Place le point A_1 sur le côté [AB], à 1 cm de A.
  Place le point B_1 sur le côté [BC], à 1 cm de B.
  Place le point C_1 sur le côté [CA], à 1 cm de C.
  Trace le triangle $A_1B_1C_1$.
- Procède de même en partant de $A_1B_1C_1$.
- Continue jusqu'à ce que le dernier triangle ait des côtés de longueur inférieure à 1 cm.
- Colorie.

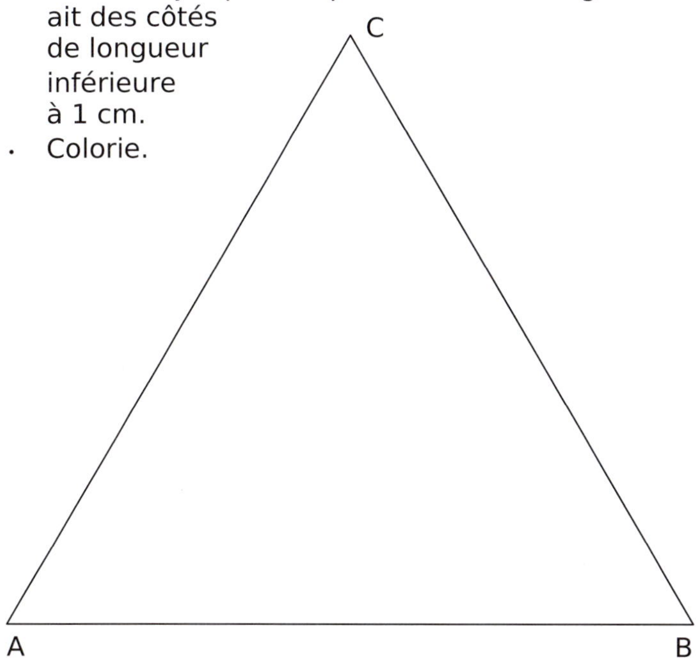

3 Sur la figure ci-contre,

- ABC est un triangle équilatéral tel que AB = 5 cm ;
- ACD est un triangle isocèle en A.

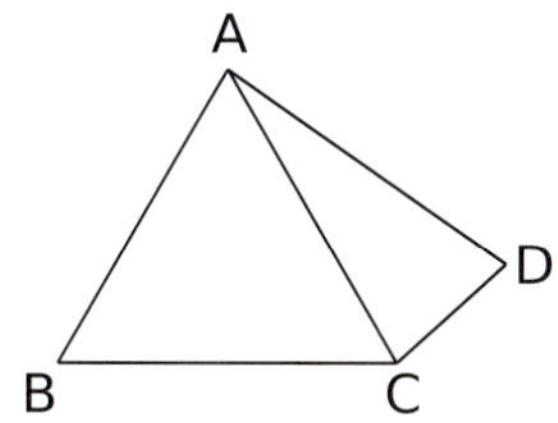

a. Quelle est la longueur du segment [AD] ? Justifie.

....

....

....

....

....

....

b. Quelle est la nature du triangle ABD ? Justifie.

....

....

....

....

4 Voici les trois étapes d'une construction. Écris un énoncé correspondant à chaque étape.

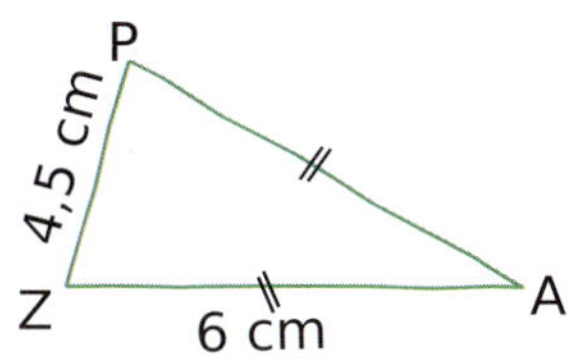

Étape 1 : ....

....

....

....

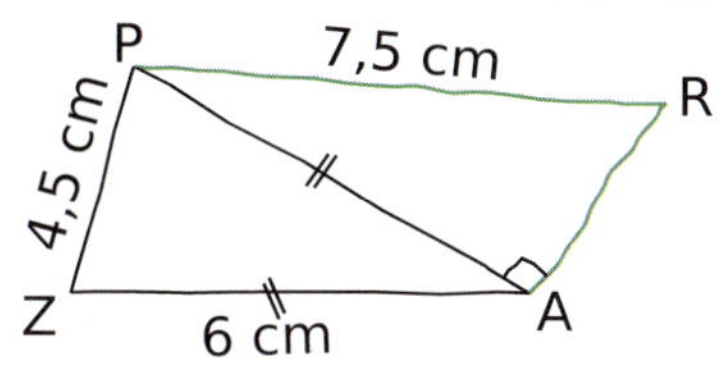

Étape 2 : ....

....

....

....

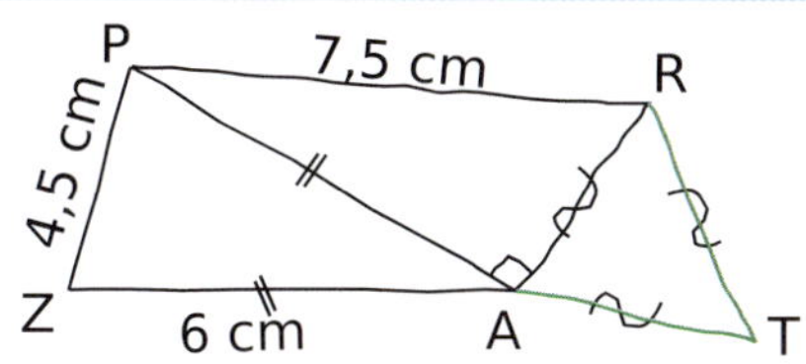

Étape 3 : ....

....

....

....

1 *Des points aux quadrilatères*

a. Trace...
- en **bleu**, le quadrilatère LOUP ;
- en **vert**, le quadrilatère CERF ;
- en **rouge**, le quadrilatère DAIM.

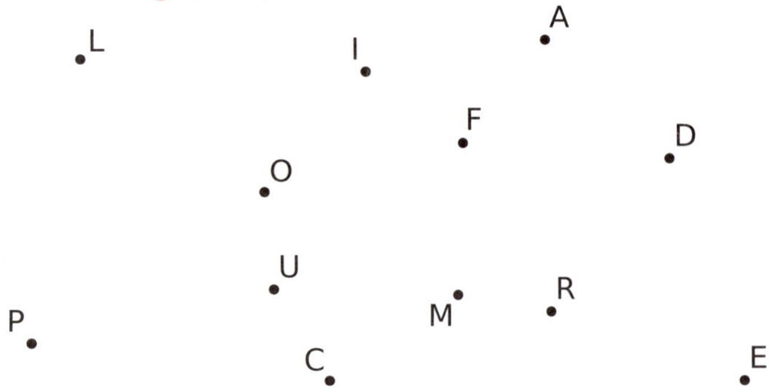

b. Quelles sont les diagonales...
- du quadrilatère LOUP ? ....
- du quadrilatère CERF ? ....
- du quadrilatère DAIM ? ....

2 On considère les points F, A, O et N.

a. Dans chaque cas, trace le quadrilatère indiqué.

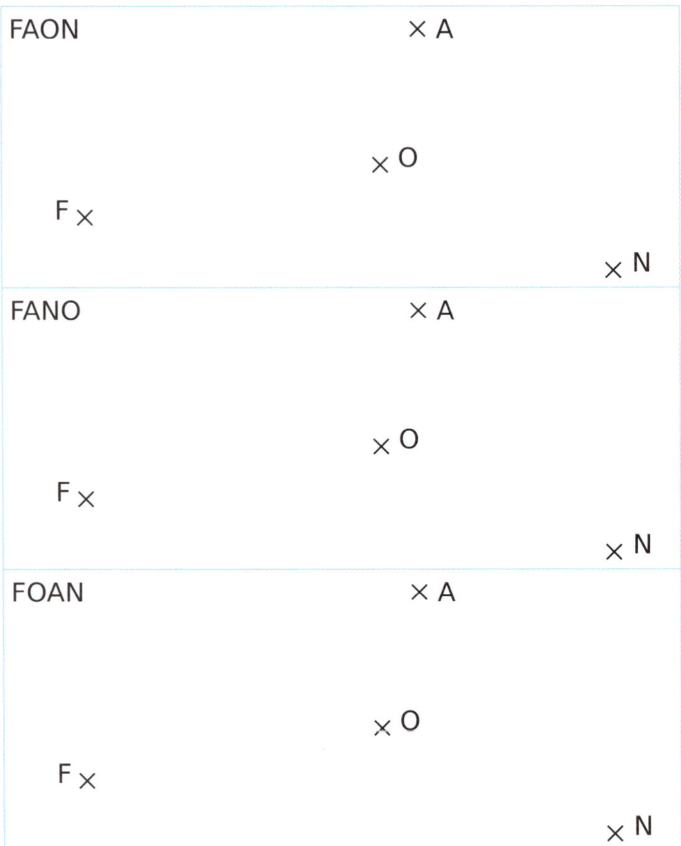

b. Quelles sont les diagonales...
- du quadrilatère FAON ? ....
- du quadrilatère FANO ? ....
- du quadrilatère FOAN ? ....

3 On considère le quadrilatère suivant.

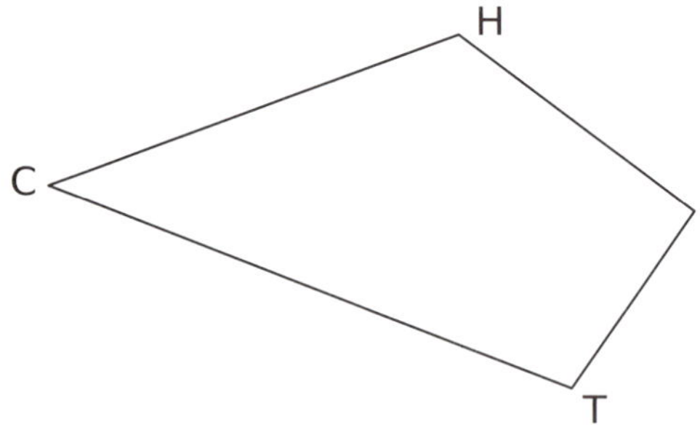

a. Parmi les noms proposés pour le quadrilatère ci-dessus, entoure ceux qui sont corrects.

CHAT CHTA TCHA TAHC ACHT HACT

b. Quelles sont ses diagonales ? Trace-les en bleu.

....

c. Quel est le côté opposé au côté [HA] ?

....

d. Quels sont les côtés consécutifs au côté [CT] ?

....

e. Quel est le sommet opposé au sommet C ?

....

f. Quels sont les sommets consécutifs à T ?

....

4 **Géométrie Dynamique**

a. Effectue la construction suivante.
- Trace un quadrilatère ABCD.
- Prolonge les côtés [AB] et [CD] sécants en E, et les côtés [AD] et [BC] sécants en F.
- Trace les diagonales [AC], [BD] et [EF] en bleu.
- Construis les milieux G, H et I de chacune de ces diagonales.

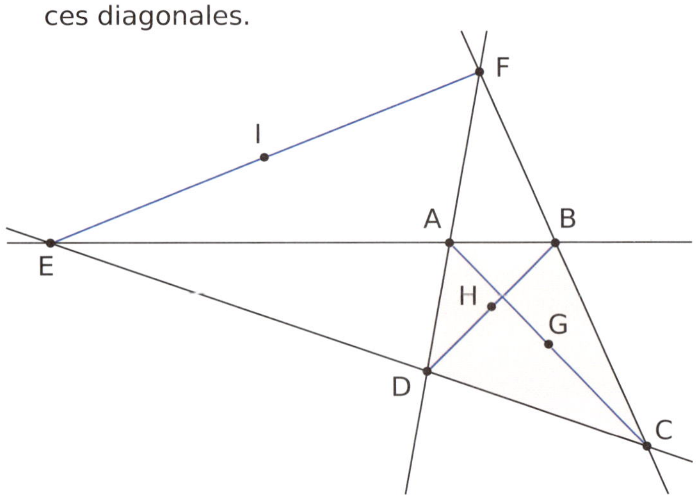

b. Que dire des points G, H et I ?
Vérifie à l'aide du logiciel.

....

1 On considère l'octogone régulier suivant.

a. Colorie...

- les trois carrés en bleu ;
- les deux losanges en vert ;
- les deux rectangles en rouge ;
- les deux parallélogrammes en orange.

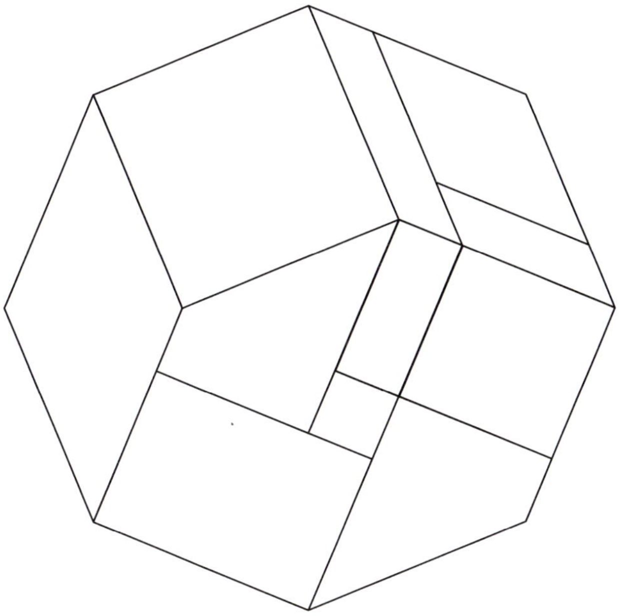

b. Quelle semble être la nature des deux quadrilatères non coloriés ?

....

2 Justifie chacune de tes réponses.

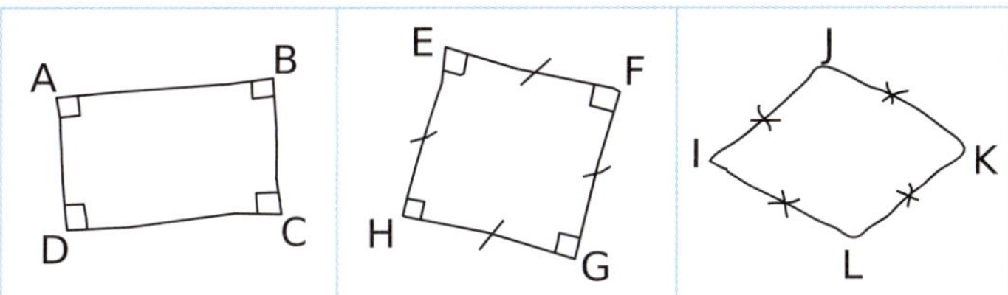

a. Quelle est la nature du quadrilatère ABCD ?

....

....

....

b. Quelle est la nature du quadrilatère EFGH ?

....

....

....

c. Quelle est la nature du quadrilatère IJKL ?

....

....

....

3 Tu dois expliquer à Amina, au téléphone, comment tracer chacune des trois figures suivantes. Rédige ce que tu lui dis.

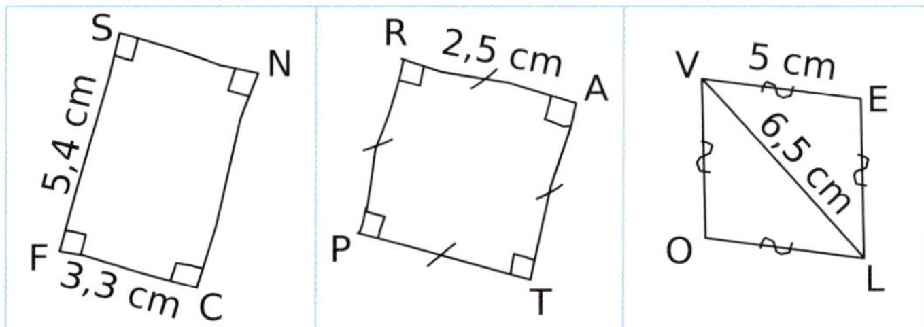

Fig. 1 Fig. 2 Fig. 3

Fig. 1 : ....

....

....

Fig. 2 : ....

....

Fig. 3 : ....

....

....

4 Reproduis exactement chaque losange.

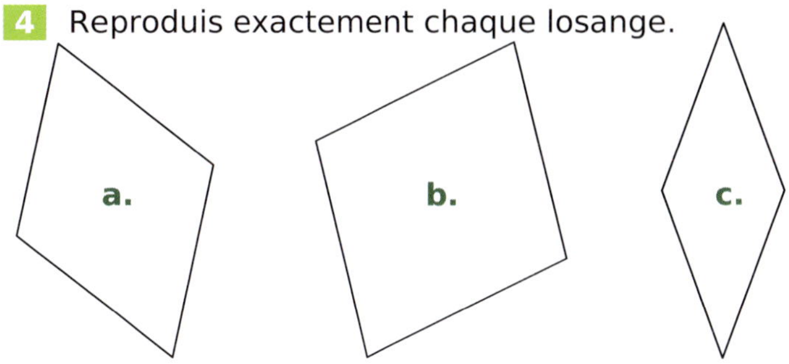

5 Construis deux losanges différents de côté 2,7 cm.

Fiche 8 : construire des quadrilatères particuliers (2)

1 Reproduis chaque quadrilatère ci-dessous, en respectant les dimensions et les codages indiqués.

a.

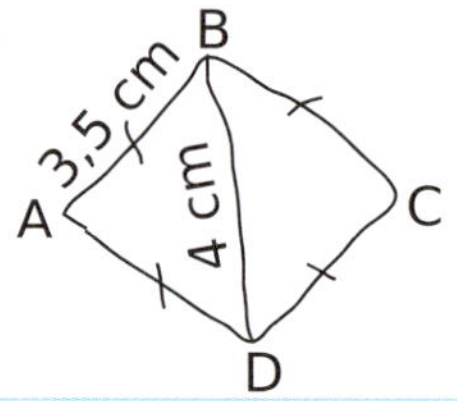

b.

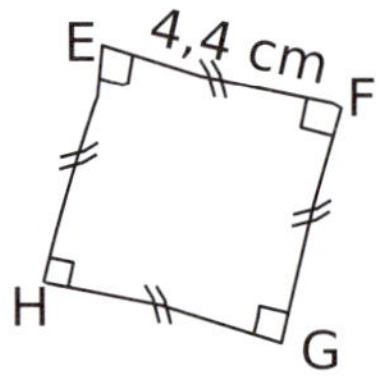

c.

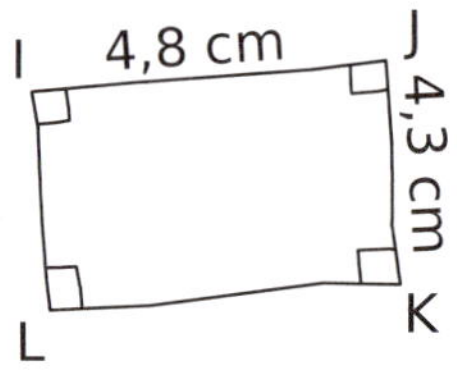

d.

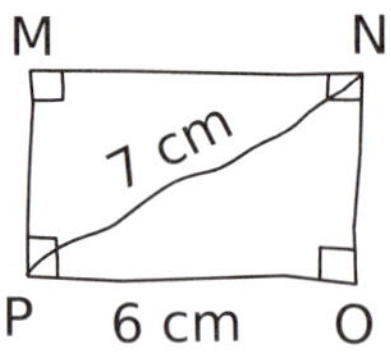

a.

b.

c.

d.

2 RIEN est un rectangle, VERT est un carré et CANE est un losange.

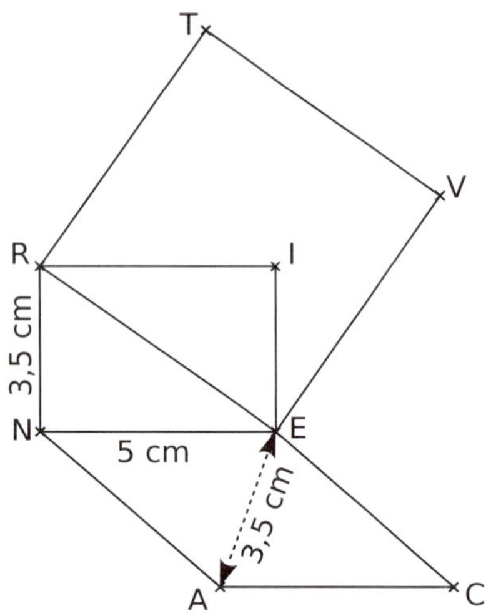

a. Écris ci-dessous un programme de construction de cette figure.

....

....

....

....

....

....

....

b. Reproduis cette figure ci-dessous, en respectant les mesures.

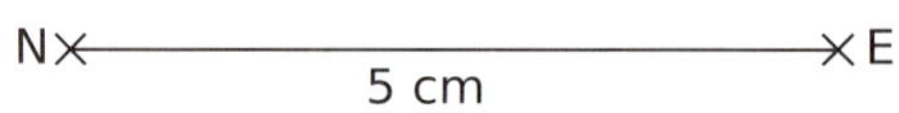

Construis chacune de ces figures en vraie grandeur sur une feuille blanche.

a.

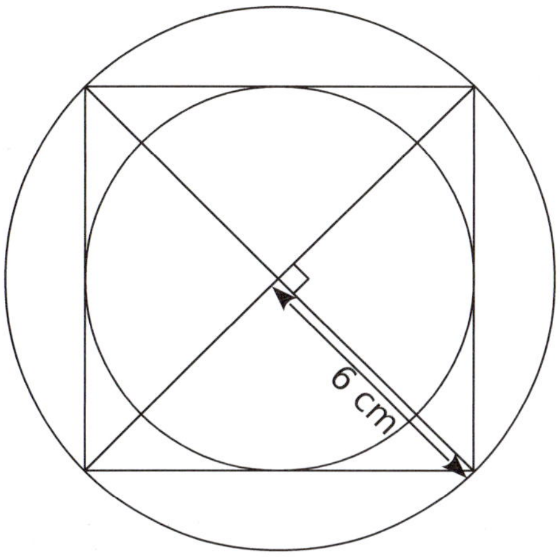

b.

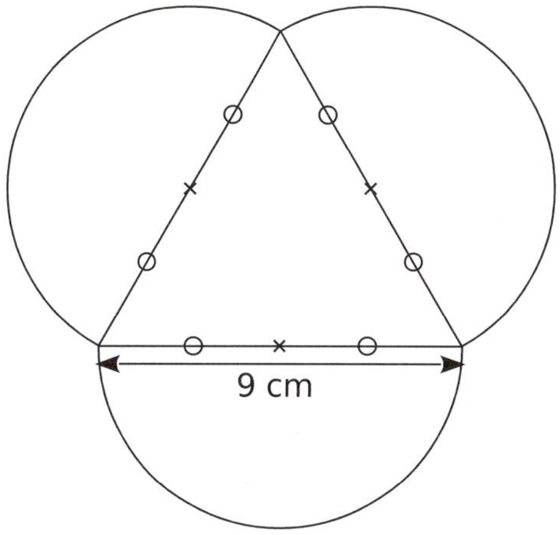

c. Tous les triangles sont rectangles.
Les petits triangles sont tous identiques.

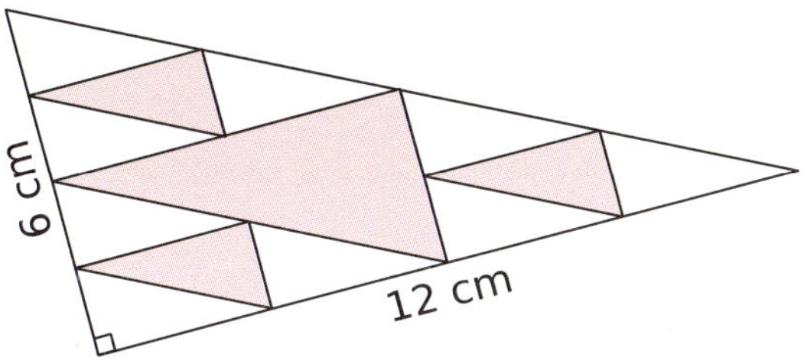

d.

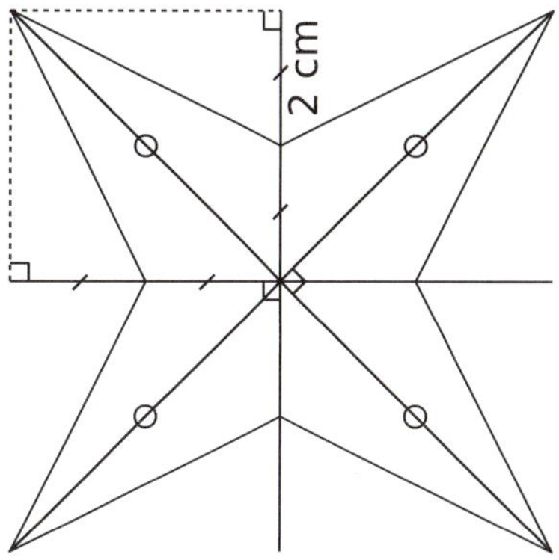

e. Les côtés du carré sont partagés équitablement en quatre.

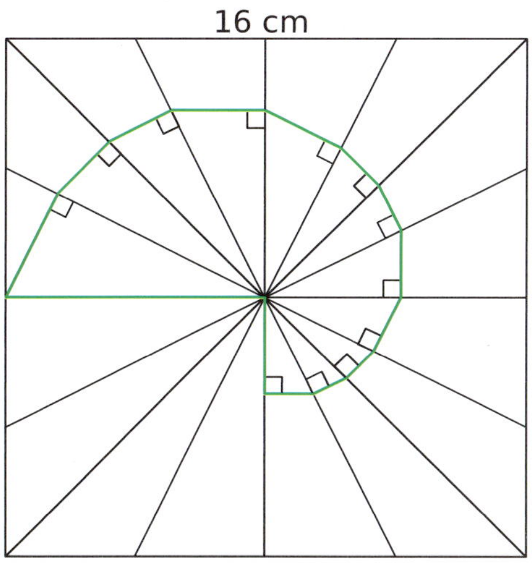

f. Étoile de Pompéi :
Trace d'abord l'hexagone régulier du centre puis poursuis la construction, sachant que les polygones sont des carrés, des losanges et des triangles équilatéraux.

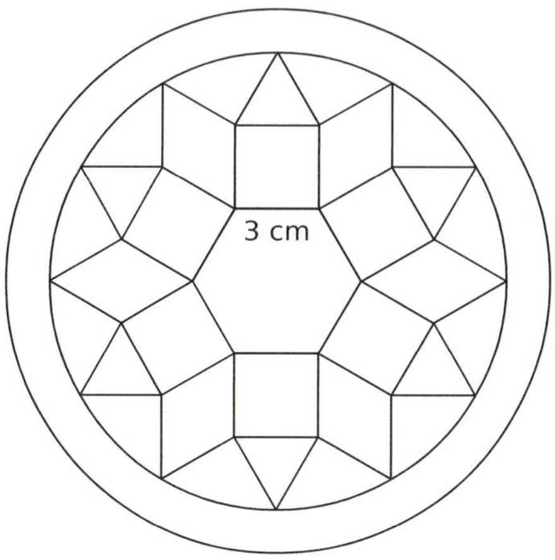

g.

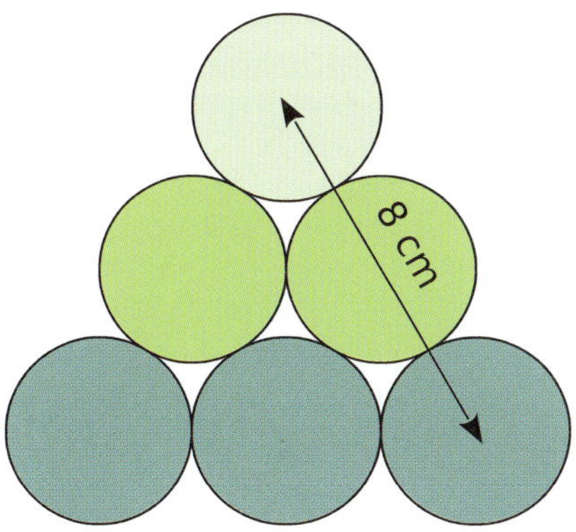

h. Tu prendras 3 cm pour rayon de chaque cercle.

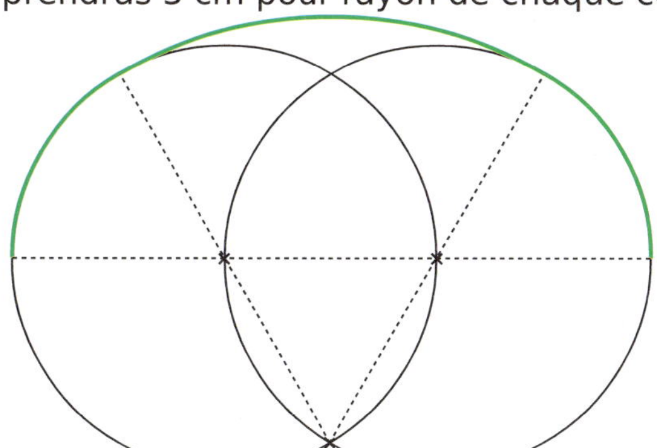

G6 Symétrie axiale

g5.re/p4q

g5.re/4r3

g5.re/83f

1 Figures symétriques

Définitions Deux figures sont **symétriques** par rapport à une droite si elles se superposent par pliage le long de cette droite appelée l'**axe de symétrie**.

Exemple :

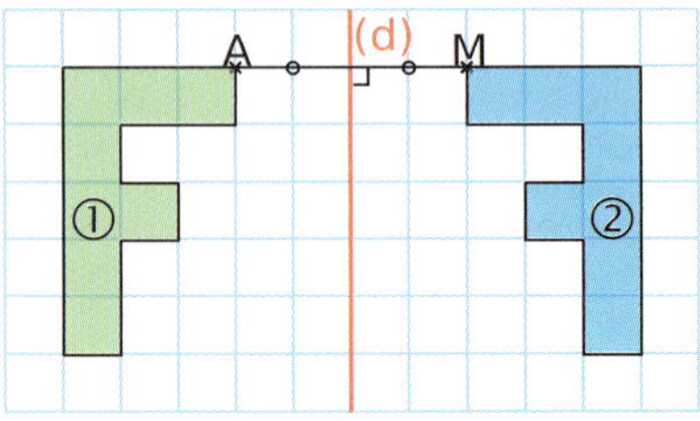

Les figures ① et ② se superposent par pliage le long de la droite (d) donc elles sont symétriques par rapport à la droite (d).
On dit également que la figure ② est le symétrique de la figure ① dans la symétrie axiale d'axe (d).

Deux points sont symétriques par rapport à une droite s'ils se superposent par pliage le long de cette droite.
Ici, les points A et M sont symétriques par rapport à la droite (d).

2 Symétrique d'un point

Définition Le **symétrique d'un point** A par rapport à une droite (d) est le point M tel que la droite (d) soit la médiatrice du segment [AM] (tel que (d) soit la perpendiculaire au segment [AM] en son milieu).

Exemple : Construis le point S, symétrique du point P par rapport à la droite (d).

▶ **Dans un quadrillage**

- Axe de symétrie horizontal ou vertical

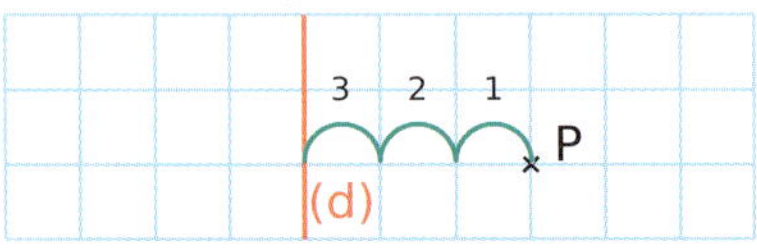

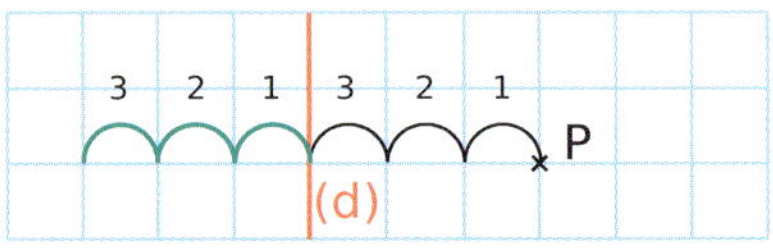

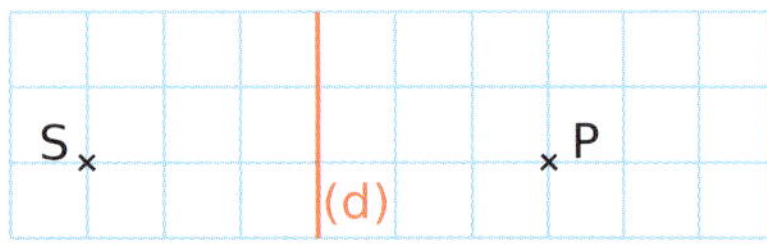

- Axe de symétrie en diagonale

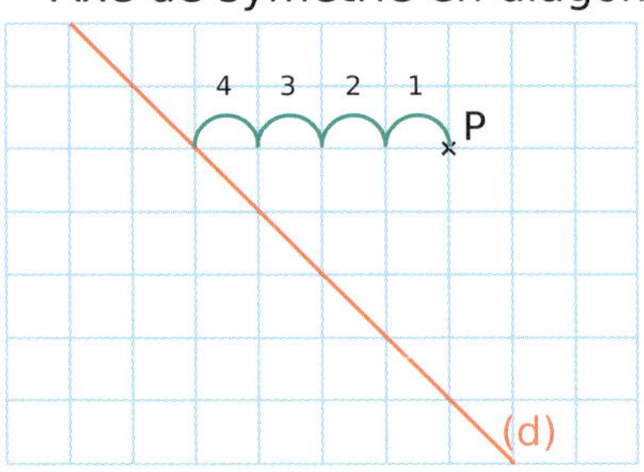

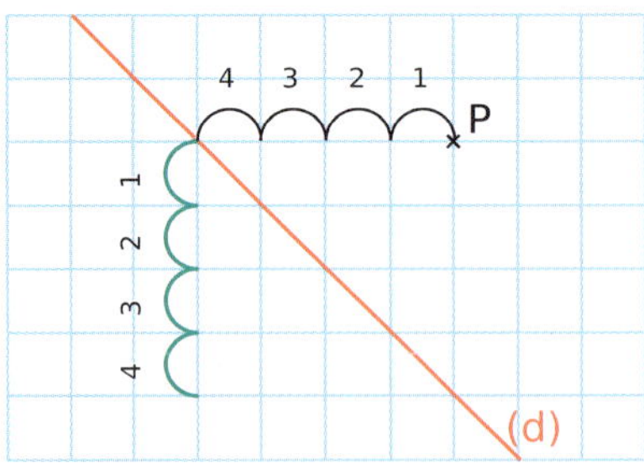

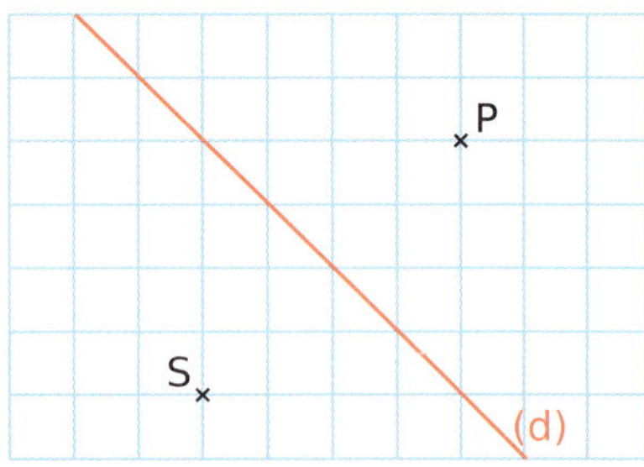

Remarques :

- On peut également compter les carreaux en diagonale.
- Si un point appartient à l'axe de symétrie, alors son symétrique est le point lui-même.

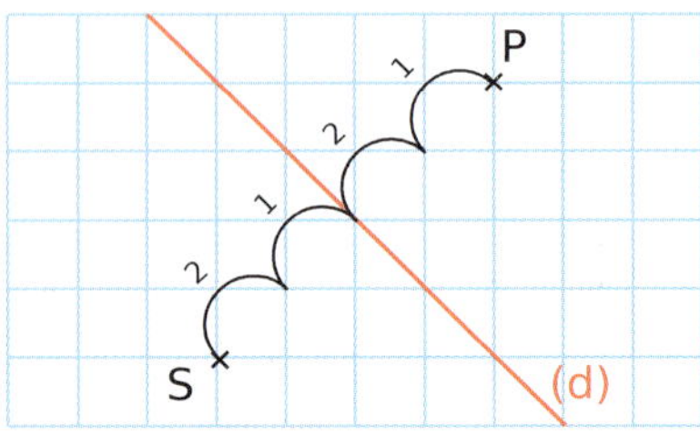

▶ **Avec l'équerre et la règle graduée**

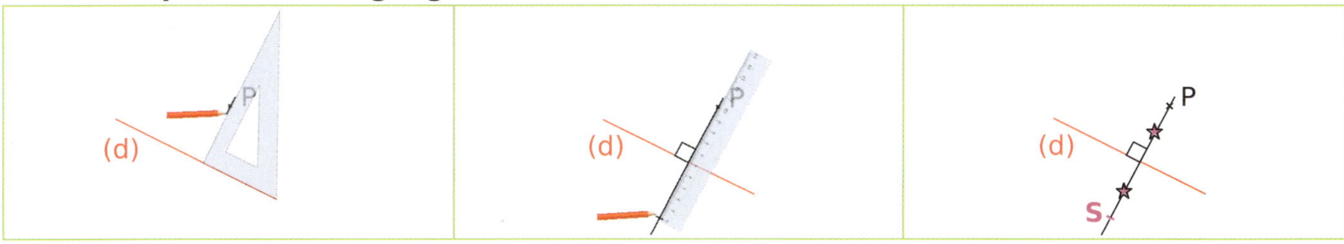

▶ **Avec le compas (1)**

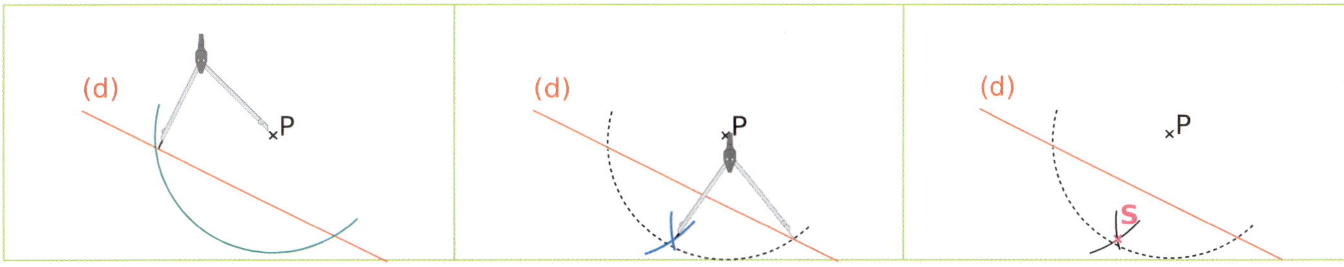

▶ **Avec le compas (2) : quand on a beaucoup de symétriques à construire**

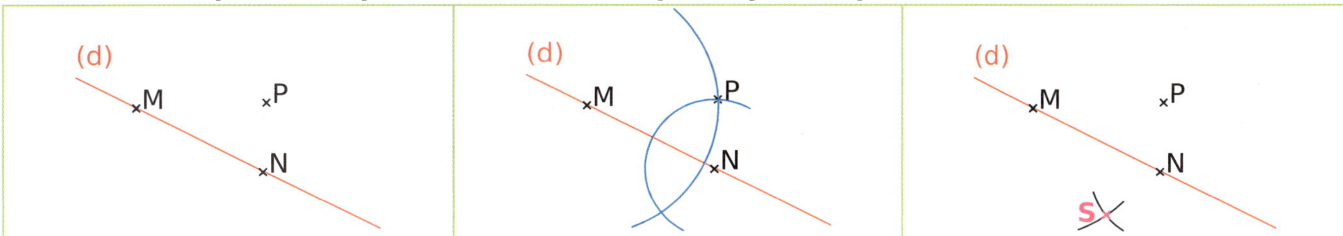

3 Propriétés de la symétrie axiale

Propriété 1 ***Symétrique d'une droite***

Le symétrique d'une droite par rapport à un axe est **une droite**.
La symétrie axiale **conserve l'alignement**.

Propriété 2 ***Symétrique d'un segment***

Le symétrique d'un segment par rapport à un axe est **un segment de même longueur**. La symétrie axiale **conserve les longueurs**.

Remarque : Le symétrique du milieu d'un segment est le milieu du segment symétrique.

Propriété 3 ***Symétrique d'un cercle***

Le symétrique d'un cercle par rapport à un axe est **un cercle de même rayon**.
Les centres des cercles sont symétriques par rapport à cet axe.

Exemples :

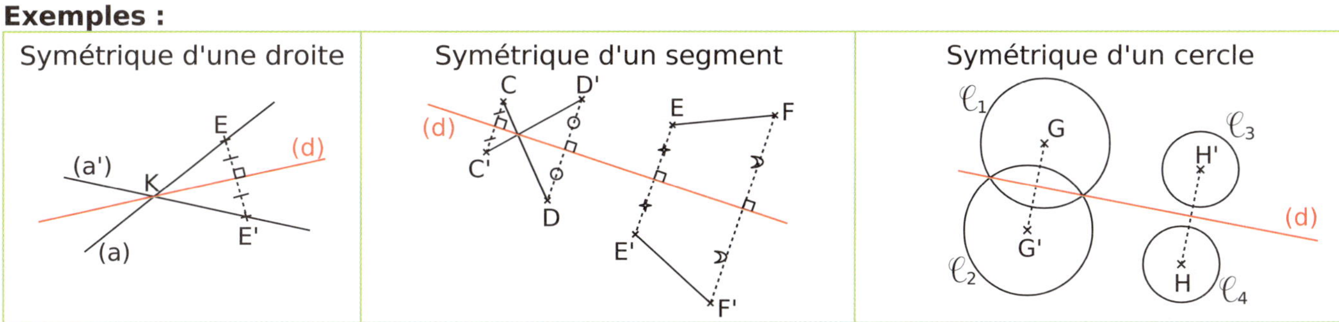

Propriété 4 La symétrie axiale **conserve les mesures des angles, les périmètres et les aires**.

Propriété 5 Pour construire le symétrique d'une figure complexe, on la décompose en **figures usuelles** et on construit le symétrique de chacune d'elles.

Fiche 1 : utiliser la définition de la symétrie axiale

1 Entoure la lettre quand la figure bleue est symétrique de la figure verte par rapport à la droite rouge.

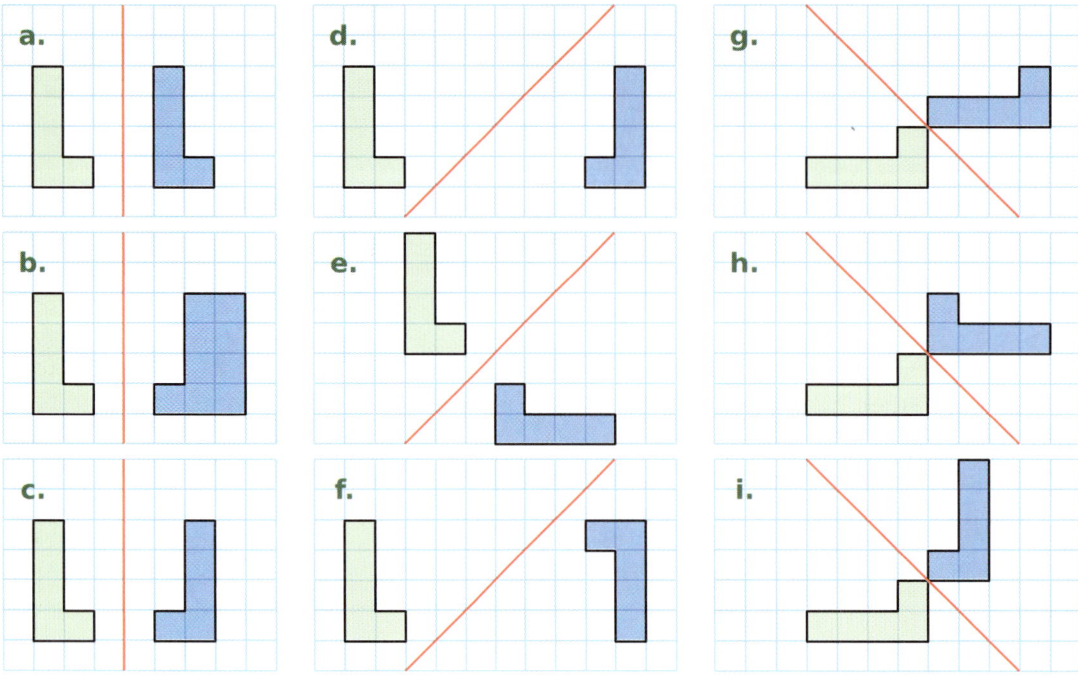

2 *Triangles fous !*

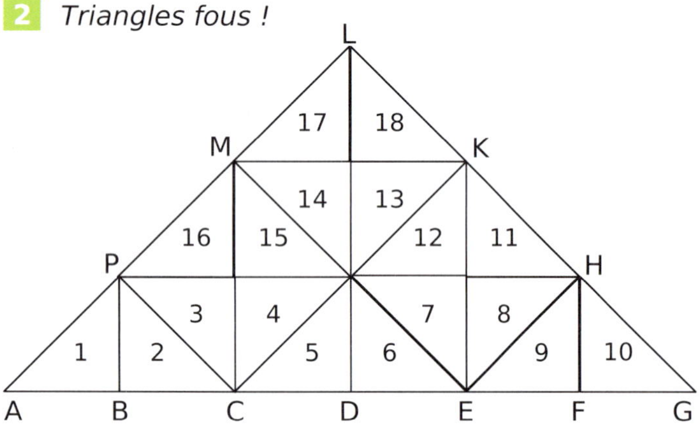

a. Colorie en **bleu** le symétrique du triangle 3 par rapport à la droite (PH).

b. Colorie en **vert** le symétrique du triangle 10 par rapport à la droite (KE).

c. Colorie en **rouge** le symétrique du triangle 6 par rapport à la droite (ME).

d. Colorie en **gris** le symétrique du triangle 11 par rapport à la droite (CK).

e. Complète les phrases.

- Les triangles 2 et 9 sont symétriques par rapport à la droite (..........).
- Les triangles 8 et 17 sont symétriques par rapport à la droite (..........).

3 Décode la phrase en remplaçant chaque lettre par son symétrique par rapport à (d).

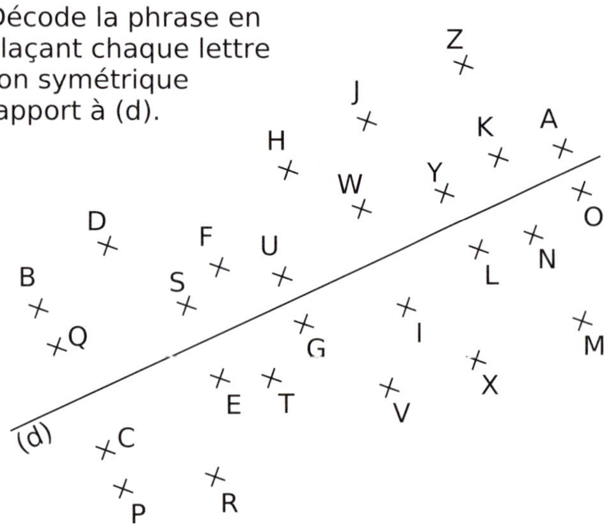

« YSE ZOFVE Q'SEF Y'SKUDOWE RS

....

Y'WKFSYYWUSKQS. »

4 Quel semble être le symétrique de chacun des points par rapport à la droite indiquée dans le tableau ? Complète-le.

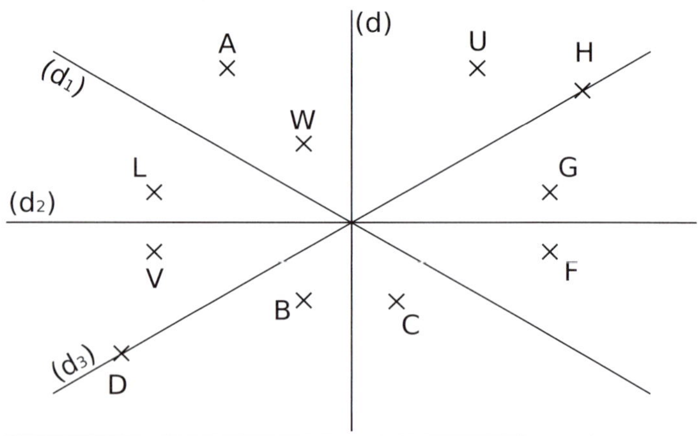

Point	G	U	A	L	H	W
Droite	(d)	(d)	(d_1)	(d_2)	(d_3)	(d_3)
Symétrique						

1 Dans chaque cas ci-dessous, construis le symétrique de chaque point par rapport à la droite (d).

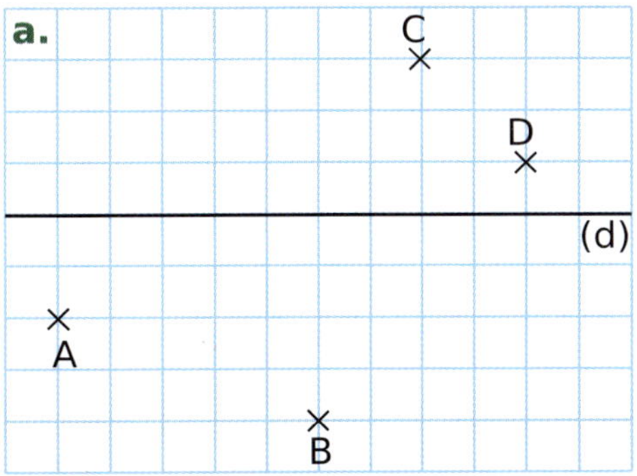

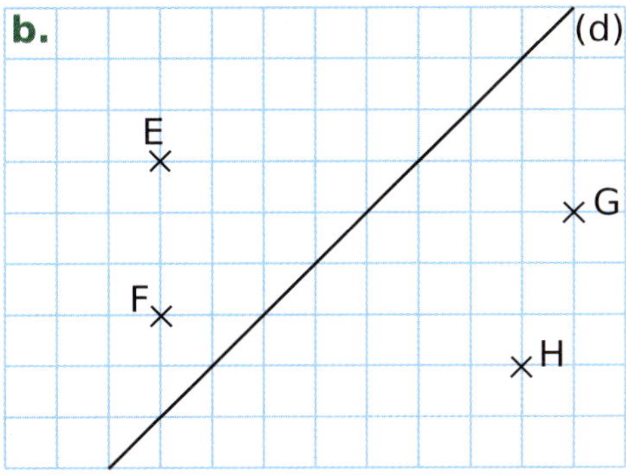

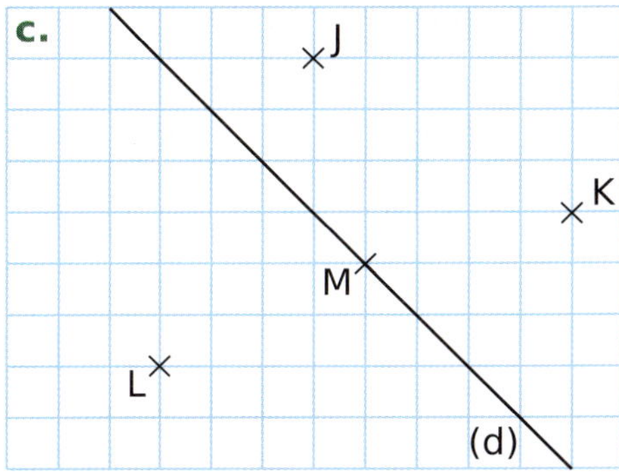

2 Sur la figure ci-dessous...

a. construis les points A' et B', symétriques respectifs des points A et B par rapport à la droite (d') ;

b. construis les points C_1 et D_1, symétriques respectifs des points C et D par rapport à la droite (d_1) ;

c. construis les points E_2 et F_2, symétriques respectifs des points E et F par rapport à la droite (d_2).

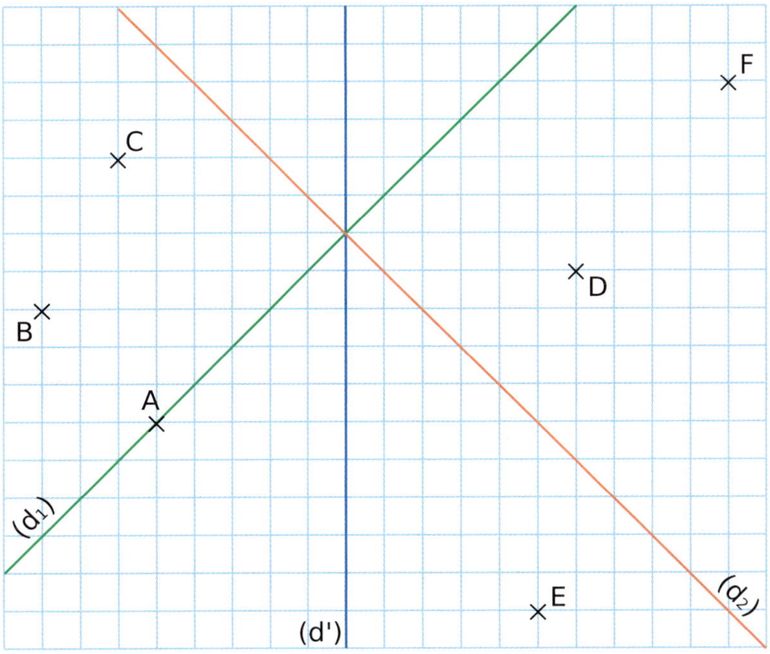

3 Construis le symétrique de la figure par rapport à la droite rouge.

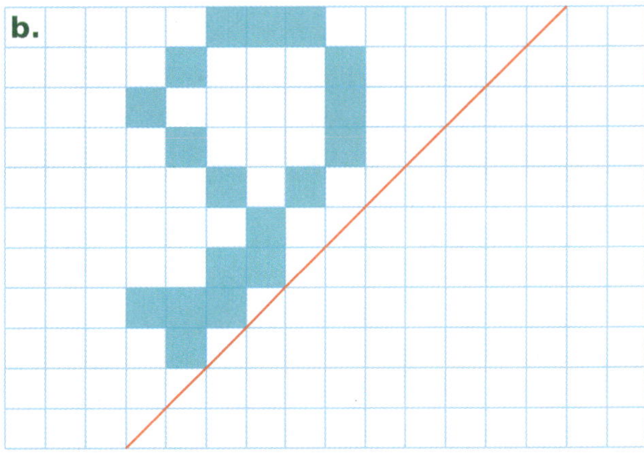

4 Construis le symétrique de chaque figure ci-dessous par rapport à la droite rouge.

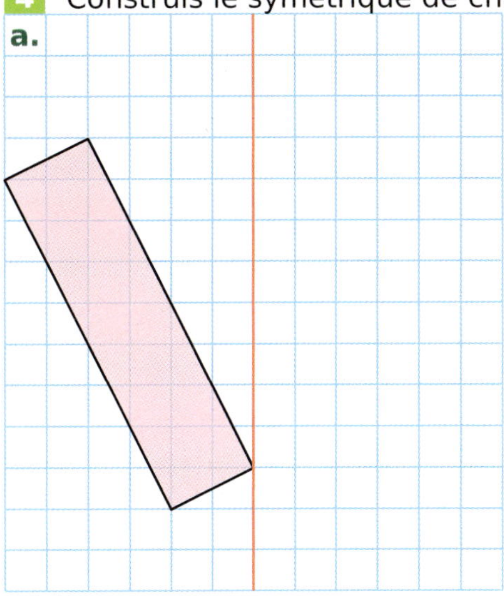

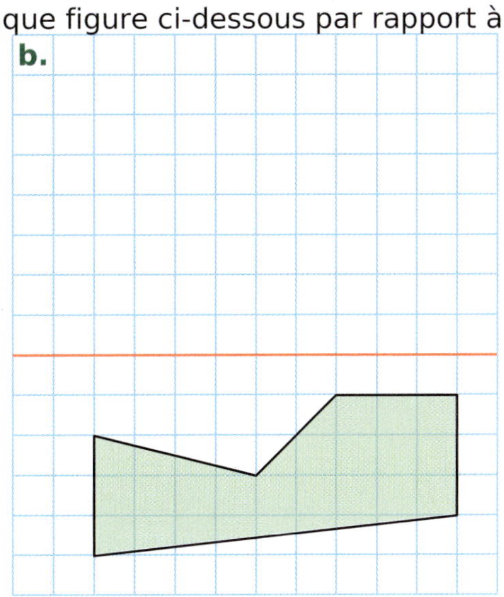

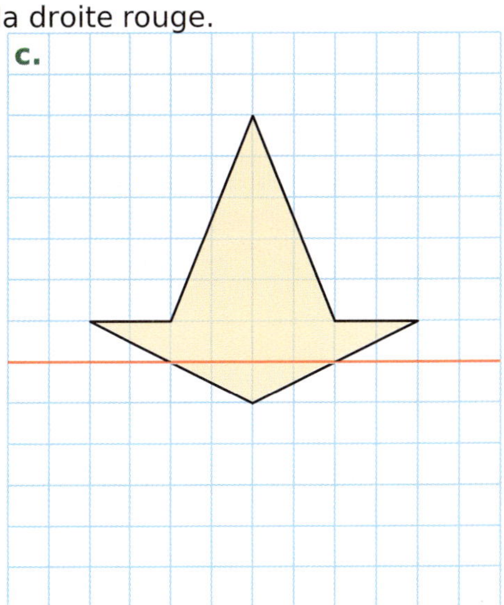

Fiche 3 : construire des symétriques dans un quadrillage (2)

1 Construis le symétrique de chaque figure ci-dessous par rapport à la droite rouge.

2 Même énoncé qu'à l'exercice précédent.

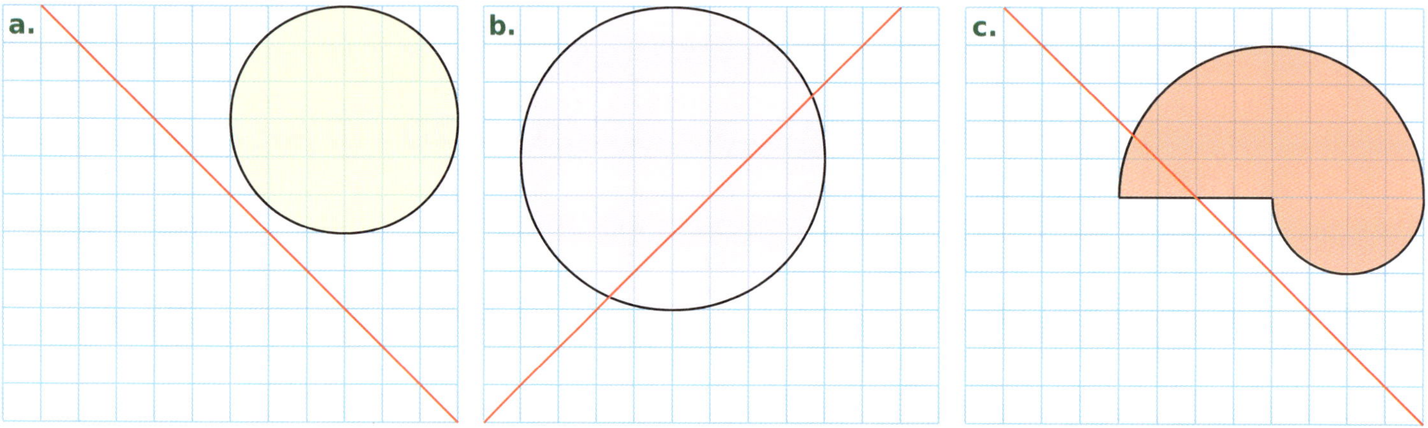

3 Même énoncé qu'à l'exercice précédent.

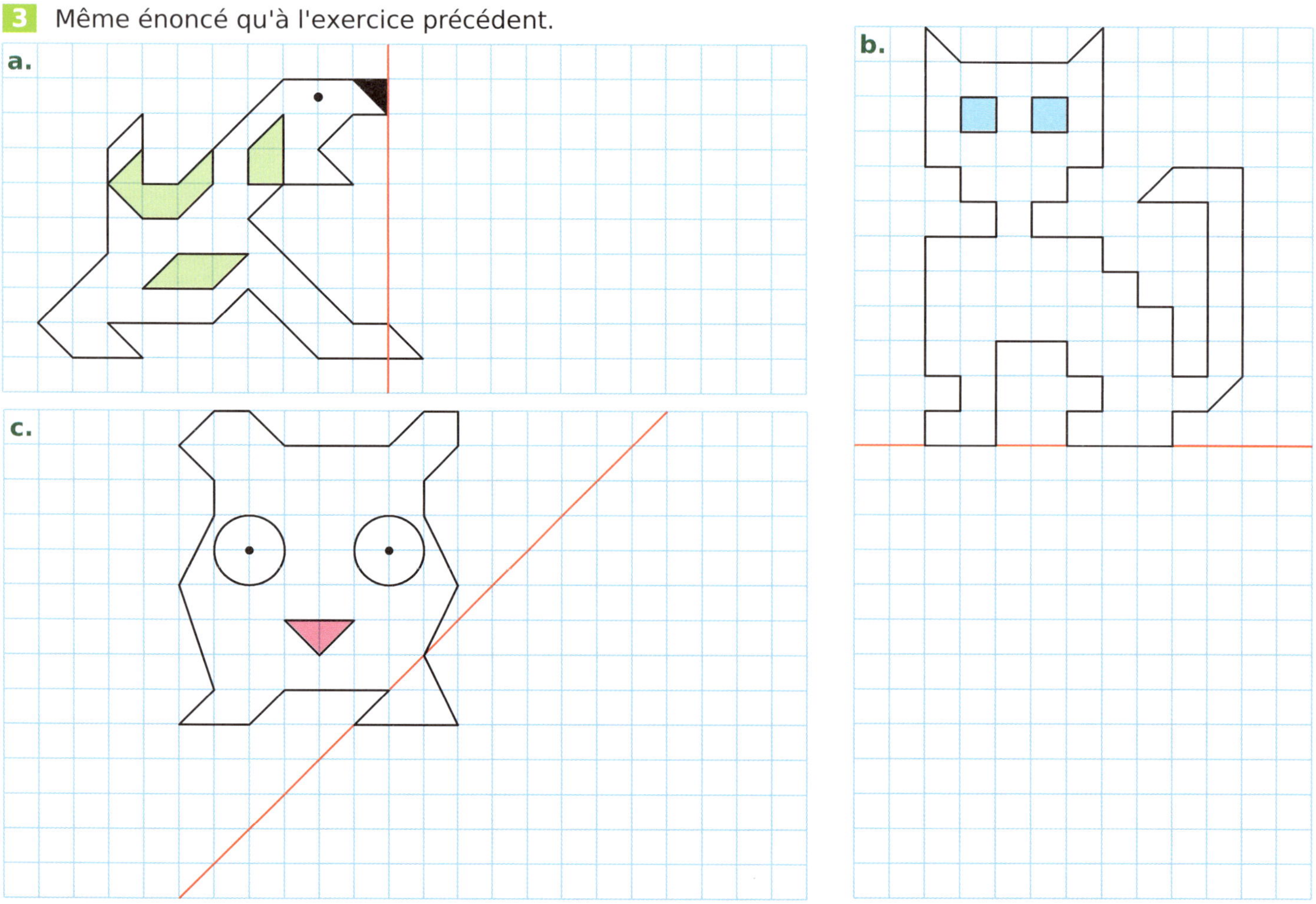

1 Dans chaque cas ci-dessous, construis les points A' et B' symétriques respectifs des points A et B par rapport à la droite (d) en utilisant tes instruments de géométrie.

a.

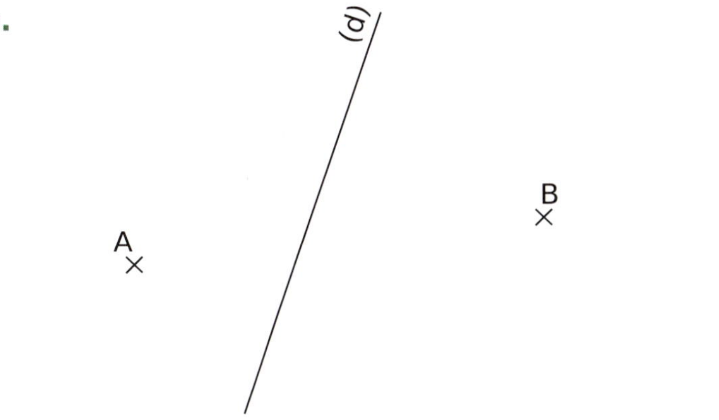

b.

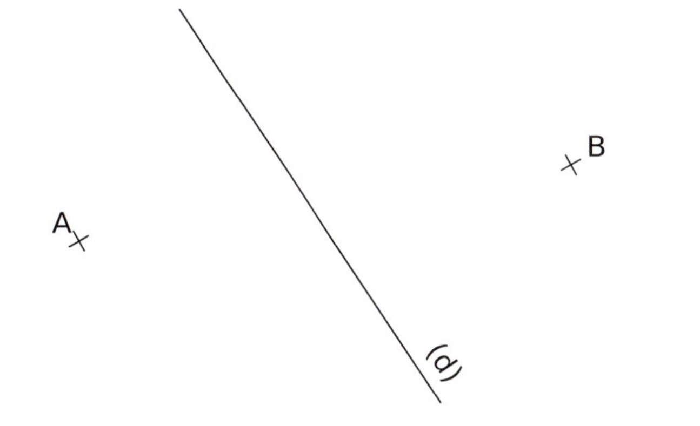

2 Les figures BEAU et MOCH sont symétriques par rapport à une droite (d) qui a été effacée.

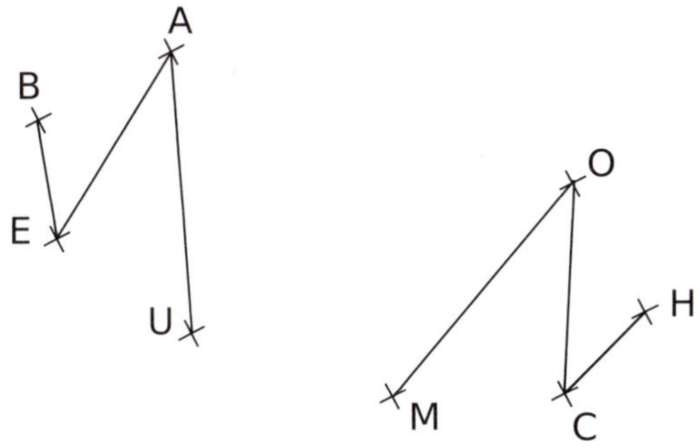

a. Inscris dans le tableau le symétrique de chacun des points B, E, A et U par rapport à la droite (d).

Point	B	E	A	U
Symétrique par rapport à (d)				

b. En utilisant ta règle, construis cette droite (d).

3 *Symétrique d'un triangle*

a. Construis les points M, O et U symétriques respectifs des points S, E et C par rapport à (d).

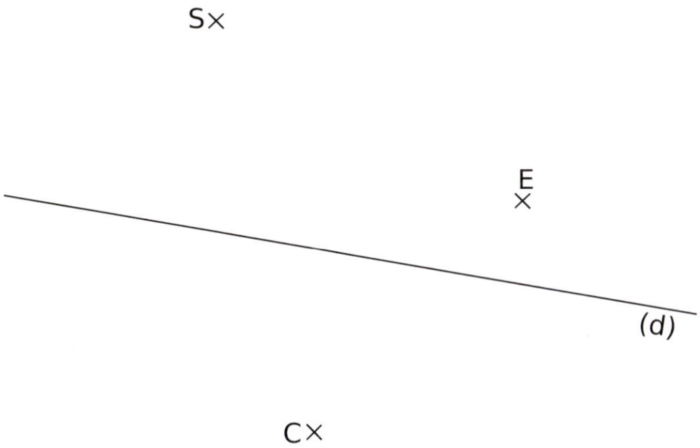

b. Quel est le symétrique du triangle SEC ? ....
Trace-le.

4 En utilisant tes instruments de géométrie, construis...

a. les points A_1, B_1, C_1 et D_1, symétriques respectifs des points A, B, C et D par rapport à la droite (d_1) ;

b. les points A_2, B_2, C_2 et D_2, symétriques respectifs des points A, B, C et D par rapport à la droite (d_2).

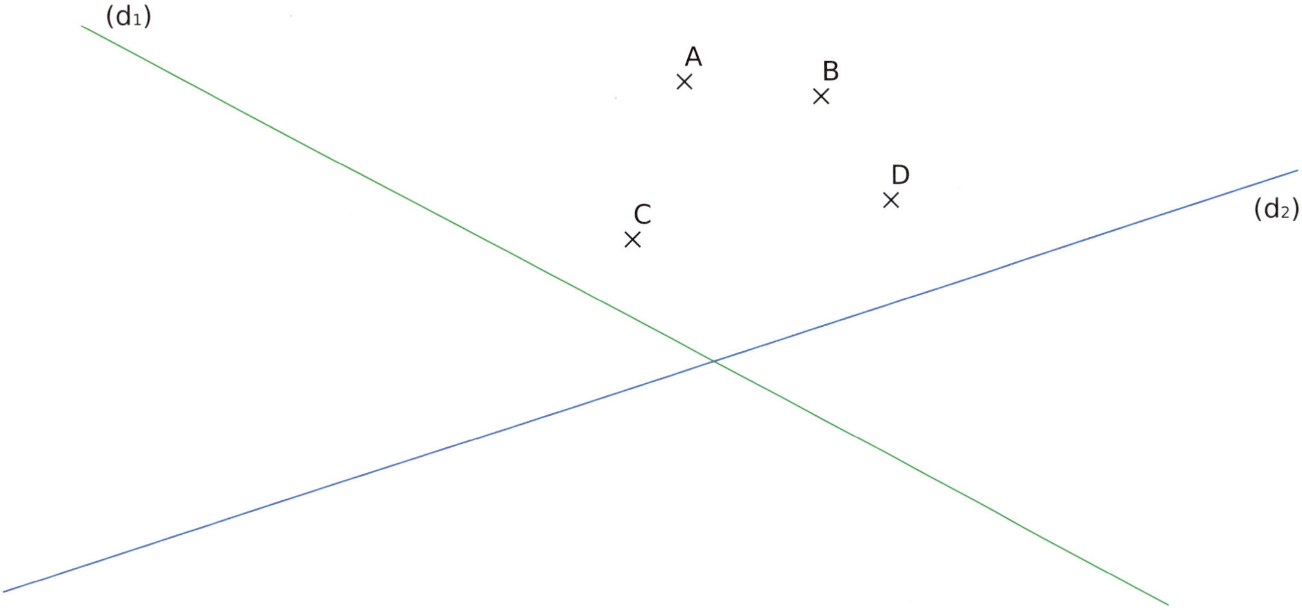

1 Construis le symétrique de chaque figure par rapport à la droite (d).

2 Construis le symétrique de chaque figure par rapport à la droite (d).

1 La figure orange est symétrique de la verte par rapport à la droite (d). Complète les phrases.

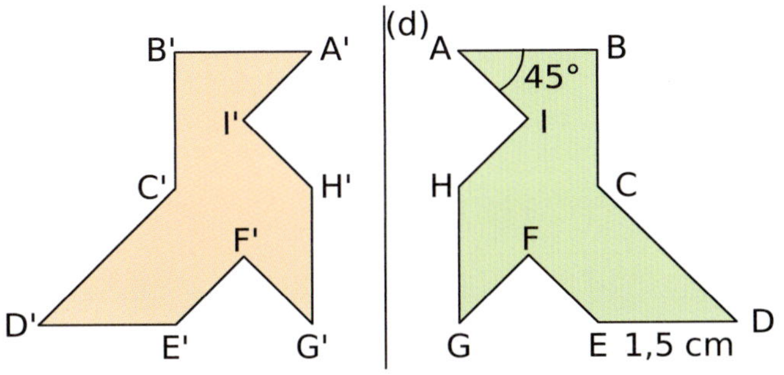

a. ED = 1,5 cm donc E'D' = ……

car ……

……

……

b. $\widehat{BAI}$ = 45° donc $\widehat{B'A'I'}$ = ……

car ……

……

……

2 Même énoncé qu'à l'exercice précédent.

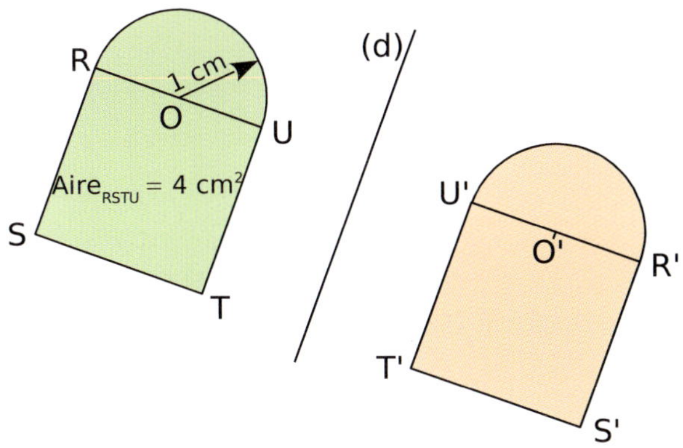

a. Aire$_{RSTU}$ = 4 cm² donc Aire$_{R'S'T'U'}$ = ……

car ……

……

……

b. Le rayon du demi-cercle de diamètre [RU] est 1 cm donc le rayon du demi-cercle de diamètre [R'U'] est …… car ……

……

……

……

3 Les deux quadrilatères sont symétriques par rapport à la droite (d).

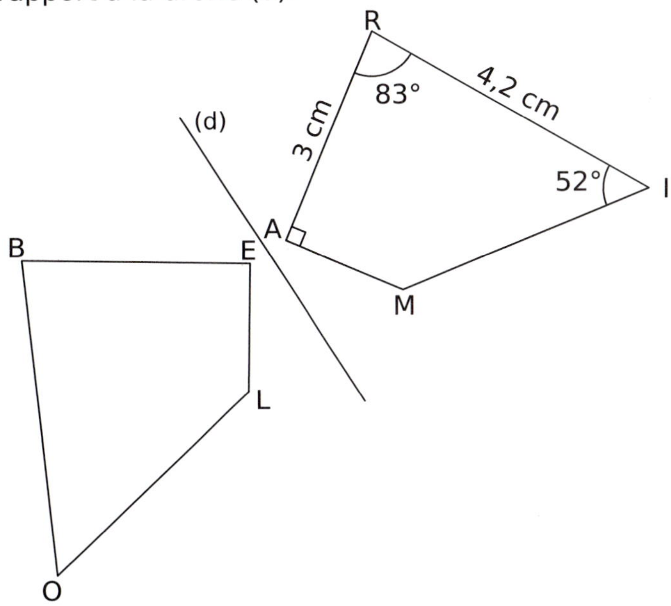

a. Complète le tableau suivant.

Point	R	A	M	I
Symétrique				

Tu justifieras ensuite chaque réponse.

b. Quelle est la longueur du segment [BE] ?

……

……

……

……

c. Quelle autre longueur peux-tu déterminer ?

……

……

……

……

d. Quelle est la mesure de l'angle $\widehat{BOL}$?

……

……

……

……

e. Écris deux autres égalités de mesure d'angles.

……

……

1 On a tracé un triangle BUS et le segment [RA], symétrique de [BS] par rapport à une droite (d).

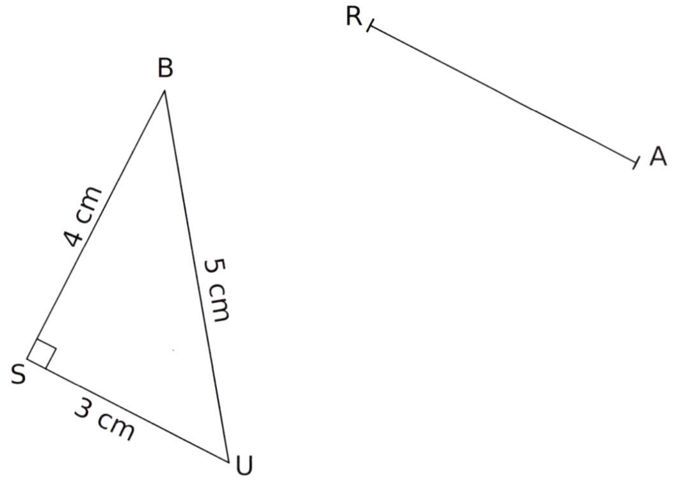

a. Sans tracer l'axe de symétrie, construis le triangle CAR, symétrique de BUS.

b. Quelle est la nature du triangle CAR ? Justifie.

....

....

....

....

c. Quel est le périmètre du triangle CAR ? Justifie.

....

....

....

....

d. Trace le cercle de diamètre [BU]. Quel est son centre et qu'a-t-il de remarquable ?

....

....

....

e. Trace le symétrique de ce cercle. Quel est son centre ? Son rayon ? Qu'a-t-il de remarquable ?

....

....

....

f. On peut alors facilement tracer l'axe (d). Fais-le et explique comment tu procèdes.

....

....

2 Sur la figure ci-dessous, $\widehat{AON} = 36°$.

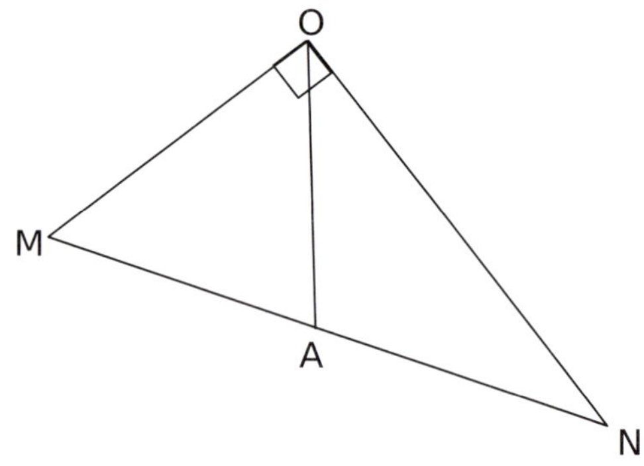

a. Calcule la mesure de l'angle $\widehat{MOA}$.

....

....

....

b. Place le point B, symétrique du point A par rapport à la droite (ON). Quelle est la mesure de l'angle $\widehat{NOB}$? Justifie.

....

....

....

....

....

c. Place le point C, symétrique du point A par rapport à la droite (OM). Quelle est la mesure de l'angle $\widehat{MOC}$? Justifie.

....

....

....

....

....

d. Démontre que les points C, O et B sont alignés.

....

....

....

....

1 Construis les symétriques du personnage pour que les axes noirs soient les axes de symétrie de la figure.

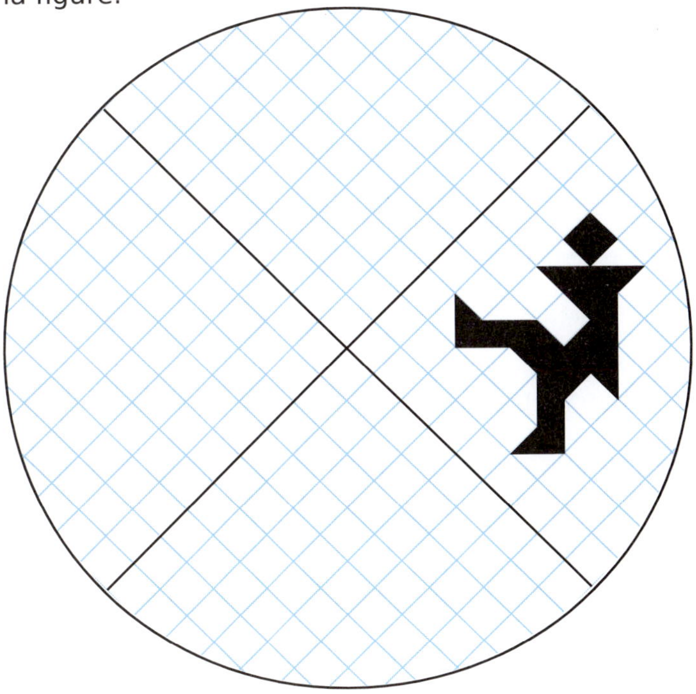

2 Construis les symétriques de la tortue pour que les diagonales du grand carré soient les axes de symétrie de la figure.

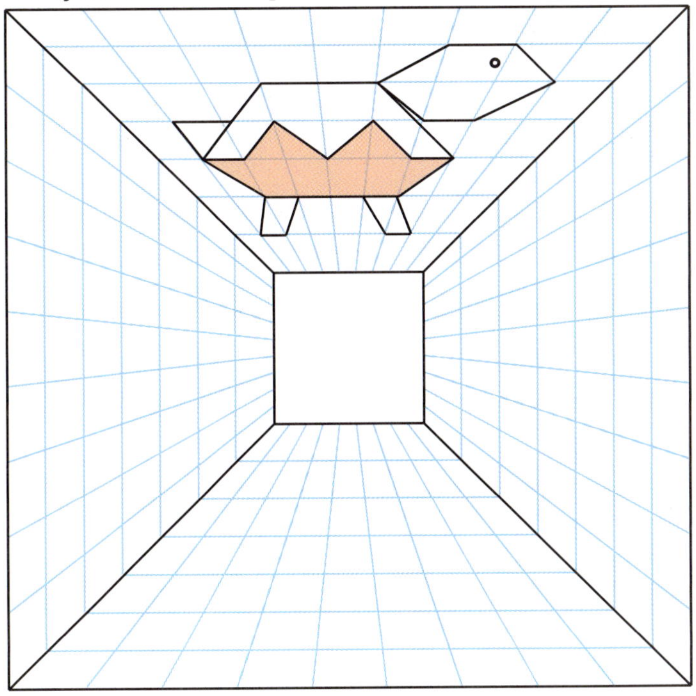

3 **Géométrie Dynamique** *Rosace à 4 pétales*

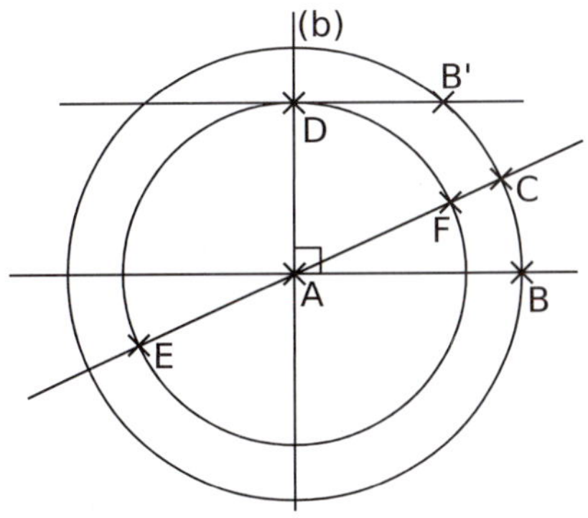

a. Construis cette figure.

- Trace un cercle de centre A passant par B. Trace la droite (AB).
- Trace la droite (b) perpendiculaire à (AB) et passant par A.
- Place un point C sur ce cercle. Trace la droite (AC).
- Construis le symétrique B' du point B par rapport à (AC).
- Trace la parallèle à (AB) passant par B'. Elle coupe (b) en D.
- Trace le cercle de centre A passant par D. Il coupe la droite (AC) en E et F.

b. Active la trace des points E et F, puis anime le point C.

4 *Droite de Steiner*

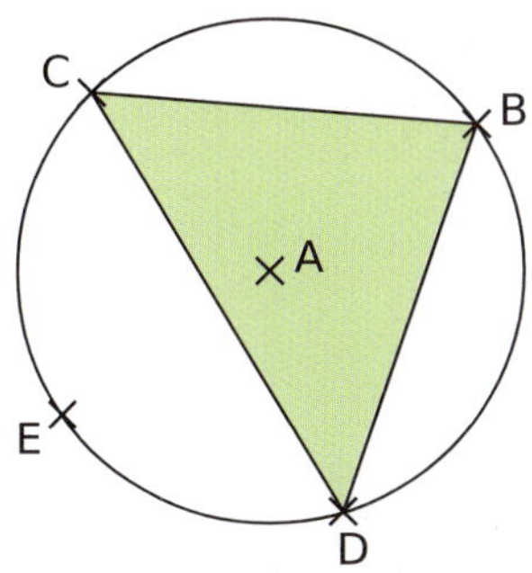

a. Sur une feuille blanche, trace un cercle de centre A. Place quatre points B, C, D et E sur ce cercle. Trace le triangle BCD. Construis les symétriques E', E'_1 et E'_2 du point E par rapport à chaque côté du triangle BCD.

b. Recommence cette construction avec un triangle différent.

c. Que dire des points E', E'_1 et E'_2 ?

d. **Géométrie Dynamique** Reprends cet exercice.
Déplace les points pour observer la propriété.

5 *Belle figure (à faire sur une feuille blanche)*

- Trace un losange ABCD, de côté 4,5 cm, tel que BD = 4 cm.
- Trace les droites (AC) et (BD). Elles se coupent en O.
- Trace les bissectrices des angles $\widehat{AOB}$ et $\widehat{AOD}$.
- Construis le symétrique EFGH du losange ABCD (E symétrique de A, F symétrique de B...) par rapport à la bissectrice de l'angle $\widehat{AOB}$.
- Trace le carré AECG.
- Place un point J sur [OA), à 6 cm de O. Place le point L sur [OC), à 6 cm de O. Trace le losange JGLE.
- Construis les points K et M, symétriques respectifs des points J et L par rapport à la bissectrice de $\widehat{AOD}$. Trace le losange AKCM et le carré JKLM.
- Colorie comme ci-contre.

G7 Axes de symétrie

g5.re/tmh

g5.re/y4d

g5.re/c9e

1 Axe de symétrie d'une figure

Définition Une droite (d) est un **axe de symétrie** d'une figure si les deux parties de la figure se superposent par pliage le long de cette droite.

Exemple : La figure H admet deux axes de symétrie (en rouge) tandis que la figure F n'en a aucun.

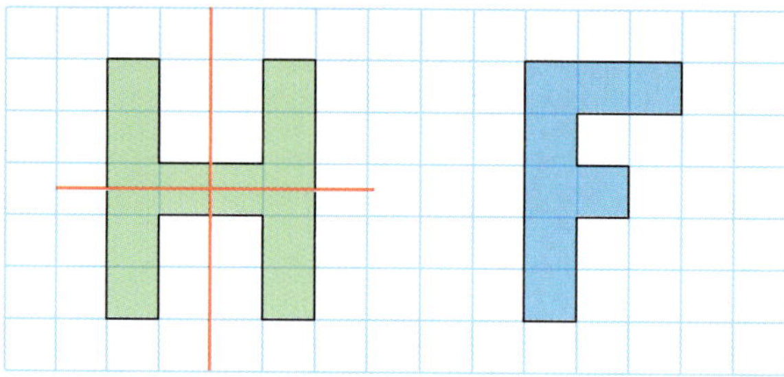

2 Axe de symétrie d'un segment

Définition La médiatrice d'un segment est la **droite perpendiculaire à ce segment en son milieu**.

Propriété 1 Un **segment** a deux axes de symétrie : la droite qui contient ce segment et la **médiatrice de ce segment**.

Propriétés 2

- Si un point appartient à la médiatrice d'un segment, alors **il est situé à égale distance des extrémités de ce segment**.
- Réciproquement, si un point est équidistant des extrémités d'un segment, alors **il appartient à la médiatrice de ce segment**.

Exemple : À la règle et au compas, construis la médiatrice du segment [AB].

 Pour construire la médiatrice du segment [AB], ...	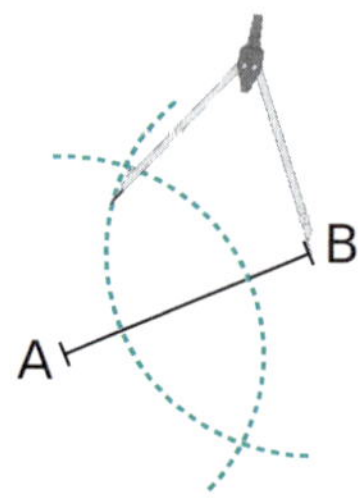 on trace **deux arcs de cercle de centres A et B**, de même rayon (plus grand que la moitié de AB).	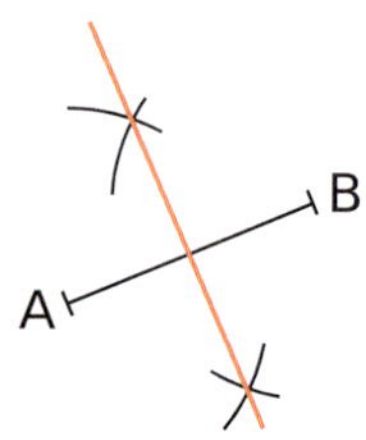 La médiatrice de [AB] est **la droite qui passe par ces deux points**.

3 Axe de symétrie d'un angle

Définition La **bissectrice d'un angle** est la demi-droite qui partage cet angle en **deux angles de même mesure.**

Propriété Un **angle** a un axe de symétrie qui est la **bissectrice de cet angle**.

Exemple : À la règle et au compas, construis la bissectrice de l'angle $\widehat{xOy}$.

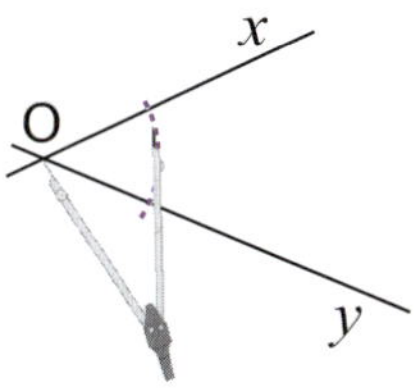

Pour tracer la bissectrice de l'angle $\widehat{xOy}$, on trace **un arc de cercle** de centre O qui coupe chaque côté de l'angle en un point.

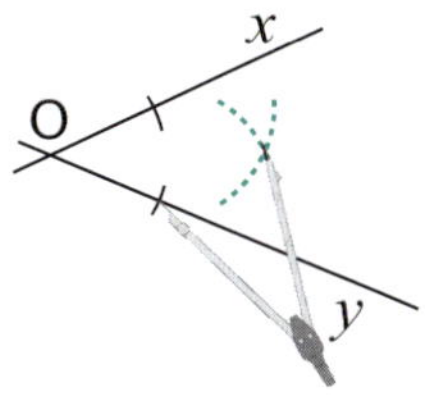

On trace **deux arcs de cercle** de même rayon ayant ces deux points pour centres. Ces arcs se coupent en un point.

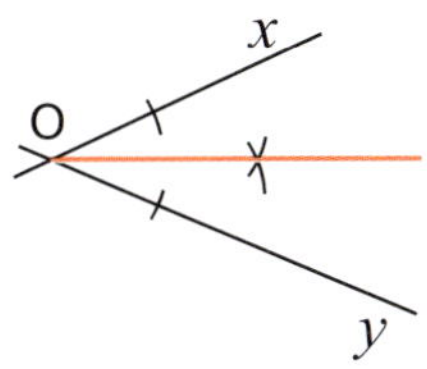

La **bissectrice** de l'angle $\widehat{xOy}$ est la demi-droite d'origine O passant par ce point.

4 Axes de symétrie et figures usuelles

A Triangle isocèle

Propriété 1 Un **triangle isocèle** a **un axe de symétrie** qui est à la fois la médiatrice de sa base et la bissectrice de son angle principal.

Exemple :

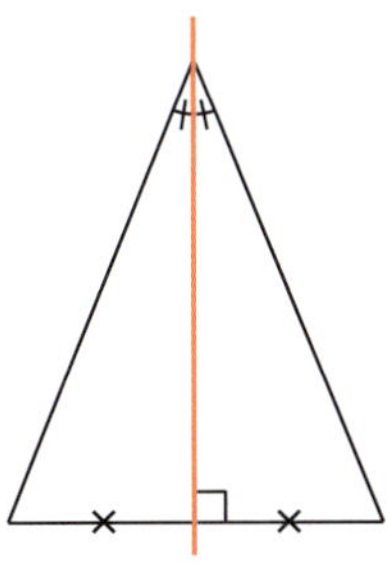

B Triangle équilatéral

Propriété 2 Un **triangle équilatéral** a **trois axes de symétrie** qui sont à la fois les médiatrices de ses côtés et les bissectrices de ses angles.

Exemple :

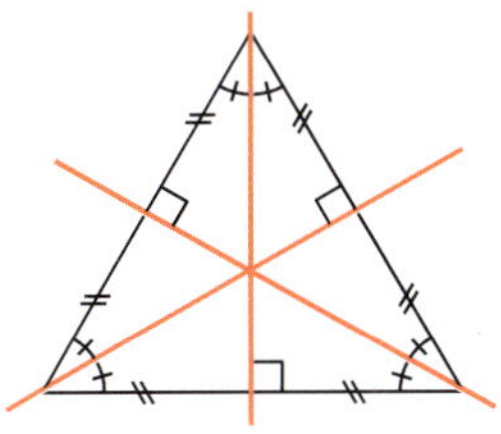

C Losange

Propriété 3 Un **losange** a **deux axes de symétrie** qui sont ses diagonales.

Exemple :

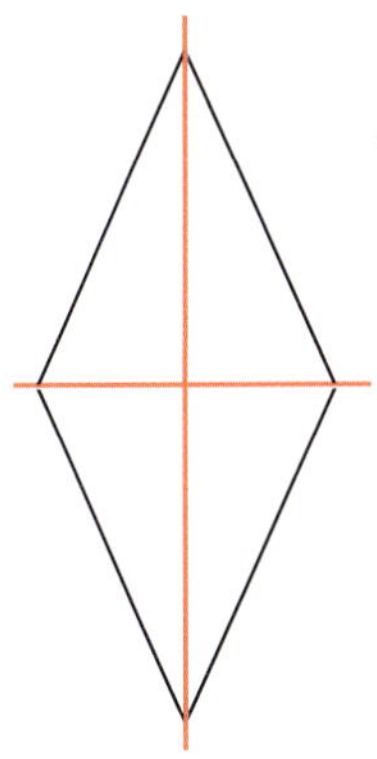

D Rectangle

Propriété 4 Un **rectangle** a **deux axes de symétrie** qui sont les médiatrices de ses côtés.

Exemple :

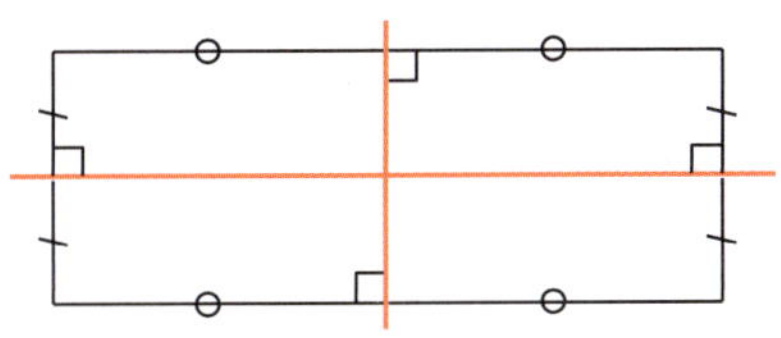

E Carré

Propriété 5 Un **carré** a **quatre axes de symétrie** qui sont les médiatrices de ses côtés et ses diagonales (un carré est à la fois un losange et un rectangle).

Exemple :

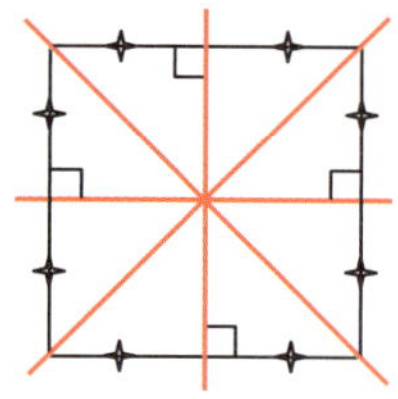

5 Conséquences sur les angles et les diagonales

A Triangle isocèle

Propriété 1 Dans un triangle isocèle, **les angles à la base ont la même mesure**.

Exemple :

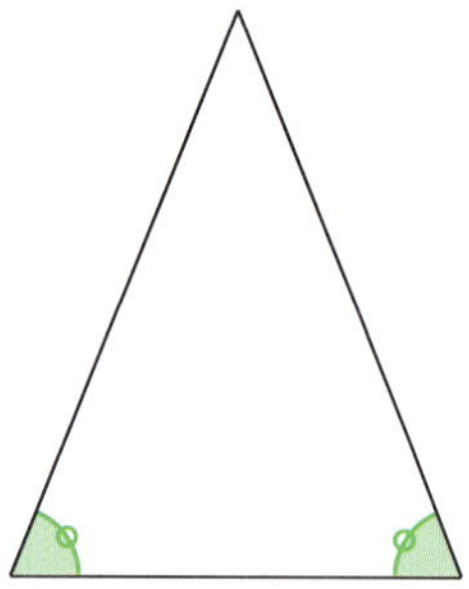

B Triangle équilatéral

Propriété 2 Dans un triangle équilatéral, **tous les angles ont la même mesure** (60°).

Exemple :

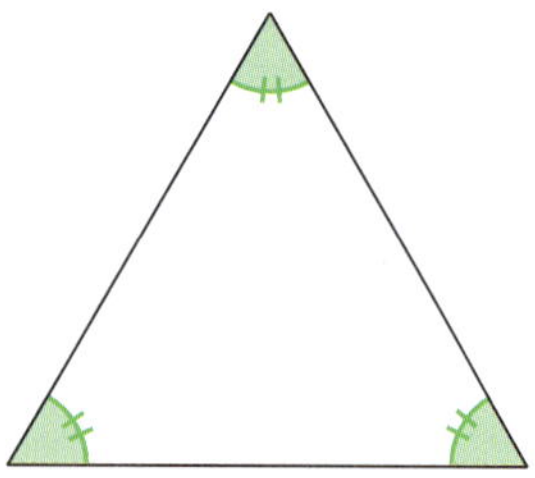

C Losange

Propriété 3 Dans un losange, **les diagonales se coupent en leur milieu et sont perpendiculaires**.

Exemple :

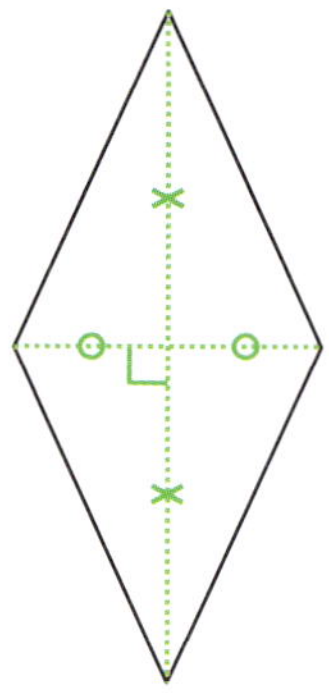

D Rectangle

Propriété 4 Dans un rectangle, **les diagonales se coupent en leur milieu et ont la même longueur**.

Exemple :

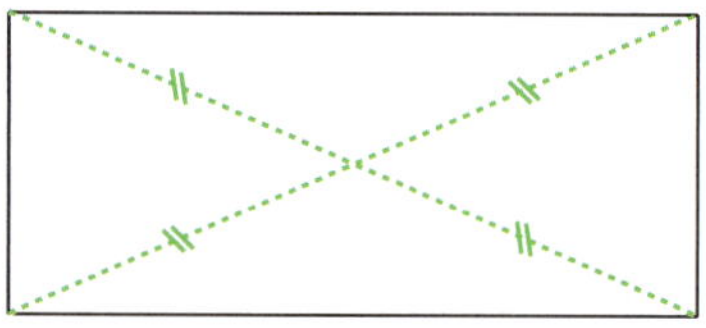

E Carré

Propriété 5 Dans un carré, **les diagonales se coupent en leur milieu, sont perpendiculaires et ont la même longueur**.

Exemple :

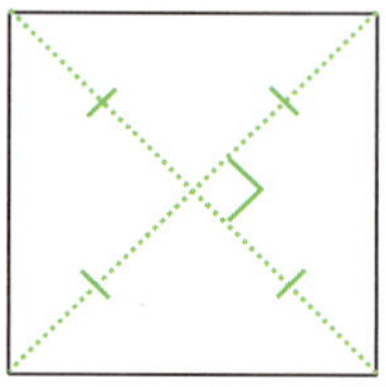

1 Pour chaque lettre de l'alphabet, trace l'axe (ou les axes) de symétrie si elle en a.

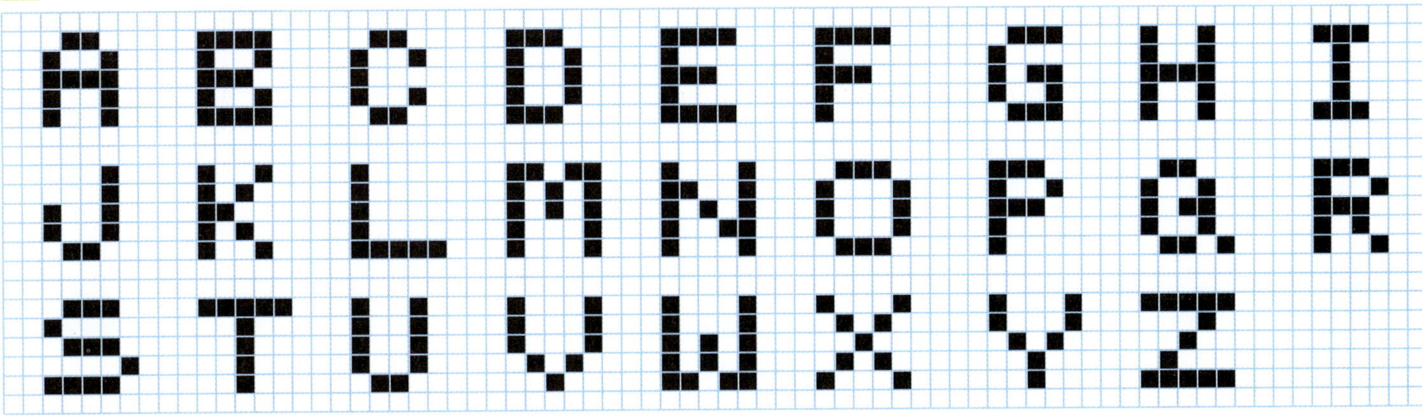

2 Indique le nombre d'axes de symétrie que possède chaque panneau de sécurité routière.

3 Pour chaque figure ci-dessous, trace l'axe ou les axes de symétrie en t'aidant du quadrillage.

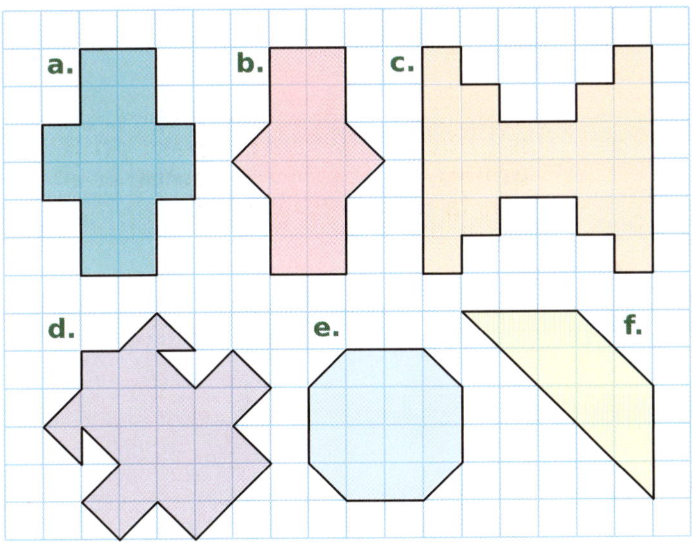

4 Pour chaque figure ci-dessous, trace l'axe ou les axes de symétrie si elle en a.

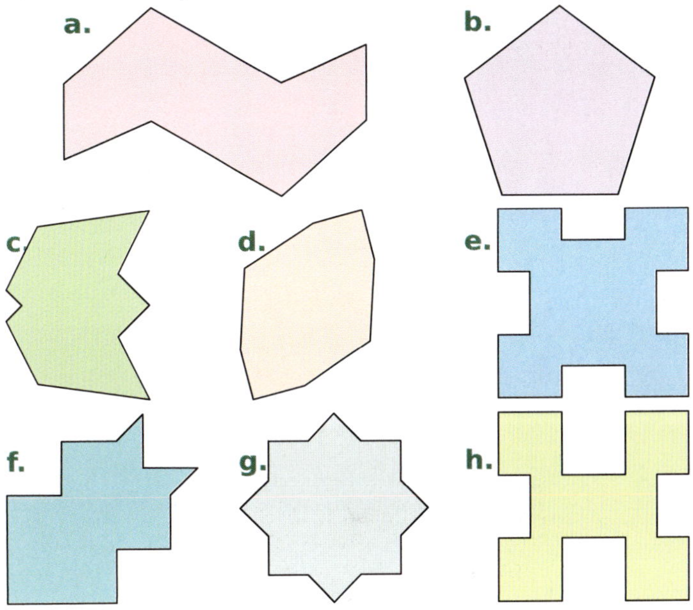

5 Colorie cette figure pour que les droites rouges soient des axes de symétrie.

G7 Fiche 2 : construire et utiliser des médiatrices

1 Construis la médiatrice de chaque segment.

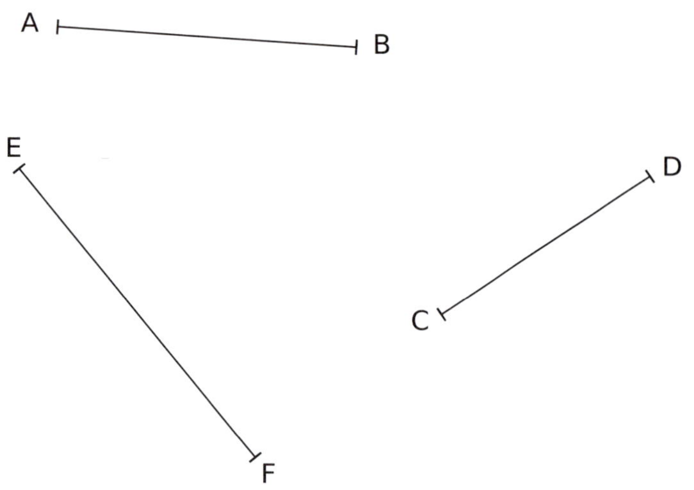

2 Construis la médiatrice de chacun des trois côtés du triangle.

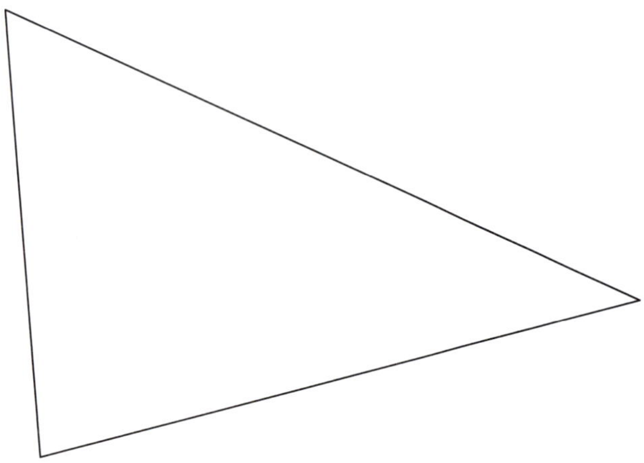

3 Trace la médiatrice (d_1) du segment [HA], puis la médiatrice (d_2) du segment [HT]. Code la figure.

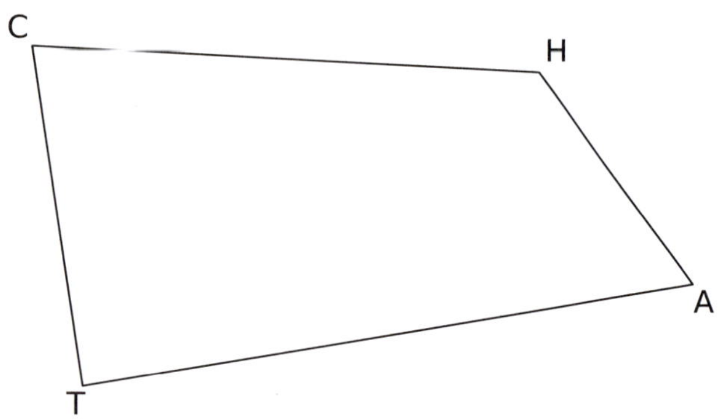

4 Tu justifieras chacune de tes réponses.

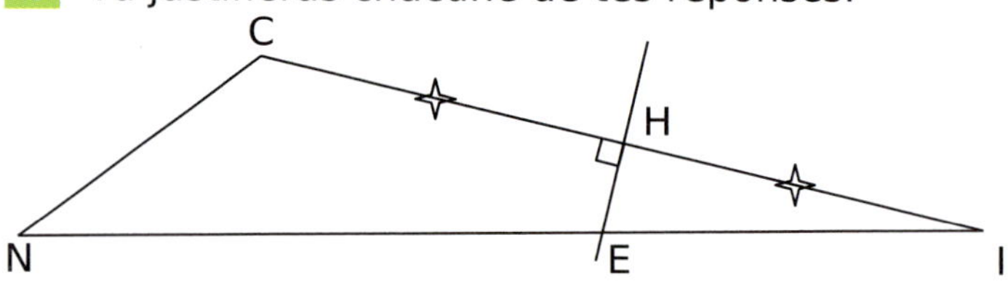

a. Que peut-on dire de la droite (HE) pour [CI] ?

....

....

....

b. Que peut-on dire des longueurs CE et EI ?

....

....

....

c. Quelle est la nature du triangle CEI ?

....

....

5 *Cas du cerf-volant*

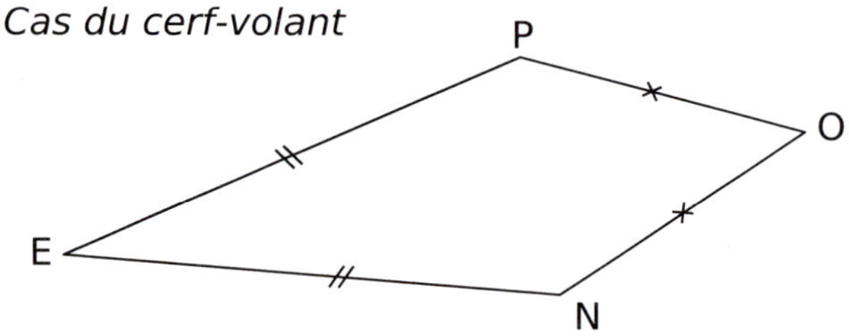

a. Justifie pourquoi le point O appartient à la médiatrice de [PN].

....

....

....

....

b. Que peut-on dire du point E ? Justifie.

....

....

....

c. Déduis-en que les droites (EO) et (PN) sont perpendiculaires.

....

....

....

1 Repasse en rouge les axes de symétrie des figures suivantes.

a. Triangle isocèle	**b.** Triangle équilatéral	**c.** Triangle quelconque

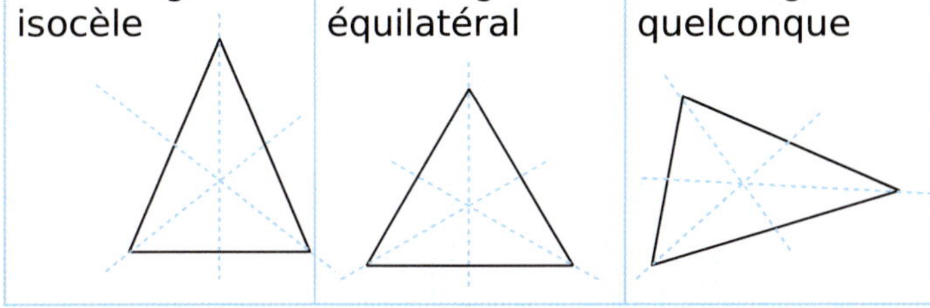

2 Trace l'axe de symétrie de chaque triangle isocèle en t'aidant du papier pointé.

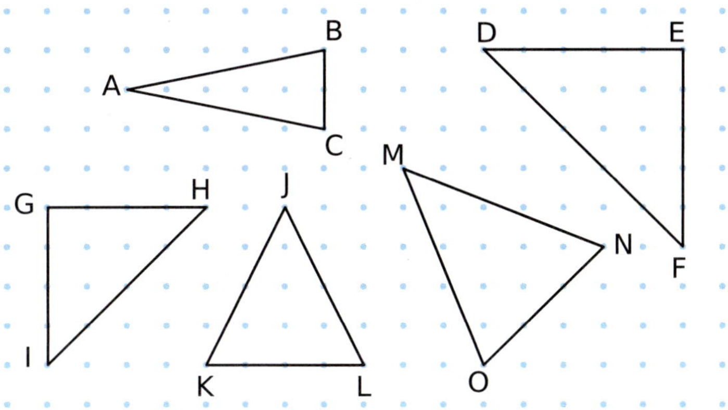

3 Trace les axes de symétrie de chaque triangle équilatéral en t'aidant du quadrillage.

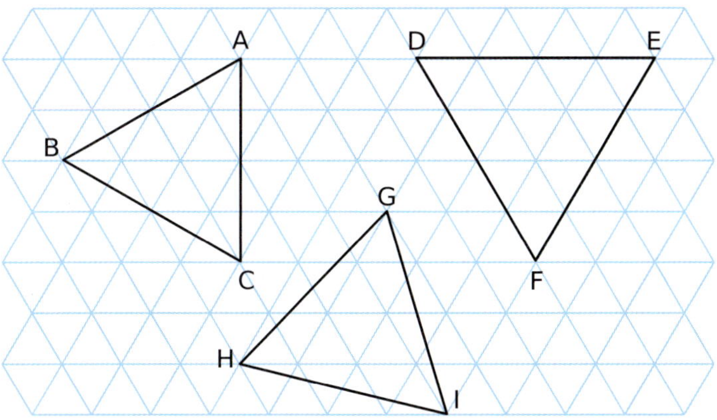

4 Trace l'axe ou les axes de symétrie de chaque triangle en t'aidant des instruments de géométrie.

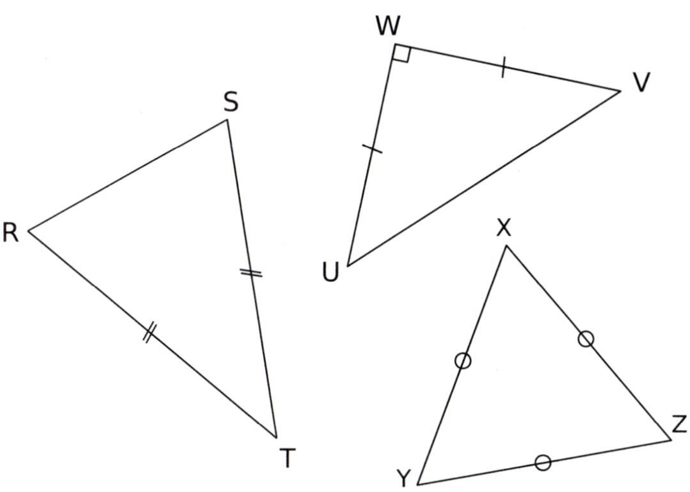

5 Repasse en rouge les axes de symétrie des figures suivantes.

a. Carré	**b.** Losange	**c.** Rectangle

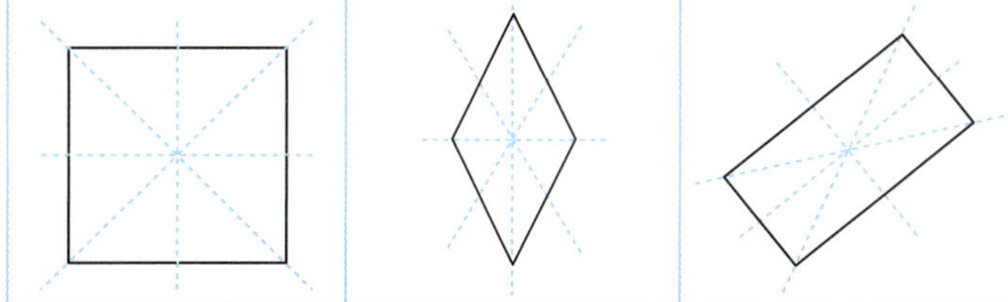

6 Trace les axes de symétrie de chaque quadrilatère en t'aidant du papier pointé.

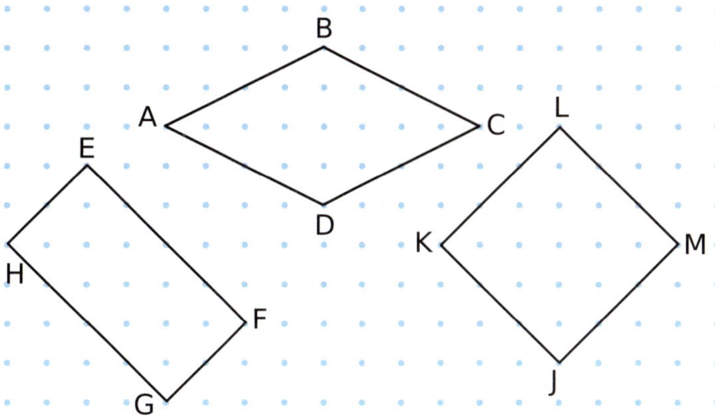

7 Trace les axes de symétrie de chaque quadrilatère en t'aidant du quadrillage.

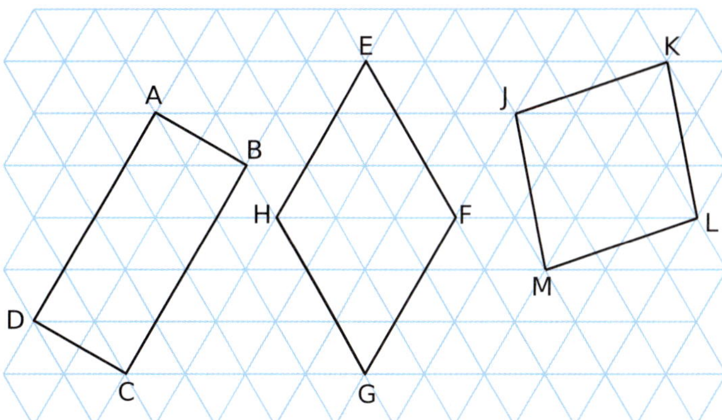

8 Trace les axes de symétrie de chaque figure en t'aidant des instruments de géométrie.

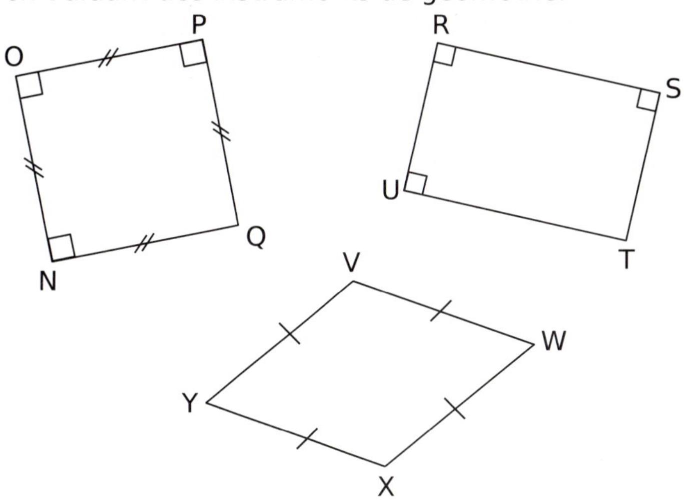

Fiche 4 : construire les axes de symétrie de figures usuelles (2)

1 *Figures entremêlées*

a. Termine les constructions pour que les droites noires soient les axes de symétrie de chaque figure (rouge, verte et bleue).

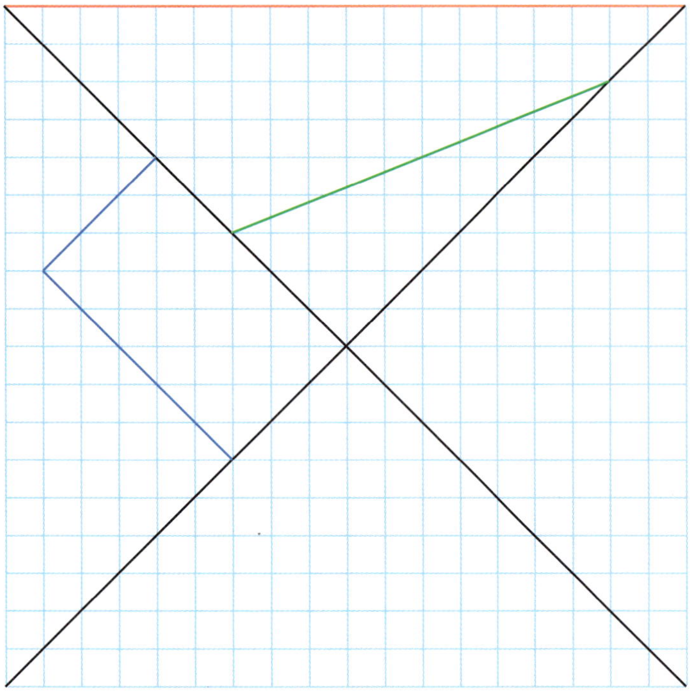

b. Indique la nature de chaque figure terminée.

....

....

....

2 Colorie chacune des huit portions, soit en vert, soit en rouge, pour que la figure obtenue...

a. n'ait aucun axe de symétrie ;

b. ait exactement un axe de symétrie ;

c. ait exactement deux axes de symétrie ;

d. ait exactement quatre axes de symétrie.

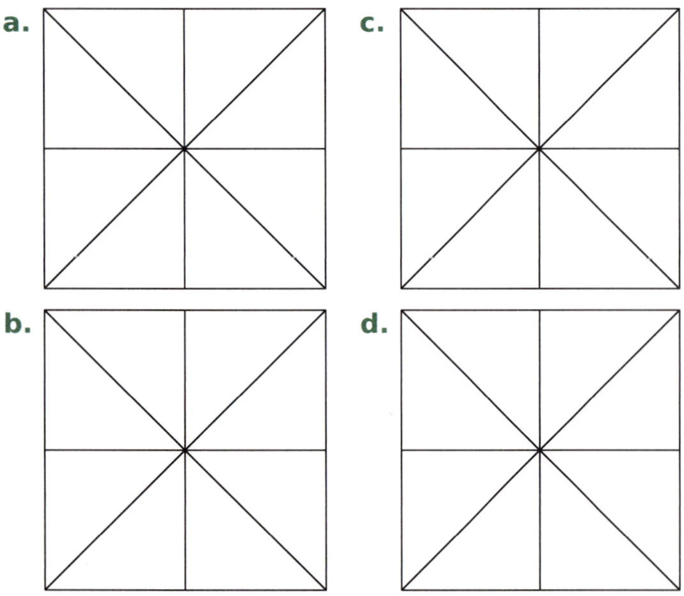

3 Complète pour que les droites rouges soient les trois axes de symétrie de la figure.

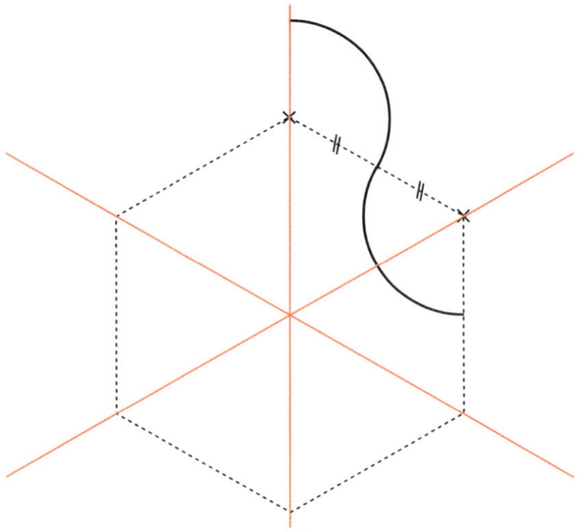

4 *Axes de symétrie et polygones*

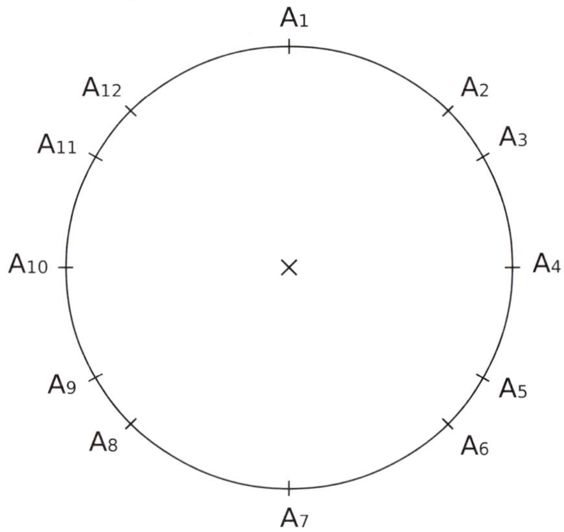

a. Trace avec quatre couleurs différentes les polygones réguliers suivants : $A_1A_5A_9$, $A_1A_4A_7A_{10}$, $A_1A_3A_5A_7A_9A_{11}$ et $A_1A_2A_4A_6A_7A_8A_{10}A_{12}$.

b. Indique la nature de ces polygones.

$A_1A_5A_9$ est ....

$A_1A_4A_7A_{10}$ est ....

$A_1A_3A_5A_7A_9A_{11}$ est ....

$A_1A_2A_4A_6A_7A_8A_{10}A_{12}$ est ....

c. Quelle(s) droite(s) est (sont) axe(s) de symétrie

- du carré et de l'octogone régulier ?

....

- du triangle équilatéral et de l'hexagone régulier ?

....

- commun(s) aux quatre polygones réguliers ?

....

Fiche 5 : caractériser les quadrilatères particuliers avec les diagonales

1 Code les angles droits, sachant que le quadrilatère est...

a. un losange

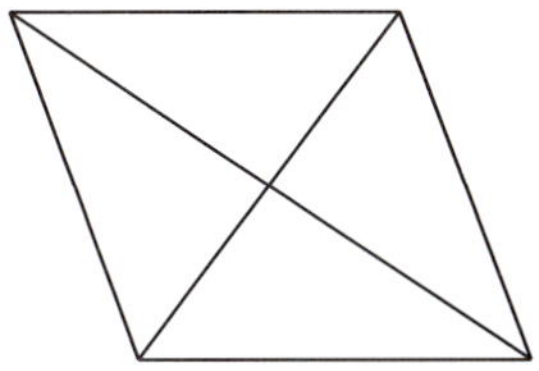

b. un rectangle

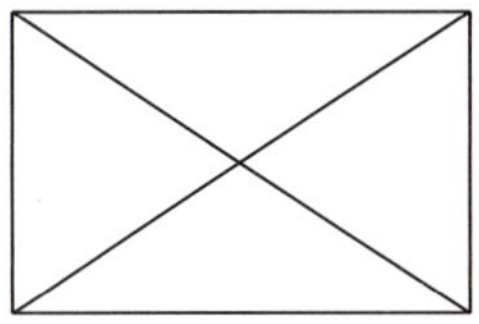

c. un carré

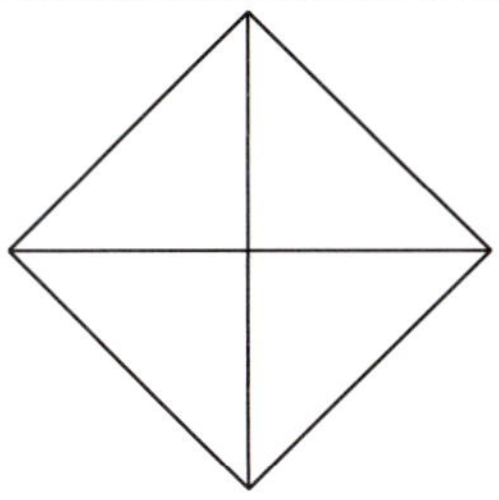

2 Code les longueurs égales sur les diagonales, sachant que le quadrilatère est...

a. un losange

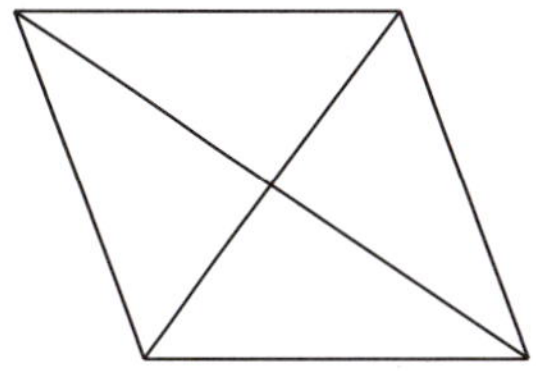

b. un rectangle

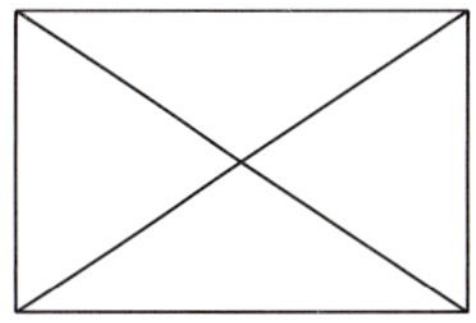

c. un carré

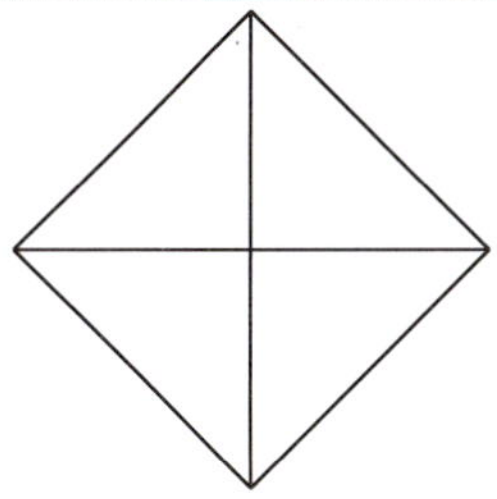

3 Complète les propriétés sur les diagonales.

a. Si un quadrilatère est un losange, alors ses diagonales ....

....

b. Si un quadrilatère est un rectangle, alors ses diagonales ....

....

c. Si un quadrilatère est un carré, alors ses diagonales ....

....

4 Sans justifier, complète les étiquettes jaunes sachant que ABCD est un losange, FGHI est un rectangle et KLMN est un carré. (Attention, les figures ne sont pas en vraie grandeur !)

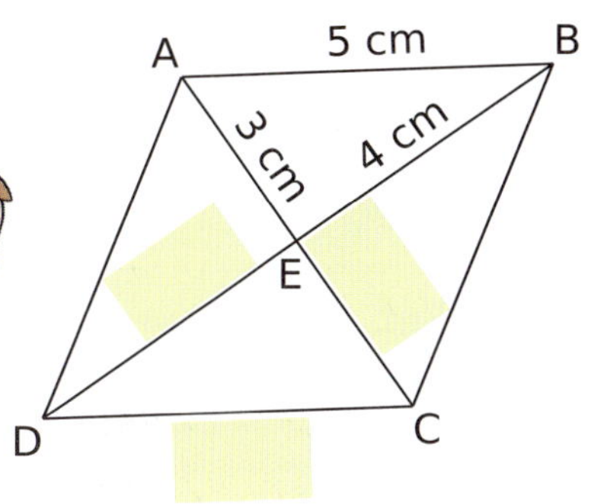

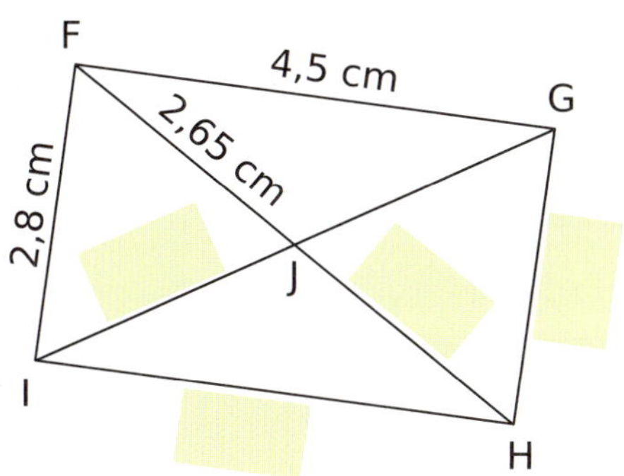

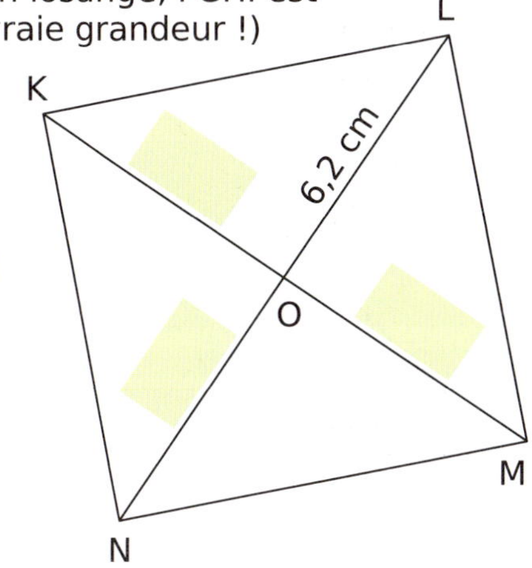

5 Reprends les figures de l'exercice 4. Quelle est la nature...

a. du triangle ADE ? ....

b. du triangle GJH ? ....

c. du triangle KOL ? ....

Fiche 6 : construire des losanges, rectangles, carrés (1)

1 En te servant du quadrillage, construis...

a. le losange PALE de centre C

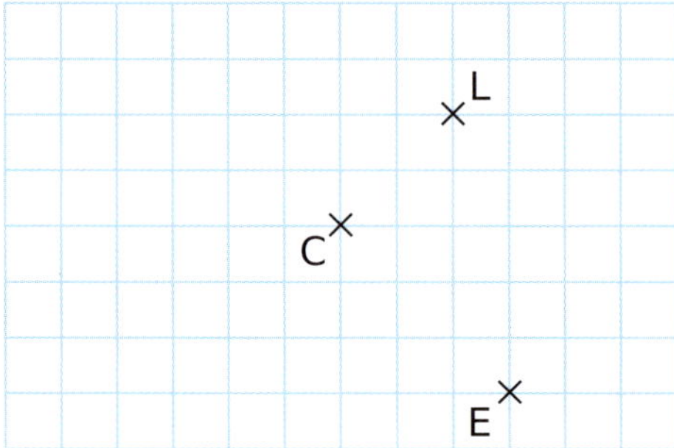

b. le rectangle VITE de centre B

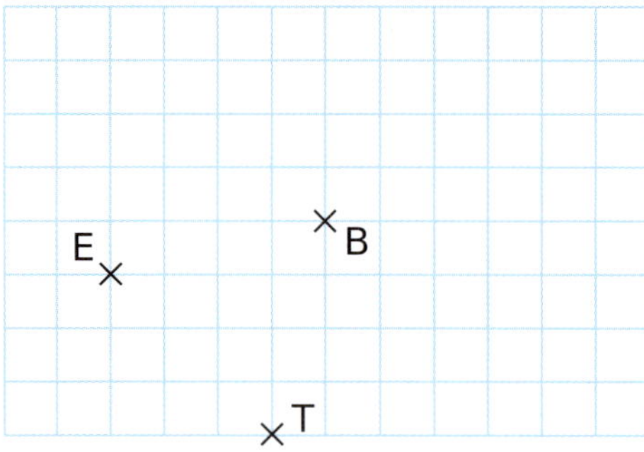

c. le carré LENT de centre A

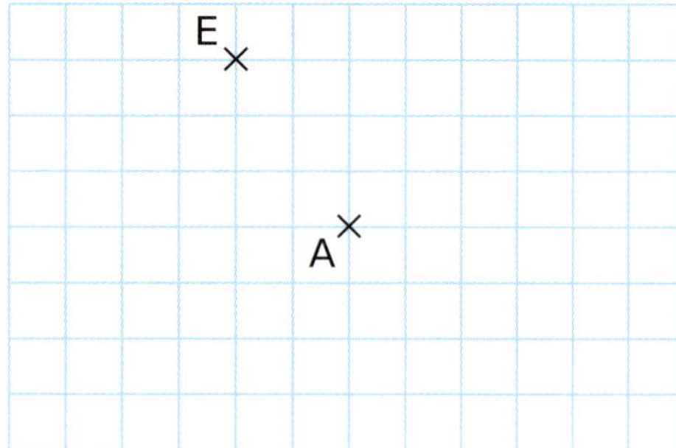

2 Dans chaque cas, construis le quadrilatère demandé à partir du segment déjà tracé.

a. le losange CIME tel que IE = 5 cm

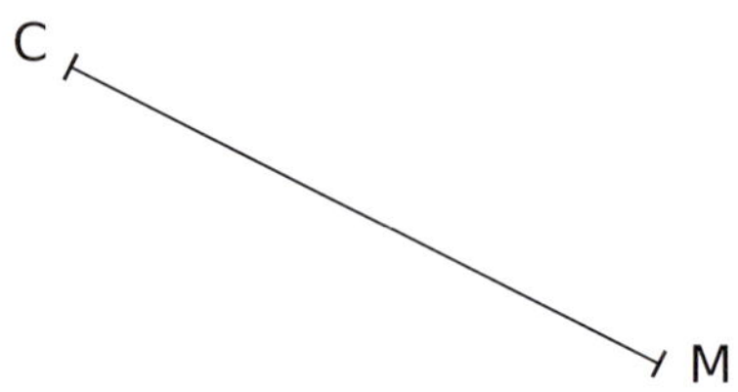

b. un rectangle RUSE tel que RU = 3 cm

c. le carré BOIS

3 Construis les quadrilatères, sachant que **a** et **b** sont des losanges, **c** est un rectangle, et **d** est un carré. Les dimensions sont en centimètres.

a.

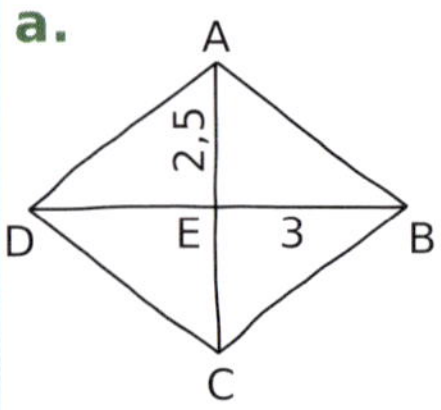

b.

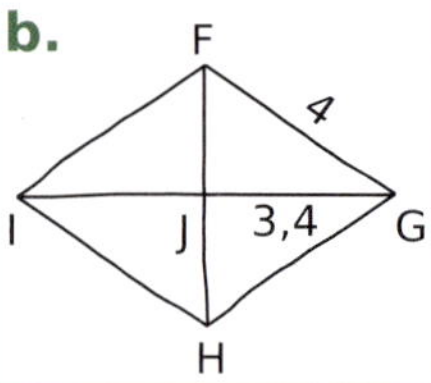

c.

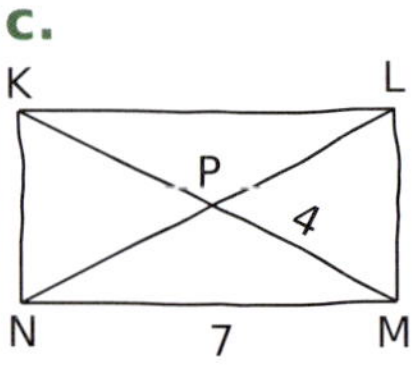

d.

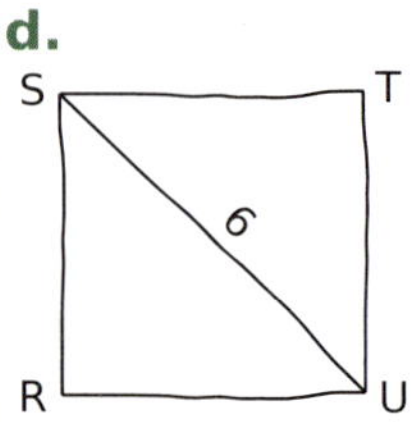

a.

b.

c.

d.

1 *Des quadrilatères inscrits dans un octogone*

Dans chaque octogone ci-dessous, trace quatre diagonales pour obtenir le quadrilatère demandé.

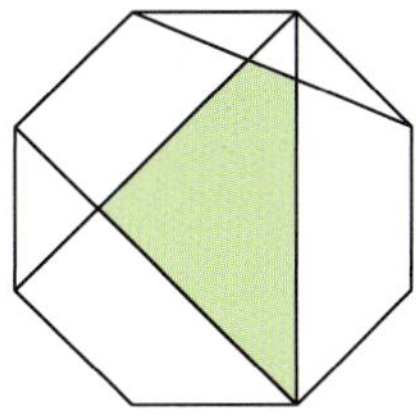

a.

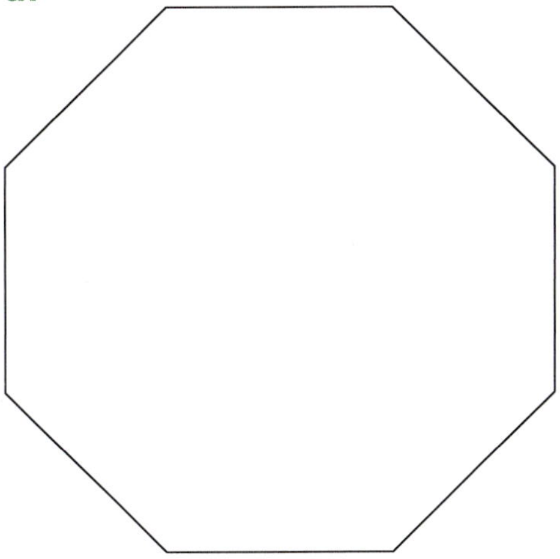

un losange

b.

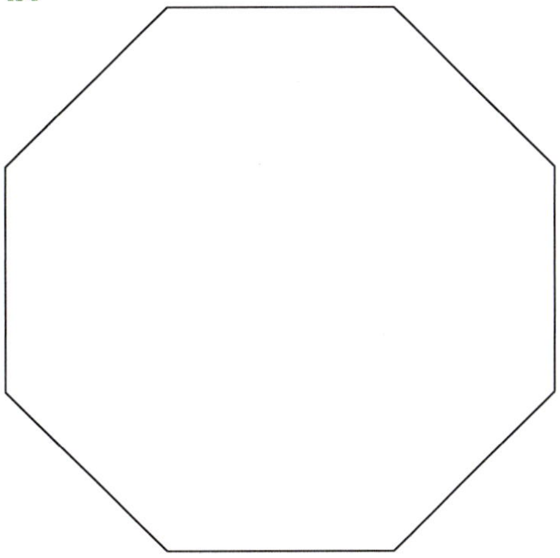

un rectangle

c.

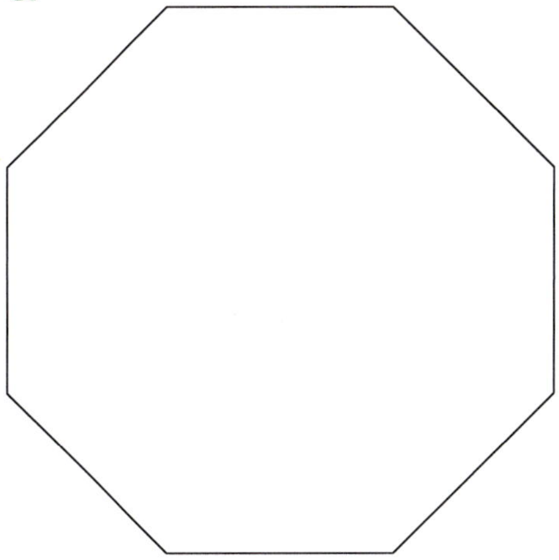

un carré

2 Sur une feuille blanche, reproduis cette figure, en suivant les instructions.

- Trace un carré ABCD dont les diagonales mesurent 12 cm ;
- Trace le losange EBGD tel que EG = 9 cm puis le carré EFGH ;
- Trace le losange IFKH tel que IK = 6 cm ;
- Poursuis de la même façon jusqu'à obtenir la figure ci-contre.
- Enfin colorie.

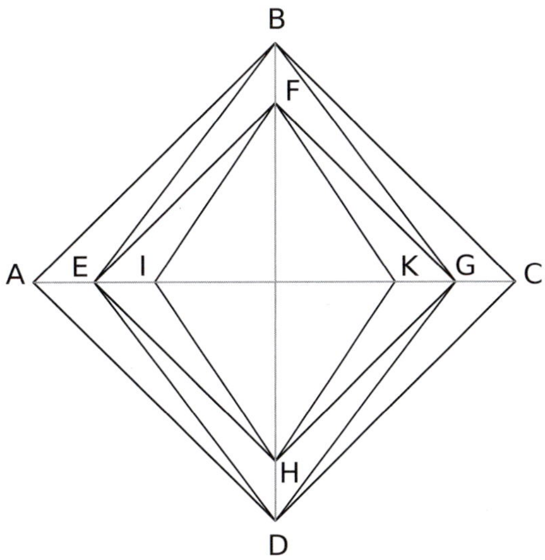

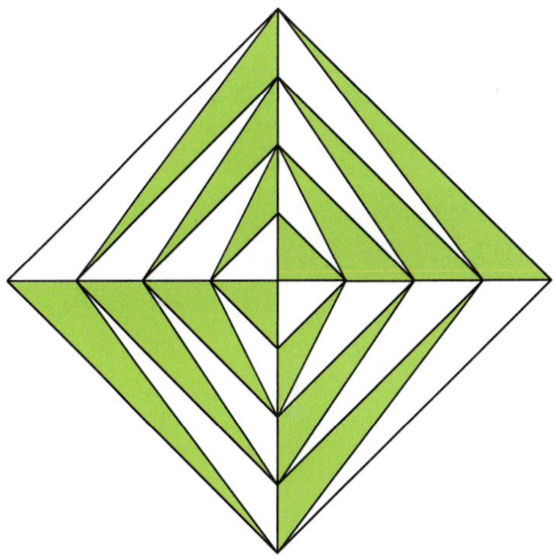

3 **Géométrie Dynamique**

a. Effectue la construction suivante.

- Trace un segment [AB].
- Construis le milieu C du segment [AB]. Trace le cercle de centre C et diamètre [AB].
- Place un point D sur le cercle.
- Trace la droite (DC). Elle coupe le cercle en E.
- Trace le quadrilatère ADBE.

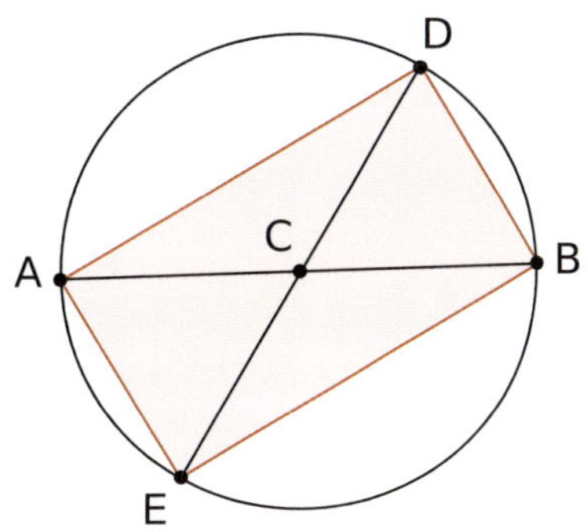

b. Quelle est la nature du quadrilatère ADBE ?

....

c. Anime le point D et observe le quadrilatère ADBE. Que remarques-tu ?

....

d. À partir d'un cercle de centre C et de diamètre [AB], construis le carré ADBE.

1 Sur une feuille blanche, commence par tracer deux droites perpendiculaires, puis trace les axes de symétrie des quatre angles formés par ces deux droites. Poursuis la construction en suivant les étapes.

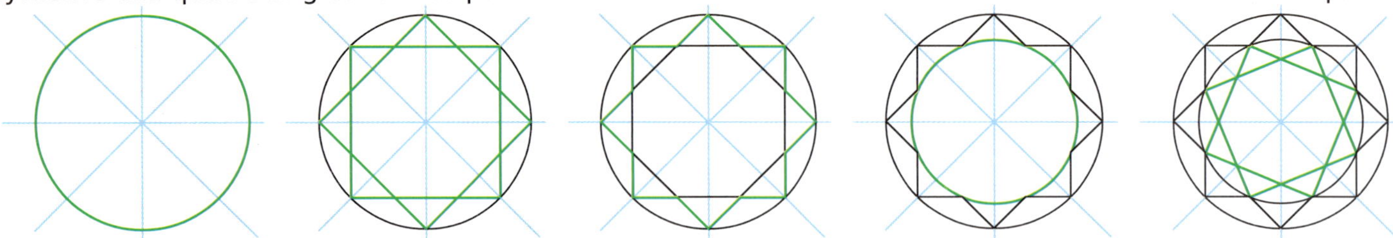

Étape 1 Étape 2 Étape 3 Étape 4 Étape 5

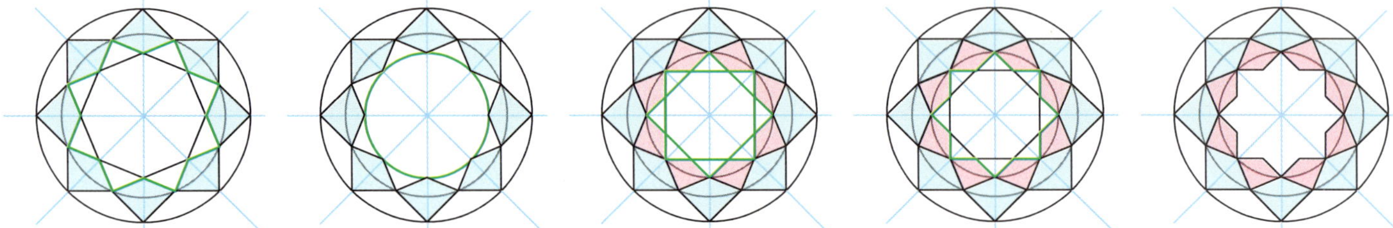

Étape 6 Étape 7 Étape 8 Étape 9 Étape 10

Reprends ensuite les différentes étapes, puis colorie pour obtenir une figure semblable à celle ci-contre.

Cette figure a ... axes de symétrie.

2 **Géométrie Dynamique** *La torpille*

a. Effectue la construction suivante.

- Trace un cercle de centre A passant par B.
- Trace le segment [AB].
- Place un point C sur ce cercle.
- Trace la droite parallèle à (AB), passant par le point C.
- Place les points D et E sur cette droite, tels que CB = CD = CE.

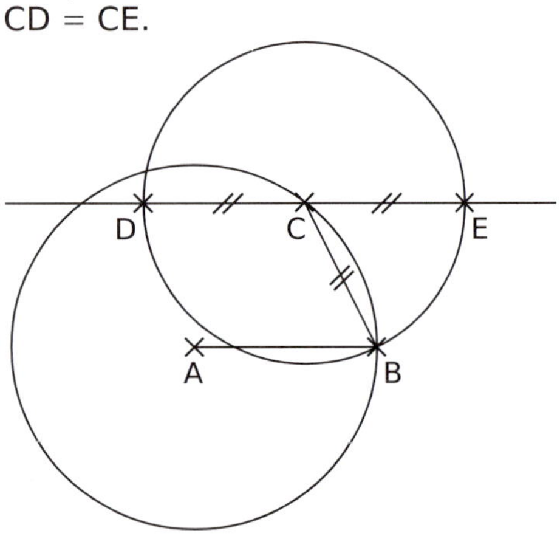

b. Active la trace des points D et E, puis anime le point C.

c. Combien d'axes de symétrie comporte la figure obtenue ?

....

....

3 **Géométrie Dynamique** *Lemniscate*

a. Effectue la construction suivante.

- Trace un segment [AB] de longueur 6 cm.
- Place le milieu C de [AB].
- Trace les cercles de centre A et B, passant par le point C.
- Place un point D sur le cercle de centre A.
- Trace le cercle de centre D et de rayon 6 cm. Place les points E et F, points d'intersection de ce cercle avec le cercle de centre B.
- Place les milieux G et H de [DE] et [DF].

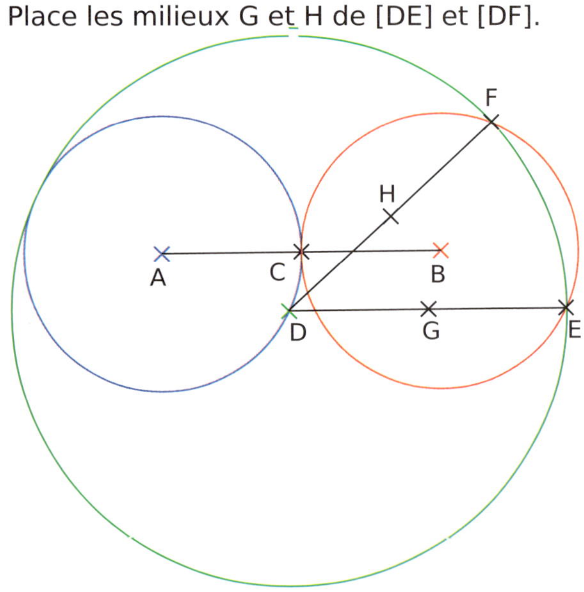

b. Active la trace des points G et H, puis anime le point D.

c. Combien d'axes de symétrie comporte la figure obtenue ?

....

....

G8 Espace

g5.re/mjm g5.re/a31 g5.re/pcb

1 Généralités sur les solides

Règle La **perspective cavalière** est une technique de dessin qui permet de représenter un solide sur une surface plane. En perspective cavalière :

- les figures face à l'observateur sont dessinées en vraie grandeur sans déformation ;
- les droites parallèles en réalité le sont sur le dessin ;
- les arêtes cachées sont dessinées en pointillés.

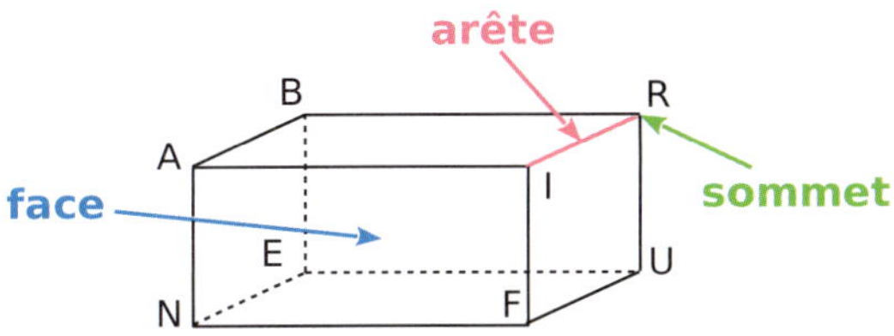

Exemple :

▶ Cette figure représente le parallélépipède rectangle ABRINEUF en perspective cavalière.

- Le point R est un **sommet**.
- Le segment [RI] est une **arête**.
- Le rectangle NAIF délimite une **face**.

Définition Un **patron** de solide est une figure plane représentant ses faces en **grandeur réelle** qui, après pliage et sans découpage, permet de fabriquer ce solide. Parfois, il existe plusieurs patrons différents permettant de le construire.

2 Des solides polyèdres

A Polyèdre

Définition Un **polyèdre** est un solide dont les faces sont des polygones.

Tétraèdre	4 faces	Pentaèdre	5 faces	Hexaèdre	6 faces	Heptaèdre	7 faces
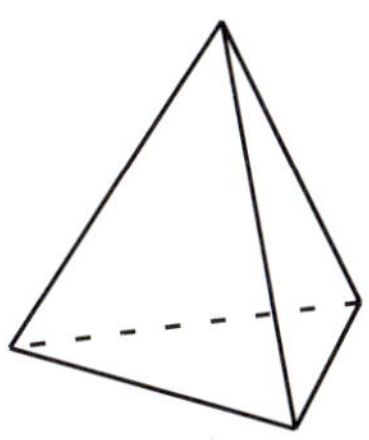		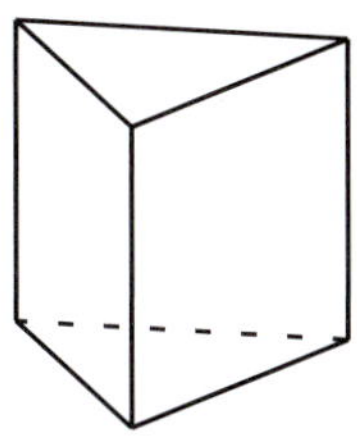		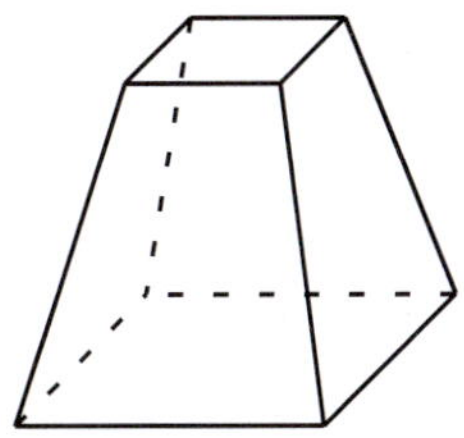		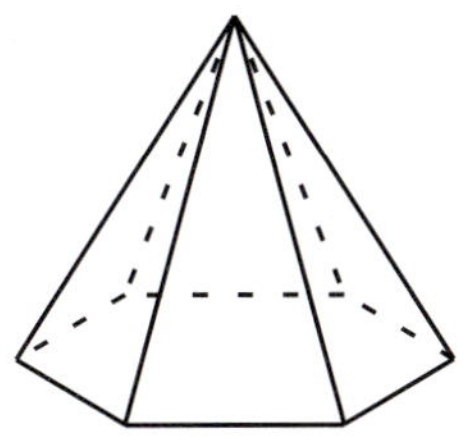	
Octaèdre	**8 faces**	**Nonaèdre**	**9 faces**	**Décaèdre**	**10 faces**	**Dodécaèdre**	**12 faces**
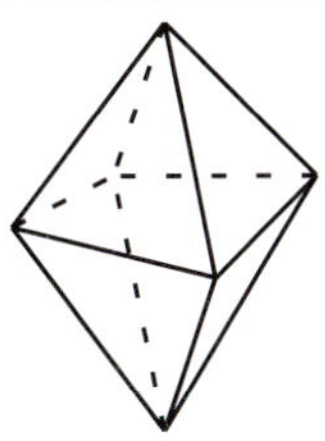		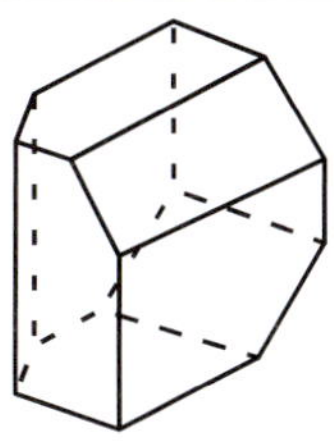		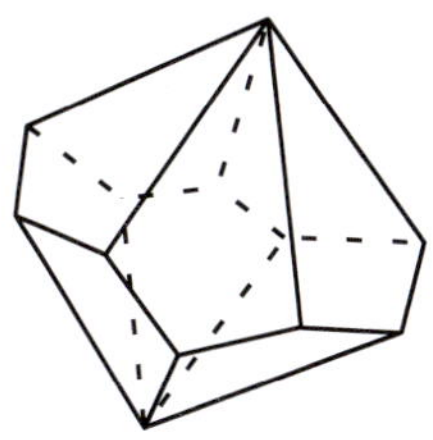		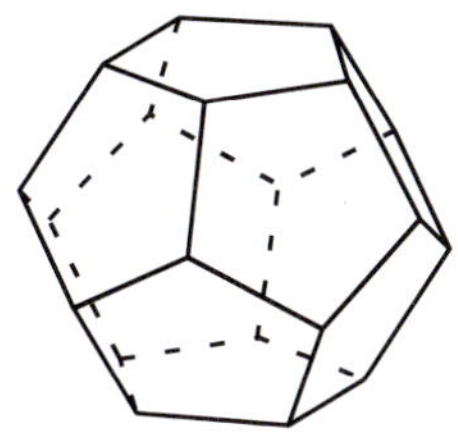	

B Carte d'identité de certains polyèdres

Nom	Pavé droit	Cube	Prisme droit à base pentagonale	Pyramide à base carrée
Dessin	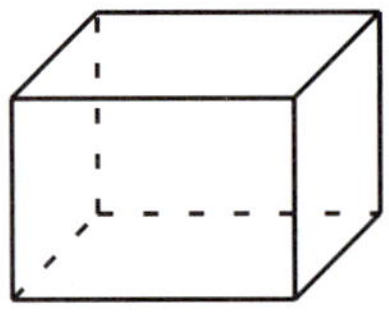	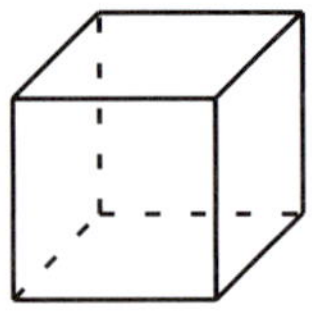	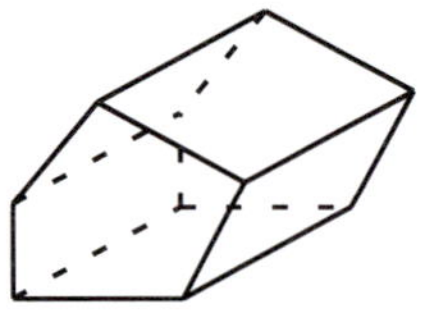	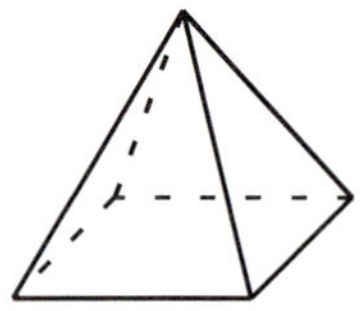
Sommets	8	8	10	5
Arêtes	12	12	15	8
Faces	6 rectangles	6 carrés	2 pentagones et 5 rectangles	1 carrée et 4 triangles
Patron	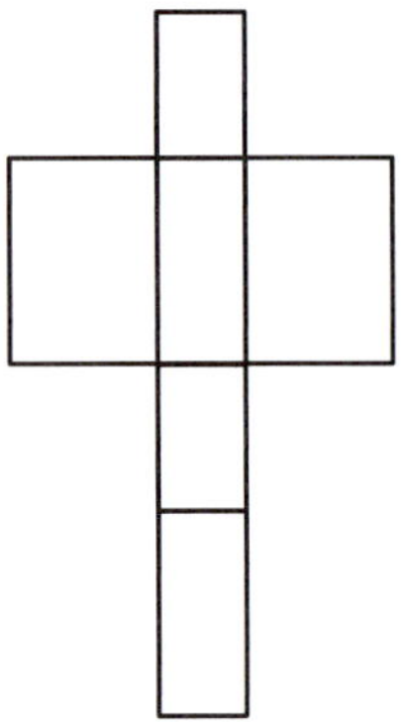	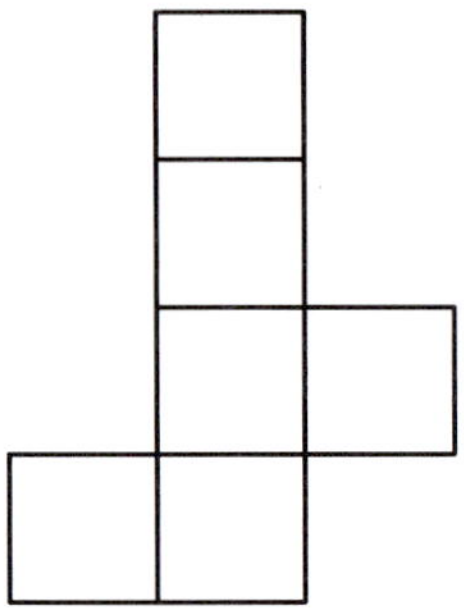	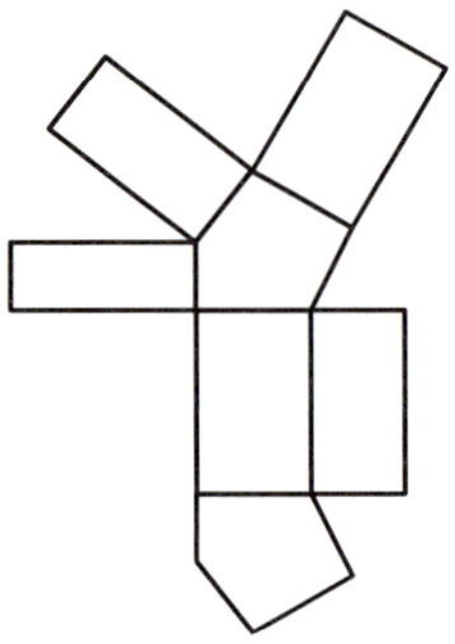	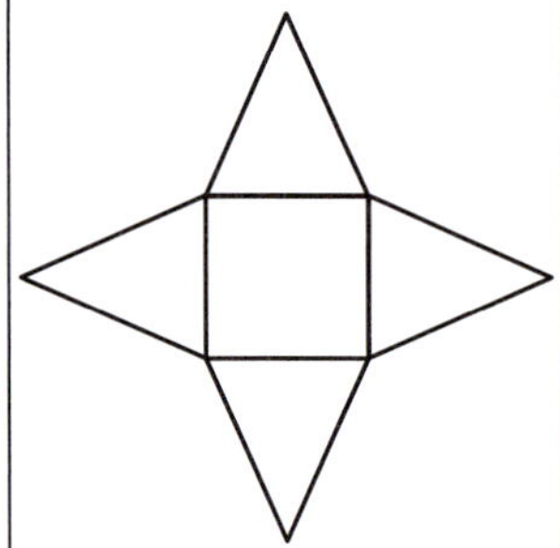

Remarques :
- Un prisme droit a deux bases superposables de forme polygonale et ses autres faces sont des rectangles.
- Une pyramide a une base de forme polygonale et ses autres faces sont des triangles.

Exemple : Représente quatre patrons différents du pavé droit dessiné ci-contre en perspective cavalière.

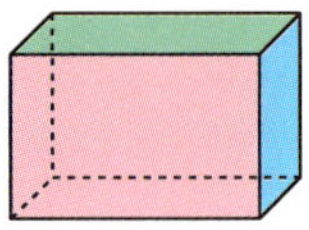

▶ Les faces de la même couleur sont superposables et représentent, pour le pavé droit, des faces parallèles.

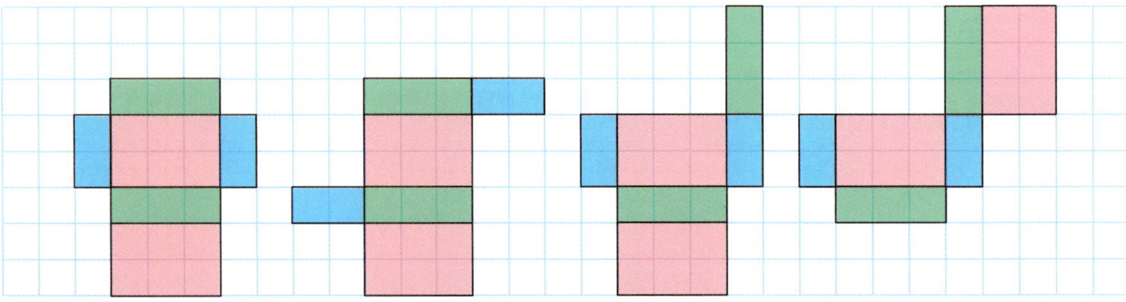

3 Des solides non polyèdres

Cylindre de révolution	Cône de révolution	Boule
	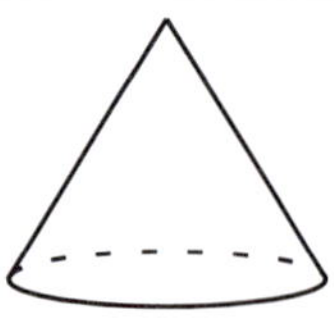	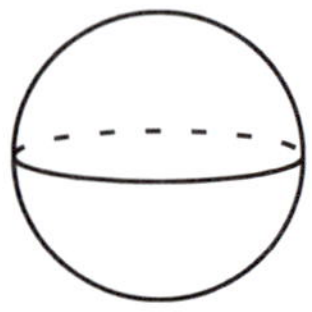

Remarques :
- Le cylindre de révolution a pour bases deux disques superposables.
- Le cône de révolution a pour base un disque.
- Il n'existe pas de patron pour la boule.

1 À quel solide peut-on assimiler chacun des objets suivants ? Remplis le tableau.

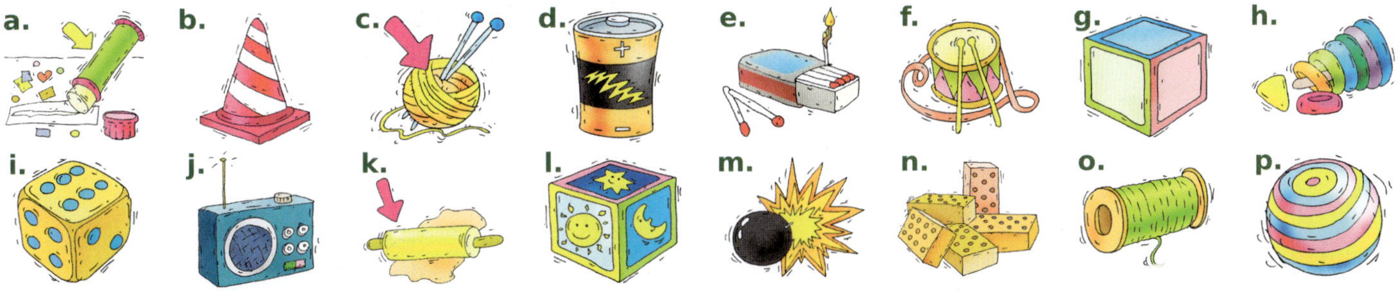

Cube	Pavé droit	Cylindre	Cône	Sphère

2 On considère ces polyèdres.

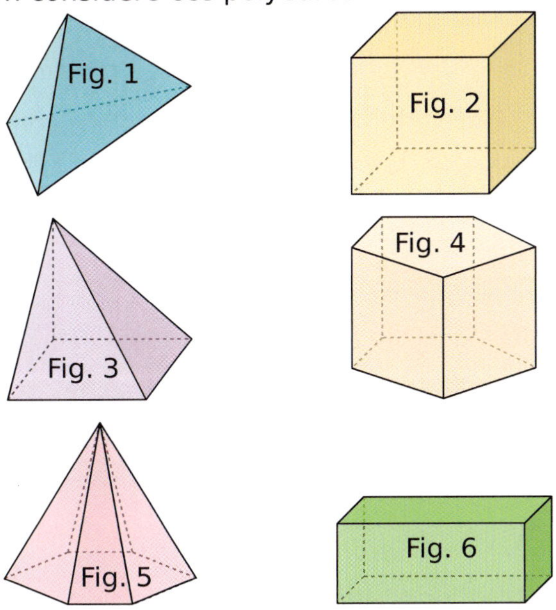

a. Trouve la figure correspondant à la description.

- Je suis une pyramide à base carrée.

....

- Je suis une pyramide à base hexagonale.

....

- Je suis un cube.

....

- Je suis un pavé droit.

....

- Je suis un prisme droit à base pentagonale.

....

- Je suis un tétraèdre.

....

b. Complète le tableau.

	Nombre de sommets	Nombre d'arêtes	Nombre de faces
Fig. 1			
Fig. 2			
Fig. 3			
Fig. 4			
Fig. 5			
Fig. 6			

3 On considère le pavé droit suivant.

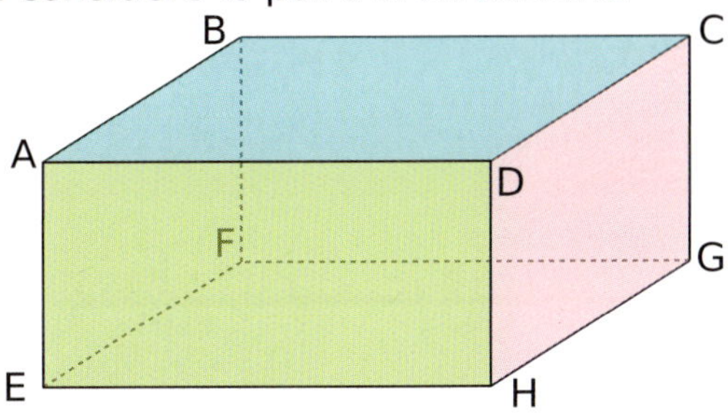

a. Quel est le nom de ce solide ?

....

b. Quelle est la nature de ses faces ?

....

c. Nomme toutes ses faces.

....

....

d. Nomme toutes ses arêtes.

....

....

1 ABCDEFGH est un parallélépipède rectangle.

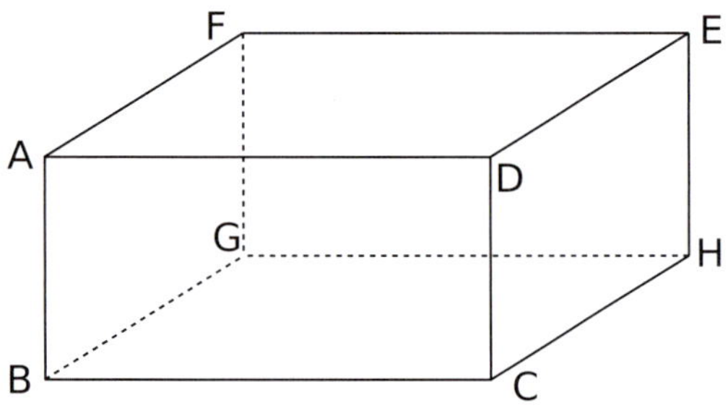

a. Colorie en vert la face parallèle à la face AFGB.

b. Repasse en rouge les arêtes parallèles à [AD].

c. Marque en bleu le sommet commun aux trois faces visibles de ce parallélépipède rectangle.

d. Marque en gris le sommet commun aux trois faces invisibles de ce parallélépipède rectangle.

2 On reprend la figure de l'exercice précédent. Complète le tableau par VRAI ou FAUX.

		Sur le dessin	Dans la réalité
a.	ABCD est un rectangle		
b.	AFGB est un rectangle		
c.	GH = AD		
d.	DC = BC		
e.	(GH) ⊥ (HC)		
f.	(GH) ⊥ (HE)		
g.	(FG) // (DC)		
h.	(FG) // (DE)		

3 Les faces d'un dé sont numérotées de 1 à 6 et la somme des points de deux faces opposées est toujours égale à 7.

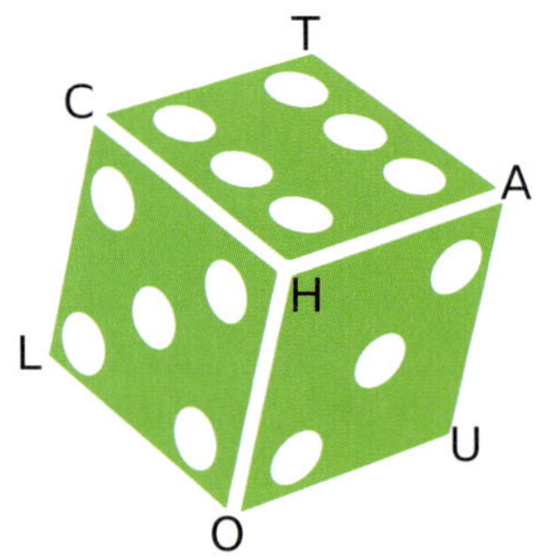

Le sommet invisible est P.

a. Quel chiffre indique...

- la face opposée à HOUA ? ....
- la face opposée à CHAT ? ....
- la face opposée à LOUP ? ....

b. Quelle est la somme des chiffres sur les trois faces invisibles ?

....

4 On considère le cube JKLMNPQR.

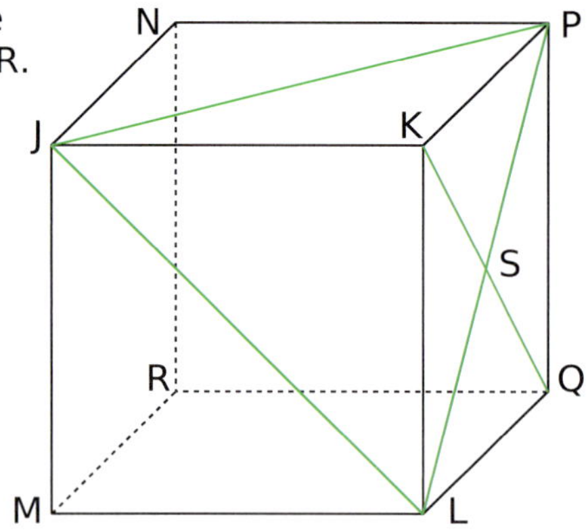

a. Quelles sont les faces « visibles » ?

....

b. Quelles sont les faces « invisibles » ?

....

c. Quelle est la face parallèle à la face JKLM ?

....

d. Quelles sont les arêtes « visibles » ?

....

....

e. Quelles sont les arêtes « invisibles » ?

....

f. Quelles sont les arêtes parallèles à [JN] ?

....

g. Quelles sont les arêtes perpendiculaires à [JN] ?

....

5 On reprend la figure de l'exercice précédent.

a. Quelle est la nature du quadrilatère JKPN ?

- sur le dessin : ....
- dans la réalité : ....

b. Quelle est la nature du quadrilatère JKLM ?

- sur le dessin : ....
- dans la réalité : ....

c. Quelle est, dans la réalité, la nature de chaque triangle ci-dessous ?

- JKP : ....
- QSL : ....
- JPL : ....

1 Entoure les lettres des figures qui sont des représentations en perspective cavalière de parallélépipèdes rectangles.

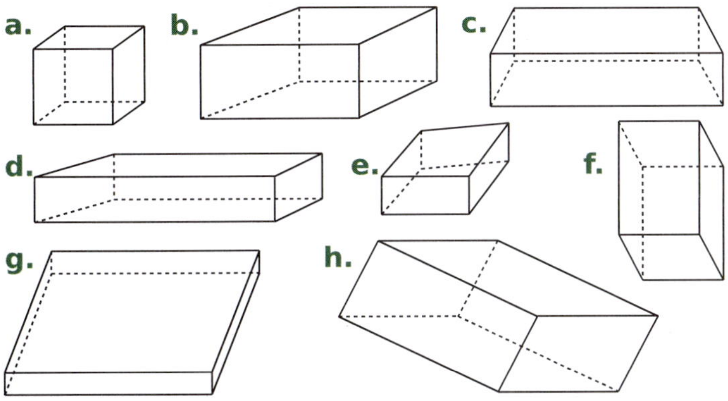

2 Dessine les solides obtenus, en enlevant le cube bleu au **a**, et les 3 cubes bleus au **b**.

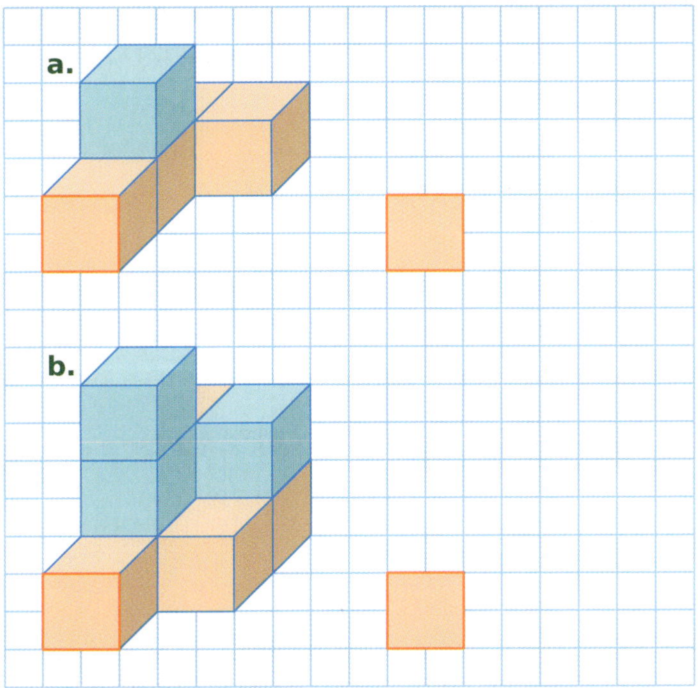

3 Complète le dessin en perspective cavalière de chaque parallélépipède rectangle.

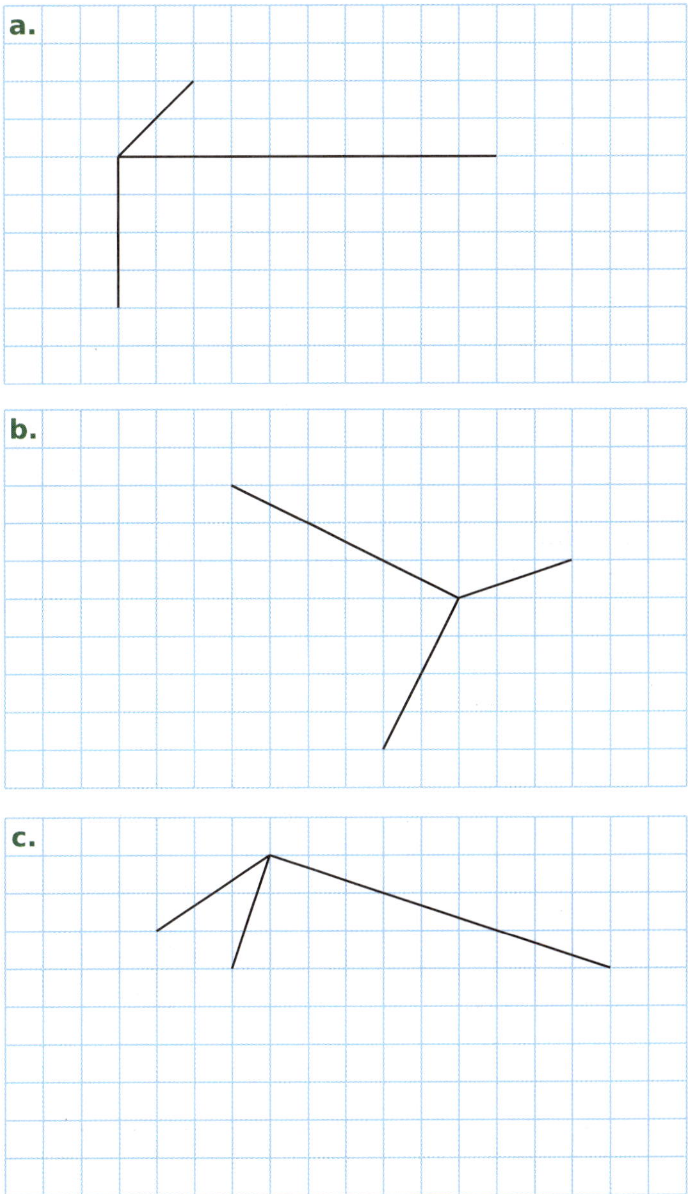

4 Dessine l'animal sur les autres faces visibles de chaque cube ci-dessous.

a. Perspective cavalière

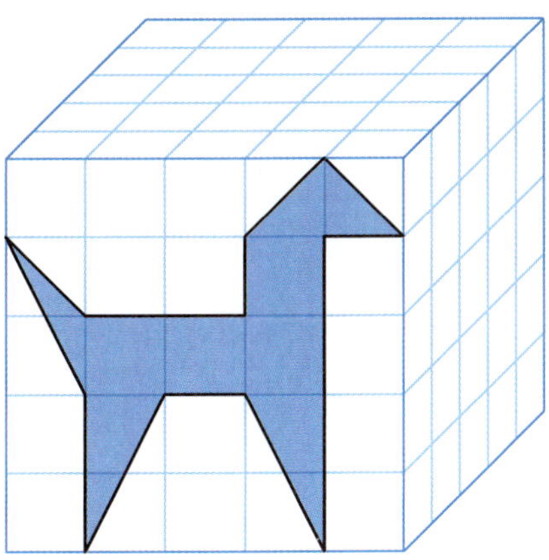

b. Perspective isométrique

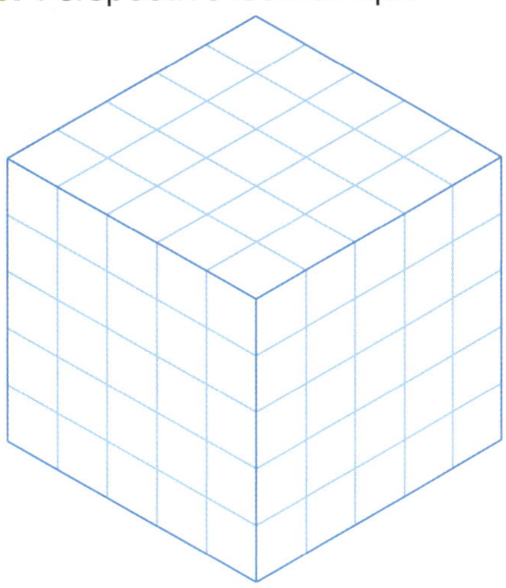

c. Perspective trimétrique

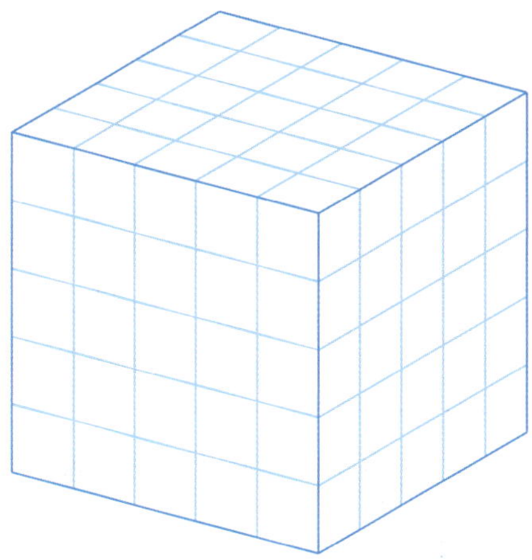

1 Entoure les lettres des figures qui sont des patrons de cube.

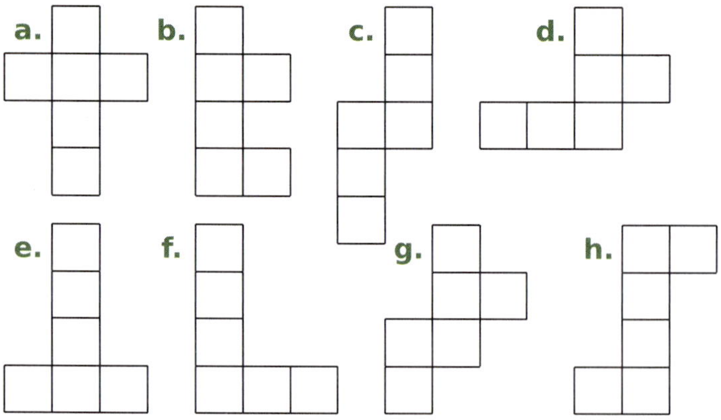

2 Entoure les lettres des figures qui sont des patrons de pavé droit.

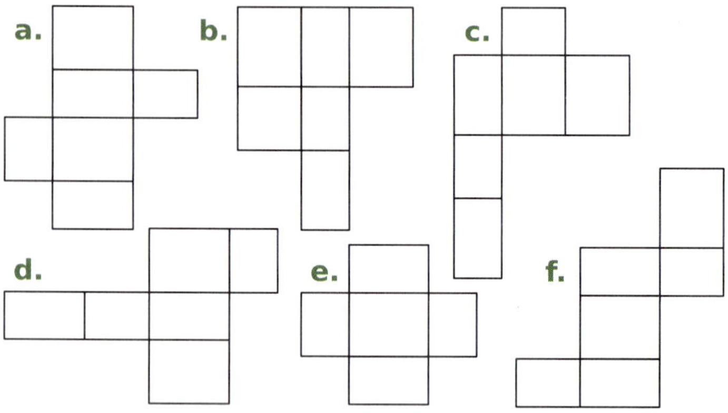

3 Colorie d'une même couleur les faces opposées lorsque le pavé droit est assemblé.

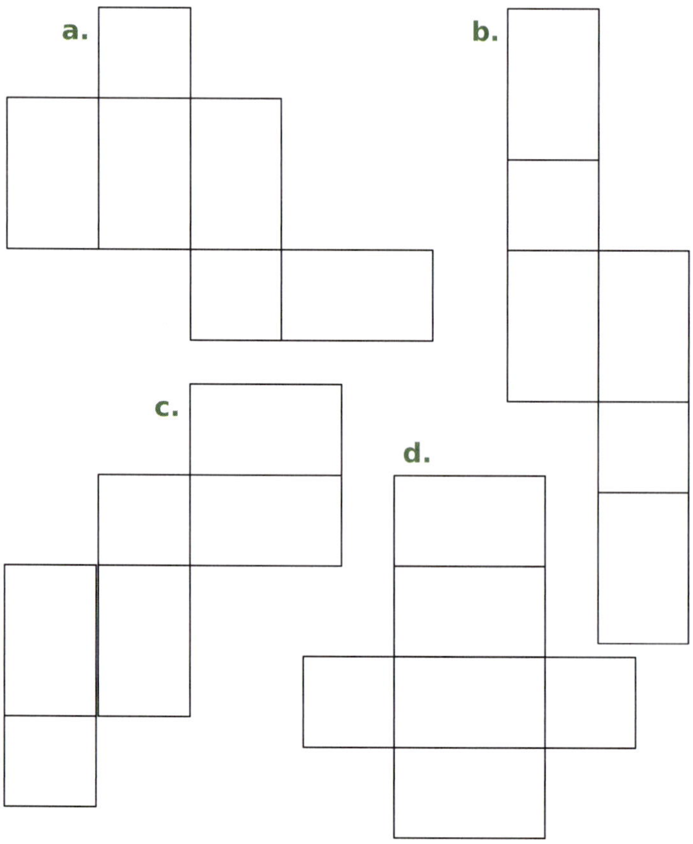

4 Associe chaque patron ci-dessous à la perspective cavalière qui lui correspond.

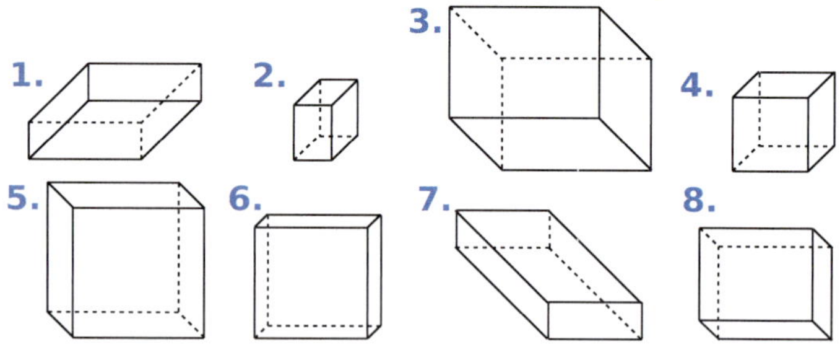

Perspective	1.	2.	3.	4.	5.	6.	7.	8.
Patron								

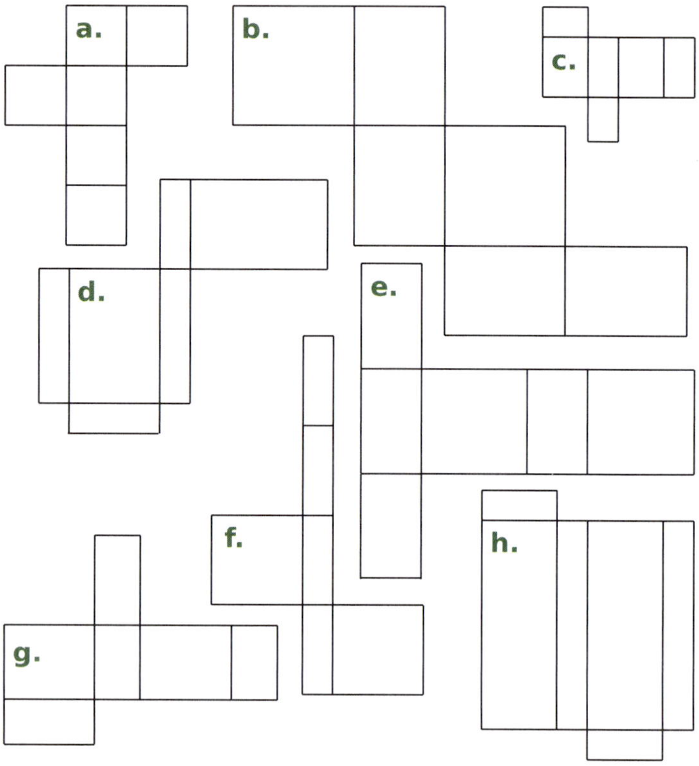

5 Dans chaque cas ci-dessous, repasse de la même couleur le côté qui se superpose au côté coloré lorsque le pavé droit est assemblé.

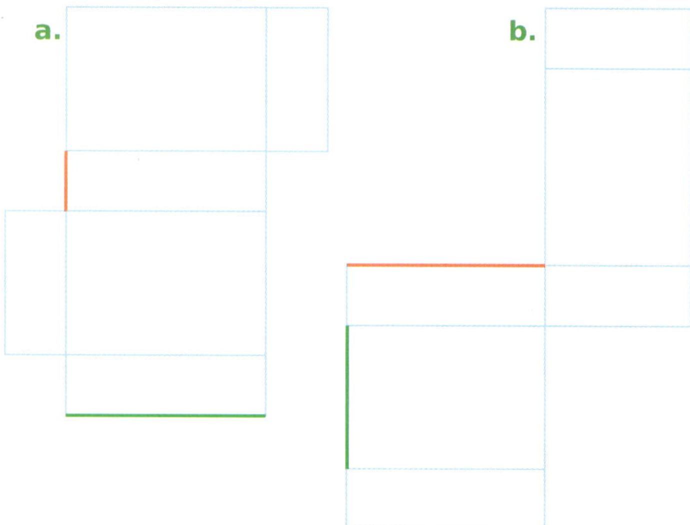

1 Dans chaque cas, repasse de la même couleur les côtés de même longueur que le côté coloré.

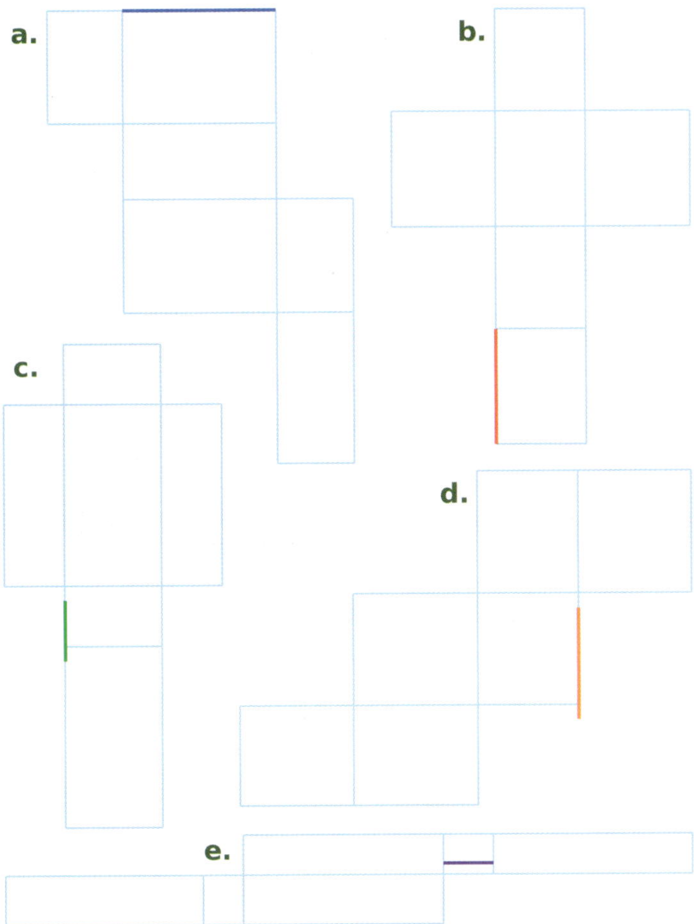

2 Complète les longueurs manquantes (les patrons ne sont pas en vraie grandeur).

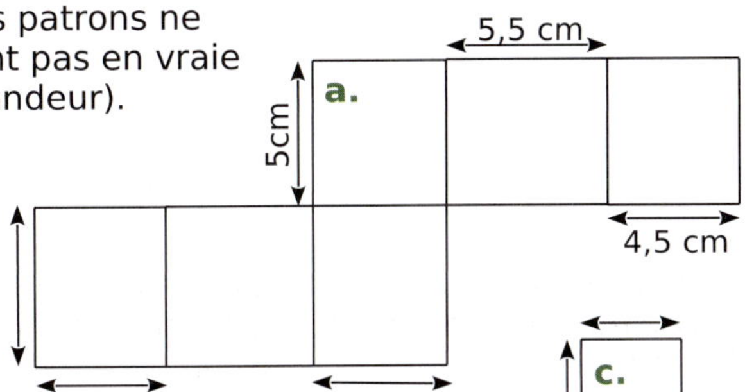

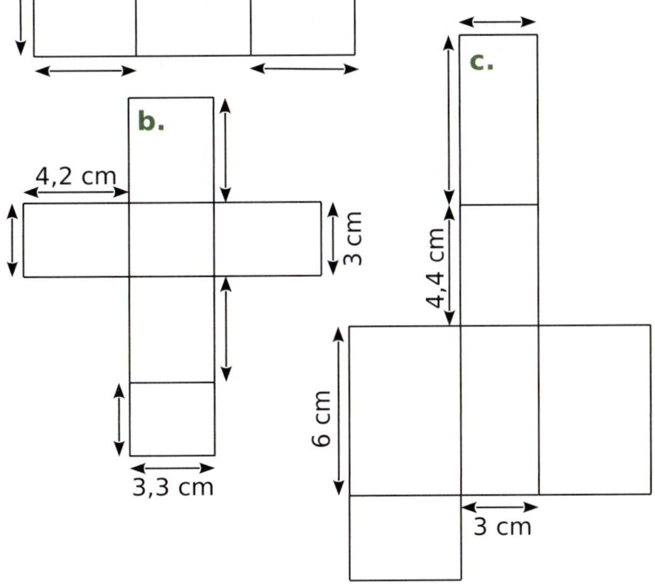

3 Complète le patron du pavé droit.

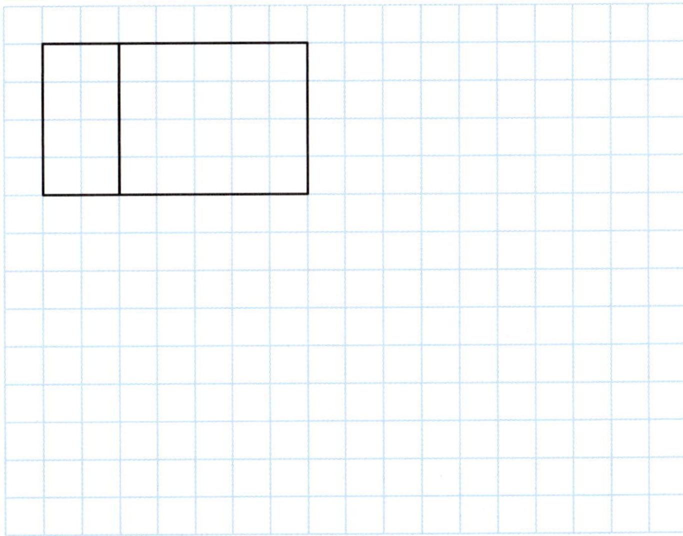

4 Construis un patron d'un pavé droit de dimensions 1,5 cm ; 2 cm et 3,5 cm.

5 Même énoncé avec 1 cm ; 1 cm et 2,5 cm.

M1 Angles

g5.re/2ww g5.re/2kn g5.re/rz6

1 Notion d'angle

A Généralités

Définition Un **angle** est une portion de plan délimitée par deux demi-droites de même origine.

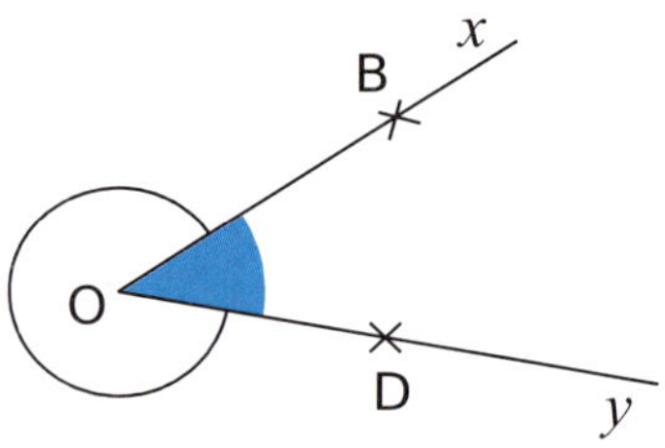

Vocabulaire

- Le point O est le **sommet** de l'angle.
- Les demi-droites [Ox) et [Oy) sont les **côtés** de l'angle.

Définitions

- La portion du plan coloriée en bleu est un angle **saillant**.
- La portion du plan non coloriée est un angle **rentrant**.

B Nommer un angle

Exemple :
Comment se nomme l'angle bleu ?

▶ Il peut se nommer de différentes manières (le plus souvent avec trois lettres, celle du milieu est toujours le sommet de l'angle) :

$\widehat{xOy}$ ou $\widehat{yOx}$ ou $\widehat{BOD}$ ou $\widehat{DOB}$
ou $\widehat{BOy}$ ou $\widehat{yOB}$ ou $\widehat{DOx}$ ou $\widehat{xOD}$.

Remarque :
Des angles de même mesure sont codés avec le **même symbole** (comme pour les longueurs).

Exemple :
Quels sont les angles de même mesure ?

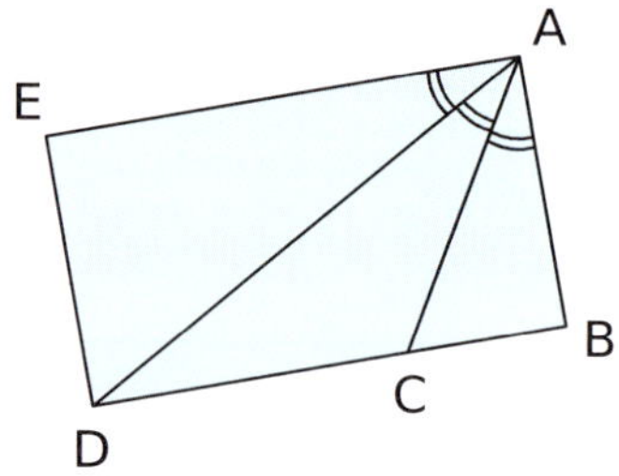

▶ Ils sont codés avec le même symbole.
On a donc : $\widehat{EAD} = \widehat{DAC} = \widehat{CAB}$

2 Différents types d'angles

On classe les angles par catégories selon leur mesure.

Angle	Nul	Aigu	Droit	Obtus	Plat	Rentrant	Plein
Figure		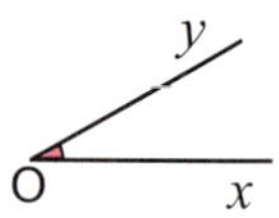	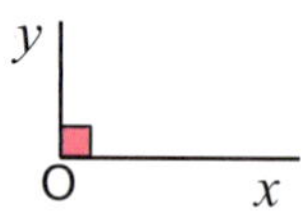	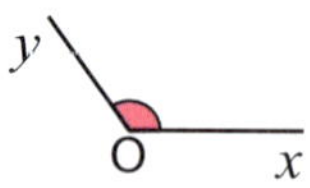	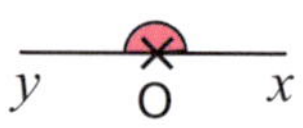	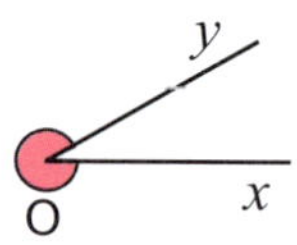	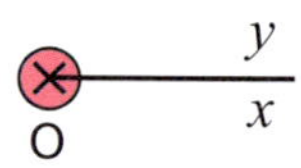
Mesure	0°	entre 0° et 90°	90°	entre 90° et 180°	180°	entre 180° et 360 °	360°
Position des côtés	confondus		Perpendiculaires		dans le prolongement l'un de l'autre		confondus

Angles **saillants** (Aigu, Droit, Obtus, Plat)

Propriétés Soient A, B et C trois points distincts.

- Dire que « les droites (AB) et (AC) sont **perpendiculaires** » revient à dire que « l'angle $\widehat{BAC}$ est un **angle droit** ».
- Dire que « les points A, B et C sont **alignés** » revient à dire que « l'angle $\widehat{BAC}$ est soit **nul**, soit **plat** ».

Exemple : Que dire des points J, K et L ? *La figure est tracée à main levée.*

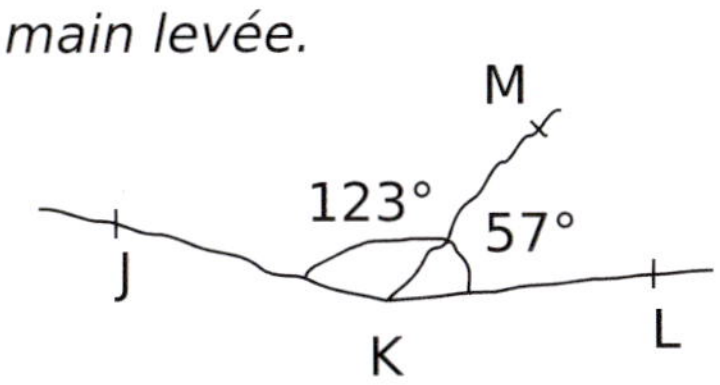

▸ $\widehat{JKL} = \widehat{JKM} + \widehat{MKL} = 123° + 57° = 180°$
L'angle $\widehat{JKL}$ est un **angle plat**.
Donc les points J, K et L sont **alignés**.

3 *Utilisation du rapporteur*

Définitions
On peut mesurer « l'ouverture » d'un angle.
L'unité que l'on utilise au collège est le **degré**.
L'instrument qui permet de mesurer des angles est le **rapporteur**.

Remarque : Un **rapporteur** gradué en degrés a souvent une double graduation qui va de **0 à 180 degrés** et qui est source de nombreuses erreurs. Il conviendra donc de bien observer si l'angle qu'on étudie est aigu ou obtus.

Exemple 1 : Donne la mesure de l'angle $\widehat{CAB}$.

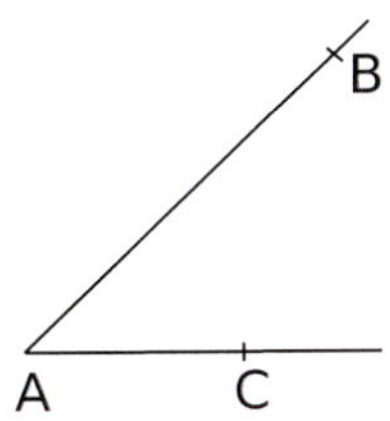	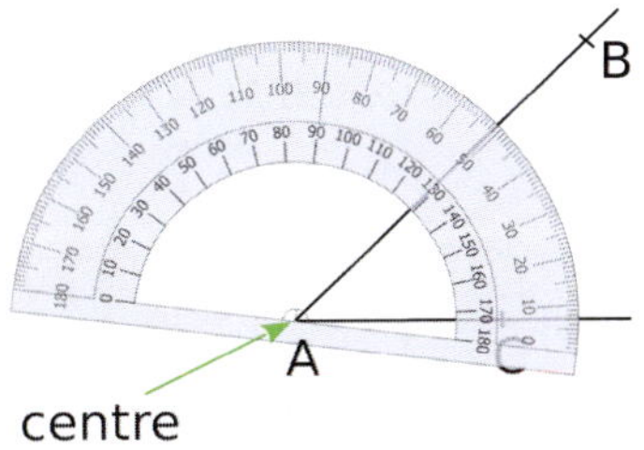	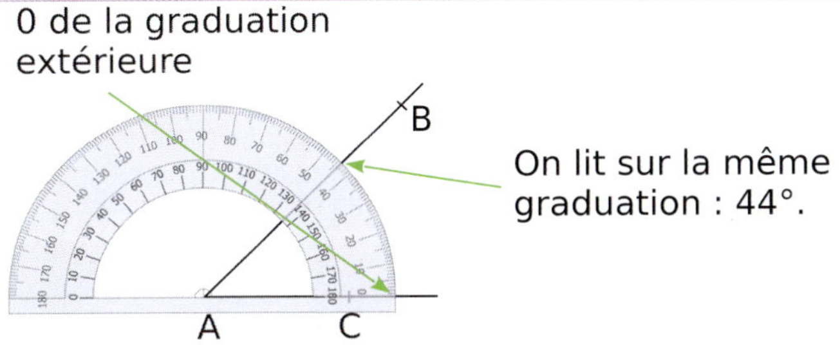
On veut mesurer l'angle $\widehat{CAB}$.	On place le **centre** du rapporteur sur le **sommet** de l'angle.	On place un zéro du rapporteur sur le côté [AC]. La mesure de l'angle est donnée par l'autre côté de l'angle sur **la même échelle de graduation**.

Exemple 2 : Construis un angle $\widehat{BUT}$ tel que $\widehat{BUT} = 108°$.

	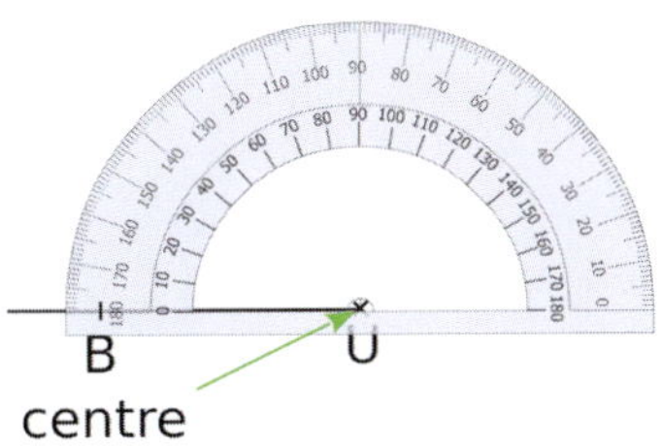	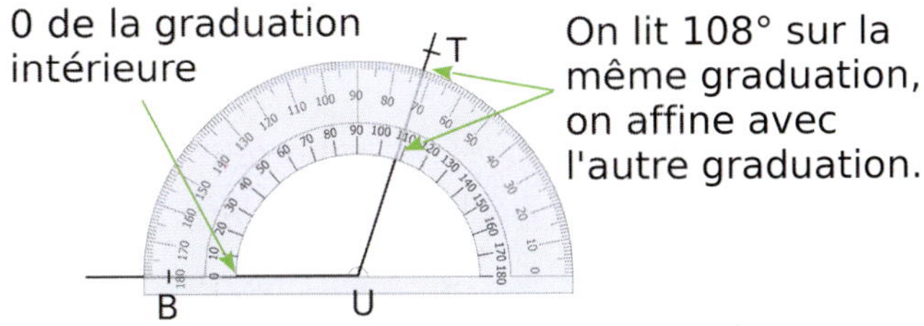
On trace d'abord une **demi-droite** [UB).	On place le **centre** du rapporteur sur le point U. On place un **zéro du rapporteur** sur le côté [UB).	On marque, d'un petit **trait-repère**, 108°. On trace la demi-droite d'origine U passant par le **trait-repère**. On place un point T sur cette demi-droite.

4 *Bissectrice d'un angle*

Définition La **bissectrice d'un angle** est la demi-droite qui partage cet angle en deux angles de même mesure.

Fiche 1 : identifier des angles

1 Complète le tableau.

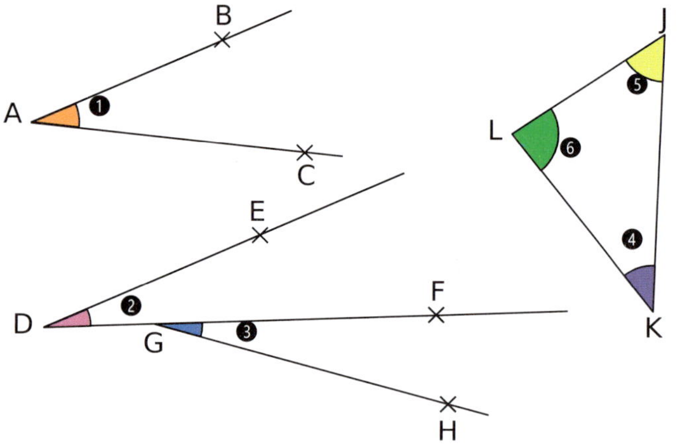

Angle	Nom	Sommet	Côtés
❶			
❷			
❸			
❹			
❺			
❻			

2 Nomme chacun des angles, de toutes les manières possibles.

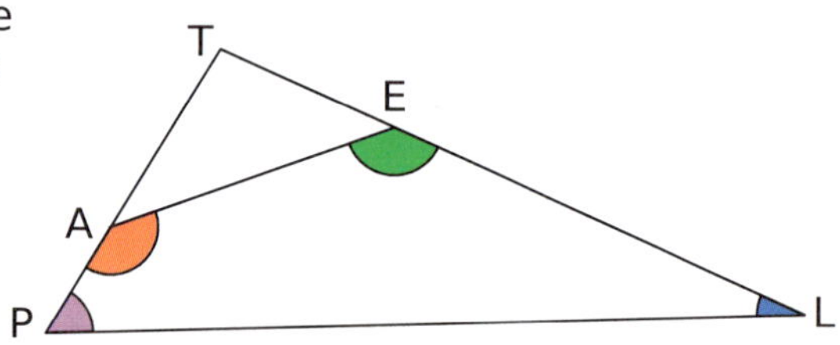

a. rouge : ....

b. vert : ....

c. rose : ....

d. bleu : ....

3 Indique la couleur de chaque angle.

a. $\widehat{uOz}$: .... **c.** $\widehat{zOx}$: ....

b. $\widehat{yOu}$: .... **d.** $\widehat{xOy}$: ....

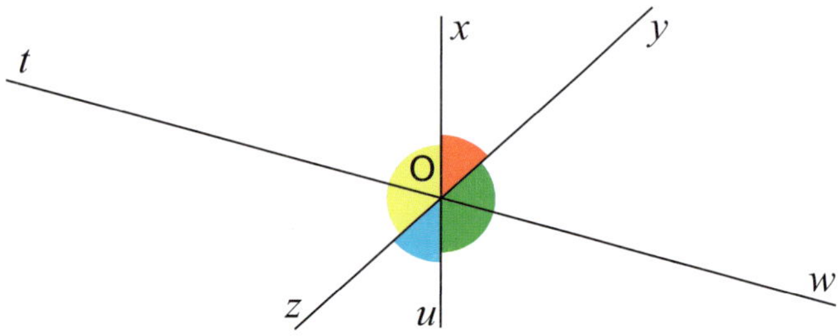

4 Colorie sur la figure l'angle...

a. $\widehat{ARI}$ en rouge ; **c.** $\widehat{MAR}$ en bleu ;

b. $\widehat{MIR}$ en vert ; **d.** $\widehat{AMI}$ en orange ;

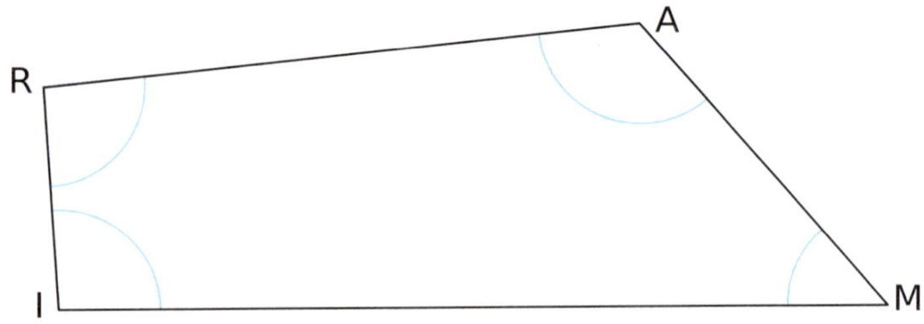

5 Colorie sur la figure l'angle...

a. $\widehat{ECO}$ en rouge ; **d.** $\widehat{CEU}$ en orange ;

b. $\widehat{CUO}$ en vert ; **e.** $\widehat{COU}$ en jaune ;

c. $\widehat{UBO}$ en bleu ; **f.** $\widehat{EUB}$ en rose.

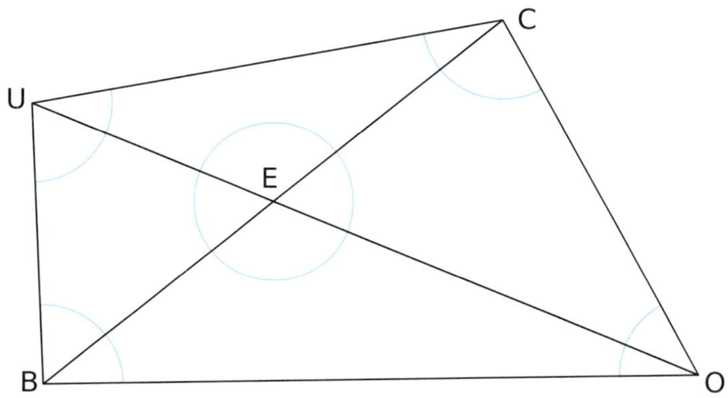

6 Écris toutes les égalités d'angles.

....

....

....

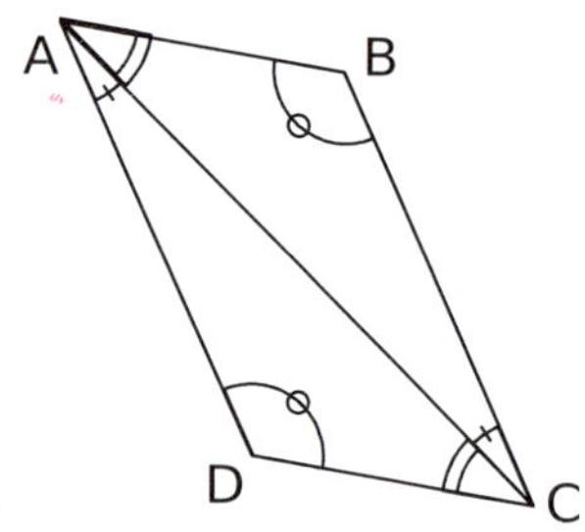

7 Sur cette figure, code les égalités d'angles $\widehat{FEA} = \widehat{EFA} = \widehat{EAF}$ et $\widehat{MAE} = \widehat{MEA}$.

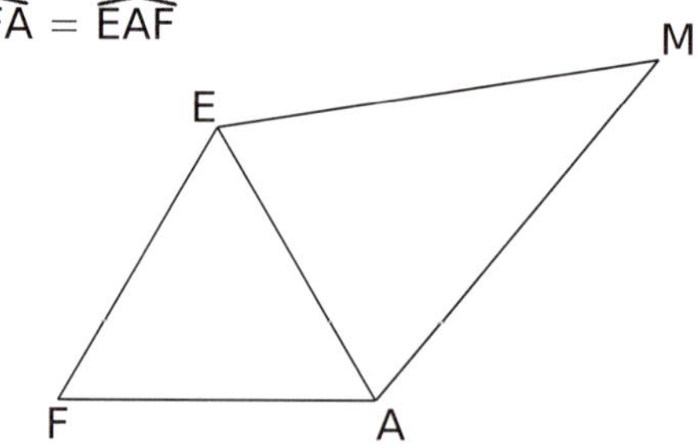

Que dire des angles $\widehat{FEM}$ et $\widehat{FAM}$? Pourquoi ?

....

....

....

1 Pour chaque cas ci-dessous, donne la nature de l'angle (aigu, obtus, droit ou plat).

a. 27° ↔ ....
b. 12,3° ↔ ....
c. 90° ↔ ....
d. 1° ↔ ....
e. 154° ↔ ....
f. 32° ↔ ....
g. 179,9° ↔ ....
h. 80° ↔ ....
i. 180° ↔ ....
j. 93,90° ↔ ....

2 Classe chaque angle dans le tableau.

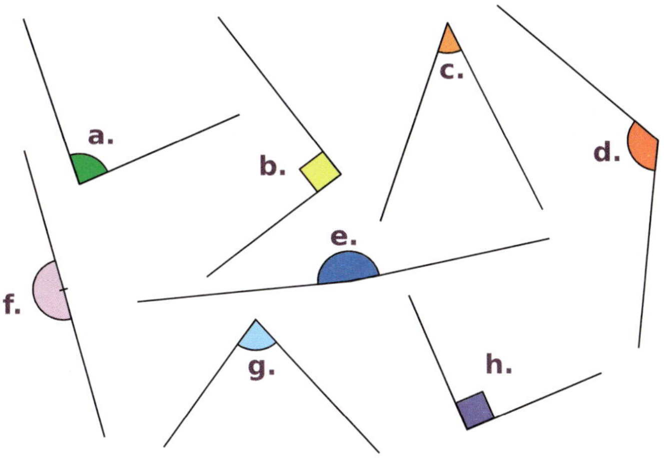

Aigu	Droit	Obtus	Plat

3 Donne la nature de chaque angle.

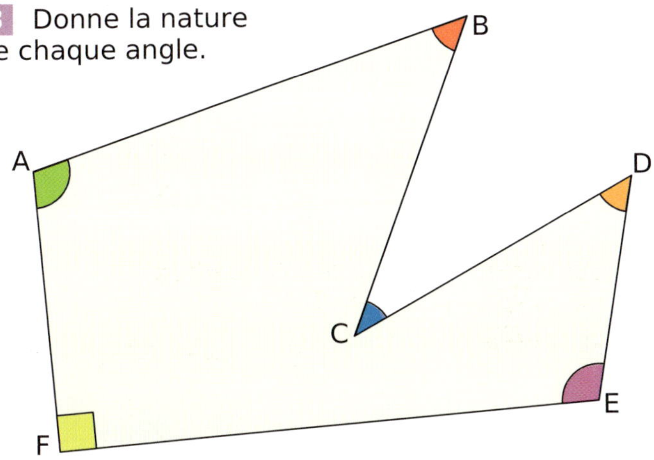

a. L'angle $\widehat{FAB}$ est ....
b. L'angle $\widehat{ABC}$ est ....
c. L'angle $\widehat{BCD}$ est ....
d. L'angle $\widehat{CDE}$ est ....
e. L'angle $\widehat{FED}$ est ....
f. L'angle $\widehat{EFA}$ est ....

4 Marque les angles aigus avec un **arc rouge**, les angles obtus avec un **arc bleu** et les angles droits avec un **carré vert**.

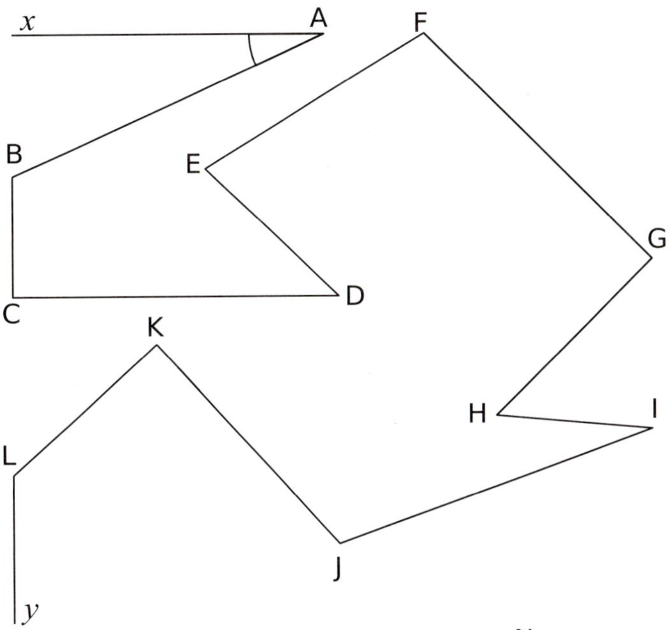

5 On considère le quadrilatère ci-contre.

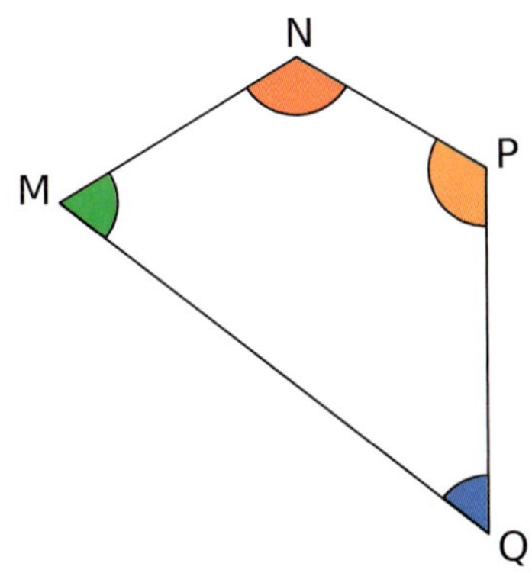

a. Quels sont les angles aigus ?

....

b. Quels sont les angles obtus ?

....

6 Explique pourquoi chaque figure est fausse.

a.

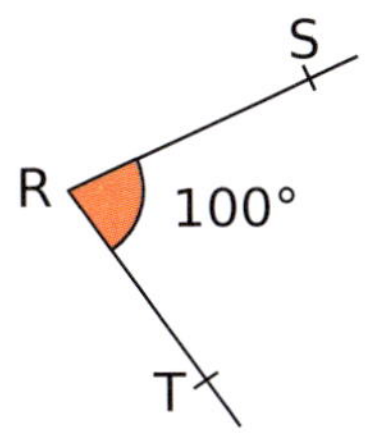

b.

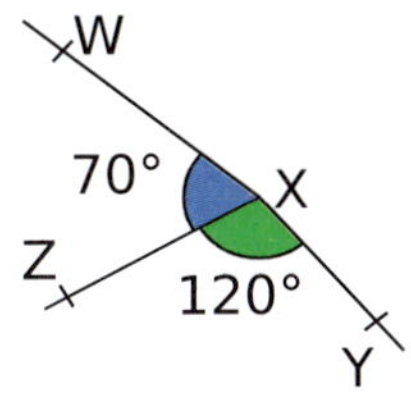

a. ....
....
....
....

b. ....
....
....
....

Fiche 3 : calculer des angles

1 Justifie tes calculs.

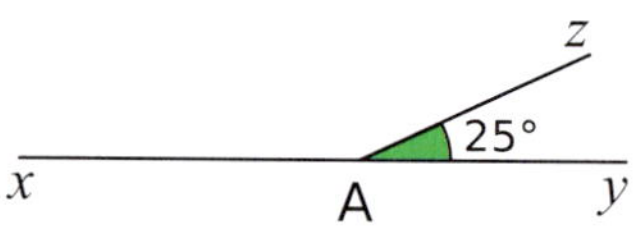

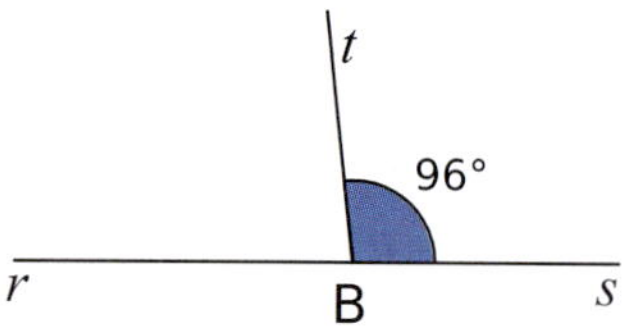

a. Quelle est la mesure de l'angle $\widehat{xAz}$?

....

....

b. Quelle est la mesure de l'angle $\widehat{rBt}$?

....

....

2 Calcule et justifie.

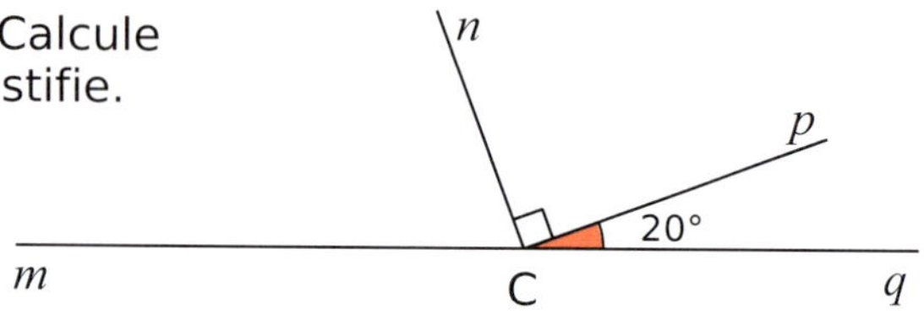

a. Quelle est la mesure de l'angle $\widehat{qCn}$?

....

....

b. Quelle est la mesure de l'angle $\widehat{mCn}$?

....

....

c. Quelle est la mesure de l'angle $\widehat{mCp}$?

....

....

3 Calcule et justifie.

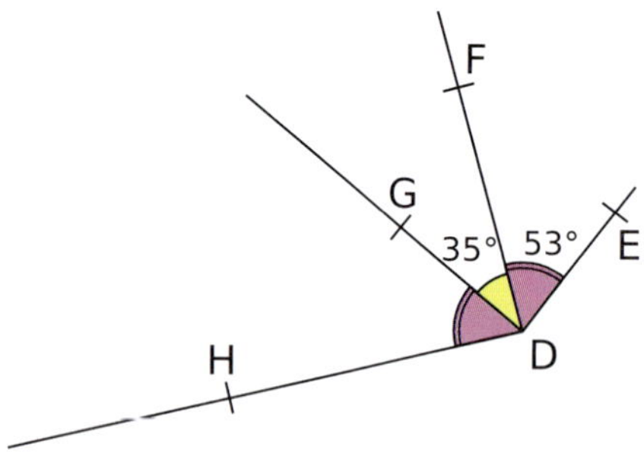

a. Quelle est la mesure de l'angle $\widehat{HDF}$?

....

....

b. Quelle est la mesure de l'angle $\widehat{HDE}$?

....

....

4 Les points J, K et L sont-ils alignés ? Justifie. (Attention, la figure est volontairement fausse.)

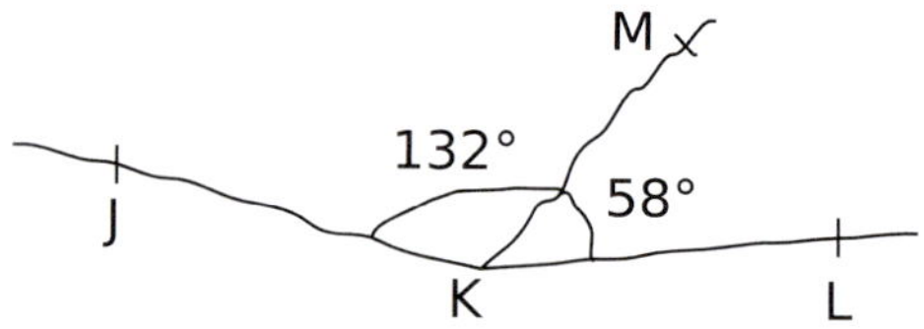

....

....

....

....

....

5 Le quadrilatère MNOP est un carré et les triangles POY et NOZ sont équilatéraux.

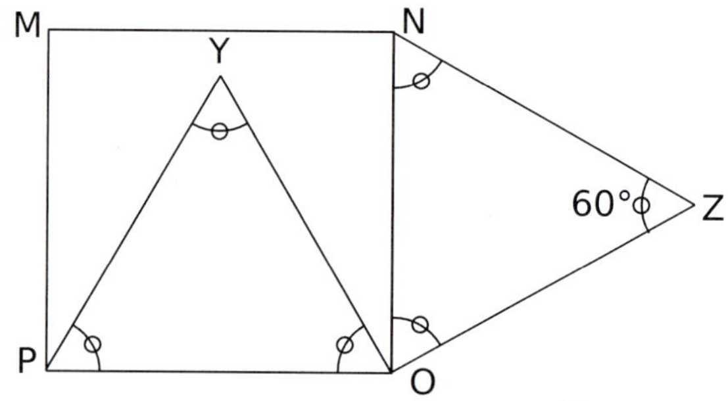

a. Quelle est la mesure de l'angle $\widehat{MNZ}$? Justifie.

....

....

b. Quelle est la mesure de l'angle $\widehat{YON}$? Justifie.

....

....

c. Quelle est la mesure de l'angle $\widehat{YOZ}$? Justifie.

....

....

d. Quelle est la nature du triangle YOZ ? Justifie.

....

....

....

....

e. Comment semblent être les points M, Y et Z ? (On ne demande pas de le démontrer.)

....

1 Sans utiliser d'instrument de géométrie, associe chaque angle à sa mesure.

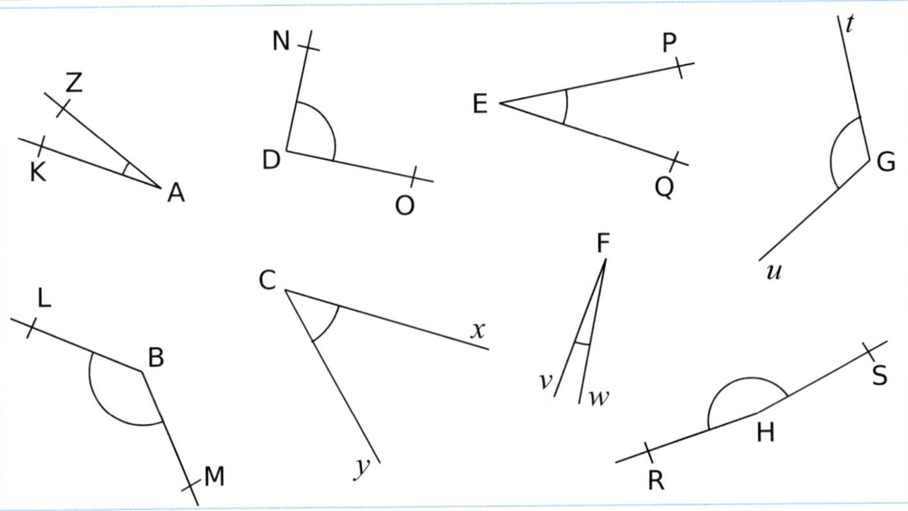

Angle	Mesure
$\widehat{ZAK}$ ·	· 5°
$\widehat{NDO}$ ·	· 20°
$\widehat{PEQ}$ ·	· 30°
$\widehat{tGu}$ ·	· 45°
$\widehat{LBM}$ ·	· 90°
$\widehat{yCx}$ ·	· 120°
$\widehat{vFw}$ ·	· 135°
$\widehat{RHS}$ ·	· 170°

2 Lis la mesure de chaque angle sur le rapporteur gradué tous les 10°.

a. ....

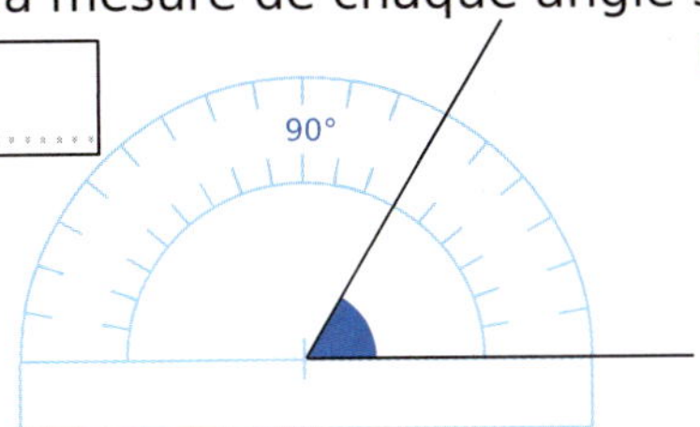

b. ....

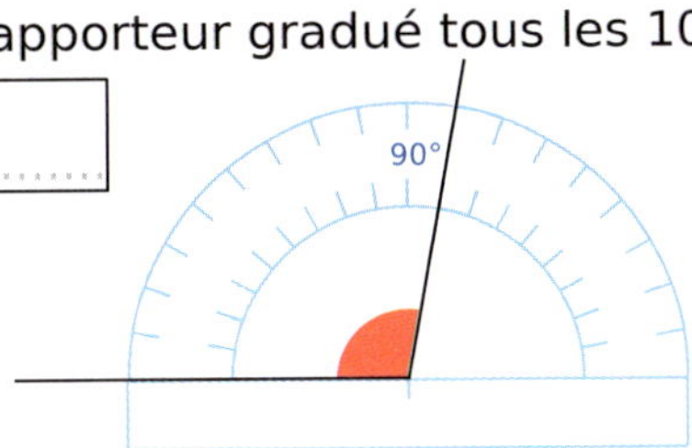

c. ....

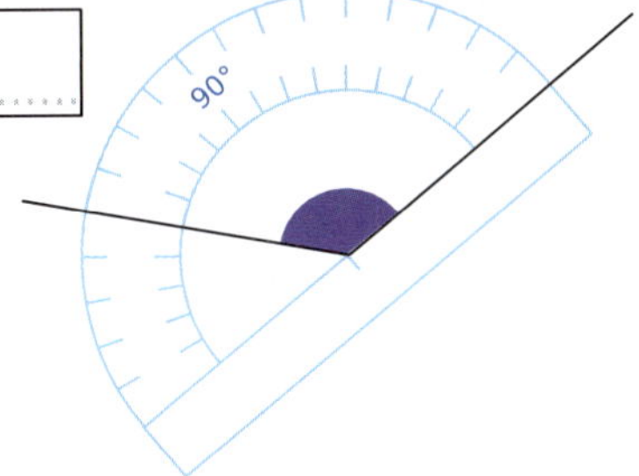

d. ....

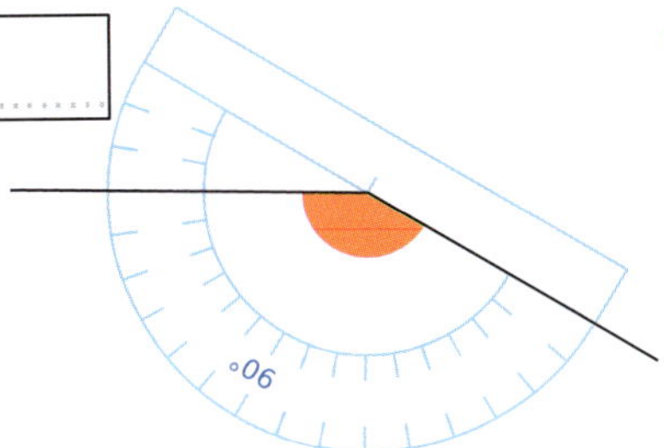

e. ....

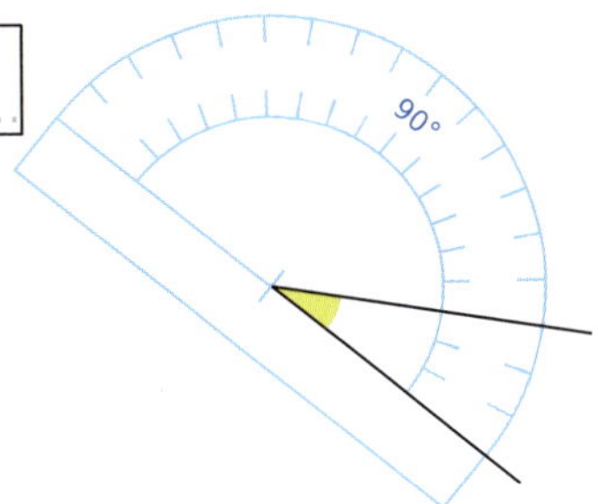

f. ....

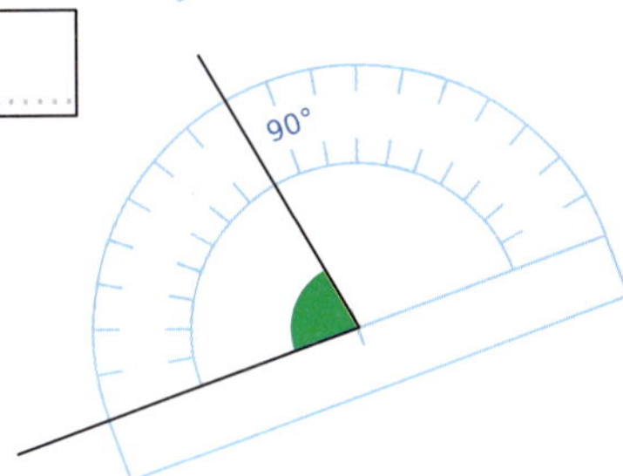

3 Lis la mesure de chaque angle sur le rapporteur.

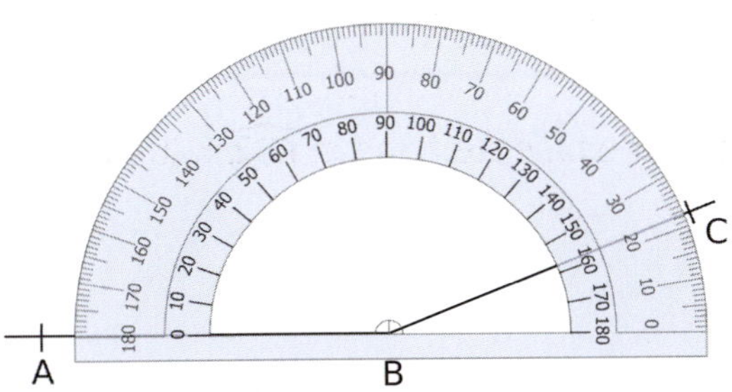

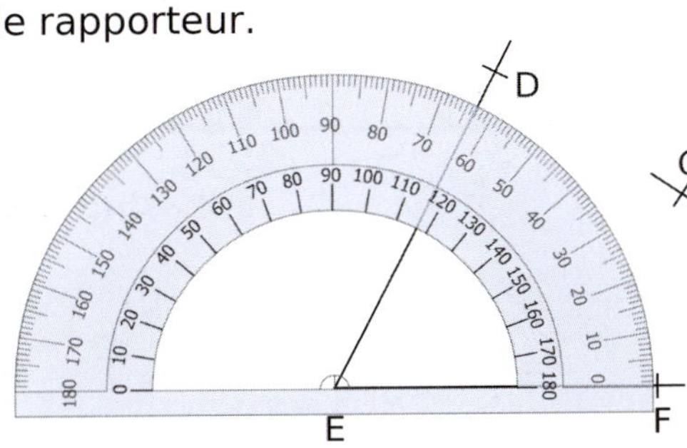

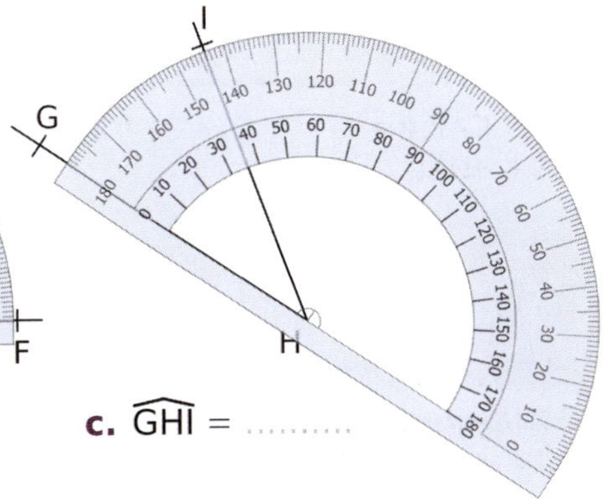

a. $\widehat{ABC}$ = ... **b.** $\widehat{DEF}$ = ... **c.** $\widehat{GHI}$ = ...

4 Donne la nature de chaque angle, puis détermine sa mesure.

a. $\widehat{xKJ}$ est un angle .... et $\widehat{xKJ}$ = ...

b. $\widehat{xKL}$ est un angle .... et $\widehat{xKL}$ = ...

c. $\widehat{yKJ}$ est un angle .... et $\widehat{yKJ}$ = ...

d. $\widehat{LKJ}$ est un angle .... et $\widehat{LKJ}$ = ...

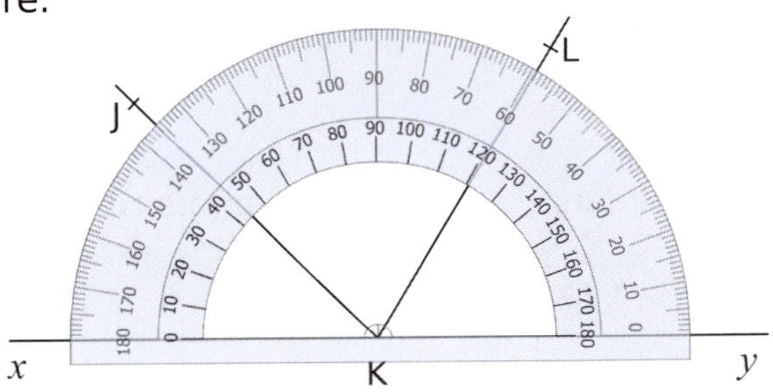

Fiche 5 : mesurer un angle (2)

1 À l'aide de ton rapporteur, mesure les angles suivants et écris tes réponses dans les bulles.

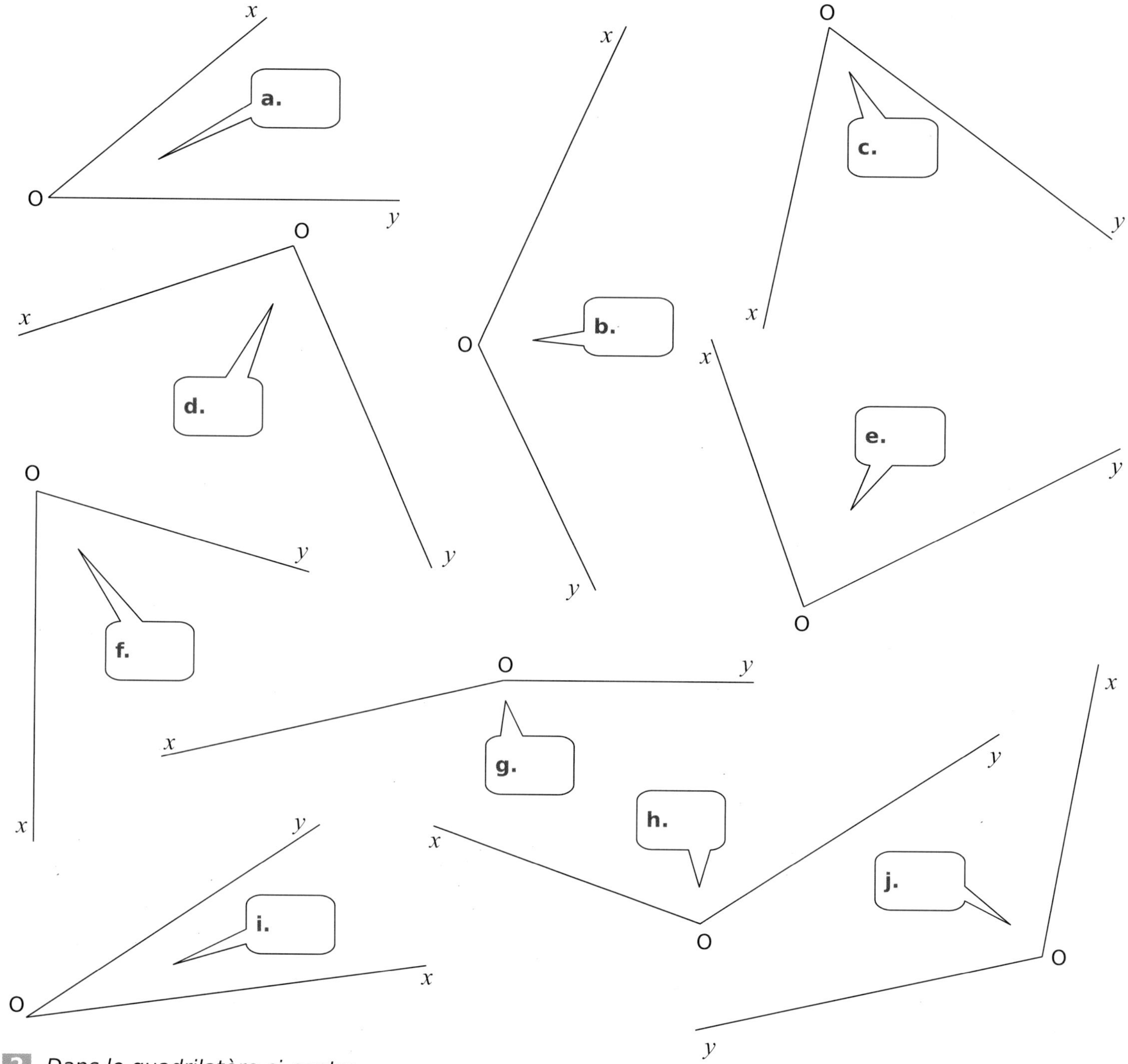

2 *Dans le quadrilatère ci-contre*

a. Marque en rouge les angles aigus et en bleu les angles obtus.

b. Mesure chacun des angles du quadrilatère ABCD.

$\widehat{ABC}$ = ... $\widehat{CDA}$ = ...

$\widehat{BCD}$ = ... $\widehat{DAB}$ = ...

c. Calcule la somme des quatre mesures trouvées.

....

....

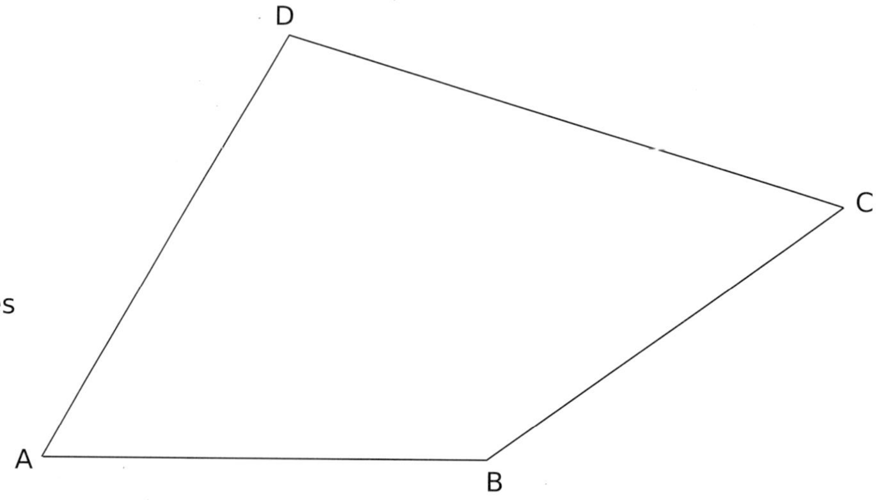

Mesure chaque angle
de la ligne polygonale.

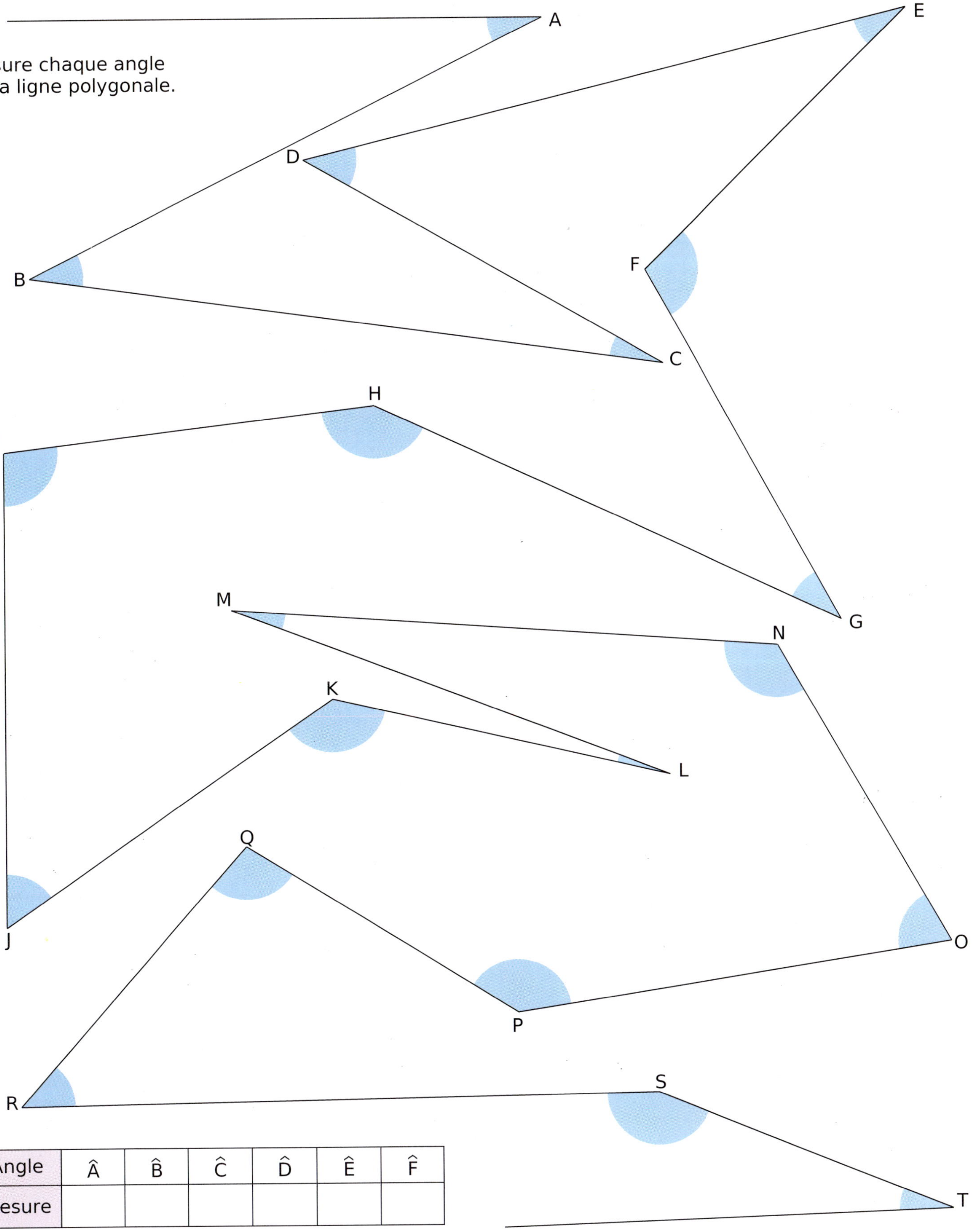

Angle	$\hat{A}$	$\hat{B}$	$\hat{C}$	$\hat{D}$	$\hat{E}$	$\hat{F}$
Mesure						

Angle	$\hat{G}$	$\hat{H}$	$\hat{I}$	$\hat{J}$	$\hat{K}$	$\hat{L}$	$\hat{M}$	$\hat{N}$	$\hat{O}$	$\hat{P}$	$\hat{Q}$	$\hat{R}$	$\hat{S}$	$\hat{T}$
Mesure														

1 Construis le deuxième côté de l'angle pour qu'il ait la mesure indiquée.

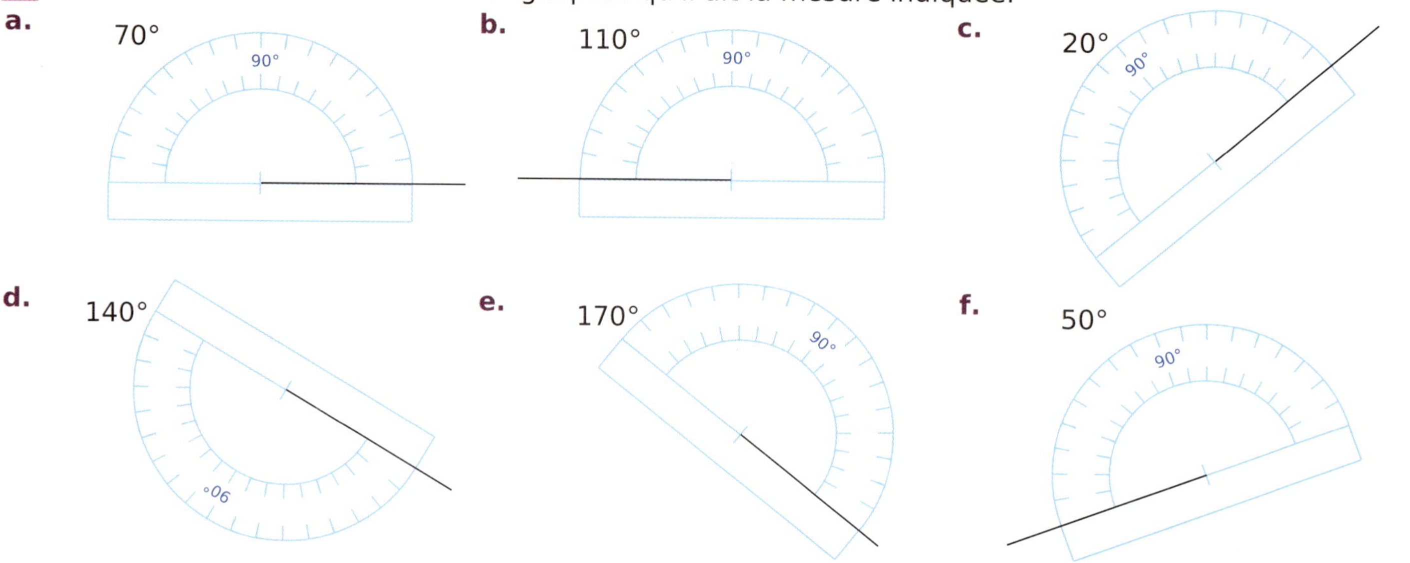

2 Construis le deuxième côté de l'angle pour qu'il ait la mesure indiquée.

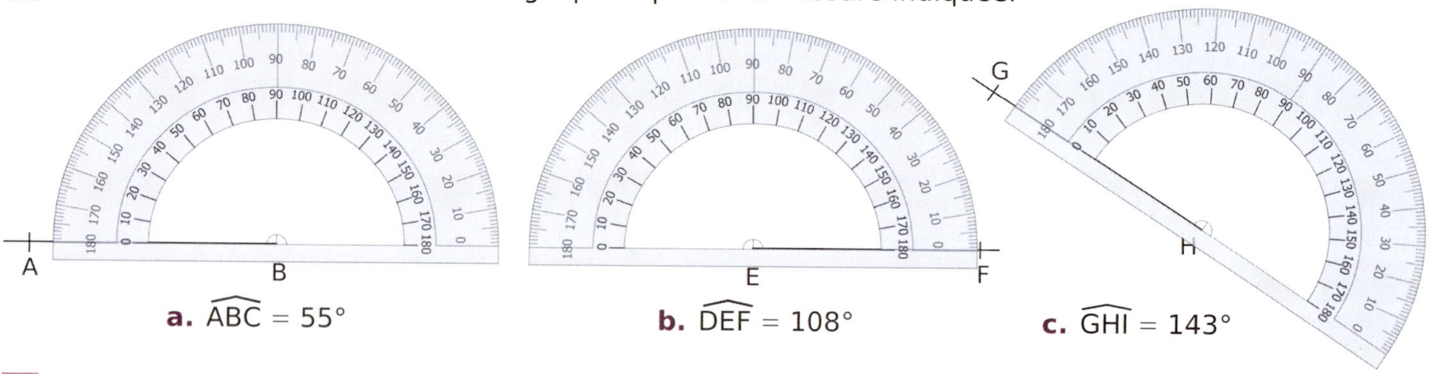

a. $\widehat{ABC} = 55°$ **b.** $\widehat{DEF} = 108°$ **c.** $\widehat{GHI} = 143°$

3 Dans chaque cas, construis la demi-droite [Oy) pour que l'angle $\widehat{xOy}$ ait la mesure indiquée.

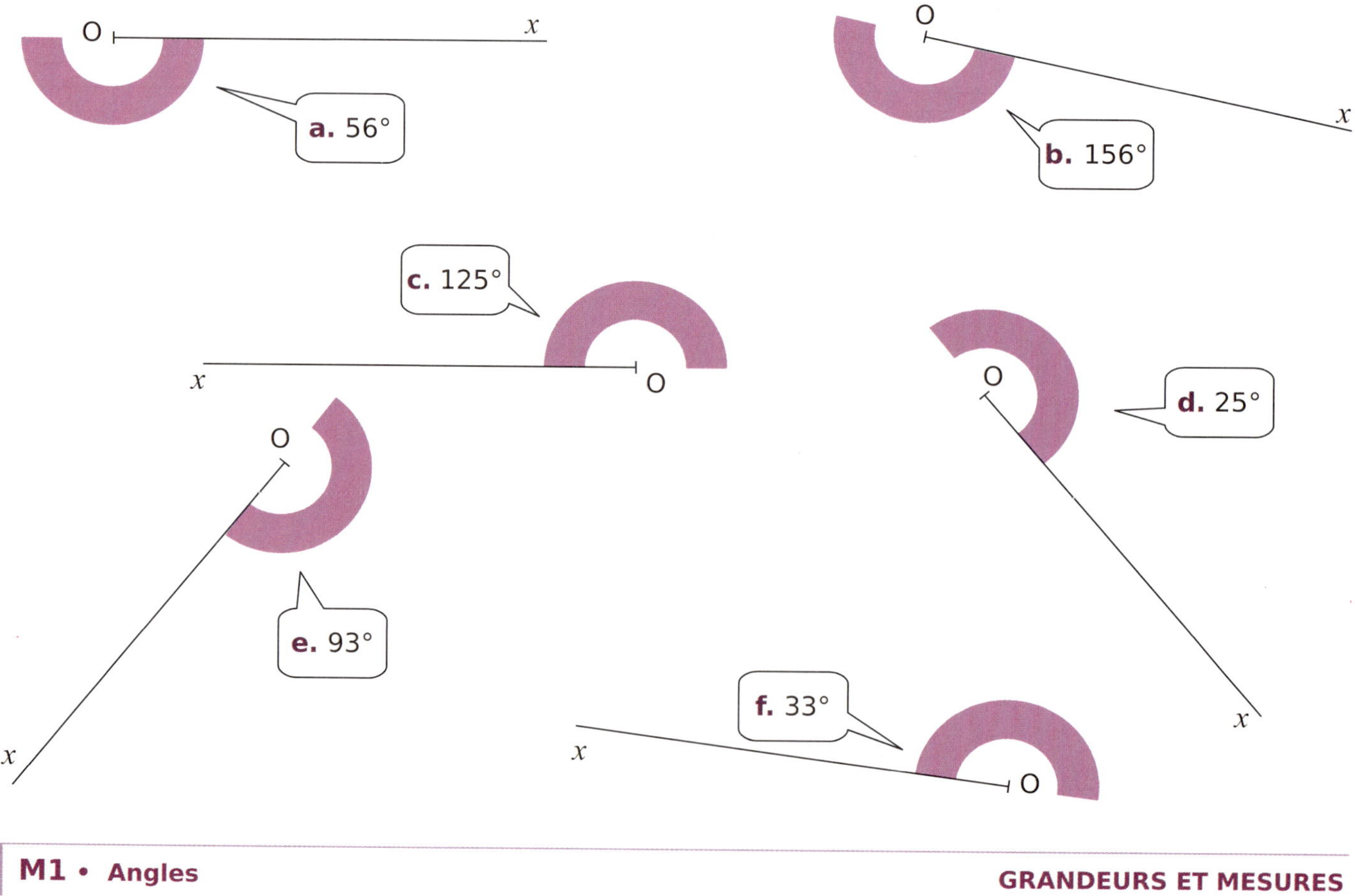

1 Reproduis chaque triangle en vraie grandeur, à partir du segment déjà tracé.

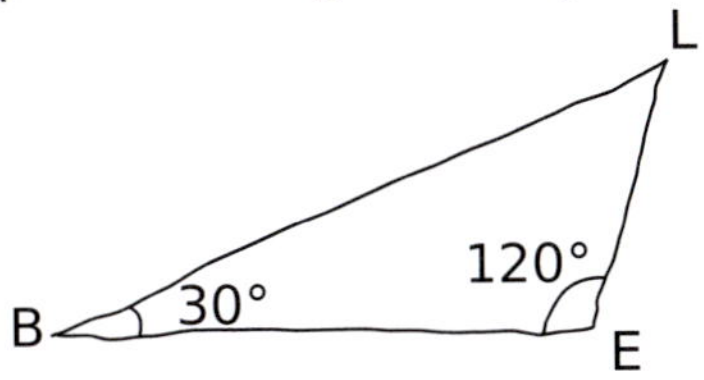

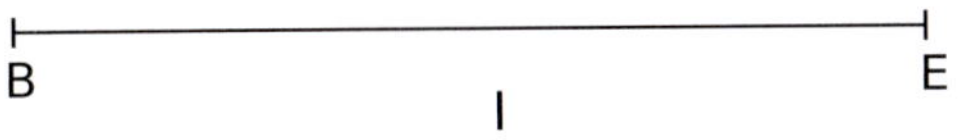

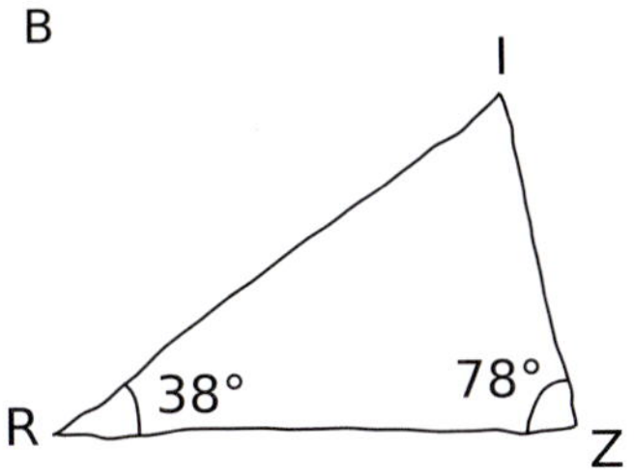

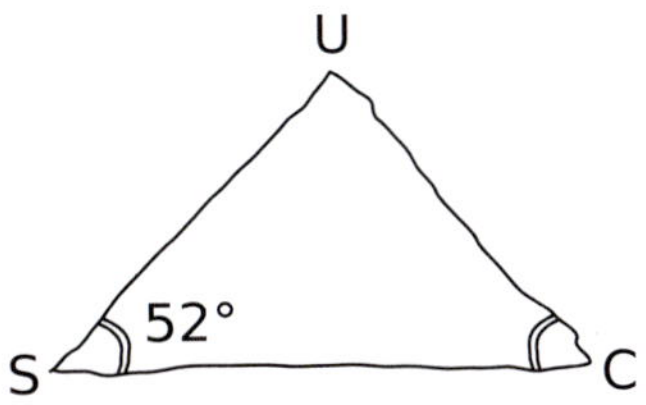

2 Reproduis chaque ligne brisée en vraie grandeur, à partir du segment déjà tracé.

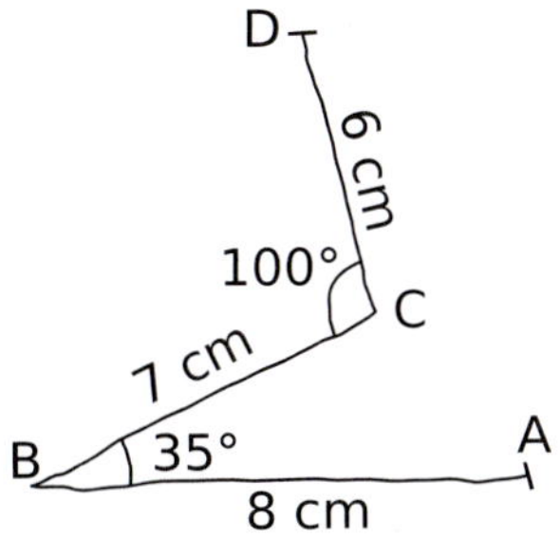

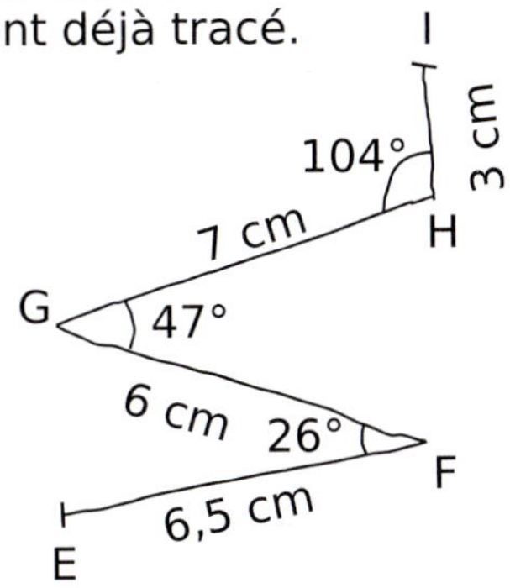

1 Reproduis chaque figure en vraie grandeur, à partir du segment déjà tracé.

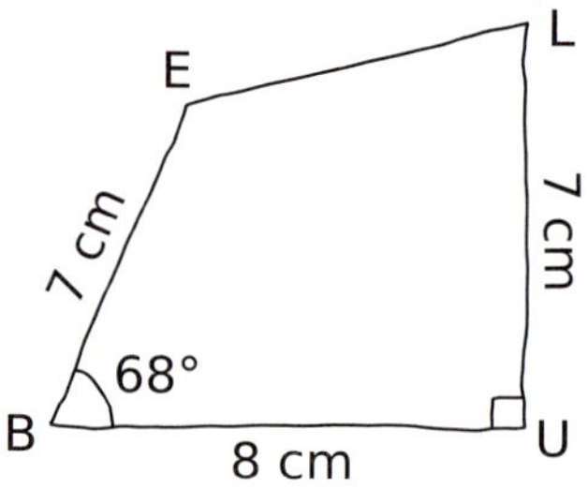

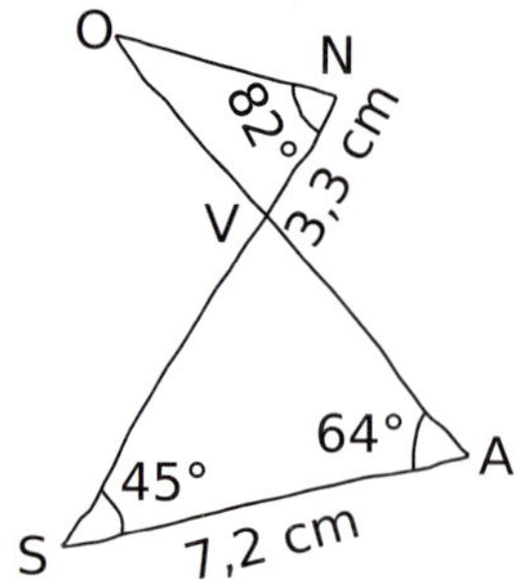

2 Reproduis cette figure, à partir du carré coloré.

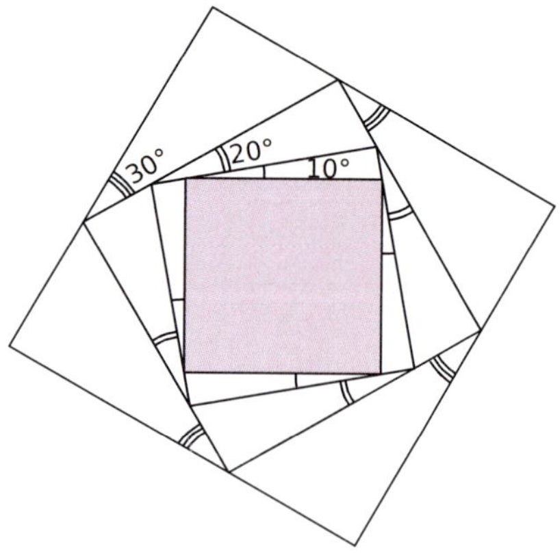

3 Au billard, chaque fois que la boule touche un bord de la table, elle rebondit en formant avec ce bord un angle égal à l'angle d'attaque.
On considère cette table triangulaire.
Trace le chemin de la boule et indique sa position au cinquième rebond.

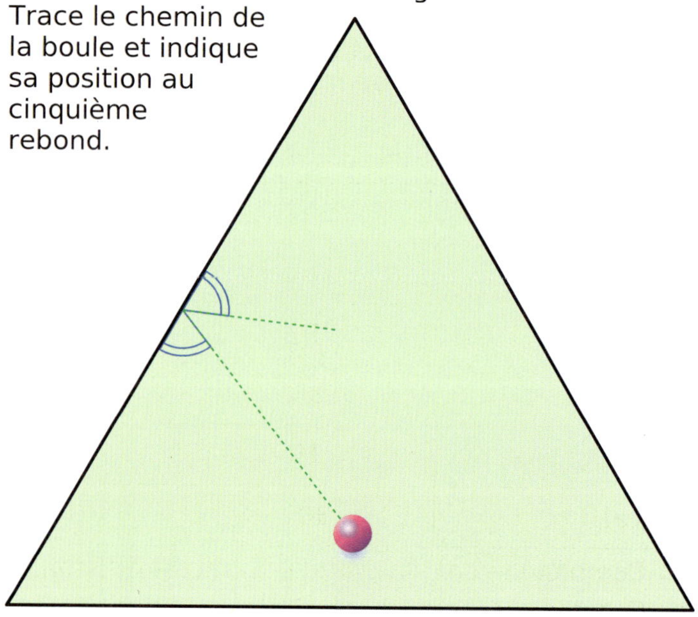

1 Le service statistique de l'entreprise *T-CAP* réalise une étude portant sur la masse des colis expédiés depuis l'entrepôt. Les résultats sont représentés par le diagramme circulaire ci-contre.

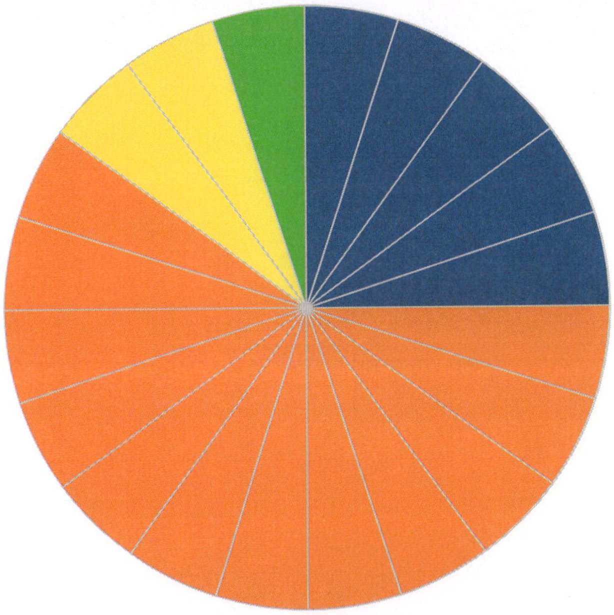

Masse des colis (en kg)	Nombre de colis	Angle du secteur
entre 0 et 4 kg		
entre 4 et 8 kg		
entre 8 et 12 kg		
entre 12 et 16 kg	10	18°
Total		

a. Complète la colonne *Angle du secteur* du tableau.

b. Complète la colonne *Nombre de colis*.

2 On étudie la répartition de la production d'électricité photovoltaïque en France. Ces données sont représentées par le diagramme circulaire ci-contre.

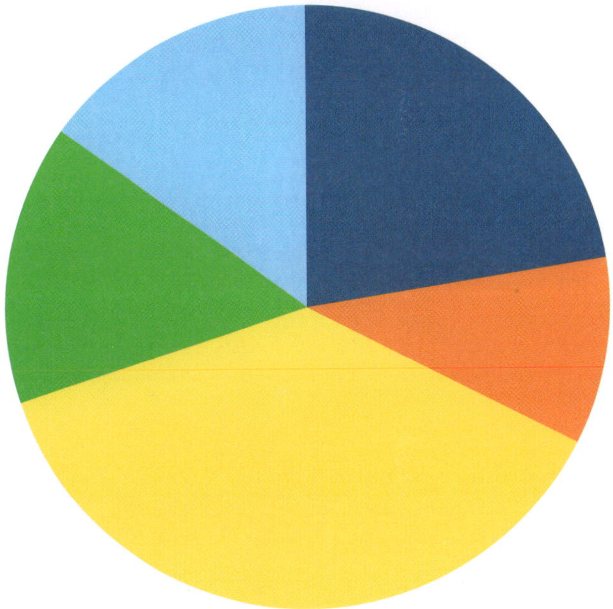

Zones géographiques	Énergie produite en MWh	Angle du secteur
Nord-Ouest		
Nord-Est		
Sud-Est		
Sud-Ouest		
Centre		
Total	200	

a. Complète la colonne *Angle du secteur* du tableau en effectuant les mesures nécessaires.

b. Complète la colonne *Énergie produite*.

3 Les arbres d'un hectare de forêt du Massif Central sont répartis en cinq espèces. Les résultats sont donnés dans le tableau suivant.

Espèces	Nombre d'arbres	Angle du secteur
Sapins	120	
Pins	75	
Frênes	30	
Hêtres	60	
Châtaigniers	15	
Total	300	360°

a. Complète la colonne *Angle du secteur* du tableau.

b. Construis le diagramme circulaire correspondant

M1 Fiche 11 : construire un diagramme circulaire (2)

1 La classe de 6ᵉC réalise une étude sur la masse corporelle des 500 élèves de l'établissement.
Les résultats sont donnés dans le tableau suivant.

Masse corporelle (en kg)	Nombre d'élèves	Angle du secteur
entre 40 et 50 kg	80	
entre 50 et 60 kg	220	
entre 60 et 70 kg	140	
entre 70 et 80 kg	60	
Total	500	

a. Complète la colonne *Angle du secteur* du tableau. Tu arrondiras au degré près.

b. Construis le diagramme circulaire correspondant.

2 Le gérant du magasin *Sel-pied* présente ci-dessous la répartition de ses ventes pour le mois de novembre.

Type de chaussures	Nombre de paires vendues	Angle du secteur
Chaussons	19	
Mocassins	59	
Bottes	78	
Escarpins	65	
Chaussures de sport	33	
Total		

a. Complète la colonne *Angle du secteur* du tableau. Tu arrondiras au dixième près.

b. Construis le diagramme circulaire correspondant.

c. Le gérant compare ces résultats à ceux qu'il a obtenus en septembre. Reprends les questions **a** et **b**.

Type de chaussures	Nombre de paires vendues	Angle du secteur
Chaussons	14	
Mocassins	48	
Bottes	80	
Escarpins	68	
Chaussures de sport	36	
Total		

d. Compare ces deux diagrammes.

1 Chaque côté de l'étoile mesure 4 cm.
Sur feuille blanche, reproduis l'étoile ci-contre, en respectant les données.

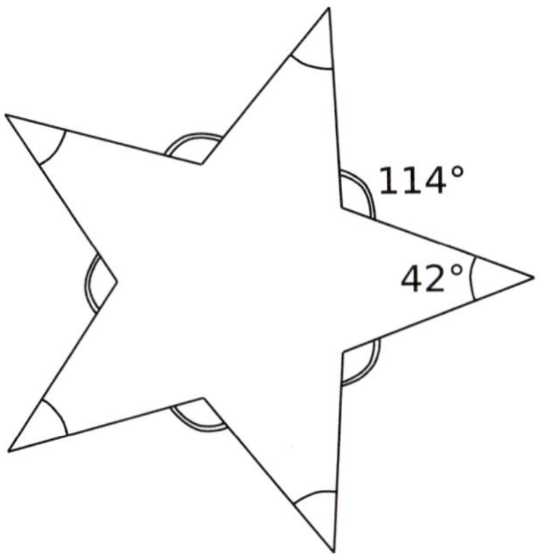

2 Sur feuille blanche, construis les représentations des constellations aux tailles indiquées. (Les noms sont ceux des étoiles qui les composent.)

a. Aigle

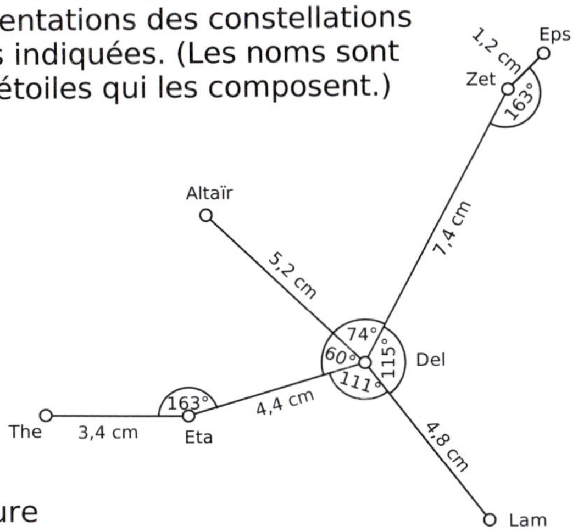

b. Centaure

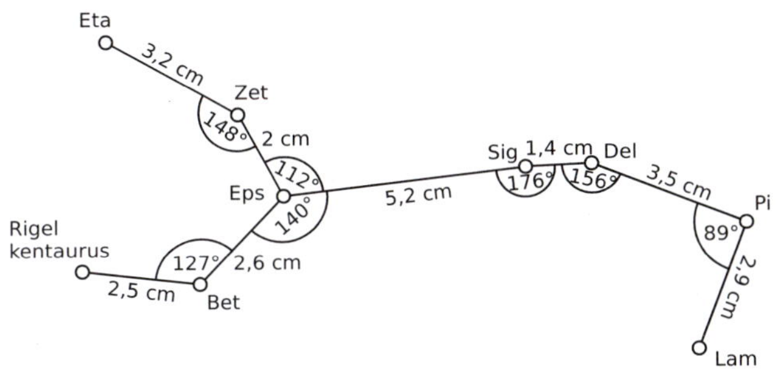

c. Carène

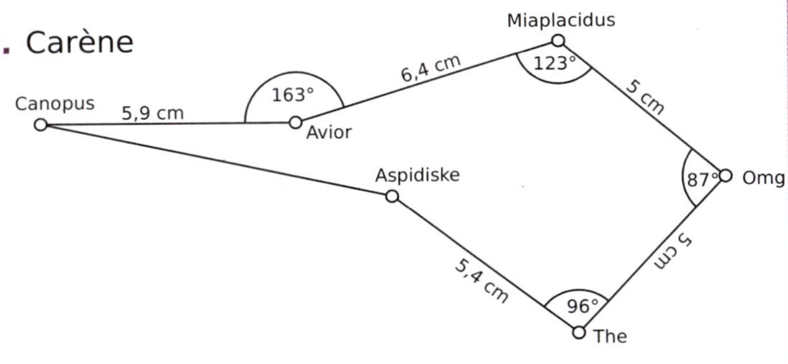

d. Lion

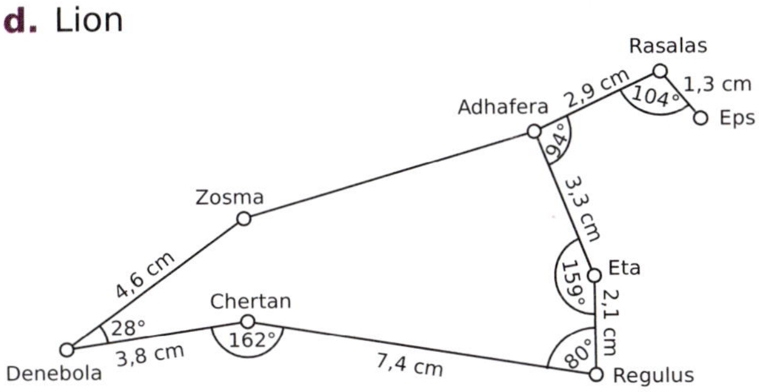

3 Sur une feuille A4, trace les triangles...

- ABS équilatéral de côté 8 cm ;
- ABC isocèle en C tel que AC = 14 cm ;
- ABD tel que $\widehat{BAD}$ = 88° et AD = 14,4 cm ;
- ABE tel que $\widehat{BAE}$ = 99° et AE = 11,9 cm ;
- ABF tel que $\widehat{BAF}$ = 119° et AF = 12,5 cm ;
- ABG tel que $\widehat{BAG}$ = 136° et AG = 7,4 cm ;
- ABH tel que $\widehat{BAH}$ = 164° et AH = 7,2 cm.

De la même façon, trace les triangles ABD' à ABH' de l'autre côté, puis colorie comme ci-dessous.

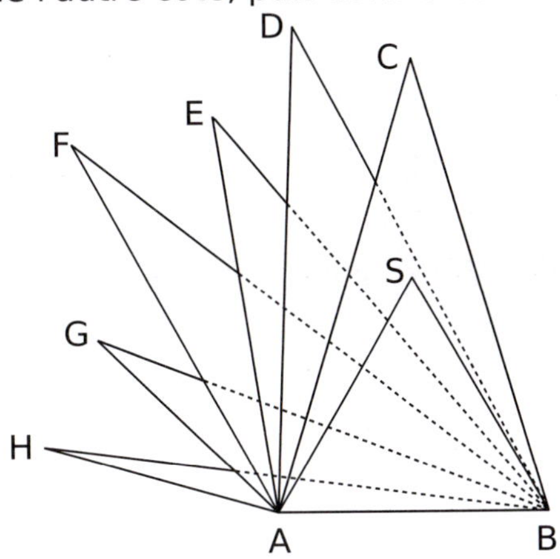

4 Géométrie Dynamique *Triple d'un angle*

a. Effectue la construction suivante.

- Trace un angle $\widehat{BAC}$ et affiche sa mesure.
- Trace le cercle de centre B passant par A. Il coupe le segment [AC] en D. Trace [BD].
- Trace le cercle de centre D passant par B. Il coupe le côté [AB) en E. Trace [DE].
- Affiche la mesure de l'angle $\widehat{CDE}$.

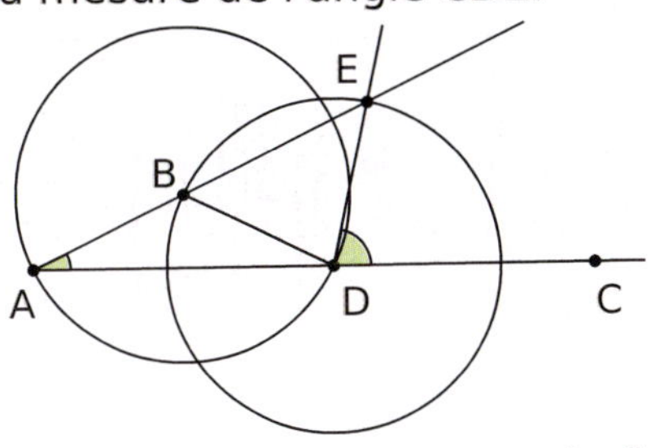

b. Bouge le point B. Que remarques-tu ?

....

....

M2 Aires et périmètres

g5.re/2mz

g5.re/1px

g5.re/rvr

1 Périmètre et aire d'une figure

Définitions

- Le **périmètre** d'une figure est la mesure de la longueur de son contour, exprimée dans une unité de longueur donnée.
- L'**aire** d'une figure est la mesure de sa surface, exprimée dans une unité d'aire donnée.

Exemple :

▶ Le périmètre de la figure rose est de **11 unités de longueur**.

▶ Son aire est de **9 triangles verts** et de **4,5 losanges bleus**.

Remarque : L'aire d'une figure dépend de l'unité d'aire. Il faut donc préciser celle qui est choisie.

Propriétés

- Deux figures non superposables peuvent avoir le **même périmètre**.
- Deux figures non superposables peuvent avoir la **même aire**.
- Des figures peuvent avoir la même aire mais des **périmètres différents**.
- Des figures peuvent avoir le même périmètre mais des **aires différentes**.

Exemple :

▶ On complète le tableau suivant.

	Fig. 1	Fig. 2	Fig. 3
Périmètre	18 u.l.	12 u.l.	18 u.l.
Aire	8 u.a.	8 u.a.	11 u.a.

- Les figures 1 et 2 ont la **même aire** mais elles n'ont pas le même périmètre.
- Les figures 1 et 3 ont le **même périmètre** mais elles n'ont pas la même aire.

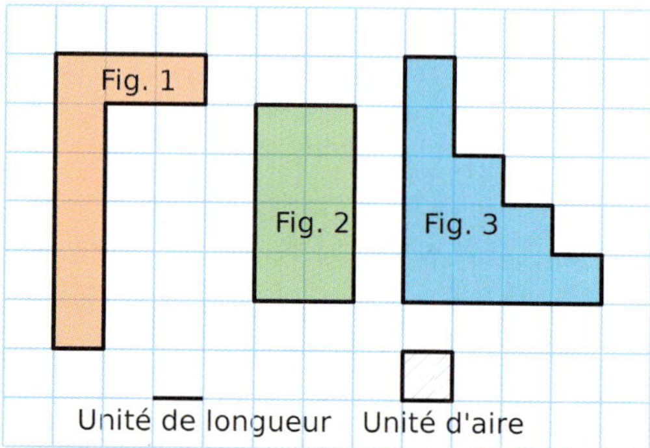

2 Unités d'aire

Règle L'unité d'aire usuelle est le **mètre carré** (noté m²) qui représente l'aire d'un carré de côté 1 mètre. On utilise aussi : ses **multiples** (dam², hm², km²) et ses **sous-multiples** (dm², cm², mm²).

▶ Un centimètre carré (cm²) est l'aire d'un carré d'un centimètre de côté.

▶ Un millimètre carré (mm²) est l'aire d'un carré d'un millimètre de côté.

▶ Dans 1 cm², il y a 100 mm².

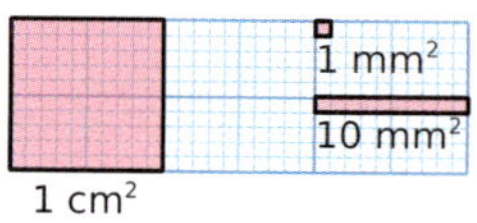

Règle Pour mesurer la surface d'un terrain, de terres agricoles ou forestières... on utilise des unités d'aire spécifiques, appelées **unités de mesure agraires** :

- un **are** est égal à 100 m², 1 a = 100 m² (1 a = 1 dam²) ;
- un **hectare** est égal à 100 ares, 1 ha = 100 a = 10 000 m² (1 ha = 1 hm²) ;
- un **centiare** est égal à $\frac{1}{100}$ d'are, 1 ca = $\frac{1}{100}$ a = 1 m².

<table>
<tr><th>Unités d'aire</th><td colspan="2">km²</td><td colspan="2">hm²</td><td colspan="2">dam²</td><td colspan="2">m²</td><td colspan="2">dm²</td><td colspan="2">cm²</td><td colspan="2">mm²</td></tr>
<tr><th>Unités agraires</th><td colspan="2"></td><td colspan="2">hectare (ha)</td><td colspan="2">are (a)</td><td colspan="2">centiare (ca)</td><td colspan="2"></td><td colspan="2"></td><td colspan="2"></td></tr>
<tr><th>Valeur en m²</th><td colspan="2">1 000 000 m²</td><td colspan="2">10 000 m²</td><td colspan="2">100 m²</td><td colspan="2">1 m²</td><td colspan="2">0,01 m²</td><td colspan="2">0,0001 m²</td><td colspan="2">0,000001 m²</td></tr>
<tr><td></td><td></td><td></td><td></td><td></td><td>5</td><td>3</td><td>0</td><td>0</td><td></td><td></td><td></td><td></td><td></td><td></td></tr>
</table>

Remarques :

- Pour passer d'une unité d'aire à l'unité immédiatement inférieure, **on multiplie par 100**.
- Pour passer d'une unité d'aire à l'unité immédiatement supérieure, **on divise par 100**.

3 Périmètre et aire de figures particulières

Pour calculer un périmètre ou une aire, les dimensions doivent être exprimées dans la même unité.

	Figure	Périmètre $\mathscr{P}$	Aire $\mathscr{A}$
Rectangle	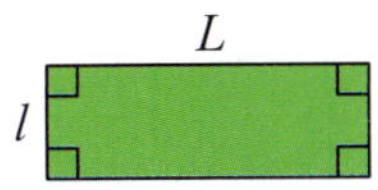	$\mathscr{P} = 2 \times (L + l)$ ou $\mathscr{P} = 2 \times L + 2 \times l$	$\mathscr{A} = L \times l$
Carré	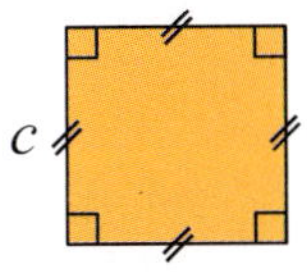	$\mathscr{P} = 4 \times c$	$\mathscr{A} = c \times c = c^2$
Triangle rectangle	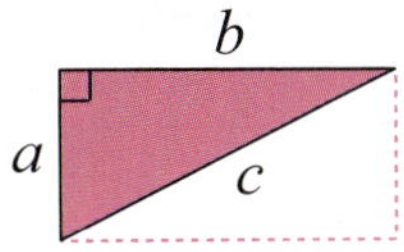	$\mathscr{P} = a + b + c$	$\mathscr{A} = \frac{a \times b}{2}$
Triangle quelconque	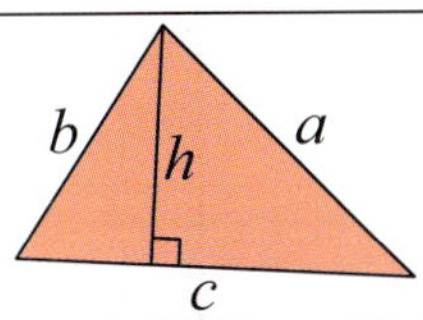	$\mathscr{P} = a + b + c$	$\mathscr{A} = \frac{c \times h}{2}$
Cercle Disque	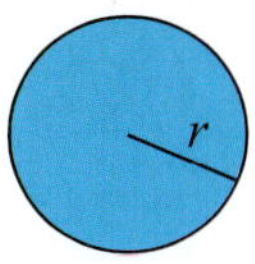	$\mathscr{P} = 2 \times r \times \pi$ ou $\mathscr{P} = d \times \pi$ où $\pi \approx 3{,}14$	$\mathscr{A} = \pi \times r \times r = \pi \times r^2$

Exemple : Quel est le périmètre $\mathscr{P}$ et quelle est l'aire $\mathscr{A}$ d'un disque de rayon 7 m (on demande la valeur exacte puis une valeur approchée au centième) ?

$\mathscr{P} = 2 \times r \times \pi$ — $\mathscr{A} = \pi \times r \times r$ ⟶ On écrit la formule.

$\mathscr{P} = 2 \times \mathbf{7\ m} \times \pi$ — $\mathscr{A} = \pi \times \mathbf{7\ m} \times \mathbf{7\ m}$ ⟶ On remplace r par **7 m**.

$\mathscr{P} = 14 \times \pi\ \mathbf{m}$ — $\mathscr{A} = \mathbf{49} \times \pi\ \mathbf{m^2}$ ⟶ On obtient la **valeur exacte**.

$\mathscr{P} \approx 43{,}98\ \mathbf{m}$ — $\mathscr{A} \approx 153{,}94\ \mathbf{m^2}$ ⟶ On utilise la touche « π » de la calculatrice. On obtient une **valeur approchée au centième**.

▶ Le périmètre d'un cercle de rayon 7 m est 14 × π m, soit environ 43,98 m.

▶ L'aire d'un disque de rayon 7 m est 49 × π m², soit environ 153,94 m².

Fiche 1 : déterminer un périmètre ou une aire par comptage

1 Détermine le périmètre de chaque figure ci-dessous, en unités de longueur (u.l.).

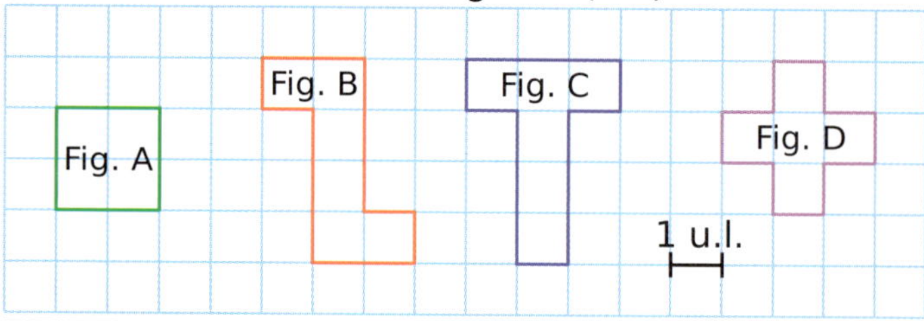

Figure	A	B	C	D
Périmètre exprimé en u.l.				

2 Range ces figures dans l'ordre croissant de leur périmètre.

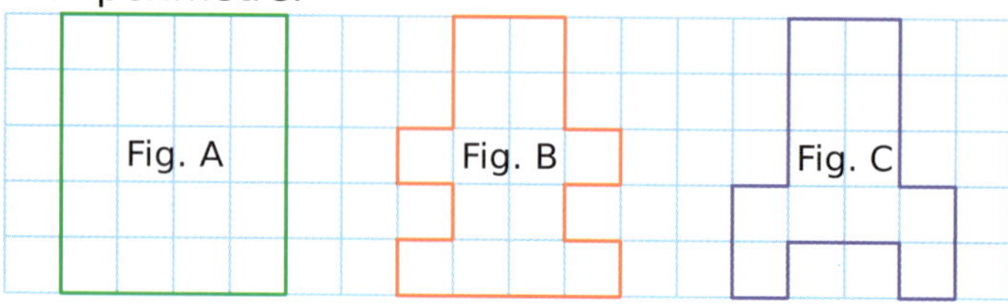

....

....

3 Détermine le périmètre de chaque figure ci-dessous, en unités de longueur (u.l.).

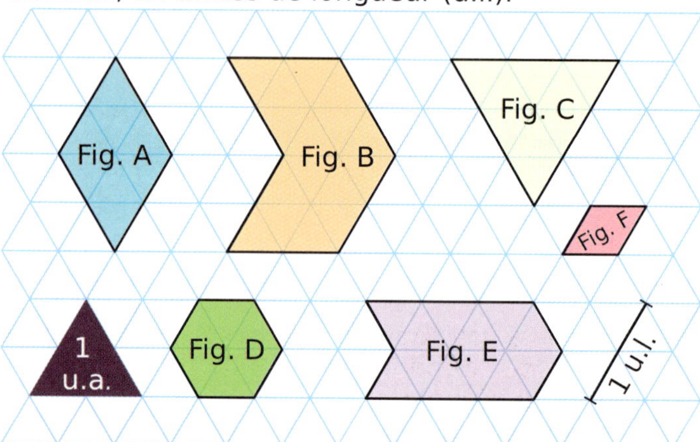

Figure	A	B	C	D	E	F
Périmètre exprimé en u.l.						

4 Trace deux figures de forme différente et de périmètre 20 u.l.

5 Reprends les figures de l'exercice **3**, puis détermine l'aire de chaque figure, en unités d'aire.

Figure	A	B	C	D	E	F
Aire exprimée en u.a.						

6 Détermine l'aire de chaque figure ci-dessous.

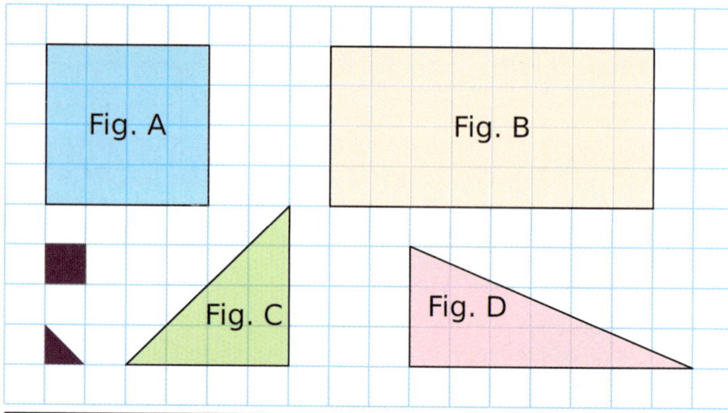

Figure	A	B	C	D
Aire en ■				
Aire en ◣				

Que remarques-tu ?

....

7 On considère les figures suivantes.

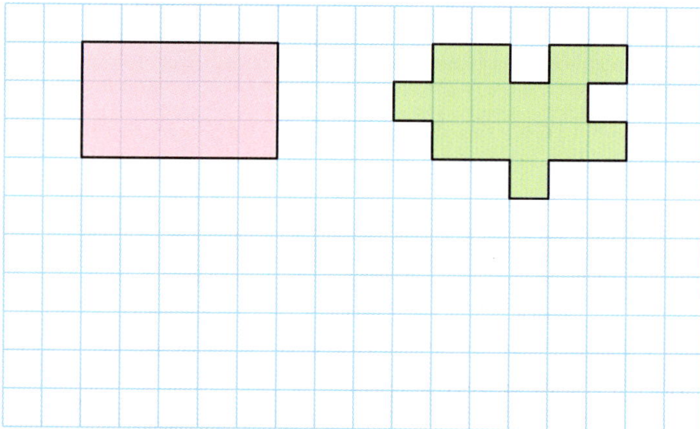

a. Compare leur aire.

....

....

....

b. Compare leur périmètre.

....

....

....

c. Dans le quadrillage ci-dessus, trace une figure ayant la même aire que ces deux figures mais avec un périmètre différent.

1 Détermine, à l'aide de ta règle graduée, le périmètre de chaque figure.

Figure	a.	b.	c.
Périmètre en cm			

2 Calcule le périmètre de chaque figure. (Attention, les figures ne sont pas dessinées en vraie grandeur.)

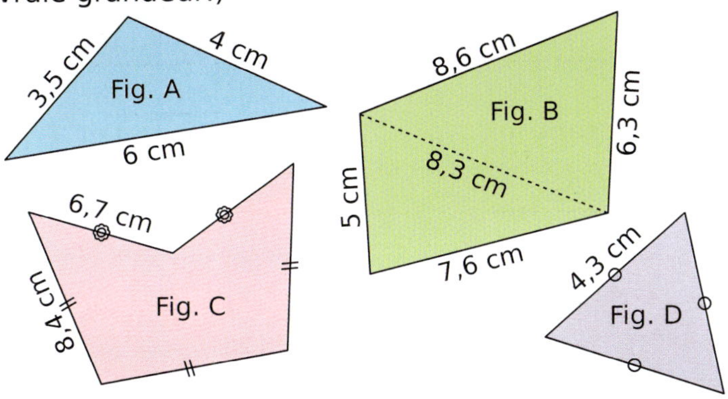

Figure	A	B	C	D
Périmètre en cm				

3 Quel est le périmètre d'un carré de côté 6 cm ?

....

....

4 Soit un carré de côté c et de périmètre $\mathscr{P}$. Complète le tableau.

	a.	b.	c.	d.
c	4 dm	2,4 m		
$\mathscr{P}$			36 mm	2,4 m

5 Quel est le périmètre d'un rectangle...

a. de longueur 5 cm et de largeur 2,3 cm ?

....

....

b. de largeur 15,2 dm et de longueur 24 dm ?

....

....

6 Soit un rectangle de largeur l, de longueur L et de périmètre $\mathscr{P}$. Complète le tableau.

	a.	b.	c.	d.
l	4 cm	1,2 dm		1 m
L	5 cm	5 dm	10 hm	
$\mathscr{P}$			36 hm	4,8 m

7 Calcule le périmètre de chacune des figures suivantes en effectuant les mesures nécessaires.

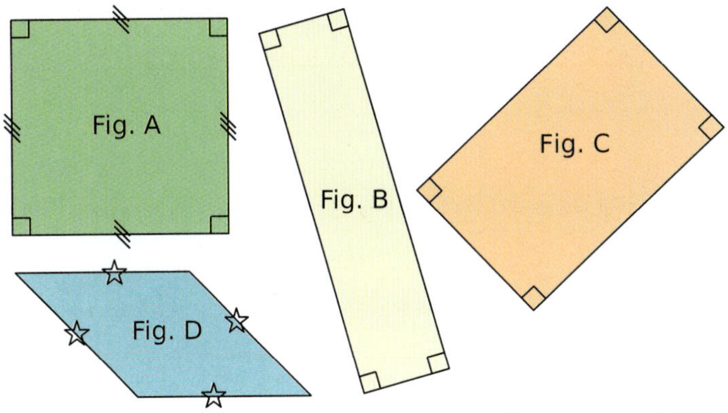

Figure	A	B	C	D
Périmètre en cm				

8 Le point X se déplace librement sur [DC].

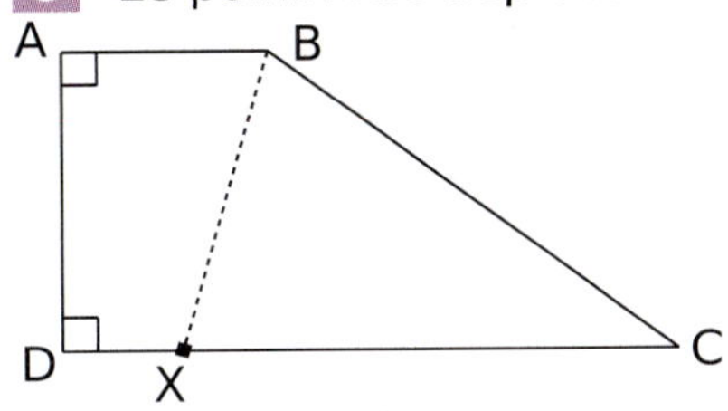

On donne les mesures :
AD = 3 cm ;
AB = 2 cm ;
DC = 6 cm et
BC = 5 cm.

Détermine la position du point X pour que le périmètre du quadrilatère ABXD soit égal au périmètre du triangle BCX.

....

....

....

9 Sachant que le périmètre du rectangle formé par ces trois dominos est 240 mm, quel est le périmètre d'un domino ?

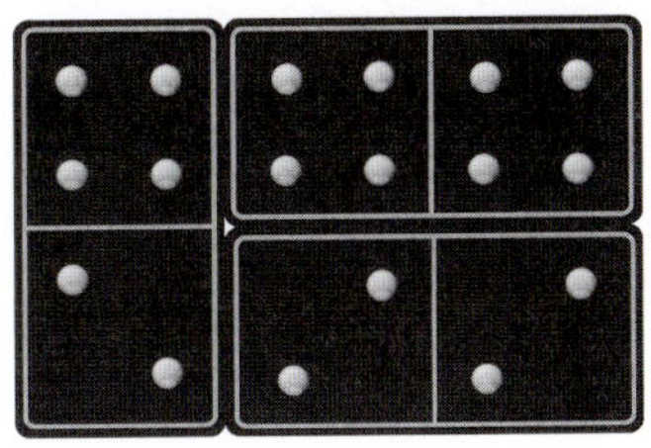

....

....

....

Fiche 3 : calculer l'aire de figures usuelles

1 Quelle est l'aire d'un carré...

a. de côté 6 cm ? **b.** de côté 4,5 mm ?

a. ....

....

b. ....

....

2 Soit un carré de côté c et d'aire $\mathscr{A}$. Complète le tableau.

	a.	b.	c.	d.
c	4 dm	2,4 m		
$\mathscr{A}$			36 mm^2	1,21 m^2

3 Quelle est l'aire d'un rectangle...

a. de longueur 5 cm et de largeur 2,3 cm ?

....

....

b. de longueur 24 dm et de largeur 15,2 dm ?

....

....

4 Soit un rectangle de largeur l, de longueur L et d'aire $\mathscr{A}$. Complète le tableau.

	a.	b.	c.	d.
l	4 cm	1,2 dm		1 m
L	5 cm	5 dm	10 hm	
$\mathscr{A}$			36 hm^2	4,8 m^2

5 Calcule l'aire de chacune des figures suivantes en effectuant les mesures nécessaires.

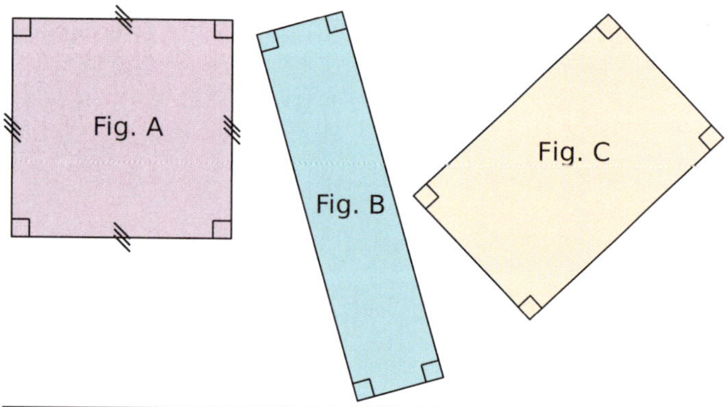

Figure	A	B	C
Aire en cm^2			

6 Calcule l'aire de chaque triangle. (Attention, les triangles ne sont pas dessinés en vraie grandeur.)

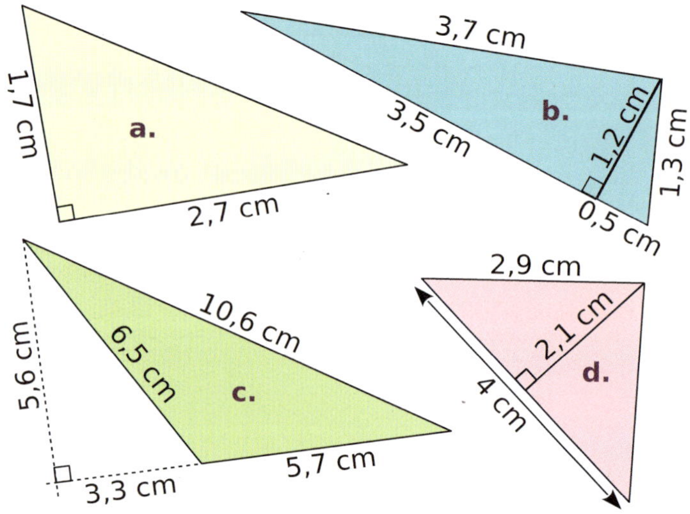

a. ....

....

b. ....

....

c. ....

....

d. ....

....

7 Ce tapis rectangulaire a pour dimensions 17 dm par 24 dm.

Complète les dimensions manquante sur le dessin, puis calcule l'aire de la surface verte.

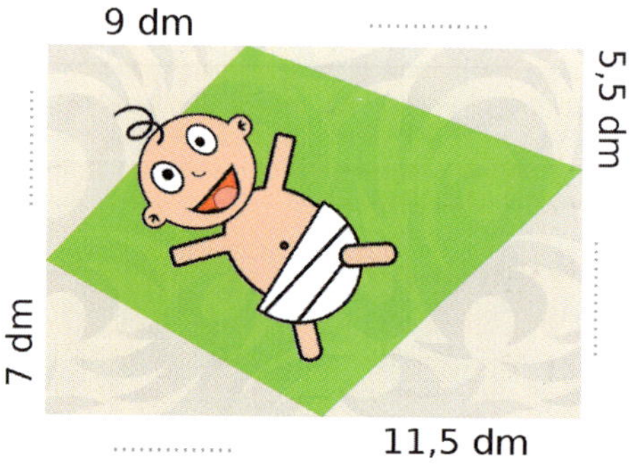

....

....

....

....

....

....

....

1 Tableur On considère ce rectangle.

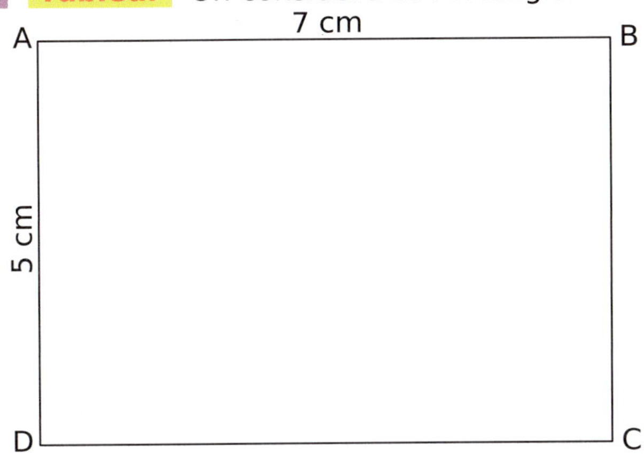

a. Quelle est son aire ?

....

b. Place le point M sur [CD] tel que CM = 2,5 cm.

c. Trace puis colorie en vert le triangle BMC.

d. Trace puis colorie en rouge le triangle AMD.

e. Recopie ce tableau, en allant jusqu'à 7 à la colonne A, de 0,5 en 0,5.

	A	B	C	D	E
1	MC	MD	Aire BMC	Aire AMD	Somme
2	0				
3	0,5				
4	1				
5	1,5				
6	2				

f. Programme les cellules...
- B2 à B16 pour qu'elles calculent MD ;
- C2 à C16 pour qu'elles calculent l'aire de BMC ;
- D2 à D16 pour qu'elles calculent l'aire de AMD ;
- E2 à E16 pour qu'elles calculent leur somme.

g. Que remarques-tu ? Essaie de l'expliquer.

....

....

....

....

....

2 Entoure les grandeurs qui conviennent.

		Périmètre	Aire
a.	Une salle de classe	30 m	5 m²
		300 m	50 m²
		3 000 m	500 m²
b.	Un timbre poste	6 mm	2 mm²
		60 mm	20 mm²
		600 mm	2 cm²
c.	Une page A4	1,014 dm	62,37 cm²
		1,014 m	623,7 cm²
		1,014 dam	62,37 dm²
d.	La France	63,16 km	54 443,5 km²
		631,6 km	544 435 km²
		6 316 km	5 444 350 km²

3 Convertis chaque aire en m².

a. 7,49 dam² = ...

b. 460 dm² = ...

c. 0,32 cm² = ...

d. 1,75 hm² = ...

e. 90 mm² = ...

f. 0,008 km² = ...

4 Même énoncé qu'au **3**.

a. 8,05 ca = ...

b. 12 ha = ...

c. 0,23 ha = ...

d. 560 a = ...

5 Quelle est l'aire nécessaire, en hectares, ...

a. pour élever 100 autruches, sachant qu'elles ont chacune besoin de 650 m² ?

....

....

b. pour élever 4 800 dindons, sachant qu'ils ont chacun besoin de 4 m² ?

....

....

6 Range ces départements d'Outre-Mer dans l'ordre décroissant de leur superficie.
- La Martinique : 1 128 000 000 m²
- La Guyane : 83 846 km²
- La Guadeloupe : 16 280 000 dam²
- La Réunion : 251 200 hm²

....

....

Fiche 5 : calculer le périmètre d'un cercle ou l'aire d'un disque

1 Calcule le périmètre de chaque cercle ci-dessous. Tu donneras la valeur exacte, puis une valeur approchée au dixième près.

a. Un cercle de diamètre 6 hm.

b. Un cercle de diamètre 5,6 dm.

c. Un cercle de rayon 4 m.

d. Un cercle de rayon 32 mm.

2 Calcule le périmètre, au dixième près, de l'assiette de diamètre 26 cm, de la soucoupe de diamètre 11 cm et de la tasse de diamètre 9,5 cm.

3 Sépare ce parcours sportif en trois parties de même longueur.

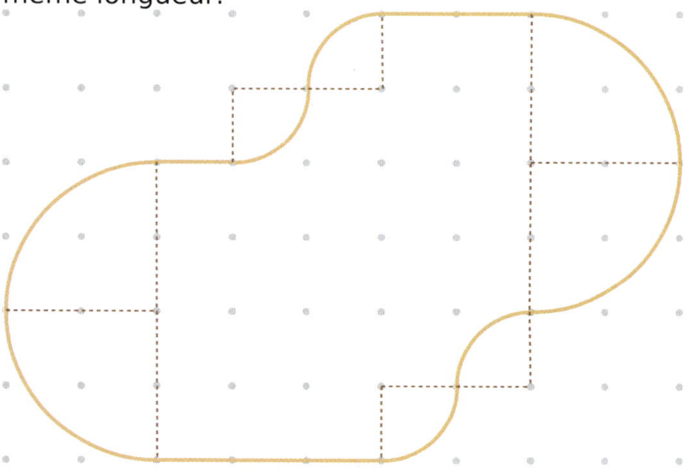

4 Calcule l'aire de chaque disque ci-dessous. Tu donneras la valeur exacte, puis une valeur approchée au dixième près.

a. Un disque de rayon 4 m.

b. Un disque de rayon 32 mm.

c. Un disque de diamètre 6 hm.

d. Un disque de diamètre 5,6 dm.

5 En effectuant les mesures nécessaires, calcule l'aire de chaque pièce. Tu donneras la valeur exacte, puis une valeur approchée au mm^2 près.

6 Calcule l'aire de cette figure, sachant que sa largeur, dans la réalité, est 8,4 cm. Tu donneras la valeur exacte, puis une valeur approchée au mm^2.

1 Voici deux sortes de mobile-homes agrémentés chacun d'une terrasse. Les dimensions sont exprimées en mètres.

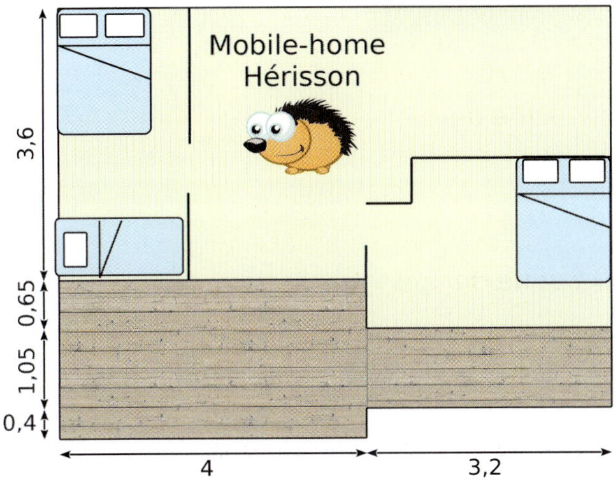

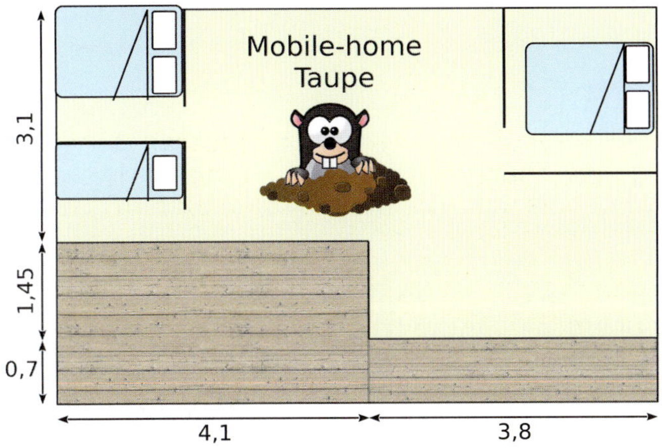

a. Compare leur surface habitable.

b. Compare la surface de leur terrasse.

2 Reprends les mobile-homes de l'exercice 1.

a. Calcule le périmètre de chaque terrasse.

b. On souhaite modifier la terrasse du *Hérisson* pour qu'elle ait le même périmètre que celle du *Taupe*. Propose une solution.

3 Voici le plan d'une piscine.

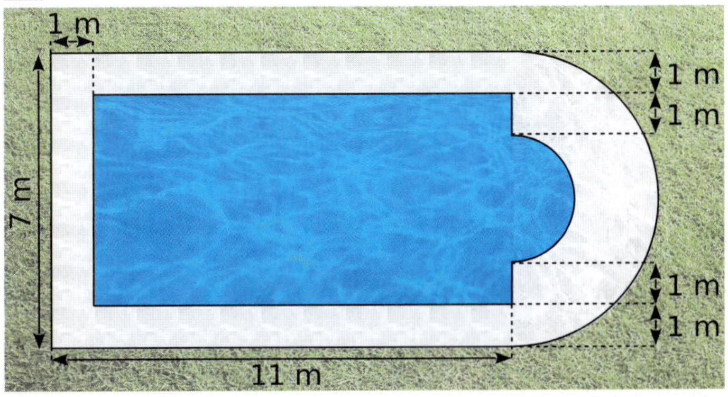

a. Calcule la longueur de la barrière de sécurité à installer (contour de la surface juste avant le gazon), au dixième de mètre près.

b. Calcule la quantité de carrelage nécessaire autour de la piscine, au m^2 près.

M3 Volumes

g5.re/faf g5.re/es4 g5.re/x99

1 Volume d'un solide

Définition Le **volume** d'un solide est la mesure de l'espace occupé par ce solide, dans une unité de volume donnée.

Exemple : Les deux solides ont pour volume 12 unités de volume alors qu'ils n'ont pas la même forme.

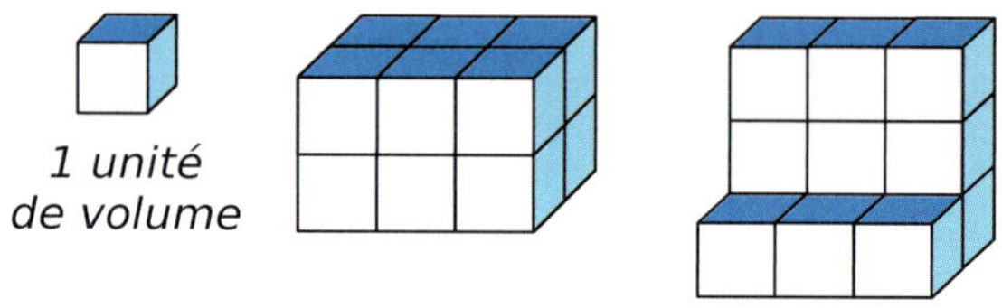

2 Unités de volume et de capacité

Règle

- L'unité de volume usuelle est le **mètre cube** (noté m³) qui représente le volume d'un cube de côté 1 m.
  On utilise aussi : ses **multiples** (dam³, hm³, km³) et ses **sous-multiples** (dm³, cm³, mm³).
- L'unité de capacité usuelle est le **litre** (L) qui est la quantité de liquide que peut contenir un cube d'un décimètre de côté (1L = 1 dm³).
  On utilise aussi : ses **multiples** (daL, hL, kL) et ses **sous-multiples** (dL, cL, mL).

Unités de volume	km³			hm³			dam³			m³			dm³			cm³			mm³		
Unités de capacité												kL	hL	daL	L	dL	cL	mL			
								5	3	0	0	0									

Règle On a les équivalences suivantes : **1 L = 1 dm³** et **1 mL = 1 cm³**.

3 Volume d'un parallélépipède rectangle

Pour calculer un volume, les dimensions doivent être exprimées dans la même unité de longueur.

	Parallélépipède rectangle	Cube
Figure	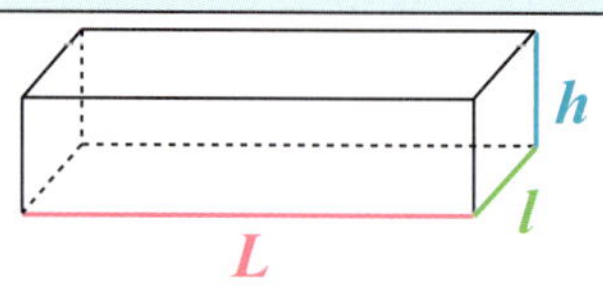	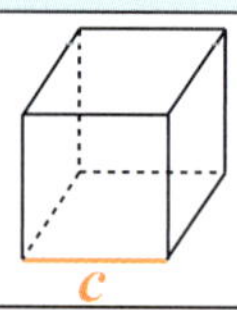
Volume	$\mathcal{V} = L \times l \times h$	$\mathcal{V} = c \times c \times c$

Exemple 1 :
Calcule le volume d'un pavé droit de 32 mm de longueur ;
2,5 cm de largeur et
0,4 dm de hauteur.

$\mathcal{V} = L \times l \times h$

$\mathcal{V} = 3{,}2$ cm $\times$ $2{,}5$ cm $\times$ 4 cm

$\mathcal{V} = 32$ cm³

Le volume du pavé droit est de 32 cm³.

Exemple 2 : Calcule le volume d'un cube de 5,3 cm de côté.

$\mathcal{V} = c \times c \times c = 5{,}3$ cm $\times$ $5{,}3$ cm $\times$ $5{,}3$ cm $= 148{,}877$ cm³

Le volume du pavé droit est de 32 cm³.

1 Quel est le volume de chaque solide ci-dessous, en unités de volume (u.v.) ?

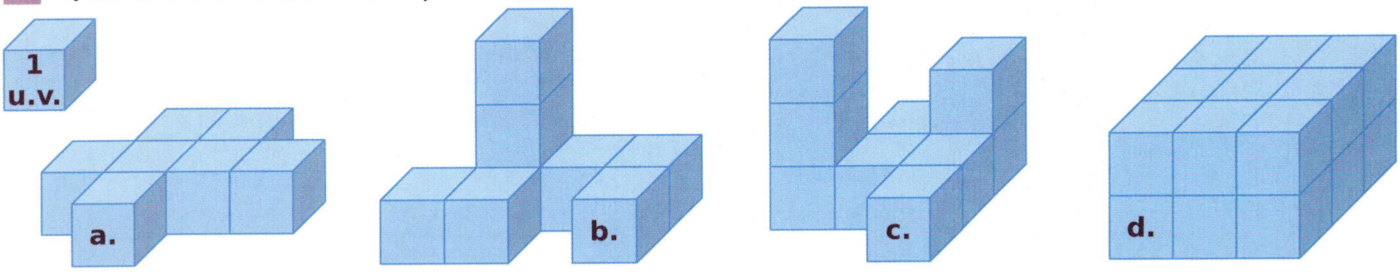

....

2 Construis la pyramide **c.**, en suivant la même logique, puis détermine le volume de chaque solide, en unités de volume (u.v.).

Solide	a.	b.	c.
Volume			

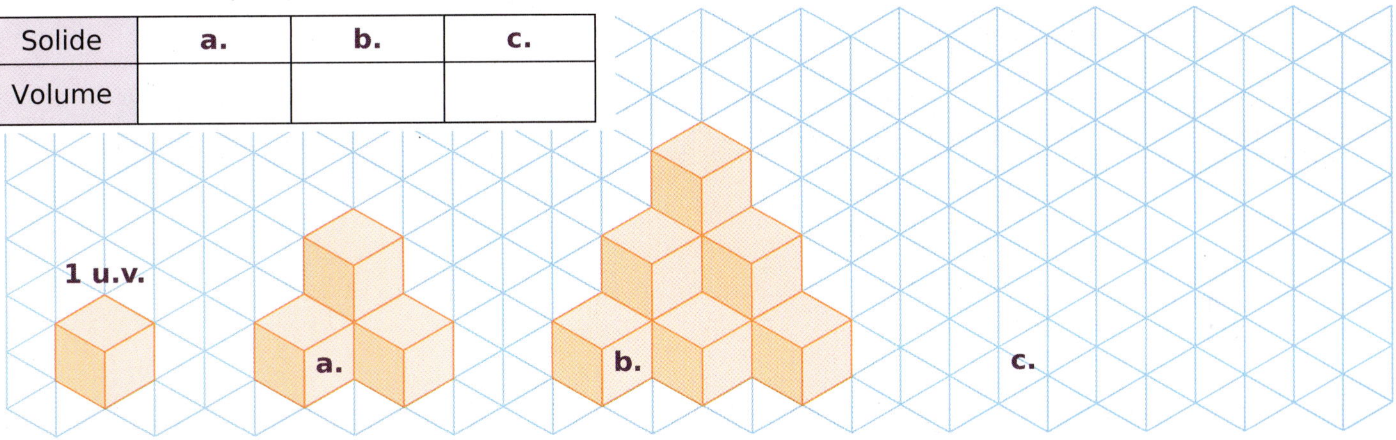

3 Un petit cube a pour volume 1 cm³. Complète le tableau, sachant que le dernier solide (**d.**) est percé de part en part, au centre de chaque face.

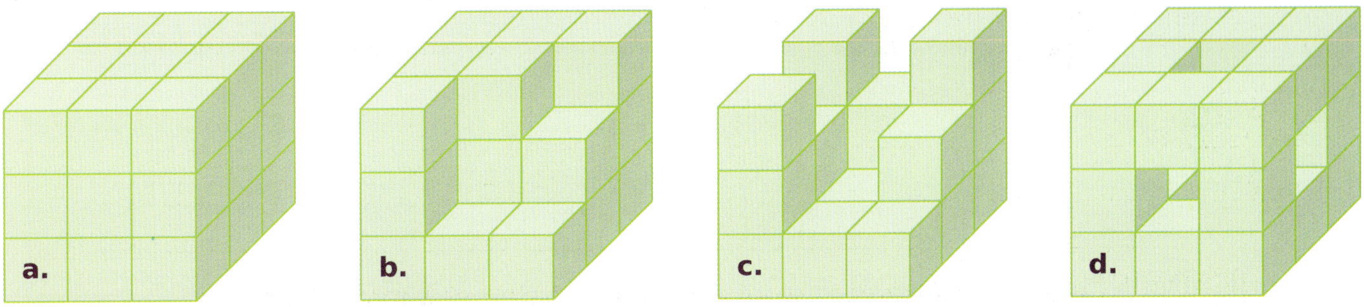

Solide	a.	b.	c.	d.
Nombre de petits cubes manquant pour former le grand cube	0			
Volume en cm^3				

4 Manon a fabriqué son cube avec des petits cubes blancs puis elle a peint des bandes qui font le tour complet du cube (comme illustré ci-contre).

a. Combien de cubes ont deux faces peintes ?

....

b. Combien de cubes n'ont qu'une face peinte ?

....

c. Combien de cubes n'ont aucune face peinte ?

....

Fiche 2 : calculer le volume d'un pavé droit

1 Calcule le volume de chaque cube.

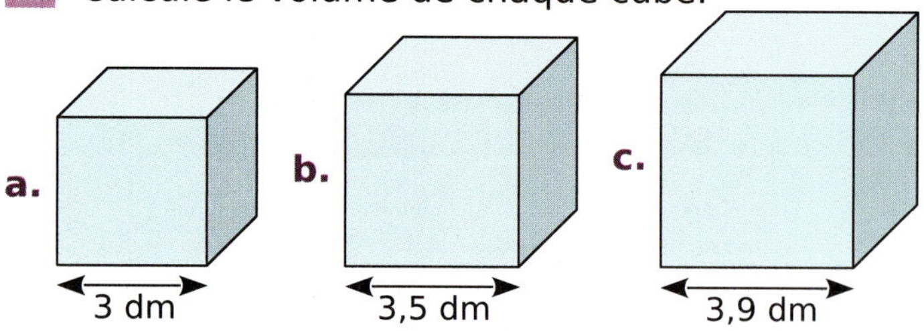

a. ...

b. ...

c. ...

2 Calcule mentalement le volume de chaque pavé droit.

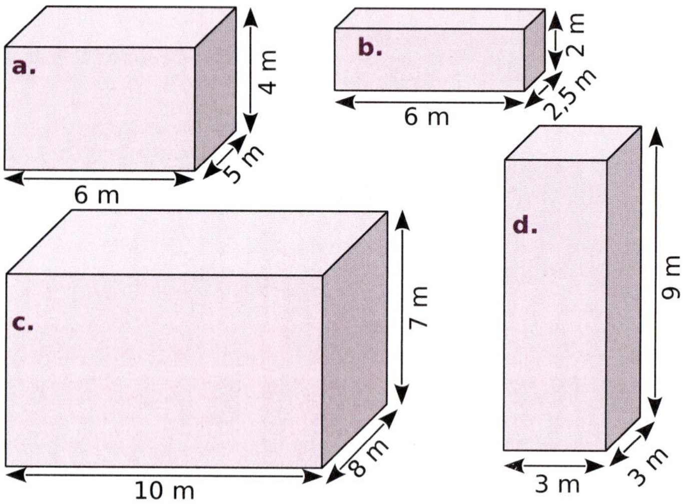

a. ...

b. ...

c. ...

d. ...

3 Calcule le volume de chaque pavé droit.

a. Une boite de médicaments de dimensions : $102 \times 46 \times 27$ mm.

b. Un réfrigérateur de dimensions : $186{,}4 \times 59{,}5 \times 60$ cm.

c. Un conteneur de dimensions : $2{,}23 \times 1{,}79 \times 2{,}04$ m.

4 **Tableur** Recopie puis complète le tableau, en programmant les cellules E2 à E7.
(Les dimensions sont exprimées en centimètres.)

	A	B	C	D	E
1	Pavé droit	Longueur	Largeur	Hauteur	Volume
2	P1	28	19	12	
3	P2	8,8	5,2	7	
4	P3	11,1	6,6	7,7	
5	P4	15,2	12,3	6,4	
6	P5	20,5	18	20,5	
7	P6	34,2	32,6	8,6	

5 Le cube et le pavé droit ci-dessous ont le même volume. Détermine la hauteur du pavé droit.

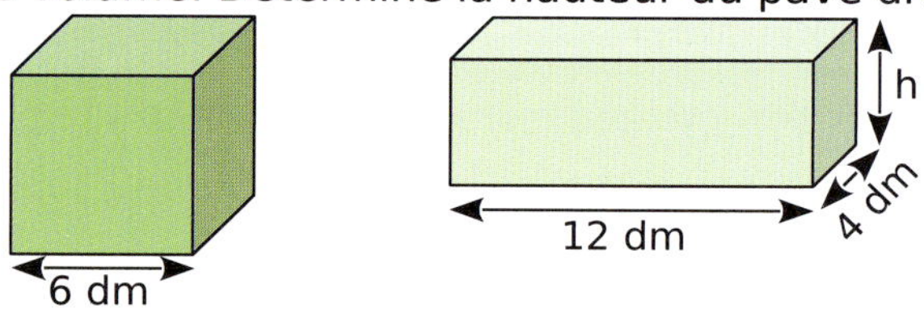

6 Pour déménager, une agence propose trois cartons de dimensions différentes (en cm). Classe ces cartons dans l'ordre croissant de leur volume.

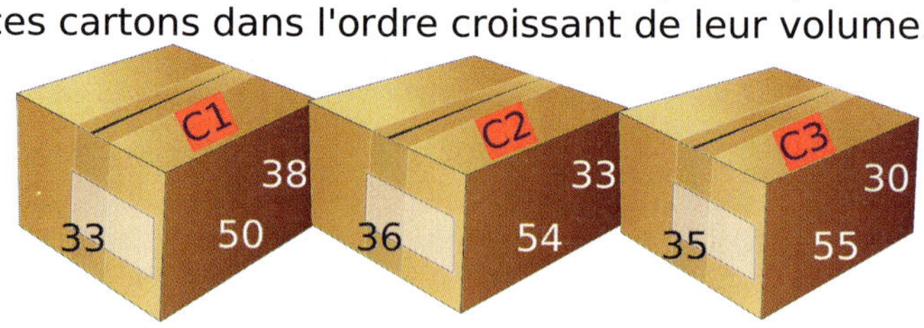

1 Associe chaque objet à son volume.

Volume	**Objet**
$16\ dm^3$ •	• Maison
$1\ hm^3$ •	• Cartable
$10\ mm^3$ •	• Grain de riz
$600\ m^3$ •	• Mer Méditerranée
$3\ 700\ 000\ km^3$ •	• Bille
$5\ cm^3$ •	• Empire State Building (grand immeuble américain)

2 Convertis chaque volume en m^3.

a. $1\ dam^3$ = …………………………… m^3

b. $1\ dm^3$ = …………………………… m^3

c. $200\ mm^3$ = …………………………… m^3

d. $42\ km^3$ = …………………………… m^3

e. $35{,}635\ cm^3$ = …………………………… m^3

3 Complète avec la bonne unité.

a. $1\ 000\ 000\ cm^3$ = 0,000 001 ……………

b. $6\ 521\ mm^3$ = 0,000 006 521 ……………

c. $12\ dam^3$ = 12 000 000 ……………

d. $0{,}004\ 67\ hm^3$ = 4 670 ……………

e. $24{,}06\ hm^3$ = 0,024 06 ……………

4 Associe chaque objet à sa capacité.

Capacité	**Objet**
40 hL •	• Casserole
0,05 mL •	• Verre d'eau
2,3 L •	• Cuve à vin
200 L •	• Baignoire
55 L •	• Goutte d'eau
0,15 L •	• Glacière

5 Complète avec la bonne unité de capacité.

a. 200 L = 2 ……

b. 0,085 hL = 85 ……

c. 4,1 mL = 0,41 ……

d. 25 000 mL = 2,5 ……

e. 78,22 hL = 7 822 ……

f. 1,722 dL = 172,2 ……

6 Convertis chaque capacité en litres.

a. 1 hL = …………………… L

b. 1,53 daL = …………………… L

c. 35 dL = …………………… L

d. 6,8 cL = …………………… L

e. 172,4 mL = …………………… L

7 Convertis chaque volume en litres.

a. $1\ dm^3$ = …………………… L

b. $1\ m^3$ = …………………… L

c. $1\ cm^3$ = …………………… L

d. $131{,}2\ m^3$ = …………………… L

e. $35{,}635\ cm^3$ = …………………… L

8 Un homme au repos fait pénétrer dans ses poumons 0,5 L d'air à chaque inspiration.
Combien lui en faut-il pour inspirer au total $1\ m^3$?

……………………………………………………………

……………………………………………………………

……………………………………………………………

……………………………………………………………

9 Claudine et Mathieu préparent leur mariage. Pour le vin d'honneur, ils seront 70, eux compris.

a. Sachant qu'une personne consomme 4 flutes de 12 cL, combien de jéroboams de Champagne (bouteille de 3 L) doivent-ils prévoir ?

……………………………………………………………

……………………………………………………………

……………………………………………………………

……………………………………………………………

b. Combien de personnes supplémentaires pourront-ils inviter avec le reste de Champagne ?

……………………………………………………………

……………………………………………………………

……………………………………………………………

……………………………………………………………

……………………………………………………………

……………………………………………………………

Fiche 4 : résoudre des problèmes utilisant des volumes

1 Des boites gigognes sont vendues par 3. Voici leurs dimensions :

- petit modèle : 35 × 25 × 20 cm ;
- moyen modèle : 40 × 30 × 25 cm ;
- grand modèle : 45 × 35 × 30 cm.

La petite et la moyenne boites sont remplies de perles. Peut-on les transvaser entièrement dans la grande boite sans que celle-ci ne déborde ?

2 L'aquarium, situé à gauche, est à moitié rempli d'eau.

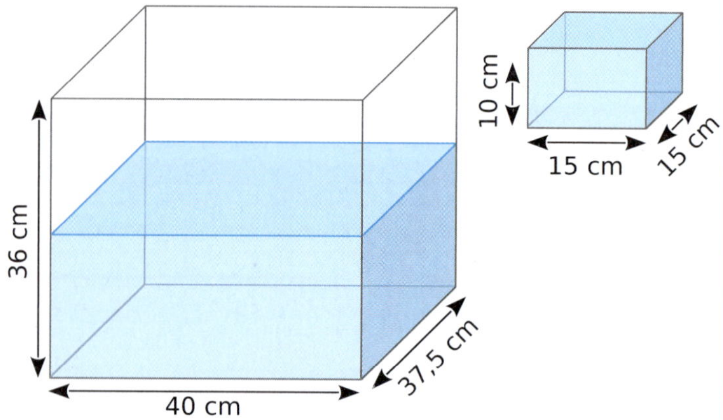

a. On verse l'eau du bac plein, situé à droite, dans l'aquarium. De combien de centimètres l'eau monte-t-elle ?

b. Combien de bacs faut-il verser dans l'aquarium pour le remplir à ras bord ?

3 Calcule le volume de ce salon-séjour de hauteur 2,5 m.

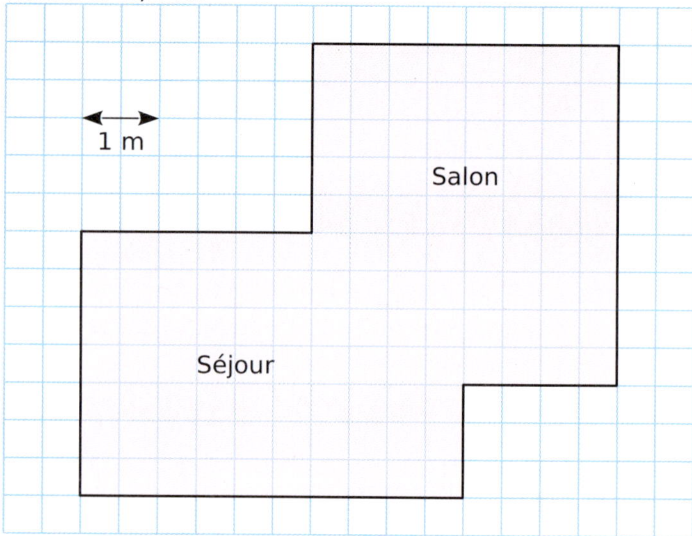

4 Une jardinière a pour longueur 90 cm, pour largeur 45 cm et pour hauteur 48,5 cm. Combien de sacs de terreau de 25 L faut-il acheter pour remplir cette jardinière ?